DONGSUH MYSTERY BOOKS 88

RUNNING BLIND
질주
데스몬드 배글리/추영현 옮김

동서문화사

옮긴이 추영현(秋泳炫)
서울대학교 사회학과 졸업. 조선일보·한국일보·동서문화사 편집위원 역임. 옮긴책 골드스타인《유대민화집》데릭 윌슨《로스차일드—가난한 아빠 부자아들》스프링마이어《13선각자 가문》등이 있다.

DONGSUH MYSTERY BOOKS 88
질주
데스몬드 배글리 지음/추영현 옮김
초판 발행/1979년 12월 1일
중판 발행/2003년 8월 1일
발행인 고정일/발행처 동서문화사
창업 1956. 12. 12. 등록 16-345(윤)
서울강남구신사동540-22 ☎546-0331~6 (FAX) 545-0331
www.epascal.co.kr

*

이 책의 출판권은 동서문화사(동판)가 소유합니다.
의장권 제호권 편집권은 저작권 법에 의해 보호를 받는 출판물이므로
무단전재와 무단복제를 금합니다.

편찬·필름·제작 일체「동판」자본으로 이루어짐에 따라
출판권 소유권자「동판」에서 제조출판판매 세무일체를 전담합니다.
사업자등록번호 211-90-02201
ISBN 89-497-0173-1 04840
ISBN 89-497-0081-6 (세트)

톨피
기디언
헬거
기슬리
헬디스
발틸
그즈믄들
티틀
싯기
이 밖의 모든 아이슬란드인에게
그들의 나라를 빌려준 은혜에 감사하면서.

질주

제1장

1

 시체에 문제가 생기면 어려운 입장에 처하게 된다. 사망증명서를 끊을 수 없을 때는 더욱 그러하다. 그렇다, 어떤 의사라도, 의과대학을 갓나온 풋내기라도, 사망 원인을 진단하는 것은 누구나 할 수 있다. 그건 심장의 고장 때문에 죽은 거야. 풋내기 의학도라면 과장하여 심장의 고동 정지 따위로 부르기도 한다.
 그의 심장이 펌프질을 멈춘 가장 그럴듯한 원인은, 누군가가 예리한 강철 토막을 그의 늑골 사이에 밀어넣었기 때문이다. 그것이 심장 근육을 깊이 뚫고 들어가서, 돌이킬 수 없는 사고를 일으켜, 엄청난 출혈로 고동을 멈추게 한 것이다. 풋내기가 말한 대로 심장의 고동 정지였다.
 나는 의사를 찾으려고 허둥대지는 않았다. 왜냐하면, 그 단도가 내 것이었고, 그 칼끝이 그의 목숨을 앗았을 때, 나는 그 손잡이를 쥐고만 있었기 때문이다. 나는 시야를 가리는 것이 없는 텅 빈 도로에서,

발밑에 시체를 눕혀놓고 겁을 먹고 있었다. 너무 공포에 질려 있었기 때문에 내장이 뒤틀려 구역질이 나올 것 같았고 목구멍도 막힐 지경이었다. 나로서는 아는 사람을 죽이는 것과 생판 알지 못하는 사람을 죽이는 것 가운데 어느 쪽이 더 나쁜 것인지 모르겠다. 그런데 그 시체는 전혀 모르는 녀석이었다. 태어나서 이제까지 한 번도 본 적이 없는 녀석이었다.

그 일은 이렇게 일어났다.

2시간 전쯤 여객기는 미끄러지듯 구름 밑으로 들어가, 나는 남부 아이슬란드의 눈에 익은 호젓한 경치를 즐기고 있었다. 여객기는 레이캬네스 반도의 상공에서 고도를 뚝 떨어뜨려, 예정 시간에 케플라비크 공항에 착륙했다. 진회색의 하늘에서 옅은 안개비가 내리고 있었다.

스기언 더부를 제외하면 나는 무기를 가지고 있지 않았다. 세관 직원은 권총을 좋아하지 않기 때문에 나는 권총을 가져오지 않았다. 스기언 더부——고지인(高地人)의 검은 나이프——는 보잘것없는 칼로서, 최근에는 전혀 무기로 여기지도 않는 물건이다. 화려한 민족 의상을 두른 스코틀랜드인이 스타킹 위에 그것을 붙이고 있을 때, 그것은 다만 남성용 의상 장식에 불과하다.

그러나 내가 가진 것은 좀더 기능적인 것이었다. 그것은 조부로부터 부친에게, 부친으로부터 내게 전해 온 것이니까 적어도 150년은 된 것이다. 실속 있는 살인 도구라면 무엇이나 마찬가지겠지만, 거기에는 불필요한 세공 따위의 흔적은 조금도 없었다. 흑단의 손잡이 한쪽에는 고전적인 켈트 족의 바구니 편물 모양으로 물결무늬가 만들어져 있는데, 그것은 칼을 빼들 때 단단히 쥘 수 있도록 하기 위해서였다. 그러나 그 반대쪽은 매끈하여 걸리는 데가 없다. 그 칼날은 4인치(약 10센티미터) 정도이지만, 중요한 장기에 도달하는 데는 부족

함이 없다. 그 손잡이 끝에 박힌 빛나는 연수정에도 용도는 있었다. 그것은 나이프를 던질 때 균형을 유지하기 위한 것이었다.

그것은 내 왼쪽 스타킹 윗부분 안쪽, 편평한 칼집 속에 들어 있다. 그 밖의 어디에 스키언 더부를 넣어둘 데가 또 있겠는가? 사람들은 대개 눈에 잘 띄는 데는 보지 않는 법이다. 나는 그 점을 이용했다. 아니나 다를까 세관 직원은 거기에는 눈길조차 주지 않았다. 나의 짐과 몸의 어디에도 손을 대지 않았다.

이 나라를 여러 차례 드나들었기 때문에 그는 나를 너무나 잘 알고 있었다. 또 내가 이 나라 말을 한다는 것도 크게 도움이 되었다. 아이슬란드 말을 하는 사람이 20만 명밖에 안 되는 데다 아이슬란드인은 자기네 말을 배우려는 열성을 가진 사람에게는, 이상할 정도로 친근감을 보이며 놀라움을 감추지 않았다.

"또 낚시질입니까, 스튜어트 씨?" 세관 직원이 물었다.

나는 고개를 끄덕였다.

"예, 당신네 연어를 몇 마리 잡고 싶어서요. 도구는 소독해 왔습니다…… 이것이 증명서입니다."

아이슬란드에서는 영국 물고기의 연어병을 말끔히 없애려는 것이다. 그는 증명서를 받더니 손을 흔들었다.

"재미 많이 보십시오."

나는 그에게 웃음을 지어보이고, 광장을 지나 슬레이드에게서 지시받은대로 다방에 들어갔다. 커피를 주문한 잠시 뒤에 누군가가 내 옆자리에 앉아서 〈뉴욕 타임스〉를 펴 놓았다.

"여기는 미국보다 춥군요?"

"버밍엄은 더 춥습니다."

이 바보스런 암호의 교환을 마치고, 우리는 곧 작업에 들어갔다.

"신문으로 싸 놓았소."

그렇게 말한 사나이는 대머리에 키는 작달막하고, 위궤양에 걸린 중역처럼 걱정스런 표정을 하고 있었다. 나는 그 신문을 툭툭 건드렸다.

"뭐요, 이것은?"

"모르겠소. 어디로 가지고 가는지는 알고 있겠지요?"

"아크레일리…… 그런데, 어째서 나한테 가져가라는 거요? 왜 당신이 가져가지 않고?"

그 사람은 딱 잘라 말했다.

"나는 안 돼요. 미국으로 가는 다음 비행기를 타야 하니까요."

그는 그 사실에 마음이 홀가분한 모양이었다.

"너무 서둘지 마시오. 커피는 내가 사겠소."

나는 그렇게 말하고 웨이트리스와 시선을 맞추었다.

그는 열쇠꾸러미를 내놓았다.

"고맙소…… 밖의 주차장에 차가 있어요. 차량번호는 그 〈타임스〉지의 발행인란 옆에 적어 놓았소."

"그것 잘 됐군요. 나는 택시로 가려고 했는데."

"별로 고마워할 것도 없어요…… 나는 시키는 대로 했을 뿐이니까. 당신과 마찬가지로 말이오…… 그래서 지금, 나는 시키는 대로 말을 전하고, 당신도 할 일을 하면 되는 것이오. 레이캬비크에는 큰 거리를 지나서 가는 거요. 크리스비크와 클레이퍼파탄을 경유해서 가는 것을 잊지 마시오."

그가 그렇게 말할 때 나는 커피를 마시다가 숨이 막혔다. 간신히 숨을 돌려 물어보았다.

"도대체 어째서 그렇게 해야 된다는 말이오? 거리는 갑절이나 멀고, 길도 험한 곳인데."

"나도 모르지……. 나는 전하라는 대로 전할 뿐이오. 그러나 그것은 마지막 순간에 내려진 지령이었소. 그러니까, 혹시 누군가가 당신을 큰길가에 숨어서 기다리고 있다는 낌새를 알고 그런지도 모르지요. 아무튼 나는 모르는 일이오."
나는 신문을 두드리면서 냉정하게 말했다.
"당신은 아무것도 모른다고? 이것이 무엇인지도 모른다, 어째서 내가 오늘 오후 내내 레이캬네스 반도를 돌아다녀야만 되는지도 모른단 말이지. 지금 몇 시냐고 물어도, 당신은 가르쳐주지 않을 사람 같구려."
그는 교활한 미소를 지어 보였다.
"한 가지만은 말할 수 있지. 당신보다는 내가 좀더 많이 알고 있다고."
"그다지 어려운 일도 아닌 것 같은데."
나는 불쾌한 어조로 한마디 내뱉었다. 슬레이드는 하는 짓이 다 그런 것 같다. 그 녀석의 주의는 '알 필요가 있는 것만 가르쳐준다'이고, 다른 것은 몰라도 된다는 식이다.
그는 커피를 다 마셨다.
"다 그런 거야, 우리 동지…… 아, 그렇지 또 한 가지. 당신이 레이캬비크에 도착하면, 차는 사거 호텔 앞에 두고, 그대로 걸어서 가면 되는 거요. 차는 다른 사람이 치울 거니까."
그는 일어서자 다른 말은 한마디도 없이 걸어 나갔다. 나한테서 한시 바삐 떠나려고 하는 것 같았다. 그는 차분하지 못했다. 그 짧은 대화를 나누면서 그는 내내 불안해보였다. 그 점이 슬레이드가 설명한 일을 하기에는 적합하지 않은 것 같아 나는 마음에 걸렸다.
슬레이드는 이렇게 말했다.
"간단한 일이야. 자네는 다만 메신저 역할만 하면 되니까."
그가 그때 입술을 비쭉해 보였던 것은, 내 역할이 그 정도밖에 안 된다는 조소가 섞인 것이었다.

나는 일어서서 신문을 겨드랑이에 끼었다.

포장에 숨겨진 것은 꽤 무거웠으나 그다지 눈에 띄는 것은 아니었다. 나는 포장한 물건을 들고, 밖으로 나와 차를 찾았다. 차는 포드 코티나였다. 몇 분 뒤에 케플라비크를 떠나 남쪽으로 향하고 있었다. 레이캬비크에서도 꽤 떨어진 거리에 있는 셈이다. '제일 멀리 도는 길으, 그곳에 이르는 가장 가까운 길이다'고 말한, 철학자인 체하는 바보 같은 녀석이 있었지만, 나는 그런 인간은 알지도 못한다.

조용한 길로 나가서 길가에 차를 세우고 좌석에 놓았던 신문을 집어 들었다. 그 포장된 물건은 슬레이드가 설명했던 대로였다. 작지만 겉으로 보기보다는 무거웠다. 갈색 마포로 싸서 꿰매져 있는데 무엇인지 전혀 알 수 없었다. 조심스레 두드려 보았더니 금속 상자인 듯했다. 흔들어 보아도 소리는 나지 않았다.

곰곰이 생각해 보았지만 아무 실마리도 잡히지 않아, 나는 다시 신문지로 싸서 뒷좌석에 떨어뜨려 놓고 다시 차를 몰았다. 비가 그쳐 운전하기에 그다지 나쁘지는 않았다. 대체로 아이슬란드의 도로에 비하면 영국의 농장에 있는 도로는 고속도로라고 해도 될 만하다. 길이 나 있는 데도, 상태가 좋지 않았다. 아이슬란드인이 '우비그딜'이라고 부르고 있는 내륙부에는 아예 도로가 존재하지도 않았고, 겨울의 우비그딜은 타고난 탐험가형의 사람이 아니고는, 달이나 마찬가지로 접근이 어려웠다. 아닌 게 아니라 그곳은 달과 매우 흡사한 데가 있었다. 그래서 암스트롱이 그곳에서 달 표면 보행 훈련을 하였다지 않은가.

나는 차를 계속 달려, 지구의 내장부로부터 초고열의 증기가 뿜어져 나와 수증기로 뒤덮인 비탈면을 멀리 보면서, 크리스비크에서 내륙 쪽으로 방향을 돌렸다. 클레이퍼파탄 호수에서 그리 멀지 않은 곳에서, 나는 앞쪽에 차가 한 대 서 있고 한 사나이가, 고장난 자동차 여행자가 세계적으로 공통적인 조난 신호를, 곧 손을 흔들고 있는 것을 발견했다.

돌이켜 보면, 우리는 다같이 바보였다. 나는 차를 멈춘 것이, 그리고 그 녀석은 저 혼자뿐이라는 것이 화근이 된 것이다. 그 녀석은 서투른 덴마크어로 말을 시작하여 유창한 스웨덴어로 지껄였는데, 나는 모두 다 알아들었다. 당연한 일이지만, 그것은 그 차가 어딘가 고장을 일으켜 움직이지 않는다는 것이었다.

나는 코티나에서 내렸다. '린드홀므'라고 그는 손을 내밀며 정확한 스웨덴식 인사를 하였고, 나는 그의 손을 외교 의례에서 배운 대로 위아래로 한 번씩 흔들었다. "나는 스튜어트입니다"라고 말하고, 그의 폴크스바겐이 있는 데로 걸어가서 열어놓은 뒷엔진을 들여다보았다.

그는 처음부터 나를 죽이려고 했던 것은 아니었을 것이다. 죽이려고 했다면, 즉시 권총을 사용했을 테니까. 대신 그는 프로용으로 디자인된 납을 박은 곤봉을 휘두르며 내게 덤벼들었다. 그가 내 등 뒤로 돌아갔을 때, 나는 나 자신이 놀랄 만큼 바보라는 것을 느꼈다. 그것은 오랫동안 실지훈련에서 멀어져 있었던 탓이다. 나는 뒤돌아서며, 그가 들어올린 팔을 보고 옆으로 몸을 피했다. 그 곤봉을 정통으로 머리에 맞았다면, 뇌가 산산조각이 났을 것이다. 그러나 머리 대신 어깨에 맞아, 한쪽 팔에서 힘이 빠져버렸다.

나는 그 녀석의 무릎에서 발목까지, 힘껏 모질게 발로 내리밟았다. 녀석은 소리를 지르면서 뒤로 물러섰다. 그래서 나는 차를 두 사람 사이에 두고, 잠깐 틈이 생긴 사이에 스기언 더부에 손을 뻗었다. 다행스럽게도 그것은 왼쪽으로 효력을 내는 무기이고, 마찬가지로 행운이었던 것은, 쓸 수 없게 된 것은 오른팔이었던 것이다.

그 녀석은 나한테 접근해 왔는데, 나이프를 보자 주저하며, 윗입술을 비틀어 이빨을 드러냈다. 녀석은 곤봉을 떨어뜨리고 한 손을 윗옷 밑으로 내리뻗었다. 이번에는 내가 머뭇거릴 차례였다. 녀석의 곤봉은 디자인이 너무나 멋진 것이었다. 가죽끈으로 된 고리가 붙어 있어서 곤봉을 뽑는 데 걸리적거렸기 때문에 그가 다시 권총을 찾았을 때, 난 이미 녀석에게 덤벼들고 있었다.

나는 녀석을 찌르지는 않았다. 녀석은 방향을 휙 돌리더니, 칼날 정면으로 곧장 부딪쳐온 것이다. 내 손에 피를 뿜어내며, 녀석은 바보처럼 놀란 표정을 짓고 나한테 기대어 왔다. 그리고 나서 그가 내 발밑으로 쓰러지면서, 나이프가 저절로 뽑혔다. 그의 가슴에서 피가 줄기차게 흘러나와 화산재로 뒤덮인 땅을 적셨다.

이렇게 하여 나는 남부 아이슬란드의 쓸쓸한 도로에, 방금 쓰러진 시체를 발밑에 두고 손에는 피투성이가 된 나이프를 쥐고 서 있게 된 것이다. 목구멍에는 쓰디쓴 쓸개즙이 올라오고 뇌는 마비되어버린 것 같았다. 내가 코티나에서 내려 살인극이 벌어질 때까지의 시간은 불과 2분밖에 걸리지 않았다.

내가 그 다음에 한 일은 의식의 작용은 아닌 듯하다. 엄격한 훈련이 무의식중에 작용한 것으로 여겨진다. 나는 코티나를 조금 앞으로 움직여서 시체를 그 밑에 숨겼다. 쓸쓸한 도로지만, 언제 다른 차가 지나갈지 모르는 일이라, 시체가 뚜렷이 보이면 설명하기가 어려울 것 같았기 때문이다.

나는 〈뉴욕 타임스〉를 차의 트렁크에 깔았다. 그리고 나서 차를 후진시켜 시체를 트렁크 속에 집어넣고 서둘러 덮개를 닫았다. 린드홀므는——그것이 녀석의 이름인 모양인데——마음에서 사라지지는 않더라도 이제 눈에는 띄지 않게 되었다. 녀석은 회교도가 도살한 소처럼 피를 많이 흘렸기 때문에, 길가에는 피가 흥건하게 고였다. 내 윗옷과 바지도 피투성이였다. 지금 곧 옷을 어떻게 할 수는 없는 노릇이지만, 나는 양손으로 화산재를 한 움큼씩 떠내어 괴어 있는 피를 덮었다. 그리고 폴크스바겐의 엔진 덮개를 닫고, 핸들 뒤에 앉아 시동을 걸었다.

린드홀므는 살인을 꾀하였을 뿐만 아니라 거짓말쟁이였다. 금방 시동이 걸린 것이다. 나는 차를 피로 물든 땅 위로 후진시켜 거기에 세워두기로 했다. 그 차가 움직였을 때 피의 흔적이 전혀 눈에 띄지 않게 할 수는 없겠지만 되도록 보이지 않게 해 놓아야 된다고 생각했다.

나는 범죄 현장을 마지막으로 한번 더 훑어보고 나서 코티나로 돌아와 시동을 걸고 차를 달리기 시작했다. 내가 정상적인 의식을 회복하여 생각하기 시작한 것은 그때부터였다. 먼저 나는 슬레이드의 일을 생각하고, 그의 지긋지긋한 넋이 지옥으로 가기를 빌었다. 그 다음에는 린드홀므를 어떻게 처리하는 것이 더 현실적인가를 골똘히 생각하였다.

잉글랜드의 5분의 4 정도 크기이지만, 인구는 그 절반도 안 되는, 아마 플리머스 정도인 그런 곳이면, 처치 곤란한 시체라도 숨길 장소쯤은 얼마든지 있다고 누구나 생각할 것이다. 그렇지만, 아이슬란드의 이 지역——서남부——은 가장 인구가 많은 곳이기 때문에, 그리 쉽게 숨겨둘 마땅한 데가 있을 것 같지 않았다.

하지만 나는 이 나라 사정을 잘 알기 때문에, 얼마 있다가 좋은 생각이 머리에 떠올랐다. 나는 휘발유 저유량을 확인한 뒤, 장시간이 걸리는 드라이브에 나섰다. 차가 밸런스를 잘 맞춰주기를 빌면서. 어딘가에 멈추어 피투성이가 된 윗옷이 발견되는 날이면, 날카로운 질문 공세를 받을 것이 뻔하다. 여행 가방에 여벌로 옷이 한 벌 더 들어 있으나 주위에는 차가 많아서 나는 눈에 띄지 않는 곳에서 갈아입기로 마음먹었다.

아이슬란드는 거의가 화산지대로, 남서부가 더욱 그랬다. 용암류의 황야가 쓸쓸한 경치를 이어가는데, 어떤 화산은 죽어 있고, 어떤 화산은 살아 있다. 예전의 여행 때 가스의 분출구를 본 적이 있는데, 린드홀므의 마지막 휴식처로는 거기가 이상적인 것 같았다. 나는 그리로 차를 몰았다.

그곳까지는 2시간이 걸렸다. 목적지에 가까워지자 나는 도로에서 떨어진 황야로 들어가, 코티나에는 좀 무리한 화산재와 용암이 뒤섞인 자갈밭 위를, 심하게 흔들리면서 지나갔다. 저번에 여기에 왔을 때에는, 이런 데에 적합한 랜드로버를 타고 왔었다.

그곳은 내가 기억하고 있던 그대로였다. 사화산의 분화구가 있고, 그 벽이 갈라져 있기 때문에, 누구라도 원추 모양으로 푹 꺼진 지형 속으로 차를 몰 수 있었다. 그 한가운데에는 바위가 고름이 터진 상처같이 우툴두툴했다. 아득한 옛날 분화했을 적에 뜨거운 가스가 분출한 뒤 생긴 구멍이 벌어져 있는 것이다. 이 세상이 생겨난 이래로 인간이 여기까지 왔다는 증거는, 분화구의 가장자리에 남아 있는 타이어 자국뿐이었다. 아이슬란드인들 사이에는 그들의 독특한 자동차 경주가 있다. 분화구로 차를 몰아, 험난한 길에서 빠져 나오는 시합이다. 이 위험한 경기에서 목뼈가 부러졌다는 소리는 아직 듣지 못하였으나, 별로 장려할 만한 경기가 아님은 틀림없다.

나는 되도록 그 가스 분출구가 있는 곳 가까이 차를 몰고 가서, 거기에서 내려 어두운 구멍이 들여다보이는 데까지 걸어갔다. 구멍 속에 돌을 떨어뜨렸더니, 돌 굴러 떨어지는 소리가 꽤 길게 이어졌다. 지구의 중심을 향해 내려갔던 벨느의 영웅들도 스네펠스요에클 대신에 이 구멍을 선택했다면, 훨씬 시간을 절약할 수 있었을 것이다.

린드홀므를 최후의 안식처로 떨어뜨리기 전에 나는 그를 살펴보았다. 피가 아직 끈적끈적 달라붙어 있어 힘든 일이었으므로 내가 그때까지 신사복을 갈아입지 않았던 것은 행운이었다. 그는 악셀 린드홀므라는 이름으로 된 스웨덴 여권을 가지고 있었다. 하지만 그런 것은 아무 의미도 없다. 여권 따위를 발급받는 것은 간단한 일이니까. 그 밖에는 자질구레한 것들뿐이어서 내가 꺼낸 것은 곤봉과 스미스 앤드 웨슨 38구경의 권총뿐이었다.

나는 그를 분화구쪽으로 날랐다. 그리고 그 속으로 떨어뜨렸다. 몇 번인가 부딪치며 구르는 소리가 나더니, 이내 침묵이 이어졌다——영원토록 바라는 침묵이다. 나는 차로 돌아와서 말쑥한 신사복으로 갈아입고, 피투성이의 옷은 뒤집어 여행 가방의 안쪽에 피가 묻지 않도록 단단히 넣었다. 곤봉과 권총과 슬레이드의 꺼림칙한 포장물도 가방 속에 집어넣고, 덮개를 닫고, 레이캬비크를 향해 싫증이 나는 여행길에 올랐다.

나는 몹시 지쳐 있었다.

2

사거 호텔 앞에 차를 세운 것은 밤이 늦어서였는데도 북국의 여름답게 아직 해가 밝았다. 서쪽 해를 향해 똑바로 운전해왔기 때문에 눈이 아파서 나는 차 속에서 잠시 눈을 감고 쉬었다. 만일 내가 차 속에서 2분만 더 머물렀다면, 두번째의 악운은 닥치지 않았을 것이다. 내가 차에서 나와 여행 가방을 내리려고 할 때 키 큰 사나이가 호텔에서 나와 나를 불렀다.

"앨런 스튜어트!"

나는 고개를 들고, 입속으로 저주하는 소리를 했다. 그 아이슬란드 항공의 조종사복을 입은 사나이는, 내가 제일 만나고 싶지 않은 얼굴 비알니 라그널슨이었던 것이다.

"헬로, 비얄니"라고 말하며 나는 악수를 했다.
"에린은 말하지 않던데, 자네가 온다고."
"그녀는 몰랐지. 마지막 순간에 결정한 일이니까. 전화를 걸 겨를도 없었어."
그는 큰길에 놓아둔 여행 가방을 보고 놀란 듯이 말했다.
"사거에서 묵을 작정인가!"
그것은 순간적으로 판단을 내리지 않으면 안 될 말이고, 나는 그것을 즉시 결정해야 했다.
"아, 아파트로 가기로 했어."
나는 에린을 여기에 말려들지 않도록 하고 싶었으나, 이제 그녀의 오빠에게 내가 레이캬비크에 와 있다는 것을 알려준 꼴이 되었다. 그는 틀림없이 그녀에게 알릴 것이고, 그런 일로 해서 그녀가 마음에 상처를 받는 것이 싫었다. 에린은 매우 별난 여성이다.
나는 비얄니가 차를 바라보고 있는 것을 알고, 가볍게 말했다.
"여기에 두고 가겠어. 친구의 부탁으로 여기에 가져온 거야. 아파트는 택시로 가야지."
그는 그 말을 믿고 이렇게 물었다.
"오랫동안 있을 셈인가?"
나는 시원스럽게 대답했다.
"여름이 끝날 때까지. 여느 때나 마찬가지야."
"함께 낚시질도 하면서 말인가?"
나는 고개를 끄덕했다.
"자네는 아빠가 되었나?"
그는 무뚝뚝하게 대답했다.
"앞으로 한 달…… 겁이 나는데."
나는 웃었다.

"겁나는 것은 오히려 크리스틴 쪽이 아닐까? 자네는 이 나라에서 절반도 살지 않으니까. 자네가 기저귀를 갈아주는 일은 무리겠지."

그로부터 몇 분 동안, 오랜만에 만난 친구끼리의 시시한 잡담을 나눈 다음, 그는 시계를 보며 말했다.

"그린란드로 떠나야 될 시간이 되었는걸. 나는 가야겠어. 2, 3일 뒤 전화하지."

"그렇게 해 주게나."

나는 그가 멀어져가는 것을 보고, 마침 호텔에 손님을 내려놓은 택시를 잡아, 기사에게 행선지를 말했다. 건물 밖에서 요금을 지불하고, 나는 잘못된 일을 하고 있지나 않나 하고 생각하면서, 자신이 없는 기분으로 서 있었다.

에린 라그널스더틸은 매우 독특한 데가 있는 여성이다. 그녀는 학교의 교사였으나, 다른 많은 아이슬란드인이 그렇듯이 그녀도 두 가지 일을 가지고 있었다. 아이슬란드에는 이런 경우가 더러 있다. 아이슬란드는 땅에 비해 인구가 적고, 북쪽의 높은 위도상에 위치하고 있기 때문에 외부 사람에게는 이상하게 보이기 쉬운 사회 조직을 갖고 있다. 그러나 그 조직은 아이슬란드인에게는 적합하게 만들어졌기 때문에, 외부 사람이 어떻게 생각하든 그들은 신경을 쓰지 않는다.

이 사회 조직이 가져온 결과의 하나는, 모든 학교가 여름에는 4개월 동안이나 방학을 하여, 학교 건물이 호텔로 사용된다는 것이다. 그래서 대부분의 교사들은 그 기간 동안 별도의 여름 직업을 구한다. 내가 3년 전에 처음 그녀를 만났을 때, 에린은 레이캬비크에 있는 어느 여행사의 안내원으로 관광객을 안내하며 전국을 돌아다니고 있었다.

2년 전에 나는 여름 동안 죽 계속해서 나의 개인적 안내인이 되어 달라고 그녀를 설득하였다. 나는 그녀의 오빠인 비얄니가 반대하지 않을까 걱정했는데, 그는 그렇게 하지는 않았다. 아마 여동생이 자기 일은 스스로 알아서 할 수 있을 만큼 성숙했다고 생각했던 모양이다. 그녀는 이것저것 까다롭게 구는 성품이 아니기 때문에 편안한 관계를 유지했지만, 그런 상태가 언제까지나 지속될 수 없다는 것은 분명히 알고 있었다. 그래서 무슨 변화가 있어야 되겠다고 생각했는데, 지금이 적당한 시기인지는 의문이었다. 시체를 구덩이에 떨어뜨린 날에 청혼을 한다는 것은, 나보다 훨씬 더 배짱이 두둑한 사람이나 할 수 있는 일 같았다.

나는 아파트로 올라갔다. 열쇠를 가지고 있긴 했지만 나는 그것을 쓰지 않았다. 그 대신 문에 노크를 했다. 에린이 문을 열고 나를 보았다. 그녀의 놀란 표정이 기쁨으로 변하였다. 나는 그녀의 균형 잡힌 몸매와 금발을 보며 마음속으로 환희를 느꼈다.

"앨런, 어째서 온다는 것을 알려주지 않았어요?"

나는 가방에 넣었던 낚싯대를 집어 들고 대답했다.

"급하게 결정한 일이야. 새것을 샀어." 그녀는 입술을 못 마땅한 듯이 삐죽하더니, "그것으로 낚싯대는 벌써 여섯……" 하며, 억센 말투로 한마디하고 문을 활짝 열었다. "자, 어서 들어와요!"

나는 들어가서 가방과 낚싯대를 놓고, 그녀를 힘껏 껴안았다. 에린은 나한테 안기며, 내 가슴에 머리를 파묻었다.

"당신한테 편지를 쓰지 않았기 때문에, 나는 틀림없이……"

"내가 오지 않을 줄 알았구먼." 내가 편지를 쓰지 않은 것은 슬레이드의 요구 때문인데, 그것을 그녀에게는 말할 수가 없었다.

"나는 몹시 바빴어, 에린."

그녀는 얼굴을 들고 나를 물끄러미 보았다.

"그랬어요? 당신 살이 좀 빠진 것 같아요. 피곤해 보이기도 하고."

나는 미소지었다.

"게다가 배도 고파."

그녀는 나한테 입을 맞추고 몸을 떼었다.

"식사 준비를 하겠어요. 짐 정리는 걱정 말아요. 식사 후에 제가 할 테니까요."

나는 피투성이가 된 옷을 생각했다.

"괜찮아, 내가 할 수 있어."

나는 여행 가방과 낚싯대를 내 방으로 옮겼다. 그곳을 내 방이라고 말하는 것은, 내 짐을 모두 거기에 두었기 때문이다. 실제로 그 아파트는 내 것이었다. 에린 명의로 되어 있지만, 집세는 내가 지불하기 때문이다. 매년 3분의 1을 아이슬란드에서 보내게 되므로, 쉴 집을 갖는 것이 훨씬 편리했던 것이다.

나는 옷을 어떻게 할까 생각하면서, 낚싯대와 여행 가방도 내려놓았다. 그때까지 나는 에린에게 숨겨야 할 비밀 따위는 없었기 때문에——중요한 예외를 한 가지만 빼고는——거기에는 자물쇠를 채워 놓은 옷장이나 서랍은 하나도 없었다. 나는 옷장을 열어 나란히 걸려 있는 신사복과 재킷을 살펴보았는데, 모두 지퍼가 달린 플라스틱 백에 넣어져 옷걸이에 걸려 있었다. 문제의 옷을 그 속에 나란히 거는 것은 위험천만한 일이다. 에린은 내 옷을 꼼꼼하게 정리해 두는 성품이니까 반드시 들키고 말 것이다.

결국 나는 여행 가방에서 신사복과 무기 이외의 모든 것을 꺼낸 뒤에 다시 자물쇠를 채워서, 언제나 비어 있는 옷장 위에 밀어 넣어 놓았다. 에린이 그것을 꺼내는 일은 있을 것 같지 않고, 설사 그런 일이 있다 하더라도 자물쇠가 걸려 있는 것이다.

나는 내의를 벗어 조심스럽게 살펴보았다. 그러자 앞면 한 군데에 피가 묻어 있으므로 욕실로 가지고 가서 수도꼭지 밑에서 빨았다. 그리고 나서 찬물로 세수를 하자 조금 기분이 좋아졌다. 에린이 저녁식사 준비가 다 되었다고 부를 때, 나는 몸을 깨끗하게 씻고, 거실 창문으로 바깥을 내다보고 있었다.

돌아다보려고 할 때, 나는 무엇인가 언뜻 움직이는 것이 있음을 알았다. 거리의 반대쪽에 있는 두 건물 사이에 공터가 있고, 내가 커튼을 젖힐 때, 누군가가 시야로부터 갑자기 사라진 것 같이 느껴졌다. 그쪽을 다시 뚫어지게 보았지만 이젠 아무것도 보이지 않았다. 에린이 또다시 부르기 때문에, 나는 곰곰이 생각하면서 그녀가 있는 데로 갔다.

식사를 하면서 내가 물었다.

"랜드로버의 상태는 어떻지?"

"당신이 언제 올지 몰랐지만, 지난주에 완전히 정비 점검을 마쳤어요. 상태가 아주 좋은걸요."

아이슬란드의 도로는 아까 말한 대로 엉망진창이기 때문에, 어디를 가나 개한테 꾀는 벼룩처럼 랜드로버 천지였다. 아이슬란드 사람들은 작은 바퀴의 랜드로버를 좋아했으나, 우리 것은 캠핑 설비를 갖춘 큰 바퀴 차였다. 우리가 여행할 때는, 문명으로부터 몇 주일 동안 떨어져서 사는 기분을 맛보기 위해 장비를 단단히 갖추고 가는 것이 보통이었다. 식료품이 동이 날 때만 도시를 찾기로 했다. 몇 주일 동안 에린과 단둘이 보내는 여름 휴가가 아니면 아무 재미도 없었다.

지금까지의 여름은 내가 레이캬비크에 도착하기가 무섭게 출발하였으나, 슬레이드의 포장한 물건 때문에 이번에는 사정이 달라, 나는 그녀에게 의심을 받지 않고 아크레일리까지 어떻게 하면 혼자 갈 수 있을까 골똘히 생각했다. 슬레이드는 이 일을 식은 죽 먹기라고 했지만, 살해한 린드홀므 때문에 사정이 전혀 달라졌으므로, 나는 에린을 조금이라도 이 일에 말려들지 않도록 하는 데 온 신경을 썼다. 그래도 내가 해야 될 일은 저 포장물을 건네주는 일이며, 그 일만 마치고 나면, 여느 때와 마찬가지의 즐거운 여름이 되는 것이다. 그것은 그다지 어려운 일 같지 않았다. 내가 그 일에 대해서 생각하고 있는데, 에린이 말을 했다.

"당신은 정말 지친 것 같아요, 과로하신 것 아니에요?"

나는 억지로 미소를 지어 보였다.

"혹심한 추위였어. 언덕에 눈이 너무 많이 쌓여서 말야…… 양들이 많이 죽었다니까" 갑자기 나는 생각이 났다. "당신은 골짜기가 어떻게 생겼는지 보고 싶다고 했지? 사진을 조금 가지고 왔어."

내가 사진을 꺼내 와서 우리는 그것을 함께 보았다. 나는 브헤인 휘더 같은 데를 가리켰으나, 에린은 강과 숲 속의 나무들에 흥미를 가지고 부러운 듯이 말했다.

"이렇게 많은 나무가…… 스코틀랜드는 정말 아름다운 곳이네요."

아이슬란드인에게는 충분히 예상할 수 있는 반응이었다. 이 섬에는 나무가 거의 없기 때문이다. "당신네 강에도 연어가 있나요?"

"송어뿐이야. 나는 연어를 낚으려고 아이슬란드에 오는 거야."

그녀는 다른 사진을 집어 들었다──넓고 경치 좋은 곳을.

"여기에 보이는 것은, 당신네 땅인가요?"

나도 그것을 보고 미소를 지었다.

"어머! 끝이 안 보이는군요."

그녀는 얼마동안 가만히 있더니 좀 부끄러운 듯이 말했다.

"이런 것을 진심으로 생각해 본 일은 한 번도 없었어요, 앨런. 당신은 정말 부자네요."

"큰 부자는 아니야. 그냥 먹고 살 만한 정도지. 3천 에이커의 황무지는 별로 돈이 안 되지만, 언덕은 얘기가 달라. 양과 골짜기의 숲은 빵을 갖다주고, 사슴 사냥을 하러 오는 미국인은 그 빵에 버터를 발라주는 격이니까 말야." 나는 그녀의 팔을 만졌다. "어떻게 해서든지 에린을 스코틀랜드로 한 번 모셔야 되겠는걸."

그녀는 서슴없이 대답했다.

"꼭 가보고 싶어요."

이때다 싶어 나는 이렇게 말했다.

"친구 부탁으로 내일 아크레일리에서 사람을 만나기로 되어 있는데, 비행기로 가야 해. 당신이 랜드로버로 가서, 거기에서 나하고 합류해줄 수 있을까? 하지만 그렇게 먼 데까지 당신 혼자 운전하는 건 무리겠지?"

그녀는 웃으면서 말했다.

"랜드로버는 당신보다 내가 운전을 잘하는 걸요…… 하루에 450킬로는 무리이니까 후범스텅기 근방 어딘가에서 하룻밤 묵고 가겠어요. 다음날 정오쯤 아크레일리에 도착할 수 있게요."

"당신 목을 부러뜨릴 필요까지는 없을텐데……." 나는 농담처럼 말했지만 한시름 놓았다. 아크레일리로 날아가서 에린이 도착하기 전까지 저 포장물을 처리하고 나면 만사형통이다. 그녀를 말려들게 할 필요는 전혀 없다. "아마 나는 발드볼그 호텔에 있을 거야. 거기로 전화를 걸어줘!"

나는 침대에 들어가서도 긴장이 풀리지 않아, 그녀에게 어떻게 하지도 못했다. 어둠 속에서 에린을 껴안고 있어도, 마음속에 린드홀므의 얼굴이 유령처럼 떠올랐다. 구역질이 날 것만 같았다. 나는 작은 헛기침을 하며 말했다.

"미안해."

그녀는 조용히 대답했다.

"괜찮아요, 피곤하실텐데 푹 쉬세요."

하지만 나는 자지 않았다. 반듯이 누운 채 불유쾌한 하루를 돌이켜 보았다. 나는 케플라비크 공항에서 말수가 적은 연락원이 한 말을 모두 회상해 보았다. 슬레이드는 포장물을 그 사나이에게 전달하도록 한 것이다. 그 연락원은 이렇게 말했다. "레이캬비크에는 큰길로 가지 말고…… 크리스비크를 경유해서 가는 거요."

그래서 나는 크리스비크를 돌아서 가다가, 하마터면 죽음을 당할 뻔했다. 우연일까, 아니면 계획된 일일까? 내가 큰길을 지나갔다고 해도 똑같은 일이 일어났을까? 나를 의식적으로 미끼로 써먹은 것은 아니었을까?

그 공항에서 만난 사나이는 슬레이드의 부하였다. 적어도 슬레이드가 사용할 암호를 알고 있었다. 그러나 그 녀석이 슬레이드의 부하는 아니지만 암호를 알고 있었다고 하면——그 뒤에 일어난 일을 설명하기가 어렵게 된다. 그럼 어째서 그 녀석은 나를 린드홀므하고 만나도록 했을까? 그 포장물 탓이 아닌 것은 확실하다. 그 녀석은 이미 그것을 가지고 있었으니까! 그런 점을 생각해서 다시 한번 처음부터 잘 분석해 보자.

만일 그 녀석이 슬레이드의 부하이고, 더욱이 또 나를 린드홀므와 서로 대결하도록 만들었다면, 그것은 좀 이상한 일이 된다. 그리고 이것 역시, 그 포장물 탓이 아니라는 말이 된다. 처음부터 나한테 건네줄 필요가 없기 때문이다. 그렇다면 여기서 공항에 있던 사나이와 린드홀므는 서로 아무 관계도 없다는 결론이 나온다.

그러나 린드홀므는 틀림없이 나를 노리고 기다리고 있었다. 그 녀석은 덤벼들기 전에, 내 이름을 확인까지 한 것이다. 그러면 어떻게 그 녀석은, 내가 크리스비크의 길을 지나간다는 것을 알고 있었을까? 그것은 내가 대답할 수 없는 대목이다.

이윽고 에린이 깊이 잠든 것을 확인한 뒤, 나는 천천히 침대에서 일어나 불을 켜지 않고 주방으로 들어갔다. 나는 냉장고에서 우유를 꺼내 컵에 따라 들고 거실로 가서 창가에 앉았다. 짧은 북국의 밤은 거의 끝나가고 있었으나, 그래도 아직 어두컴컴했다. 그때 거리의 저쪽 공터에서 망을 보는 사나이가 담배를 빠는 빛이 갑자기 빛났다. 나는 그 녀석이 걱정되었다. 나에게는 벌써 에린의 안전에 자신감을 가질 수 없었기 때문이다.

3

우리는 일찍 일어났다. 에린은 아크레일리로 서둘러 출발하고 싶어서였고, 나는 에린보다 먼저 랜드로버가 있는 곳으로 가보고 싶었기 때문이다. 에린이 모르게 랜드로버에 숨겨둘 것이 몇 가지 있었다. 이를테면, 린드홀므의 권총이다. 나는 그것을 메인 새시 거더에 단단히 테이프로 붙여, 보이지 않게 감추었다. 그 녀석의 곤봉은 호주머니에 넣기로 했다. 혹시 일이 잘못되는 날에는, 아크레일리에서 무기가 필요하게 될지도 모른다는 생각이 들었기 때문이다.

차고는 집 뒤쪽에 있었기 때문에, 랜드로버가 있는 데로 가기 위해서는 현관으로 나가지 않아도 되었다. 그래서 망보는 녀석의 눈에 띌 까닭이 없었다. 하지만 나는 그 녀석을 보았다. 다음으로 내가 한 일은 쌍안경을 가지고 거리가 잘 내다보이는 창문이 있는 1층 위의 층계참으로 가는 일이었다.

그 녀석은 큰 키에 깡마른 사나이로, 단정하게 콧수염을 기르고 있었는데 몹시 추워하는 기색이 역력했다. 그 녀석이 밤새도록 거기에 있었다면 아마 뼛속까지 얼었을 것이고, 굶주려 있을 것이다. 나는 이번에 만나게 되면 그 녀석을 분간할 수 있다는 확신을 가지고 쌍안경에서 눈을 떼었다. 그때 위층에서 누군가가 내려왔다. 그것은 회색 머리를 한 중년 여자로, 나하고 쌍안경을 번갈아 보며 무슨 의미라도 발견한 듯이 코를 킁킁거렸다.

나는 미소지었다. 엿보는 사람으로 의심을 받기는 이번이 처음이었다.

거리 저쪽에 굶주린 녀석이 있다고 생각하니, 아침 식사는 더욱 꿀맛이었다.

"당신, 즐거워 보여요." 에린이 말했다.

"요리 솜씨가 좋아서 그래."

그녀는 청어와 치즈와 계란과 빵을 번갈아 보았다.

"요리라구요? 누구나 계란쯤은 다 부칠 수 있는걸요."

"당신만큼 그렇게 잘 되나?"

확실히 나는 기분이 유쾌해졌다. 밤에 품었던 어두운 생각은 사라지고, 린드홀므의 죽음 따위는 이미 나를 괴롭히지 못했다. 그 녀석은 나를 죽이려고 하다가 실패하고, 그 실패의 벌을 받은 것이다. 내가 그 녀석을 죽였다는 사실은, 내 양심에 그다지 중압감으로 다가오지 않았다. 지금 내가 걱정하고 있는 것은 에린에 대한 것뿐이었다.

"레이캬비크에서 아크레일리로 가는 비행기는 11시에 떠나거든."

"그럼, 당신은 거기에서 점심을 들어야겠네요. 험난한 칼디덜프를 지나가면서 고생하는 제 생각도 좀 해야 돼요." 그녀는 서둘러 따끈한 커피를 마셨다. "저는 되도록 빨리 출발하고 싶어요."

나는 접시를 늘어놓은 식탁에 손을 짚었다.

"여기는 내가 정리할게."

그녀는 나가려고 하다가 쌍안경을 보고 말했다.

"랜드로버에 놓아두었을 텐데."

내가 설명했다. "내가 좀 살펴보았지. 전에 보니 초점이 좀 맞지 않은 것 같아서 말야. 하지만, 아무렇지도 않았어."

"그럼, 가지고 갈게요."

나는 그녀를 따라 차고로 가서 작별의 키스를 했다. 그녀는 나를 찬찬히 바라보면서 말했다.

"아무 일 없겠지요, 앨런?"

"물론이지. 어째서 그런 말을 하는 거야?"

"저도 확실히는 모르겠어요. 제가 여자이니까 그렇겠죠. 아크레일리에서 만나요."

나는 그녀가 보이지 않을 때까지 손을 흔들었다. 아무도 관심을 보인 사람은 없는 것 같았다. 돌아가는 모퉁이에서 불쑥 머리가 튀어나오지도 않았고, 누구 한 사람 황급하게 뒤쫓아 오지도 않았다. 나는 아파트로 돌아와서, 건너 쪽의 망보는 사람을 살펴보았다. 그 녀석의 모습도 보이지 않았기 때문에, 나는 더 잘 보이는 2층 층계참으로 달려가서, 그 녀석이 벽에 기대고 양손을 바꾸어 가며 팔을 두드리고 있는 것을 보고 마음을 놓았다.

그 녀석은 웬지 에린이 나간 것을 모르는 것 같았다. 아니면 알고 있으면서도 신경을 쓰지 않는 것일까? 내 마음은 큰 짐이라도 덜어버린 듯 가벼웠다.

나는 아침 식사에 사용한 그릇들을 설거지하고, 내 방으로 가서 카메라 백을 꺼내어 그 속을 비웠다. 그리고 삼베로 싼 철상자를 꺼내어, 그것이 가죽 백 속에 넣으면 딱 맞는 크기라는 것을 확인했다. 나는 그것을 아크레일리에서 건네줄 때까지 몸에서 잠시도 떼어놓지 않기로 했다.

10시가 되자 나는 전화로 택시를 불러 공항으로 출발했다. 그러자 감시자의 행동도 바빠졌다. 뒤돌아보니 차 한 대가 그 공터 가까이에서 망보던 사나이를 재빨리 태웠다. 그 차는 공항까지 계속 거리를 유지하면서 신중하게 택시를 뒤따라 왔다.

공항에 도착하자 나는 예약 카운터로 갔다.

"아크레일리 행 11시편을 예약했소. 내 이름은 스튜어트요."

접수계의 여직원이 리스트를 살펴본 뒤 시계를 보았다.

"네, 스튜어트 씨…… 하지만, 좀 일찍 나오셨군요."

"커피를 마시면서 시간을 보낼 생각이오."

그녀는 탑승권을 건네주고 나는 돈을 지불했다. 그녀가 덧붙여 말했다.

"짐의 무게는 여기서 다는데요."

나는 카메라 백을 만졌다.

"가져가는 것은 이것이 전부요. 나는 간편한 여행을 좋아하거든."

"그러신 것 같네요, 스튜어트 씨. 더구나 우리 아이슬란드어도 아주 잘 하시고요."

"고마워요."

나는 뒤돌아보고, 아파트에서 보이던 얼굴이 가까이 오고 있는 것을 알았다. 망을 보던 자였다. 나는 그 녀석을 무시하고, 커피 카운터로 가서 신문을 사고, 차분히 앉아서 기다리기로 했다.

그 녀석은 예약 카운터에서 빠른 말로 뭐라고 지껄이더니 탑승권을 산 뒤 내가 있는 데로 왔다. 우리는 서로 상대방을 모르는 척 무시했다. 그 녀석은 뒤늦게 주문한 아침 식사를 걸신들린 듯이 먹으면서, 가끔 내가 있는 쪽을 흘끗흘끗 쳐다보았다. 얼마 있다가 내게 운이 따랐다. 아나운서의 스피커가 헛기침을 하더니, 아이슬란드어로 말을 시작했다. "미스터 뷰히너, 전화받으세요." 그것이 유창한 독일어로 되풀이되자, 그 녀석은 얼굴을 들고 일어서서 나갔다.

이것으로 나는 적어도 그 녀석의 이름이라도 알게 되었다. 그 이름이 진짜인지 아닌지는 아무래도 좋았다.

그는 전화 부스에서 나를 볼 수 있었는데도 내가 도망치기를 바라기라도 한 듯 바깥을 보면서 말하고 있었다. 나는 태연하게 커피를 또 한잔 시킴으로써 그를 실망하게 하고, 빙 크로스비가 얼마 전에 아이슬란드에 왔을 때, 연어를 얼마나 낚았는가를 보도한 신문 기사에 열중하였다.

공항 대합실에서의 시간은 한없이 지루하게 느껴진다. 마침내 아크레일리 행 항공편 안내 방송이 나왔다. 헬 뷰히너는 줄을 설 때부터 비행기에 오르기까지, 바로 나의 뒤를 따라 탑승하더니 통로를 사이에 두고 내 뒷좌석을 골라 앉았다.

비행기는 이륙하여, 차가운 빙하 위를 날아 아이슬란드를 가로질러 얼마 뒤 인구 1만 명이 살고 있는 북아이슬란드의 대도시 아크레일리에 내리기 전에, 에야피요들 상공을 선회했다. 비행기가 착륙하여 안전벨트를 풀고 있는데, 뒤에 있는 뷰히너도 벨트를 푸는 모양이었다.

이렇게 되고 보면, 습격은 아주 쉽고 간단히 해치울 수 있을 것이다. 내가 공항 청사를 나와 택시 정류장으로 걸어가는데, 느닷없이 어떤 녀석들이 내 주위에 나타났다. 모두 4명이었다. 그 중 한 녀석이 앞에 서서 내 오른손을 붙잡고 위아래로 흔들면서, 다시 또 만났으니 얼마나 행운인가, 아크레일리의 경치를 보여줄 수 있게 되어 정말 기쁘다고 큰소리로 떠들었다.

왼쪽 사나이는 내 왼팔을 억세게 누르면서, 귀에다 입을 대고 스웨덴어로 속삭였다. "시끄럽게 굴지마, 헬 스튜어트 센. 바보같이 굴면 죽어." 나는 기가 질렸다. 뒤에 있는 사나이가 내 등 뒤에 권총을 들이댔기 때문이다.

찌익 하는 소리에 고개를 돌려보니, 오른쪽 사나이가 작은 가위로 카메라 백의 어깨걸이 끈을 자르고 있는 참이었다. 끈은 힘없이 떨어지고, 그 녀석은 카메라 백을 가지고 사라졌다. 그동안 등 뒤에 있던 사나이는 한 손을 천천히 내 어깨에 올려놓고, 또 한 손으로는 권총을 내 갈비뼈에 들이댔다. 뷰히너는 10야드쯤(약 9미터) 떨어진 택시 옆에 서 있었다. 그는 모른 체하는 얼굴로 나를 바라보더니, 외면을 하고 몸을 굽혀 차에 올랐다. 그 차는 사라져 가고, 뒤창으로 내다보고 있는 그의 얼굴은 창백해 보였다.

녀석들은 카메라 백을 탈취해간 사나이가 보이지 않을 때까지 2분 정도 더 연극을 계속하더니, 왼쪽의 사나이가 또 스웨덴어로 말했다.

"헬 스튜어트 센, 이제 너를 놓아주지만, 내가 너라면 그 따위 바보짓은 하지 않았을걸."

녀석들은 나를 놓아주고 저마다 한 걸음씩 떨어졌다. 녀석들의 얼굴은 험하게 생겼고, 눈초리는 매서웠다. 권총은 보이지 않았으나 그것은 아무 증거도 되지 못한다. 내게 어떻게 해보려는 의지가 전혀 없어서가 아니라, 카메라 백은 이미 빼앗겨 버렸고, 무슨 수로도 내 힘만으로는 승산이 없었다. 마치 누군가가 신호라도 한 듯이 그들은 모두 돌아보면서 사라져 갔다. 나를 그 자리에 남겨둔 채 저마다 다른 방향으로 뿔뿔이 흩어져 갔다. 주위에는 꽤 많은 사람들이 있었지만, 아크레일리의 훌륭한 주민 누구 한 사람도, 그들이 보이는 데서 그런 일이 일어났다는 것을 안 사람은 아무도 없었다.

나는 초조한 느낌으로 윗옷을 바로잡아당기고, 택시를 잡아 발드볼그 호텔로 갔다. 이제 달리 할 일은 아무것도 없었다.

4

에린이 예측한 대로였다. 발드볼그 호텔에 도착하자 점심 시간이었다. 내가 양고기에 포크를 갖다 댈 때, 헬 뷰히너가 들어와서 주위를 둘러보다 나를 발견하고 내가 있는 데로 다가왔다. 그는 식탁의 건너쪽에 서서 수염을 움찔하면서 말했다.

"미스터 스튜어트?"

나는 의자 뒤로 기대었다.

"헬 뷰히너! 내게 무슨 할말이 있소?"

그는 냉담하게 말했다.

"내 이름은 그레이엄이오. 당신과 할 얘기가 있어요."

"당신은 오늘 아침에 뷰히너였는데, 그런 이름이라면 나라도 바꾸려고 했을거요." 나는 의자를 가리켰다. "음식이 맛있군요……수프는 권할 만한데요."

그는 딱딱한 자세로 앉았다.

"나는 당신의 연극조의 말투에 어울리고 싶은 기분이 아니오."

그렇게 말하고 나서 그는 호주머니에서 종이 한 장을 꺼내 식탁 위에 밀어 놓았다.

"내 증명서요."

펴보니 그것은 100크로나 지폐의 왼쪽 절반이었다. 내 지갑에서 나머지 반쪽을 꺼내어 둘을 맞춰보니 딱 맞았다. 나는 그를 보았다.

"잘 맞는군요, 미스터 그레이엄. 내게 무엇을 바랍니까?"

"그 포장물만 건네주면 돼요, 그뿐이오."

나는 유감스럽다는 듯이 고개를 내저었다.

"잘 알고 있을 텐데요."

그는 눈살을 찌푸렸다.

"무슨 뜻이오?"

"요컨대, 내가 가지고 있지 않으니까, 건네줄 수가 없다는 말이오."

그의 콧수염이 한 번 더 움찔하더니, 두 눈이 날카롭게 빛났다.

"농담 그만하고 물건이나 이리 주시오, 스튜어트."

그가 손을 내밀었다.

"바보 같은 소리 그만해요! 당신도 그 자리에 있었잖소? 어떤 일이 벌어졌는지 알고 있지 않느냐 말이오?"

"무슨 소리를 하는거요? 내가 어디에 있었다고?"
"아크레일리 공항 바깥 말이오. 당신은 택시를 타고 있었잖소."
그는 눈을 빛내며, 억양이 없는 소리로 말했다.
"내가? 그리고요?"
"무슨 일이 벌어지는지도 모르는 사이에, 녀석들은 나를 붙잡고 재빨리 물건을 빼앗아 갔소. 그것은 카메라 백 속에 들어 있었지요."
그의 말투가 바뀌었다.
"당신이 가지고 있지 않다는 거지!"
나는 비웃는 말투로 대답했다.
"당신이 내 호위를 맡았다면, 정말 서투른 짓을 한 거야. 슬레이드가 화를 내겠구먼."
"당연한 일이지!" 그레이엄은 감정을 담아서 말했다. 오른쪽 눈이 움찔하였다. "그럼 카메라 백 속에 있었다는 거야?"
"그 밖에 또 어디에 있었겠느냐 말야? 내가 가진 짐은 그것뿐이었어. 당신은 그것을 잘 알고 있을 텐데…… 내가 레이캬비크 공항에서 줄을 섰을 때부터, 당신은 큰 귀를 움직이면서 내 바로 뒤에 서 있지 않았냐 말야."
그는 혐오스런 표정을 띠더니 몸을 앞으로 굽혔다.
"당신은 자신이 영리하다고 생각하고 있나? 이 일 때문에 큰 소동이 일어나게 돼. 연락할 수 있는 곳에서 기다리는 것이 좋아, 스튜어트. 내가 돌아와서 곧 찾을 수 있는 곳 말야."
나는 어깨를 으쓱했다.
"내가 어디에 간다고 생각하나? 스코틀랜드인은 인색하다고, 여기에 들어갈 방값은 이미 지불해 놓았어."
"아주 차분한데?"
"도대체 나한테 어떻게 하라는 거야? 엉엉 울기라도 하란 말인가?" 나는 웃었다. "좀더 어른스러워지라고, 그레이엄."

그는 표정이 딱딱해졌으나 아무 말도 하지 않았다. 그 대신 일어서서 나가버렸다. 나는 15분 동안을 곰곰이 생각하면서 양고기를 다 먹고, 마지막으로 어떤 결정을 내렸다. 그 결정이라는 것은 한잔 마시기로 한 것이고, 그런 데를 찾으러 가기로 했다.

호텔 로비를 걸어가는데, 뷰히너 그레이엄이 전화 부스에 매달려 통화하고 있는 것이 보였다. 그리 따뜻하지도 않은 날씨인데, 그는 땀을 흘리고 있었다.

5

누군가 흔들면서 속삭이는 소리에, 나는 꿈도 꾸지 않고 자고 있던 잠에서 깨어났다. "스튜어트, 일어나!" 나는 눈을 떴다. 그레이엄이 내 몸 위에 몸을 구부리고 있는 것이 보였다.

나는 눈을 크게 뜨고 끔뻑거렸다.

"이상한 노릇이군! 문을 잠가 놓았는데."

녀석은 전혀 장난기가 없는 웃음을 띠었다.

"옳지. 일어나야 해…… 당신은 지금부터 사람을 만나야 되거든. 머리를 개운하게 해둘 필요가 있어."

"몇 시에 말인가?"

"오전 5시."

나는 미소지었다.

"독일 비밀 경찰의 본때라도 보게 되는 건가? 자, 좋아. 면도를 하고 나면 기분이 조금은 좋아지겠지."

그레이엄은 걱정스러워 보였다.

"서둘러야 해. 그는 5분 뒤에 이곳에 도착하니까."

"도대체 누구야?"

"만나보면 알겠지."

나는 따끈한 물을 세면대에 채우고 얼굴에 비누거품을 냈다.

"이 별난 작업에서 당신의 역할은 뭐였어, 그레이엄? 보디가드로서는 실격이었는데, 그렇지 않다는 거야?"

"내 걱정은 그만하고 당신 일이나 잘 생각해 놓으라고…… 꽤나 설명해야 될 테니까."

"그 말은 맞아."

나는 그러고 나서 면도기를 들었다. 얼굴을 예리한 금속으로 문지른다는 것은 언제나 허전한 느낌을 주기도 한다. 어쩌면 수염을 덥수룩하게 기르던 시대가 나에게는 행복했을 것 같다. 빅토리아 여왕 폐하에게 봉사한 이중간첩이라고 하는 편이 오히려 이상적이었을 것이다.

나는 내가 생각했던 것보다 불안했던 것 같다. 면도기를 잘못 움직여 피가 났다. 그러자 누군가가 노크를 하는둥 마는둥 희미한 소리가 나더니, 슬레이드가 방 안으로 들어왔다. 그는 발로 문을 차서 닫았다. 그는 살이 쪄 턱이 뒤룩뒤룩한 얼굴에 노기를 띠고 나를 노려보며, 양손을 외투 주머니에 넣은 채 퉁명스럽게 한마디했다.

"도대체 어떻게 된 거야, 스튜어트?"

비누투성이가 된 얼굴에 거품이 말라갈 때, 복잡한 설명을 하지 않을 수 없는 입장에서, 침착하기란 매우 어려운 일이다. 나는 다시 거울을 보고 면도를 계속했다──침묵 속에서.

슬레이드는 뭐라고 표현하기 어려운 이상한 소리를 냈다. 입과 코에서 폭발음을 내는 것 같이 공기가 튀어나왔다. 녀석이 육중한 덩치로 침대에 털썩 앉자 스프링이 무게를 견디지 못한 듯 삐걱거렸다.

"시원스럽게 대답하는 게 좋아. 나를 침대에서 끌어내어 얼어붙은 북극으로 또 날아오게 하는 건 딱 질색이니까 말야."

나는, 슬레이드를 런던에서 아크레일리까지 오게 한 것은, 뭔가 중대한 일이 있음에 틀림없다고 생각하면서 면도를 계속했다. 목의 결후를 조심스럽게 깎고, 면도를 끝내면서 물었다.

"그 포장물은 당신이 나한테 말한 것보다 더 중요한 물건이오?"

나는 수도꼭지를 틀어 얼굴의 비누를 씻었다.

"…… 그 재수 없는 포장……."

"미안해요…… 들리지 않았어요. 귀에 물이 들어가서."

그는 언짢은 표정으로 자신을 억제하지 못한 듯이 물었다.

"그 포장물은 어디에 있어?"

나는 힘차게 얼굴을 닦았다.

"지금 상태로는 가르쳐줄 방법이 없는걸요. 어제 한낮에 얼굴도 모르는 4명의 사나이에게 빼앗긴 걸요…… 그레이엄한테서 이미 들었을 텐데."

그의 음성이 커졌다.

"그래서, 그 녀석들에게 빼앗겼단 말이야? 그렇게 쉽게!"

나는 조용히 대답했다.

"그때 내가 할 수 있는 일은 아무것도 없었소. 그들이 내 등 뒤에 권총을 들이대고 있었으니까." 나는 그레이엄을 향해서 고개를 끄덕여 보였다. "도대체 저 친구는 무엇을 하기로 되어 있었던 거요? 좀 실례의 말인지 모르지만."

슬레이드는 양손을 배 위에 놓고 깍지를 끼었다.

"우리는 그 패가 그레이엄을 쫓는 줄로 알았지. 그래서 자네를 썼던 거야. 우리는, 녀석들이 그레이엄을 습격하면, 자네는 안전하게 목적지까지 도망칠 수 있다고 생각했어."

나로서는 도저히 납득이 되지 않았다. 만일 그 패가――녀석들이 어떤 자이든 간에――그레이엄을 쫓고 있었다면, 그가 내 아파트 밖에 숨어서 내 신경을 건드리는 것은, 아무리 생각해도 알 수 없는 노릇이었다. 하지만 나는 그가 말하는 것을 듣기만 했다. 이제까지 슬레이드는 늘 믿음이 가지 않는 작자였고, 그래서 나도 모든 일을 솔직히 밝히고 싶지 않았기 때문이다.

그 대신 나는 이렇게 말했다.

"녀석들은 그레이엄을 습격하지 않았어요…… 나를 습격한 거요. 아마 녀석들은 럭비의 규칙을 몰랐겠지요. 스웨덴에서 하는 경기가 아니니까." 나는 생각난 듯이 덧붙여 말했다. "그렇지 않으면 러시아든가."

슬레이드는 얼굴을 들었다.

"어째서 러시아인이라고 생각하는 거야?"

나는 미소지으며 시원스럽게 말했다.

"나는 늘 러시아인들을 생각해요. 프랑스인이 항상 섹스만 생각하는 거나 마찬가지지요." 나는 슬레이드 쪽으로 몸을 구부리고, 담배를 꺼냈다. "게다가 녀석들은 내 이름을 스튜어트 센이라고 부르더라니까!"

"그래서?"

"왜냐하면 녀석들은 내 정체를 알고 있었으니까…… 현재의 내가 아니고 예전의 내 정체를 말이오. 거기에는 차이가 있어요."

슬레이드는 시선을 그레이엄에게 돌리더니 분명하게 말했다.

"밖에서 기다리고 있어."

그레이엄은 마음에 상처를 받은 표정으로 얌전하게 문 쪽으로 갔다. 그가 문을 닫자 내가 말했다.

"아, 잘 됐어. 이제 어린아이가 없으니까 우리 어른들끼리 얘기를 할 수 있게 되었군. 도대체 어디서 저런 사람을 데려온 거요? 내가 말하지 않던가요, 일을 하는데 훈련생은 안 된다고."

"어째서 저 사람을 훈련생이라고 생각하지?"
"어째서라니, 저 녀석은 아직 풋내기 아니오?"
"저 녀석은 우수한 사나이야."

슬레이드는 그렇게 말하고 침대 위에서 마음이 차분하지 않은 듯 몸을 움직였다. 그는 잠시 가만히 있다가 말을 이었다.

"어쨌든, 자네는 일을 모두 엉망으로 만들어 놨어. 작은 물건 하나를 A에서 B로 옮겨주는 간단한 일인데, 그것을 실패한 거야. 자네가 쓸모없다는 것은 이미 알고 있었지만, 이렇게까지 실망스러울 줄은 몰랐네." 그는 손가락을 움직였다. "그리고 녀석들은 자네를 스튜어트 센이라고 불렀다지! 무슨 뜻인지 알고 있겠지?"

나는 언짢은 기분을 느끼면서 말했다.

"케니킹 말이오? 녀석은 이곳 아이슬란드에 있소?"

슬레이드는 양 어깨를 구부리고 나를 옆 눈으로 보았다.

"나도 모르겠어…… 자네는 케플라비크에서 연락받았을 때 뭐라고 했던가?"

나는 어깨를 으쓱했다.

"준비된 차를 운전하여 크리스비크를 지나 레이캬비크까지 가서 차를 사거 호텔 밖에 놓고 가라고 해서, 나는 시킨 대로 했을 뿐이오."

"무슨 다른 성가신 일이 생기지는 않았던가?"

나는 시치미를 떼고 물었다.

"내가 그렇게 되도록 예정되어 있었던 거요?"

그는 초조하게 고개를 흔들었다.

"우리는 혹시 무슨 일이 생길지도 모른다고 듣고 있었지. 그래서 자네한테 길을 돌아서 가도록 하는 것이 좋다고 생각했었네."

그는 불안한 표정을 하고 일어서서 문께로 갔다.

"그레이엄!"
내가 말했다.
"이번 일은 모두 미안하게 됐소, 슬레이드, 정말 미안해요."
"사과하면 뭘 하나? 소용없는 일이야. 우리는 이 사태를 어디까지 수습할 수 있을지 해보는 데까지 하는 수밖에 없어. 빌어먹을! 우리 국에 인력이 모자라서 자네를 썼던 건데…… 이제 우리는 자네가 저지른 바보짓 때문에 한 나라 전체를 봉쇄하지 않을 수 없게 된 걸세."
그는 그레이엄에게 엄명했다.
"런던의 국으로 전화를 걸어. 나는 밑으로 내려갈 테니. 그리고 공항에 있는 리 대위에게 전하라고, 5분 전에 연락하면 언제든지 비행기가 출발할 수 있도록 대기시켜 놓으라고 말야. 우리는 서둘러 행동하지 않으면 안 되게 되었어."
나는 가벼운 헛기침을 했다.
"나도 말이오?"
슬레이드는 나에게 못마땅한 표정을 지었다.
"뭐라고! 자네는 이 작전에서 완전히 실패했어."
"그럼, 나는 어떻게 해야 되는 거요?"
"지옥이든 어디든 가고 싶은 데로 가고, 레이캬비크로 되돌아가서, 여름 내내 여자 친구하고 틀어박혀 있으면 되잖아." 그는 뒤돌아보다가 그레이엄과 부딪쳤다. "도대체 뭘 꾸물대는 거야?" 그는 고함을 지르고 그레이엄은 뛰어나갔다.
슬레이드는 문 앞에 멈춰 서서 돌아보지도 않고 말했다.
"그러나 자네는 케니킹에게 신경을 쓰는 것이 좋아. 그 녀석을 붙잡아 놓는데 나는 손가락 하나 까딱하지 않을 테니까. 빌어먹을. 그 녀석이 자네를 찾아내도 좋다는 생각이 들 정도야."

문은 소리를 내면서 닫히고, 나는 침대에 차분히 앉아 생각했다. 만일 케니킹을 다시 만나게 되는 날이면 죽음과 맞서는 꼴이 될 것이다.

제2장

1

아침 식사가 끝날 무렵, 에린한테서 전화가 걸려왔다. 차가 공회전하는 소리가 희미하게 들리는 것으로 보아서, 그녀가 랜드로버의 라디오 전화를 쓰고 있다는 것을 알 수 있었다. 아이슬란드에서 장거리 여행을 하는 차는 거의 라디오 전화를 장치하고 있다. 험난한 지형 때문에 꼭 필요한 안전 수단이다. 그것은 흔히 얘기되는 설명이지만 사실은 전혀 다르다. 아이슬란드인은 전화를 좋아하고, 지구상에서 가장 말하기 좋아하는 국민 가운데 하나인 것이다. 1인당 전화 사용 횟수가 미국과 캐나다 다음 간다고 한다.

그녀가 나한테 간밤에 잘 잤느냐고 묻기에 나는 잘 잤다고 대답한 뒤 "언제 여기에 도착할 수 있지?" 하고 물었다.

"11시 반쯤요."

"그럼, 캠프장에서 만나요."

그때까지 2시간쯤 여유가 있기 때문에, 나는 관광객처럼 아크레일리 시내를 돌아다니면서, 여기저기에 있는 가게를 드나들고, 갑자기 되돌아서기도 하면서 바보 같은 짓으로 시간을 보냈다. 또 에린과 캠프장에서 만나 여기저기를 함께 다녔다. 그리고 이젠 미행하는 자가 없다는 것을 확인하였다. 슬레이드가 나에게 앞으로는 할 일이 없다고 한 것이 사실임을 실감했다.

나는 랜드로버의 문을 열고 말했다.

"저쪽으로 타라고, 내가 운전할 테니까."

에린은 놀라며 나를 보았다.

"여기에는 더 있지 않겠어요?"

"시내에서 좀 떨어진 데로 가서 점심을 먹기로 해. 당신하고 얘기하고 싶은 말도 있고."

나는 해변가 도로를 북쪽으로 달리며 속력을 한껏 높여, 혹시 뒤따라오는 차가 없는가 신경을 썼다. 아무도 따라오는 자가 없다는 것을 알고 마음을 놓았으나, 에린의 눈빛에서는 좀처럼 불안한 기색이 가시지 않았다. 그녀는 내가 무엇인가에 마음을 빼앗기고 있다는 것을 알고 일부러 침묵을 지켰던 것 같은데 이윽고 입을 열었다.

"무슨 좋지 않은 일이라도 있나요?"

"그래. 그래서 의논을 하고 싶은 거야."

스코틀랜드에서 슬레이드는 이 작전에 에린이 말려들지 않도록 하라고 경고했었다. 그는 또 공무원 비밀유지법과 비밀을 누설하는 경우의 벌칙까지 언급하였다. 그러나 나는 에린과의 장래 생활이 소중하기 때문에, 그녀에게 그런 사실을 말해 두는 것이 필요하고 슬레이드의 경고 따위는 뒷전이라고 생각했다.

나는 속도를 줄여, 도로를 왼쪽으로 비켜서 잔디밭으로 들어가, 바다가 잘 보이는 데서 차를 세웠다. 조약돌이 쌓인 곳에서 회색의 해면까지 깎아지른 듯한 벼랑으로 이어져 있고, 멀리 그림세이 섬이 안개 속에 희미하게 보였다. 이 작은 섬 말고는 우리와 북극 사이에 무엇 하나 가리는 것이 없었다. 여기가 시원스런 북극해인 것이다.

내가 말을 꺼냈다.

"에린, 당신은 나에 대해서 무엇을 알고 있지?"

"이상한 질문을 다 하는군요. 당신은 앨런 스튜어트, 내가 가장 좋아하는 사람이지요."

"그것뿐이야?"

그녀는 어깨를 으쓱했다.

"그 이상 내가 무엇을 더 알 필요가 있겠어요?"

나는 미소지었다.

"호기심도 없는 거야, 에린?"

"어머, 난들 왜 호기심이 없겠어요. 하지만 억제하고 있는 거지요. 혹시 당신이 나한테 뭔가 알고 싶은 게 있으면 물어 보세요." 그녀는 조용히 말하면서 좀 머뭇거렸다. "당신에 대해서 한 가지 아는 게 있는걸요."

"그게 뭔데?"

그녀는 내 얼굴을 바라보았다.

"당신이 상처를 입었다는 것, 그리고 그것은 우리가 만난 때보다 훨씬 오래 전에 있었던 일이 아니라는 거예요. 그래서 나는 마음속에만 두고…… 그 상처를 건드려서 묻고 싶지 않았던 거예요."

"당신은 감수성이 아주 예민한 여자야. 내 얼굴에서 그런 것을 느꼈으리라고는 전혀 생각하지 않았는데…… 이 말을 들으면 당신이 놀라겠지? 나는 전에 영국의 정보부원이었어. 첩보원 말이야."

그녀는 이상한 듯이 나를 찬찬히 보았다. 그리고 입속말로 중얼거리듯이 말했다.

"첩보원이라구요?…… 정말 깜짝 놀랐어요. 그것은 별로 자랑스러운 직업이 아니잖아요…… 당신은 결코 그런 타입이 아니에요."

나는 스스로를 비웃듯이 대답했다.

"얼마 전에 어떤 사람도 나한테 그렇게 말하더군……. 하지만 사실인걸."

그녀는 잠시 말이 없었다. 얼마 뒤에 그녀는 입을 열었다.

"당신이 첩보원이었다고요, 앨런? 당신이 과거에 무엇을 했든 상관없어요. 나는 현재의 당신을 사랑하고 있으니까요."

"과거라는 것은 뒤쫓아 올 수도 있는 거야. 나한테는 그랬어. 슬레이드라는 사나이가 있었는데……."

나는 말을 더듬었다. 내가 지금 옳은 일을 하고 있는지, 자신이 없었다.

"그래서요?"

그녀가 말을 재촉했다.

"그 녀석이 스코틀랜드까지 나를 만나러 온 거야. 당신한테 얘기하지, 스코틀랜드에서 슬레이드가 한 말을."

2

그날의 사냥 성적은 제로였다. 전날 밤에 무엇이 사슴을 그렇게 놀라게 했을까? 내 짐작으로 마땅히 있어야 될 골짜기에서 멀리 떨어진 가파른 비탈로 올라가버린 것이다. 나는 망원 조준경으로 그들의 모습을 쫓았다. 얕은 회갈색의 사슴이, 황무지 사이에서 풀을 뜯고 있는 장면을 포착했다. 내가 사슴에게 가까이 접근할 수 있는 유일한 기회는 풍향에 달렸는데, 바람이 위쪽으로 불고 있기 때문에, 이 계절의 마지막 날이기도 한 이날 사냥은 망쳐버리고 만 것이다, 그래서 사슴들로서는 올 여름 내내 안전한 세월을 보내게 되었다.

그날 오후 3시에, 나는 짐을 챙겨 집을 향해 스글 모어 산을 내려오는데 오두막 밖에 차가 세워져 있고, 작은 사람 그림자가 왔다갔다 하는 것이 보였다. 산에 있는 내 오두막은 보통 여행자로는 진절머리가 날 정도로 험난한 길을 더듬어 올라와야 했기 때문에, 여기까지 찾아오는 사람은 대개 몹시 나를 만나고 싶어하는 사람일 수밖에 없었다. 역으로 그것이 딱 들어맞지 않을 수도 있지만, 어쨌든 나는 은거하고 있는 사람으로서는 그다지 손님을 반기지 않는 편이었다.

그래서 나는 아주 조심스럽게 접근하면서, 헛간 옆에 있는 바위 그늘에서 걸음을 멈췄다. 나는 엽총을 내려 탄알이 들어 있지 않은 것을 다시 한 번 확인한 후 어깨에 멨다. 망원 조준경에 뚜렷이 한 사나이의 모습이 나타났다. 그 녀석은 등을 이쪽으로 향하고 있었는데 뒤돌아보자 곧 그것이 슬레이드라는 것을 알았다.

나는 그 녀석의 파르께한 큰 얼굴에 십자 표지를 조준하여 살며시 방아쇠를 당겼다. 공이치기는 탁 소리를 내며 빈 뇌관을 때렸다. 나는 탄알을 장전했더라도 마찬가지로 그 녀석을 쏘았을 것이다. 이 세상은, 슬레이드 같은 패거리들이 사라져야 살기 좋아질 것이다. 하지만, 탄알을 넣는 것은 너무나 고의적인 행위라는 생각이 들어, 총을 내리고 걸어갔다. 그 총에 탄알을 장전해 놓았어야 했는데.

내가 가까이 가자 그는 뒤돌아보며 손을 흔들었다. "안녕" 하면서 그는 마치 늘 찾아오는 환영객처럼 혼연스럽게 말을 꺼냈다.

나는 그가 있는 데까지 갔다.

"어떻게 나를 찾아온 거요?"

그는 어깨를 으쓱해 보였다.

"그렇게 어려운 일은 아니었어. 자네는 내 방법을 잘 알고 있지 않나?"

나는 그것을 알기 때문에, 그 방법이 싫었다.

"샤일록의 흉내는 그만두시오, 용건은 뭐요?"

그는 오두막 문 있는 데로 손을 흔들어 보였다.

"안으로 들어가자는 말도 안 하나?"

"당신이 하는 짓은 뻔하잖아? 이미 다 살펴보았을텐데."

그는 놀란 표정을 지으며 양손을 저었다.

"내 명예를 걸고 말하는데, 그런 짓은 절대 하지 않았네."

나는 웃음이 터질 뻔했다. 이 사나이에게 명예 따위는 있을 수 없기 때문이다. 내가 등을 돌려 문을 열자, 그는 내 뒤를 따라 들어오면서 비난 투의 소리를 냈다.

"자물쇠도 채워두지 않나? 사람을 너무 믿는군."

나는 흔연하게 대답했다.

"여기에는 훔쳐갈 만큼 값진 것은 아무것도 없어."

"자네의 목숨밖에 없겠구먼" 하고 말하면서 그는 나를 날카롭게 응시했다.

나는 그 말을 들은 체 만 체하면서 엽총을 선반 위에 올려놓았다. 슬레이드는 신기한 듯 주위를 둘러보았다.

"검소하군, 분위기가 좋은데…… 한데 어째서 그 큰 집에서 살지 않고?"

"당신이 알 바 아니오."

그는 의자에 앉았다.

"그럴지도 모르지…… 자네는 스코틀랜드에 숨으면 아무도 못찾을 것으로 생각하였겠지. 보호색을 덮어 쓴 셈이었구먼? 뭇사람들 사이에 숨어버린 은자와 같이 말이야. 자네는 우리를 좀 고생시켰어."

"내가 숨어버렸다고? 나는 스코틀랜드인이오."

그는 크게 웃었다.

"그렇겠지. 아버지 쪽 할아버지부터 그랬을 뿐이야. 자네가 스웨덴인이었던 것은 그리 먼 옛날 이야기도 아니거든…… 그 전에는 핀란드 인이었고, 물론 그 무렵의 자네는 스튜어트 셴이었겠지."

나는 진저리를 치며 물었다.

"그런 시시한 옛날 얘기나 하려고, 5백 마일의 여행을 한 거요?"

"자네는 꽤 건강해 보이는구먼."

나는 듣기 싫은 말을 쏘아붙였다.

"당신한테 똑같이 듣기 좋은 말을 할 수 없겠는데, 당신은 건강 상태가 안 좋은 것 같군. 너무 살이 찌고."

그는 웃는 소리로 이렇게 얼버무렸다.

"좋은 음식들을 너무 잘 먹어서 그래, 성찬을 여왕 폐하의 경비로 말이야." 그는 살찐 손을 내저었다. "그럼, 용건을 말하지, 앨런."

"당신한테는 미스터 스튜어트일 텐데?"

그는 좀 언짢은 듯한 말투로 대답했다.

"아, 내가 싫다는 게지. 하지만 그런 것은 상관없어…… 별로 대단한 일이 아니니까. 나는…… 우리는 말이지…… 자네한테 일을 맡기고 싶은 거야. 그리 어려운 일도 아닐세."

"정신이 돌은 것 아니오?"

"자네가 어떻게 생각하고 있는지는 알아……."

나는 날카롭게 말했다.

"당신은 아무것도 몰라. 그런 일을 겪었는데, 내가 당신을 위해서 또 움직일 것으로 생각한다면, 당신은 내가 생각했던 것 이상으로 정신이상자야."

물론 나도 잘못이 있었다. 슬레이드는 내가 어떻게 느꼈던가를 잘 알고 있다. 사람의 심리를 알고 그들을 도구처럼 쓰는 것이 그의 역할이었던 것이다. 나는 그가 압력을 가하여 오기를 은근히 기다렸다. 그는 당연한 일처럼 그렇게 나왔고, 그리고 그것은 그가 늘 써먹는 비겁한 수법이기도 했다.

"그럼 지나간 얘기를 좀 해볼까? 자네는 케니킹을 잘 알고 있겠지?"

나는 잘 알고 있었다. 케니킹을 잊기 위해서는, 완전한 건망증이라도 걸리지 않으면 안 되었다. 내 눈앞에 마지막으로 나타났을 때의 그 녀석 얼굴이 맴돌았다. 회색의 작은 조약돌 같은 두 눈이 슬라브인 특유의 우뚝한 턱뼈 위에 초롱초롱 빛나고 오른쪽 관자놀이에서 입가로 그어진 상처가, 푸른 살갗에 뚜렷하게 드러나 있었다. 그 녀석은 그때 나를 죽이려고 좀이 쑤셨던 것이다.

나는 침착하게 말했다.

"케니킹이 어떻다는 거야?"

"그 녀석이 자네를 찾고 있다는 소문을 들었네. 자네는 그 녀석을 바보 취급했고, 그는 그것이 못마땅했던 거야. 그 녀석이 자네를 붙잡으려고 하고 있어……." 슬레이드는 생각을 정리하는 듯이 잠깐 말을 멈췄다. "우리의 미국인 동료였던 CIA의 사나이가 썼던 명문구가 생각나는군. 아, 그렇지…… 생각났어. 케니킹은 자네를 극단적인 편견을 이유로 끝내 버리고 싶은 거야. KGB에서도 그 말을 그대로 쓰고 있는지 모르겠네만."

한밤중에 홍두깨처럼 나에게는 큰 충격이었다.

"그래서?"

"그는 아직도 자네를 찾고 있는 중일세."

"어째서? 나는 이제 정보국 소속도 아니잖아?"

슬레이드는 손톱을 바라보았다.

"아, 하지만 케니킹은 그것을 모르고 있지. 우리는 그 정보를 그에게 숨겼거든……. 그렇게 하는 것이 유익하다고 생각했기 때문이야."

나는 그가 어떤 말을 끄집어낼지 알았지만 슬레이드 자신의 입으로 그 말을 뚜렷이 하도록 시키고 싶었다. 그가 싫어하는 진솔한 말로 지껄이게 하고 싶었던 것이다.

"그러나 그 녀석은 내가 어디에 있는지 모르잖아?"

"그렇겠지. 그러나 누군가가 그 녀석에게 가르쳐주면 어떻게 되지?"

나는 몸을 앞으로 구부리고 물끄러미 슬레이드를 응시했다.

"그래서 누가 가르쳐준다는 거야?"

녀석은 분명하게 말했다.

"내가 하지…… 필요하다고 생각되면 말이야. 내가 해야 되지 않겠어? 물론 제3자를 통해서. 마음만 먹는다면 그런 일쯤 식은 죽 먹기 아니야?"

배신한다는 협박은 슬레이드로서는 새삼스러운 일은 아니다. 녀석은 부패와 배신 속에서 이제까지 그런 일을 해온 작자다. 나도 그에게 돌을 던질 수 있는 입장은 못 된다. 그것은 내 일이기도 했던 것이다. 하지만 그 녀석과 나와는 큰 차이가 있다. 슬레이드는 그런 일이 좋아서 앞장섰던 인물인 것이다.

나는 그가 불필요한 시시한 소리를 계속한 끝에, 요점을 말할 때를 기다렸다.

"케니킹은 능률적인 대단한 암살단을 이끌고 있어. 그런 것은 우리의 경험으로도 알 수 있지. 그렇지? 첩보원 몇 사람이 케니킹의 부하에게…… 끝내 그렇게 당했으니까."

"어째서, 분명하게 살해되었다고 말하지 않는 거야?"

슬레이드는 눈살을 찌푸렸다. 탐욕스런 눈은 기름기가 번들번들한 살찐 얼굴 속에 파묻혀 있었다.

"자네는 항상 우둔한 소리를 잘한단 말이야, 스튜어트, 자네 자신을 위해서도 너무 둔감한 것 아니야? 자네가 나하고 타거트 사이를 이간시키려고 했던 일을 잊지 않고 있겠지? 그때도 자네가 그런 소리를 한 것을 기억하고 있다고. 내가 한 번 더 말해 주지…… 자네는 지미 버크비를 살해했어."

"내가 말이야? 그 녀석 차에 플라스틱 폭약을 넣은 것은 누군데? 뇌관으로부터 몰래 전선을 이어 놓은 것은 누구야? 당신 아닌가 말이야!"

그는 손을 흔들어 내 말을 가로막았다. "그렇게 했으니까, 자네는 케니킹의 다음 자리를 차지한 것 아닌가? 그 일로 케니킹에게 신임을 받고, 그 덕분에 우리는 그를 파멸시킬 수가 있었어. 자네는 정말 멋지게 해낸 거야, 스튜어트…… 좀더 크게 생각해봐."
"아니야, 당신은 나를 이용했어."
그는 냉혹하게 말했다.
"그러니까 나는 자네를 다시 쓰려고 하는 거야. 아니면, 자네를 케니킹에게 넘겨주는 것이 좋겠나?" 그는 갑자기 웃기 시작했다. "잘 알고 있겠지만 케니킹은 자네가 정보국에 있든 없든 그건 별문제라고, 그 녀석은 자네의 몸뚱이 전체를 노리고 있어."
나는 그를 응시했다.
"도대체 그게 무슨 의미야?"
슬레이드는 놀란 것처럼 말했다.
"케니킹이 임포가 된 것을 몰랐나? 자네가 최후의 한 방으로 그 녀석을 죽이려고 했던 것은 알고 있겠지? 그러나 그때는 어두워서, 자네가 그 녀석을 부상시킨 줄로만 알았네. 그런데 그게 단순한 일이 아니었어…… 자네는 그 가엾은 사나이를 거세시켜 버린 걸세."
그의 배 위에서 깍지 낀 양손이 웃음과 함께 떨리고 있었다. "좀더 잔인하게 말한다면…… 자네처럼 우둔하게 말하면…… 자네는 그 녀석의 불알을 날려버린 거야. 만일, 그 녀석이 자네를 붙잡는다면…… 그때는, 그 녀석이 무슨 짓을 할 것 같나?"
나는 <u>으스스</u>한 냉기를 느끼며 창자에 구멍이 뻥 뚫리는 기분이었다. 슬레이드는 철학 냄새를 풍기는 한마디를 뱉었다.
"자네가 이 세상에서 선택할 수 있는 길은 오직 한 가지, 그것은 죽는 일이야…… 자네는 나름대로 시도했지만, 잘 되지 않았던 것 아닌가?"

녀석이 말한 대로였다. 그 밖에 다른 방도를 기대할 수 없었던 것이다.

"결국 요점은 이런 거지⋯⋯ 당신은 나한테 일을 시키려고 한다. 내가 하지 않는다면 당신은 적에게 알려서 나를 처치하도록 한다⋯⋯ 그리고, 당신의 손은 이론상, 더럽히지 않고 깨끗한 채로 있게 한다."

"아주 간결하게 핵심을 잘 짚었네. 자네는 항상 훌륭하고 시원스런 보고서를 잘 썼으니까."

슬레이드는, 좋은 논문을 쓴 학생을 칭찬하는 학교 선생 같은 소리를 했다.

"도대체 무슨 일을 하라는 거야?"

"이제야 겨우 말이 통하는구먼." 그는 고개를 끄덕이더니 종이 한 장을 꺼냈다. "우리는 자네가 해마다 아이슬란드에서 여름 휴가를 보내는 것을 알고 있어, 한 번 가면 3개월이나 4개월씩 말이야. 아직 추운 북국 사람다운 습관에서 벗어나지 못했기 때문이 아닐까? 자네는 스웨덴으로 돌아가지도 못했지, 핀란드는 더 위험해. 즐기기에는 러시아의 국경이 너무 가깝거든." 그는 양손을 폈다.

"그런데, 누가 아이슬란드까지 가야겠어."

"그럼, 일은 아이슬란드로 가서 해야 되나?"

그는 손톱으로 그 종이를 툭툭 쳤다.

"바로 그렇다네. 자네는 늘 긴 휴가를 취하고 있지 않나? 무슨 비밀 수입원이라도 가진 게 아냐? 정보국은 자네한테 잘 해준 셈이지."

나는 짧게 말했다.

"정보국에서 받은 것은 아니야, 내 것이지."

그는 그 말을 무시했다.

"자네는 아이슬란드에서 정말 잘 해왔네. 가정적인 즐거움에서 사랑의 보금자리까지 모두 다 말이야. 젊은 부인이더군……."

"그녀는 여기에 관련시키지 않겠어."

"내가 하고 싶은 말야. 그녀를 끌어들이는 것은 가장 바보짓이지. 그녀에게는 몹시 위험한 일이 될지도 모르니까. 나 같으면 그녀에게 이 일에 대해서 입도 벙끗하지 않겠네."

녀석의 음성은 제법 친절했다. 슬레이드는 분명히 숙제를 가지고 왔다. 에린까지 알고 있다면, 꽤 오래 전부터 나를 살피고 있었던 것이 확실하다. 내가 숨어 있다고 생각한 그동안, 나는 계속 그의 현미경 밑에 있었던 셈이다.

"작업에 대한 말을 해 줘야지."

"케플라비크 국제 공항에서 포장물을 받는 일일세." 그는 양손으로 포장물의 크기를 가르쳐 주었다. "가로 20센티미터에 세로 10센티미터, 두께는 5센티미터 정도야. 자네는 그것을 아크레일리에서 어떤 사나이에게 건네주기만 하면 돼…… 어딘지 알겠지?"

"알고 있어."

나는 그가 다음 말을 잇기를 기다렸으나 그는 아무 말이 없었다. 그래서 내가 물었다.

"그게 전부인가?"

"그것이 전부야. 아주 쉽게 할 수 있는 일이지."

나는 믿기지 않아 그를 물끄러미 쳐다보았다.

"쓸데없는 말을 지루하게 하면서 협박까지 해 놓고, 고작 나한테 심부름꾼 노릇을 하라는 건가?"

그는 불쾌한 표정으로 말했다.

"그런 점잖지 않은 말은 쓰지 않는 게 좋아. 이것은 실지 작업에서 멀어진 사람에게 알맞은 일이라고. 자네 같은 사람에게 말야. 중요한 일인데다가, 자네가 가까이 있기에 자네를 써보려고 하는 거야."

나는 계략을 써 보았다.

"갑자기 일어난 일이었군? 나를 써야 될 정도면?"

슬레이드는 손을 내저었다.

"너무 인원이 모자라기 때문이야. 과대망상중에는 걸리지 말게나 …… 장독 밑바닥까지 싹싹 긁어서 자네를 쓰기로 했으니까."

슬레이드는 자기의 목적에 맞는다고 생각하면 완전히 둔감해지는 사나이였다. 나는 어깨를 움츠리고 물었다.

"아크레일리에 있는 사람이라면 누구를 말하는 거지?"

"그 녀석이 자기 정체를 가르쳐 줄 걸세." 슬레이드는 자기의 지갑에서 종이 한 장을 꺼내어, 그것을 들쭉날쭉하게 찢었다. 나한테 준 한쪽을 보았더니 그것은 100크로나 지폐의 절반이었다. "그 녀석이 나머지 반쪽을 가지고 있을 거네. 옛날 방식이 최고라고 생각하지 않는가? 능률적이고 간단해."

나는 내가 받은 찢어진 아이슬란드의 지폐를 들여다보면서, 짓궂은 말투로 한마디 던졌다.

"이 일로 나한테도 대가가 있나?"

"물론 지불하고말고. 여왕 폐하의 정부는 값진 일을 하는 사람에게는 인색하지 않아. 200파운드면 어떤가?"

"그럼 그것을 옥스팜으로 보내주게나, 이 악당아!"

그는 간절히 바라는 표정으로 고개를 흔들었다.

"자네 말대로 하겠네. 믿어 줘서 고마워."

나는 슬레이드를 물끄러미 보았고, 그는 어린애처럼 정직한 눈으로 나를 마주보았다. 나는 어쩐지 무슨 작전 같은 냄새가 마음에 들지 않았다. 너무나 협잡 같은 느낌이다. 어쩌면 그는 나를 모르모트로 삼아 훈련 연습을 하려고 하는지도 모른다. 정보국은 자주 그런 게임을 새로 온 요원에게 시키지만, 거기에 참가한 사람은 모두 그 실상을 모르는 것이다. 만일 슬레이드가 나한테 가르쳐 주지도 않고, 훈련 계획에 나를 이용하려고 한다면, 나는 사디스트적인 악당을 목 졸라 죽이고 싶은 심정이 될 것이다. 그래서 시험삼아 이렇게 말했다.

"슬레이드, 자네가 나를 연습 시합용 축구공으로 쓰려고 한다면 위험한 짓이 될지도 몰라. 자네의 젊은 첩보원 몇 명을 잃을지도 모르는 거야."

그는 충격을 느낀 듯했다.

"그런 짓은 하지 않아."

"알았어. 혹시 누군가가 그 포장물을 빼앗으려고 하면 어떻게 해야지?"

그는 확실하게 말했다.

"막아야지."

"무슨 짓을 해서라도 말이지?"

그는 미소지었다.

"죽여서라도…… 라는 의미야? 무슨 방법이든지 좋을 대로 하면 돼. 어떻게 해서든지 그 포장물을 아크레일리까지 가져가는 걸세." 그는 즐거운 듯이 배를 벌렁거리며 작은 소리로 나를 놀렸다. "살인꾼, 스튜어트! 좋았어."

나는 고개를 끄덕였다.

"알고 싶었을 뿐이야. 인원이 모자란다는데 문제를 더 어렵게 하고 싶지는 않아. 아크레일리 다음은…… 그 다음은 어떻게 되는 거지?"

"자네가 즐기는 길을 가면 되잖아? 그 휴가를 끝까지 즐기는 걸세. 여자 친구하고 사이좋게 지내면서 말이야. 공기처럼 자유롭게 사는 거지."

"당신이 그 다음에 찾아올 때까지 말인가?"

슬레이드는 분명하게 말했다.

"그런 일은 결코 없을 거야. 세계는 자네를 떼놓고 움직이고 있는 걸세. 옛날과는 많이 달라졌어…… 기술도 많이 변한 거야…… 자네가 알 수 없을 정도의 변화라고. 실지의 작업에서는 자네는 전혀 쓸모가 없게 됐어, 스튜어트. 하지만 이 일은 간단하니까, 자네는 그냥 메신저 노릇만 하면 되는 걸세."

그는 좀 경멸하는 표정으로 방 안을 둘러보았다.

"자네는 여기에 돌아와서, 평화스런 시골 생활을 즐기면 좋지 않겠어?"

"그럼, 케니킹은?"

"아, 그 점에서는 아무 약속도 할 수가 없어. 그 녀석은 자네를 찾아낼지도 모르고 못 찾을지도 몰라. 그러나 그 녀석이 찾아낸다고 해도, 그건 내 탓이 아니야. 그것은 보증하지."

"그것만 가지고는 충분하지 않아. 내가 4년 동안 정보국원이 아니었다는 것을 그 녀석에게 꼭 전해 줘야 돼."

그는 한가롭게 대답했다.

"그렇게 할지도 몰라, 그럴지도 말이야." 그는 일어서서 코트의 단추를 끼웠다. "물론 그가 그것을 믿을지 어쩔지는 별문제이고, 그것으로 어떤 차이가 생길지 모르겠어. 그에게는 그 녀석 나름의 전혀 프로답지는 못하나마, 자네를 찾아내고 싶은 이유가 있을지도 모르겠네. 그는 칼바도스나 한잔 함께 하자고 하기보다는, 날카로운 칼로 자네를 수술하려 들 걸세."

그는 모자를 들고 문으로 걸어갔다.

"자네는 출발하기 전에, 포장물을 받을 때의 주의 사항을 지시받아야 돼. 다시 만나게 되어 즐거웠네, 미스터 스튜어트."

"나도 똑같은 말을 하고 싶은데!"

그렇게 말하자 그도 즐거운 듯이 웃었다.

나는 그의 차가 서 있는 데까지 따라가서, 오두막 밖에서 기다리던 그를 노려보았던 바위 쪽을 가리켰다.

"나는 저기에서 엽총으로 자네를 조준했었네. 방아쇠를 당기기도 했지만 불행하게도 엽총에는 탄알이 들어 있지 않았었지."

그는 확신에 찬 얼굴로 나를 응시했다.

"만일 탄알이 들어 있었다면, 자네는 방아쇠를 당겼을 리가 없어. 자네는 문화적인 사나이야, 스튜어트. 너무 문화적이라고. 나는 늘 그런 생각을 하지, 오랫동안 자네가 어떻게 정보국에서 그만큼 참고 견디었을까 하고 말이야…… 자네는 항상 큰 일이 생기게 되면 너무나 마음이 유약했어. 내가 결정을 내리는 입장에 있었다면, 자네는…… 진작 처치해 버렸을 거야."

나는 그의 차갑고 푸른 눈을 바라보며, 혹시 그가 결정을 내리는 입장에 있었다면 나는 절대로 은퇴를 허락받지 못했을 것이라는 것을 알았다. 그가 말했다.

"공무원 비밀유지법의 조문을 외우고 있겠지?" 그는 미소지었다. "물론, 자네는 외우고 있으리라고 믿어."

내가 물었다.

"당신 계급은 이제 어느 정도야, 슬레이드?"

그는 유쾌한 듯이 말했다.

"톱에 아주 가까워. 실제, 타거트의 바로 다음 자리야. 나는 이제 결정을 내리는 지위가 됐네. 가끔 수상과 점심을 같이 하기도 하지."

그는 만족한 듯이 웃음소리를 내며 차에 올라탔다. 그리고 유리창을 내리고 말했다. "또 한 가지. 그 포장물 말인데…… 열어 보면 안 돼. 잘 기억해 두라고. 호기심 때문에 고양이가 어떻게 되었던가를 알잖아."

그가 산길을 흔들리면서 내려가고, 그 모습이 사라지자 골짜기 사이가 훨씬 상쾌해진 듯했다. 나는 저쪽 높은 데를 쳐다보면서 우울한 기분이 되었다. 20분쯤 되는 사이에 나의 세계는 뿔뿔이 흩어져 버리고, 그 파편을 주워 모으는 데 얼마나 어려움을 겪게 될지 모르는 일이다.

그리고 뜬 눈으로 밤을 지새운 다음날 아침, 나는 내가 해야 될 일은 오직 한 가지밖에 없다는 것을 알았다. 슬레이드를 따라 그의 명령을 실행하고, 꺼림칙한 포장물을 아크레일리로 나르고, 그 이상 말려들지 않고 자유스런 몸이 되기를 하느님께 기도하는 일 뿐이었다.

3

내 입은, 말과 담배 때문에 바싹 말라 있었다. 담배 꽁초를 차창 밖으로 던졌더니 그것이 돌 위에 떨어져 북극 쪽으로 쓸쓸한 연기 신호를 보냈다.

"요컨대 나는 협박을 당하여, 그 지시에 따르기로 한 거야."
에린은 앉은 자리에서 약간 몸을 움직였다.
"시원스레 얘기해주어서 고마워요. 어째서 당신이 갑자기 아크레일리로 가는 비행기를 타야 하는지, 이상하게 생각했어요." 그녀는 앞으로 몸을 구부리더니 또 죽 폈다. "하지만, 당신은 그 수수께끼 상자를 넘겨주었으니까, 하나도 걱정할 것이 없는 거지요?"

"문제는 바로 그 대목이야. 나는 건네주지 못했어." 나는 그녀에게, 아크레일리 공항에서 네 사나이에게 당한 일을 이야기해 주었고 그 말을 들은 그녀는 새파랗게 질렸다. "슬레이드는 런던에서 여기까지 날아 왔어. 그는 괴로워하는 것 같더군."

"그가 여기까지요…… 아크레일리로?"

나는 고개를 끄덕였다.

"그는, 이제는 나하고 아무 관계도 없다고 했어. 그러나 그렇지 않다는 것을 당신도 알겠지, 에린. 나하고 좀 떨어져 있어야 되겠어…… 잘못하면 당신한테까지 불똥이 튈지도 모르니까 말이야."

그녀는 조용히 나를 응시했다.

"당신은 숨김없이 나한테 모든 것을 털어놓지는 않았어요."

"그래…… 그렇지만 더 얘기하고 싶지도 않아. 당신을, 이 성가신 일로부터 멀리 떼놓고 싶을 뿐야."

"끝까지 다 얘기해 주세요."

나는 지그시 입술을 깨물었다.

"당신이 어디 숨어서 살 만한 데가 없을까?"

에린은 어깨를 움츠렸다.

"레이캬비크의 아파트가 있지 않아요?"

"거기는 안돼…… 슬레이드가 이미 거기를 알고 있고, 그의 부하가 그곳을 감시하고 있었으니까."

"아버지한테로 갈까요?"

나는 라그너 톨슨이라는 사람을 한 번밖에 만나보지 않았는데, 그는 스트란다시스라의 황야에서 살고 있는 완고한 농부였다. 에린이 거기에 간다면 안전할 성싶었다.

"아, 거기에 갈 수도 있겠네…… 혹시 당신한테 모든 것을 얘기한다면, 아버지한테로 가서 내가 연락할 때까지 그곳에서 기다려 줄 수 있겠나?"

에린은 타협하지 않고 대답했다.

"따로 보증은 하지 않겠어요."

"뭐라고! 혹시 여기에서 빠져 나가더라도 당신은 대단한 아줌마가 되겠지. 거기서 내가 견디어낼지 어떨지는 모르지만."
에린은 얼굴을 움찔했다.
"뭐라고 했지요?"
"이상한 표현이 됐지만 나는 당신한테 결혼을 하자고 하는 거야."
사태는 뒤죽박죽이 되었으나 우리가 서로 몸을 댄 것은 몇 분이 지난 다음이었다. 복숭아빛 얼굴에 머리가 헝클어진 에린은 수줍은 듯이 미소지었다.
"자, 말해 줘요!"
나는 한숨을 짓고 문을 열었다.
"말뿐이 아니라 아예 보여줄게."
나는 랜드로버의 뒤로 가서 테이프로 붙여놓은 가터로부터 편평한 금속 상자를 꺼냈다. 나는 그것을 손바닥 위에 놓아 에린 쪽으로 내밀었다.
"이것이 대소동의 근원이라고…… 당신이 이것을 레이캬비크에서 날라온 거야."
에린은 손가락으로 살짝 그것을 건드려 보았다.
"그럼, 그 사람들이 빼앗아 가지도 못했군요."
"녀석들이 가져간 것은, 본시 스코틀랜드의 과자가 들어 있던 금속 상자였어…… 솜과 모래를 가득 채워서 원래의 삼베로 싸서 꿰맨 것이야."

4

에린이 물었다.
"맥주를 드시겠어요?"
나는 히쭉 웃었다. 아이슬란드에서 밀조한 무미건조한 음료로서,

그것이 알코올과 닮은 것은 솜 과자와 설탕의 관계 같은 것이다. 에린도 웃었다.

"염려없어요. 비얄니가 요전에 그린란드에서 돌아올 때, 칼스버그를 한 상자 가져왔으니까요."

그것이 훨씬 좋았다. 덴마크인은 맥주에 대해서 잘 알고 있다. 나는 에린이 깡통을 따서 칼스버그를 따르는 것을 보고 있었다.

"당신은 아버지한테로 가서 거기에 있는 게 좋겠어."

그녀는 나한테 글라스를 건넸다.

"생각해 보겠어요…… 어째서 당신이 아직도 저 포장물을 가지고 있는지 궁금한데요."

"어쩐지 수상한 작업이었어…… 모든 데서 계략 같은 냄새가 나더란 말이야. 슬레이드는, 그레이엄이 적에게 미행당하고 있으니까, 마지막에 가서 나를 쓰기로 했다는 거야. 그런데 그레이엄은 습격당하지도 않았고…… 내가 습격을 당했다고." 나는 에린에게 린드홀므에 대한 말은 하지 않았다. 어느 정도의 긴장까지 그녀가 견딜 수 있는지, 알 수 없었기 때문이다.

"이상하다는 생각이 들지 않아?"

에린은 그 일을 좀 생각해 보았다.

"그래요, 좀 이상한 것 같아요."

"그리고 그레이엄은 우리 아파트를 감시했어. 적에게 감시당하고 있을지도 모르는 사나이로서는 이상한 행동 아니야? 그레이엄이 미행당하고 있었다고는 생각되지 않아. 슬레이드는 거짓말만 한 것 아니냐 말이야."

에린은 글라스의 가장자리에 묻은 거품을 조용히 바라보고 있는 것 같았다.

"적이라고 했는데…… 누가 적인 거예요?"

"KGB에 있는, 예전의 내 동료라고 생각해. 러시아 정보부 말이야. 틀릴지도 모르지만 나는 그렇게 생각하고 있어."

그녀의 긴장한 얼굴은 지금의 한마디에 오싹하는 반응을 보였기 때문에, 나는 슬레이드와 그레이엄의 얘기로 말을 돌렸다.

"또 한 가지…… 그레이엄은 내가 아크레일리 공항에서 습격당하는 것을 보면서도, 나를 돕기 위해서 손 하나 까딱하지 않았어. 적어도 카메라 박스를 가지고 달아나는 녀석을 뒤따라 갈 수 있었는데도 그렇게 하지 않았던 거야. 이것을 당신은 어떻게 생각하나?"

"모르겠어요."

나는 고개를 끄덕였다.

"모든 데서 고약한 냄새가 풀풀 난단 말이야. 슬레이드를 생각해 보자고…… 그는 그레이엄에게서 내가 실패했다는 보고를 받고 런던에서 왔어. 그리고 그가 어떻게 한 줄 아나? 그 녀석은 내 손목을 두드리면서 이 악동아, 그러더군. 슬레이드로서는 너무나 이상한 태도야."

"당신은 슬레이드를 믿지 않는군요?"

그것은 확신이 있는 말투였다.

나는 바다 가운데 보이는 그림세이 섬 쪽을 손가락으로 가리켰다.

"내가 슬레이드를 신용한다고 말하는 것은 내가 저 섬을 뒤집어 놓을 수 있다고 말하는 것이나 같아. 그 녀석은 복잡한 문제를 꾸며 낸 거야. 그래서 나는 내 목에 도끼가 내리쳐지기 전에 내가 먼저 숨을 데를 찾으려고 한 거지."

"그러면 저 포장물을 어떻게?"

나는 금속 상자를 들어 올렸다.

"이게 스타라니까. 슬레이드는 적의 손으로 들어갔다고 생각하고 있어. 하지만 그 녀석들이 가지고 있지 않는 한 큰 피해는 없는 거야. 그들이 아직 열어보지 않았다면 말이지."
"그것이 올바른 추리일까요?"
"그렇게 생각해. 공작원이라는 것은 별로 깊은 생각을 가지고 움직이는 게 아니거든. 나한테서 포장물을 빼앗은 네 명은 분명히 그것을 열어보지 않은 채 그대로 보스에게 가져가도록 명령을 받았을 거야."
에린은 상자를 바라보았다.
"속에 무엇이 들어 있을지 모르지요?"
나도 그것을 바라보았다. 그러자 에린은 다시 나를 바라보며 아무 말도 하지 않았다.
"깡통따개를 쓰는 것이 좋을지 모르지만 아직 따지는 말기로 하지. 모르고 있는 것이 차라리 나을지도 몰라."
에린은 절망한 듯한 소리를 냈다.
"어째서 당신네 남자들은 일을 그렇게 복잡하게 만드는지 모르겠어요? 그래서 당신은 앞으로 어떻게 할 작정인가요?"
나는 거짓말을 했다.
"조용히 숨어 있으려고 해…… 그러면서, 차분히 생각할 거야. 이 재수 없는 물건을 아크레일리의 우체국에서 유치하도록 보내놓고, 어디에서 찾으면 되는가를 슬레이드에게 전보로 알려주면 될까?"
나는 에린이 그 말을 믿어주기를 바랐다. 왜냐하면 나는 그것과는 전혀 다른, 그리고 훨씬 위험한 일을 해볼 생각이었기 때문이다. 누군가 곧 속은 것을 알게 된다. 그 녀석은 큰소리로 비명을 내기 시작하겠지. 그래서 나는 누가 비명을 지르는가를 알아볼 수 있는 가까운 거리에 있고 싶었다. 그러나 그런 일이 일어날 때, 에린을 곁에 두어서는 안 되는 것이다.
"조용히 숨어 있는 거예요……" 에린은 골똘히 생각한 듯한 말을 되풀이하면서 나를 보았다. "오늘 저녁, 아스뷜기는 어때요?"

나는 웃으면서 잔을 비웠다.

"아스뷜기라고! 거기 좋지."

5

젊은 오딘(북유럽 신화의 주신, 싸움 또는 만물의 아버지로 불림) 신이 북극권의 황야를 뛰어다녔다는 아득한 옛날, 그가 탄 말 슬레이프 닐이 비틀거리다가, 그 말굽으로 북부 아이슬란드를 짓밟았다. 그 말굽이 지면에 닿았던 자리를 지금 아스뷜기라고 부르고 있다. 전설은 그렇지만 내 친구인 지질학자는 좀 다르게 말했다.

아스뷜기는 2마일(약 3.2킬로미터) 너비의 말굽 모양을 한 바위의 지층이다. 그 안에는 거센 바람을 차단하는 방패막이가 됨으로써 아이슬란드로서는 드물게 나무들이 건실하게 잘 자라, 개중에는 20피트(약 6미터) 가까이 되는 큰 나무도 있는 곳이다. 거기는, 솟아오른 암벽으로 둘러싸인 싱그럽고 기름진 비옥한 땅이다. 전설과 더불어 나무들이 자라고 있는 경치 말고는, 사람들을 끌어들일 만한 것이 따로 없다. 그래서 관광객의 눈길을 끄는 데지만 거기서 밤을 새우는 사람은 없다. 더 중요한 것은 그곳이 큰 도로에서 동떨어진 곳에 있다는 것이다.

우리는 아스뷜기로 가는 좁은 입구를 지나, 거기를 찾아온 차바퀴로 생긴 길을 따라, 암벽이 양쪽에 가깝게 있고 나무들이 무성하게 자란 깊숙한 곳에 차를 세우고 거기에서 캠핑을 하기로 했다. 날씨가 웬만하면 땅바닥에서 자는 것이 우리의 습관이기 때문에, 나는 랜드로버 옆으로 비가리개를 세워 차에 딱 붙이고, 에린이 저녁 식사 준비를 시작하는 동안 공기 매트리스하고 침낭을 꺼냈다. 캠핑을 사치로 생각하는 사람도 있을지 모르지만, 우리는 분명히 불편을 겪는 짓은 하지 않았다. 나는 조립식 식탁과 의자를 세우고 에린은 스카치병과 글라스 두 개를 놓았다. 그녀는 나하고 한 잔씩 마시면서 스테이크를 구웠다. 쇠고기는 내가 아이슬란드에서 마음먹고 구한 사치품이었다. 누구든지 양고기는 싫증이 나버리니까.

조용하고 평화스럽게 마주 앉아 석양과 위스키를 아낌없이 즐겼다. 마음속에서는 가장 멀리 떨어져 있는 일을 두서없이 서로 지껄여댔다. 우리는 슬레이드와 그의 포장물이라는 성가신 문제에서 도망칠 필요가 있었고, 캠프를 치는 일은 즐거운 일상으로 되돌아가는 행위로서 우리는 거기에 마음으로부터 매달린 것이다.

에린은 저녁 식사를 준비하려 일어섰고, 나는 또 한 잔을 따라 놓고 어떻게 하면 그녀를 떼어놓을 수 있을까를 생각했다. 만일 그녀가 자발적으로 가지 않는다면, 아마 최상의 방법은 그녀에게 통조림 몇 개와 물병을 남겨놓고, 새벽에 캠프에서 사라져버리는 것이다. 그리고 침낭이 있으면 그녀는 하루 이틀은 별 문제가 없을 것이고, 그런 동안에 누군가 아스뷜기로 쫓아와서 그녀를 문명 사회로 태워다 주지 않겠는가? 그녀는 말벌처럼 화를 내겠지만 그래도 살아 있을 수 있는 방법이다.

얌전하게 숨어 있는 것만으로는 충분하지 않다. 나는 잘 보이도록 모습을 드러내야 한다. 누군가 나를 노려서 습격해 오도록 하는 것이다. 그런 일이 일어나야, 에린이 내 곁에 있어서는 안 된다는 뚜렷한 계기를 만들 것이다.

에린이 저녁 식사를 날라와 우리는 먹기 시작했다. 그녀가 나한테 물었다.

"앨런, 어째서 당신은 정보국을 그만두었던 거예요?"

나는 포크를 들다 말고 머뭇거렸다. 그리고 짧게 대답했다.

"의견 차이 때문이었어."

"슬레이드와?"
나는 살며시 포크를 놓았다.
"그래…… 슬레이드에 관한 일이었어. 그 일은 얘기하고 싶지 않아, 에린."
그녀는 얼마동안 생각하고 나서 말했다.
"당신, 그 일을 나한테 말하면 안 되겠어요? 가슴속에 혼자 감추고 있는 것은 좋지 않아요."
나는 소리 없이 웃었다.
"이상해, 그런 일을 정보부원에게 묻는 것은. 당신 공무원 비밀유지법이라는 것을 들어본 일이 있나?"
"그게 뭔데요?"
"내가 누구한테 속사정을 말한 것을 정보국에서 알면, 나는 평생을 감방에서 보내야 되는 거야."
그녀는 대수롭지 않은 듯이 말했다.
"아, 그거! 그런 것은 걱정 마세요…… 나에게라면."
"그것을 데이비드 타거트 경에게 말해보라고……. 나는 벌써 너무 많은 말을 했어."
"그럼, 어째서 다 말해 주지 않는 거예요? 내가 아무한테도 말하지 않는다는 것은 당신도 잘 알잖아요?"
나는 접시를 바라보았다.
"당신 자신의 자유 의사로는 그렇겠지. 나는 누구에게서도 당신이 상처받지 않도록 하고 싶어, 에린."
"누가 나한테 상처를 준다는 거예요?"
"예를 들면 슬레이드야. 그리고 케니킹이라는 녀석이 있어. 가까이에 있을지도 모르지. 그런 일은 달갑지 않아."
에린은 천천히 말했다.

"혹시 내가 누구하고 결혼을 한다면, 그것은 비밀을 갖지 않은 사람일 거예요. 이래서는 안 돼요, 앨런."

"그럼 걱정거리를 나누면 그 걱정거리가 반으로 줄어든다고 생각하나? 정보국은 그 점에서 당신과 의견이 같지 않아. 권력을 쥔 자들은 고백이라는 것이 사람의 영혼에 좋은 것이라고는 여기지 않는 법이야. 그래서 가톨릭의 사제나 정신 분석가들은 깊은 의혹의 눈으로 보게 되는 거야. 그러나 당신이 그렇게 주장한다면 내가 좀더 얘기를 해야겠군…… 너무 위험하지 않은 범위에서 말이야."

나는 다시 스테이크를 잘랐다.

"스웨덴에서의 작전 때였어. 나는 스칸디나비아의 KGB 조직에 침투하려고 한 이중간첩 조직의 일원이었지. 슬레이드는 그 작전의 지휘자였는데, 당신한테 슬레이드의 일을 하나 말해 주겠어. 그는 대단히 영리한…… 보통으로는 생각할 수 없는 교활한 인간이야. 그래서 어느 쪽으로 굴러가든지 자기의 잇속을 챙기는 그런 작전을 쓴다고."

나는 식욕을 잃고 접시를 밀어놓았다.

"케니킹이라는 사나이는 적의 보스였지. 나는 그 녀석한테 꽤 접근해 갔어. 그가 알고 있는 한 나는 스튜어트 센이라는 이름의 스웨덴계 핀란드인이었지. 그들에게 환영받는 핀란드인 여행자 말이야. 내가 핀란드 태생이라는 것을 알고 있나?"

에린은 고개를 저었다.

"당신이 말하지 않았는걸요."

나는 어깨를 으쓱했다.

"나는 인생의 그 부분을 숨기려고 했던 것 같아. 어쨌든 숱한 일과 공포를 겪은 다음에, 내가 그들 가운데 끼어드는 것을, 케니킹이 받아들인 거야. 그가 나를 신용했다고는 볼 수 없지만, 나를 작은 일에 부려먹게 되었지. 그래서 많은 정보를 얻어내는 기회가 되어 슬레이드에게 도움을 주었어. 그러나 그것은 시시한 정보에 불과했던 거야. 나는 케니킹에게 접근했지만 그다지 가까이 가지는 못했던 거지."

"무서워요. 당신이 두려워한 것은 당연해요."

"나는 늘 죽고 싶을 만큼 무서웠어. 이중간첩이라는 건 항상 그런 거야." 나는 말을 더듬으면서, 복잡한 상황을 설명하기 위해 가장 단순한 방법을 생각해 내려고 했다. "내가 한 사나이를 죽이지 않으면 안 될 때가 왔어. 슬레이드는 내 방패막이가 날아갈 위기에 처했다고 경고했었지. 그는 그 사나이가 아직 케니킹에게 보고하지는 않았으니까, 가장 좋은 방법은 그 녀석을 없애버리는 거라고 했어. 그래서 나는 폭탄으로 그를 해치웠어." 나는 침을 삼켰다. "나는 내가 죽인 사나이를 본 적도 없었어. 나는 다만 차에 폭탄을 장치했을 뿐이야."

에린의 눈에 공포감이 가득해 보였다. 나는 거칠게 말했다.

"우리는 그때 소꿉장난을 하고 있었던 게 아니야."

"하지만 본 일도 없는 사람을!"

"그게 오히려 더 낫지. 폭격기의 조종사들에게 물어봐. 누구라도 그렇게 대답할 거야. 그러나 그것이 요점은 아니야. 나는 슬레이드를 믿고 있었는데, 내가 죽인 사나이가 영국의 공작원이라는 사실이지. 동료의 한 사람이었던 거야."

에린은 나를 마치 묘지의 상석 밑에서 기어 나온 무서운 사나이처럼 물끄러미 보고 있었다.

"나는 슬레이드에게 연락해서, 도대체 어떻게 된 일이냐고 물어봤어. 그는 그 사나이가 뜨내기 공작원으로 어느 쪽에서도 믿지 않는 자라고 하더군…… 이 작업은 그렇게 추악한 거야. 그런 패들이 있으니까 말이야. 그는 나한테 내가 한 일을 케니킹에게 보고하라고 했어. 나는 그렇게 했지. 그래서 케니킹에 대한 내 주가는 올라갔어. 그의 조직 내부의 비밀이 분명히 새나가고 있다는 것을 알는데, 내가 죽인 사나이에게 그런 증거가 있다고 여긴 거지. 그래서 나는 그의 마음에 드는 한 사람이 되었어. 아주 사이가 좋은 친구가 된 거야. 그것이 그의 착각이었어. 우리는 마침내 그의 조직을 완전히 무너뜨린 거야."

에린은 후유하고 숨을 내쉬었다.

"그게 다예요?"

"당치도 않은 소리, 그까짓 게 어떻게 전부가 돼!" 나는 격한 어조로 말했다. 위스키병 쪽으로 뻗은 내 손이 떨리고 있었다. "그 모든 일을 마치고 나는 영국으로 돌아갔어. 나는 일을 잘했다고 칭찬받았지. 정보국의 스칸디나비아 지부는 기뻐 날뛰었고, 나는 작은 영웅이 되었어. 그런데 이게 웬 날벼락이야! 나는 내가 죽인 사나이가 뜨내기 공작원이 아니라는 것을 알게 되었어. 나와 똑같은 정보국의 일원이라는 것을 말이야. 나는 너무나 큰 충격을 받았지."

나는 글라스에 위스키를 따랐다.

"슬레이드는 우리를 상대로 체스를 즐기고 있었던 거야. 억울하게 죽은 버크비나 나, 케니킹의 마음에 아직 미덥지 않아, 그의 조직에 깊이 잠입하지 못했기 때문에, 그 중 한 사람을 좋은 위치에 밀어 넣기 위해서 그의 부하 하나를 희생시킨 거지."

에린은 떨리는 소리로 말했다.

"당신네 그 지저분한 세계에도 규칙이라는 것은 있나요?"

"맞았어, 규칙 따위가 어디 있겠어? 그런데 나는 있다고 생각했었지. 나는 그것을 문제삼으려고 했다고." 나는 위스키의 진액을 그대로 들이켰기 때문에 목이 타는 것 같았다.

"하지만 내 말을 들어보려는 사람이 아무도 없더군. 임무는 성공적으로 마쳤고, 세월이 가면서 차차 잊혀져 갔지만 사태는 아주 좋은 방향으로 움직인 거야. 슬레이드는 마치 개선 장군처럼 행세했는데, 누구 한 사람, 그가 어떻게 해서 그런 성과를 거두었는지, 깊이 파고 들어서 알아보려는 자가 없었어." 나는 쓸쓸한 웃음으로 그때를 회상했다. "그는 한 계급 승진하였고, 그런 분위기에서 그의 오점을 들추어내는 것은 바보짓이었지. 그를 승진시킨 상사에게 반항하는 꼴이 되지 않겠어? 나는 장애물이 되었고 달갑잖은 존재가 되어, 치워야 될 대상이 된 거야."

그녀는 분개한 표정으로 말했다.

"그래서 그들이 당신을 내쫓은 거예요?"

"만일 슬레이드가 나섰다면 나를 더 잔인한 방법으로 처치했겠지, 영원히 말이야. 사실 그는 저번에 나한테 그런 소리를 하더군. 그러나 그 당시 그는 조직 속에서 그다지 높은 자리에 있지 않았기 때문에 대단한 압력을 가하지는 못했어." 나는 술잔 밑바닥을 들여다보았다. "그래서 어떻게 되었는고 하니 나는 신경에 장애를 일으킨 거야."

나는 에린의 얼굴을 쳐다보았다.

"어느 정도는 사실이었어……. 반반이라고나 할까? 나는 오랫동안 너무 신경을 쓰면서 살아왔기에, 그것이 마지막으로 내가 붙잡을 수 있는 피난처였던 거야. 어쨌든 나 같은 경우에 대비하여, 정보국은 얌전한 전문의들이 즐비한 정신병원을 가지고 있거든. 지금도 어디엔가 프로이트도 무색할 만큼 충실한 내용의 파일을 가득히 소장한 병원이라고. 만일 내가 한 걸음이라도 길에서 벗어나면 오줌싸개로부터 과대망상증에 이르기까지 모든 병에 걸려 있다는 증거를 정신과 전문의가 곧 제시할 수 있도록 되어 있는 거야. 유명한 의사가 내놓은 증거를 믿지 않을 사람이 어디 있겠어?"

에린은 화를 냈다.

"그런 것은 부도덕한 짓이에요! 당신은 나와 마찬가지로 정상적인 사람이잖아요."

"규칙 같은 건 있지도 않아. 알겠지?" 나는 한 잔을 더 따랐다. 이제는 조금 차분해졌다. "그래서 나는 은퇴 허락을 받았어. 어쨌든 나는 보통이 아닌, 세상 사람들에게 너무나 잘 알려진 정보원이 되는 바람에 오히려 정보국에서 별로 쓸모가 없는 사람이 된 거야. 그래서 나는 상처를 다스리려고, 스코틀랜드의 골짜기로 깊숙이 들어갔지. 그리고 슬레이드가 모습을 나타내기까지는 안전하다고 생각한 거야."

"그리고 또 케니킹 일로 협박을 당했잖아요. 슬레이드는 그에게 당신이 어디에 있다는 것을 가르쳐 줄지도 모르지요?"

"그 작자는 그러고도 남을 사람이야. 과거의 행적으로 보아서 말이지. 그리고 케니킹과 결말을 지어야 될 일이 있다는 것은 사실이야. 그는 이제 여자를 상대할 수 없는 몸이 되었는데, 슬레이드는 그것을 내 탓으로 돌리고 있어. 내가 있는 곳을 아직 모르고 있는 것은 다행한 일이지."

나는 스웨덴의 어두운 수풀 속에서 마지막 만났을 때 일을 생각했다. 나는 그가 죽지 않았다는 것을 알고 있었다. 방아쇠를 당기는 순간 그것을 알았다. 총잡이에게는 묘한 예지력 같은 것이 있기 때문에, 노렸던 목표가 맞았는지 안 맞았는지를 곧 아는 것이다. 그래서 나는 탄알 방향이 너무 낮아서 그에게 상처만 입혔다는 것을 알았다. 어떤 상처인가는 별문제이고, 그 녀석이 나를 붙잡는다면 그에게 온정을 바라는 것은 가망이 없는 일이다.

에린은 나한테서 눈을 돌려 수풀 속에 있는 작은 빈터를 바라보았다. 주위는 점점 희미해져 가는 빛 속에 쥐죽은 듯이 고요하고, 들려오는 것은 밤을 지내려고 보금자리에 들어간 새들의 졸리는 듯한 울음소리뿐이었다. 그녀는 부르르 떨더니 양손으로 내 몸을 껴안았다.

"당신은 딴 세상에서 온 사람 같아요, 내가 알지 못하는 세상 말이에요."

"당신을 그 삭막한 세상으로부터 지키려는 거야."

"버크비는 기혼자였던가요?"

"모르겠어……. 한 가지 분명한 것은 혹시 슬레이드가 버크비가 나보다 케니킹에게 접근할 수 있는 더 좋은 기회가 있었다고 생각했다면, 그는 서슴없이 나를 죽이려고 했을 거라는…… 그것도 똑같은 이유가 아니겠어. 나는 가끔 차라리 그때 그랬으면 좋았을 것이라는 생각이 들어."

에린이 몸을 구부리면서 내 손을 꽉 잡았다.

"안돼요, 앨런! 왜 그런 생각을 하는 거예요?"

"걱정 안 해도 돼. 나는 결코 자살할 사나이는 아니니까. 어쨌든, 당신은 이제 내가 어째서 슬레이드를 싫어하는가, 또 어째서 그를 믿지 않는가를 알겠지? 그리고 어째서 내가 이 이상한 작전에 의심을 품고 있는가를."

에린은 내 손을 쥔 채로 나를 물끄러미 바라보았다.

"앨런, 버크비 말고 또 누군가 죽인 일이 있어요?"

나는 어쩔 수 없이 대답했다.

"응."

에린은 얼굴이 굳어지며 움찔하더니 내 손을 놓았다. 그녀는 천천히 고개를 끄덕였다. "나, 생각해볼 일이 많아요, 앨런. 산책을 좀 하고 싶어요." 그녀는 일어섰다. "혼자…… 당신만 좋다면."

나는 그녀가 나무들 사이로 걸어가는 것을 바라보며, 병을 들고 또 한 잔 마실까 하고 생각했다. 나는 병 속을 들여다보고, 내리 넉 잔이나 거푸 마셨기 때문에 술이 거의 반병밖에 남지 않은 것을 알았다. 나는 병을 내려놓았다. 나는 문제를 술로 달랠 생각은 없었고, 또 그래서도 안 된다고 믿었다.

나는 에린의 심정이 어떻다는 것을 알고 있다. 자기의 잠자리에 받아들인 사나이가, 아무리 정당한 이유가 있다 해도, 증명서를 가진 살인자라는 것을 알았을 때, 그것은 여자로서 큰 충격이 아닐 수 없다. 그리고 내가 했던 일들이 별로 칭찬받을 만한 일이 못된다는 것도 잘 알고 있다. 더욱이 에린에게 말이다. 평화스런 아이슬란드인 누가, 각국 사이에서 끊임없이 벌어지고 있는 비밀스런 암투의 깊은 수렁을 이해할 수 있다는 말인가?

나는 먹고 남은 접시들을 모아 설거지를 하면서, 그녀가 어떻게 할까를 생각했다. 내가 바라는 것은, 우리가 함께 지내게 될 여름이고, 그런 행복한 낮과 밤이 그녀의 마음속에 소중하게 여겨지기를 기대할 뿐이었다. 그녀가 나를 남성, 애인, 그리고 인간으로서 알아주기를, 과거 이상으로 관계가 더 알뜰하여지기를 기원했다.

나는 설거지를 마치고 담배에 불을 붙였다. 빛이 서서히 하늘에서 물러갔다. 그리고 북국 긴 여름의 어슴푸레한 밝음이 우리를 둘러쌌다. 결코 제대로 된 밤이 아니다——얼마 안 있으면 하지가 된다——낮이 긴 동안 태양이 모습을 아주 감추는 일은 없다.

나는 에린이 돌아오는 것을 보았다. 나무들 사이로 그녀의 하얀 셔츠가 비쳤다. 그녀는 랜드로버에 가까이 오면서 하늘을 쳐다보았다.

"벌써 시간이 오래 됐나 봐요?"

"그래."

그녀는 웅크리고 침낭의 지퍼를 풀고 또 지퍼를 잠그면서, 하나의 큰 자루를 만들었다. 나한테 몸을 돌린 그녀의 입술에 희미한 미소가 느껴졌다.

"들어와요, 앨런."

그녀는 말했다. 이제 나는 잃어버린 것은 없고, 모두 다 여전하다는 것을 알았다.

밤이 이슥해지면서 나는 한 가지 생각이 났다. 나는 에린이 깨지 않도록 옆의 지퍼를 풀고 밖으로 나왔다. 그녀는 졸리는 듯한 소리로 말했다.

"무슨 일이에요?"

"슬레이드의 그 상자를 팽개쳐 놓은 것이 마음에 걸려서. 숨겨 놓고 올게."

"어디에요?"

"새시 밑 어디에."

"아침까지 기다리면 안 되나요?"

나는 스웨터를 입었다.

"지금 해 두는 게 좋아. 마음에 걸려서 잠이 안 오는걸."

에린이 하품을 했다.

"도와드릴까요? 손전등을 잡는 거라도?"

"그냥 자고 있어."

나는 금속 상자와 절연 테이프와 손전등을 가지고 랜드로버가 있는 데로 갔다. 그 상자를 서둘러 빼앗아 가려는 일이 생길지도 모른다는 생각이 들어, 나는 그것을 뒤쪽 범퍼의 안쪽에 테이프로 단단히 붙여 놓았다. 그 일이 끝나갈 때 범퍼 안쪽으로 움직이던 내 손이 멈추었다. 손가락이 뭔가 끈끈한 것에 닿은 것이다.

그것이 무엇인가를 보려고 나는 고개를 돌렸다. 손전등의 불빛 속에서 나는 다른 금속제의 상자를 발견했다. 그런데 아주 작은 녹색

칠을 한 랜드로버하고 같은 색이었지만, 자동차의 부품과는 전혀 다른 물건이라는 것을 알았다. 천천히 나는 그것을 붙잡아 풀어서 떼어냈다. 그 작은 덩어리의 한쪽은 자석으로 되어 있고, 금속 표면에 달라붙게 되어 있어, 그것을 붙잡은 순간 누군가 아주 영리한 짓을 했다는 것을 알았다. 그것은 '범퍼 브리터'라고 하는 유형의 무전 발진기였다. 지금도 그것은 끊임없이 비명소리를 송신하고 있고 '여기야! 여기야!'하면서 작동하고 있었다. 그 주파수에 맞춘 무전 방향 탐지기를 가진 사람이면 누구나 스위치를 넣기만 하면 언제든지 정확히 이 랜드로버의 위치를 찾을 수가 있는 것이다.

나는 몸을 굴려 떨어져 나와 그 발진기를 든 채로 일어서서 그것을 때려 부숴 버릴까 하는 유혹을 느꼈다. 그것이 언제부터 랜드로버에 부착되어 있었는가는 알 수가 없었다. 레이캬비크에서부터 쭉 붙어 있었을 것이다. 그리고 슬레이드나 그의 부하인 그레이엄 말고 누가 또 붙일 사람이 있었겠는가? 에린을 말려들게 하지 말라는 경고에 만족하지 않고, 그녀를 곧 처치하려는 의도가 분명했다. 그보다도 녀석이 찾아내고 싶은 것은 바로 내가 아닐까?

나는 그것을 짓밟아 버릴까 하고 생각했으나 참았다. 그것은 별로 현명한 일이 아닐 것이다. 따로 더 좋은 사용 방법이 있을 것 같다. 슬레이드는 발진기가 차에 부착되어 있는 것을 알고 있고, 나는 그것을 알아냈지만 슬레이드는 내가 알게 된 것을 모른다. 그것이 어쩌면 내게 유리하게 작용할지 모른다. 나는 몸을 구부리고 랜드로버의 밑으로 들어가서 발진기를 원래 있던 자리에 놓았다. 그것은 범퍼에 착 하는 소리를 내면서 달라붙었다.

그리고 그 순간에 무슨 움직임이 있었다. 나는 그것이 무엇인지 알 수 없었다. 너무나 희미한 소리였기 때문이다. 밤의 정적 속에 생긴 극히 사소한 변화였다. 그리고 혹시 발진기를 찾아냄으로써 내가 이상할 정도로 긴장되어 있지 않았다면 나는 그것을 느끼지 못하고 놓쳤을 것이다. 나는 숨을 죽이고 조용히 귀를 기울여 그 소리를 들었다. 먼 데서 기어를 바꾸는 금속음이 들려왔다. 그 다음에는 아무 소리도 들리지 않았으나 그것으로 충분했다.

제3장

1

나는 에린의 위로 몸을 구부리고 그녀를 흔들어 깨우며 조용히 말했다.

"빨리 일어나!"

그녀는 아직 잠에 취한 소리로 물었다.

"어째서 그래요?"

"조용히 해! 빨리 옷을 입어야 돼."

"그런데 무슨 일이에요?"

"아무 소리 말고 옷을 입으라고."

나는 고개를 돌려 어슴푸레한 어둠 속에 보이는 나무들을 응시했다. 무엇하나 움직이는 것이 없고 아무 소리도 들리지 않았다. 밤의 정적은 계속되었다. 아스뷸기의 좁은 입구는 1마일도 채 안 되는 거리인데, 아까 그 차는 거기에 멈춰선 것 같았다. 병목을 틀어막은 코르크 마개 같은 곳인데, 그렇게 조심하는 것은 당연한 일이다.

그 뒤의 아스뷸기 탐사는 도보로 한다는 것이겠지. 방향은 무전 방향탐지기가 가르쳐 줄 것이고, 거리는 신호 강도계로 알 수 있다. 차에 발진기를 부착시켜 놓으면 서치라이트로 비치는 것이나 마찬가지다.

에린이 조용히 말했다.

"준비됐어요."

나는 그녀를 향해서 낮은 소리로 말했다.

"얼마 아니면 무서운 손님이 찾아오게 돼 있어. 15분 이내이거나 …… 그 보다 더 빨리. 당신은 어서 숨어 있어야 해." 나는 손가락으로 방향을 가리켰다. "저기가 제일 좋을 것 같아. 나무들 사이에서 숨기 좋은 데를 찾아서, 드러누워 있으라고. 그리고 내가 부를 때까지 절대로 나와서는 안돼!"

"하지만……."

"아무 소리 말고 내가 시키는 대로 빨리 하라고."

나는 격하게 말했다. 이제까지 그런 말투를 쓴 적은 한 번도 없었기 때문에 그녀는 놀라서 나를 뚫어지게 보았지만, 곧 방향을 돌려 나무숲 속으로 뛰어갔다.

나는 랜드로버 밑으로 들어가서 레이캬비크에서 거기에 붙여놓은 린드홀므의 권총을 찾아보았다. 그러나 그것은 이미 없어졌고, 남은 것은 절연 테이프의 끈적거리는 흔적뿐이었다. 아이슬란드의 도로는 무엇이든지 떨어뜨릴 정도로 울퉁불퉁하기 때문에 나의 귀중한 그 금속 상자를 잃어버리지 않은 것만 해도 천만다행이었다.

그래서 내가 가진 것은 오직 칼——스기언 더부뿐이었다. 나는 몸을 구부리고 침낭 옆에 놓았던 그것을 집어들어 바지 허리춤에 꽂아 넣었다. 그리고 빈터 옆에 있는 나무들 사이로 들어가, 거기에서 기다리기로 했다.

꽤 긴 시간이었다. 무슨 일이 일어나기까지 반 시간 가까이 지나갔다. 그 녀석은 유령처럼 찾아왔다. 그것은 조용히 소리도 없이 움직이는 검은 그림자였다. 주위는 그 녀석이 가지고 있는 것을 알 수 있을 정도의 희미한 빛뿐이었다. 그 녀석이 가지고 있는 것의 모양과 움직임으로 보아 내 예측은 언제나 틀림없다. 도구를 지니는 데는 여러 모양이 있다. 사람이 총을 가질 때에는 지팡이를 가지고 있을 때와 모양이 다르다. 그것은 지팡이가 아니었다.

그 녀석이 빈터의 끝에서 움직임을 멈추자 나는 온몸이 얼어붙는 느낌이었다. 그 녀석이 가만히 거기에 있다는 것을 내가 알아채지 못했다면, 그 정체──총을 가진 사나이──와 구분이 되지 않아, 나무의 어두운 그림자로 보고 말았을 것이다. 나는 그 총이 두려웠다. 그것은 소총이 아니면 산탄총일 것이고, 그 녀석이 풋내기가 아닌 프로라는 증거이다. 권총은 사활을 거는 심각한 대결에는 너무나 부정확한 무기다──어떤 군인에게라도 물어보면 다 안다──그래서 중요한 때에 쓸모없는 겉치레가 되기 쉽다. 그러므로 프로는 훨씬 치명적인 총을 고르는 것이다.

그 녀석한테 덤벼들기 위해서는 그 녀석의 뒤로 돌아가야 한다. 그러자면 녀석이 내 앞을 지나가도록 해야 되는데 그럴 경우 만일 녀석에게 동행이 있다면 나 자신이 그 녀석의 패거리한테 몸을 다 드러내 보이게 된다. 그래서 나는 그 녀석이 혼자인가 또 다른 녀석이 있는가를 기다려 보기로 했다. 아스블기에서 총을 쏘게 되면 어떻게 될까. 그 녀석도 그런 것을 알고 있을까 하고 나는 잠깐 생각했다. 그것을 모른다면 방아쇠를 당기는 순간 제물에 질겁할 것이다.

번뜻 움직이는 것 같더니 그 녀석은 어느새 모습을 감추었다. 나는 속으로 욕을 했다. 그 다음에 작은 나뭇가지 소리가 나기에 그 녀석이 빈터로부터 반대쪽 나무들 사이로 간 것을 알았다. 이 녀석은 아주 능숙한 놈이다. 신중하기 짝이 없다. 예상하는 방향으로는 절대 오지 않는다. 안전하게 하려는 것이다. 그 녀석은 나무들 가운데 있고, 빈터를 돌아 반대쪽에서 올 것이다. 나도 돌기 시작했다. 그러나 그 반대 방향으로 돌았다. 어차피 서로 곧 마주치게 될 것이다. 나는 스기언 더부를 허리에서 뽑아 가볍게 손에 쥐었다. 총과 대항하기에는 미약하지만 나에게는 그것밖에 없다. 나는 발밑에서 작은 나뭇가지가 밟히지 않도록 한 걸음 한 걸음 조심해서 걸었다. 그래서 더 초조하고 더디었다.

나는 홀쭉한 자작나무 밑에서 걸음을 멈추고 어둠 속을 보았다. 무엇하나 움직이는 것이 없었으나, 돌이 다른 돌에 부딪치는 희미한 소리가 났다. 나는 숨을 죽이고 가만히 기다렸다. 그러자 그 녀석이 내가 있는 쪽으로 오는 것이 보였다. 10야드(약 9미터)도 채 안 되는 데서 움직이는 검은 그림자였다. 나는 단도를 꽉 쥐고 그 녀석을 기다렸다.

갑자기 침묵이 깨졌다. 덤불 소리가 나고 뭔가 하얀 것이 그 녀석의 발밑에서 일어섰다. 그것은 오직 한 가지, 뻔한 일이다. 그 녀석은 에린이 웅크리고 숨어 있는 데로 곧장 걸어간 것이다. 그 녀석은 놀라서 한 걸음 물러서더니 총을 들어 올렸다. 나는 큰소리로 외쳤다.

"엎드려, 에린!" 그 녀석이 방아쇠를 당기자 섬광이 어둠을 갈랐다.

마치 전쟁이 일어난 것 같은 소리였다. 보병 소대가 흩어져서 일제사격이라도 시작한 것 같았다. 총성은 아스불기의 여기저기 벽으로 반사되어 암벽에서 암벽으로 반향을 되풀이하면서 점점 약해지더니 천천히 멀어져 갔다. 방아쇠를 당김으로써 예기하지 않았던 결과를 가져온 것에 그 녀석은 한순간 침착성을 잃고 놀라서 얼어붙어 있었다.

이때 나는 단도를 내던졌는데 그 녀석이 맞는 것 같은 둔탁한 소리가 났다. 녀석은 이상한 소리를 외치더니 총을 떨어뜨리고 가슴을 쥐어뜯었다. 동시에 두 무릎이 꺾이면서 땅바닥에 푹 쓰러져, 덤불 속에서 바르작거리며 괴로워했다.

나는 그를 무시한 채 에린의 모습이 보이는 데로 뛰어갔다. 뛰어가면서 손전등을 꺼냈다. 그녀는 땅바닥에 앉아 손을 어깨에 대고 엄청난 충격에 눈이 휘둥그레져 있었다.

"괜찮아?"

그녀가 손을 내리자 손가락이 피투성이가 되어 있었다. 에린이 어렴풋이 말을 했다.

"저 사람이 저를 쏘았어요."

나는 그녀의 곁에 꿇어앉아 어깨를 보았다. 탄알이 어깨 위를 스쳐 살이 조금 찢어져 있었다. 아프겠지만 심한 상처는 아니었다.

"붕대로 감아야 되겠어."

"저 사람이 저를 쐈어요!"

그녀의 목소리는 힘찼으나 말투에는 뭔가 두려움에 질린 데가 있었다.

"안심하라고. 이제는 아무도 당신을 쏠 사람이 없어."

나는 그렇게 말하고 손전등을 그 녀석이 있는 데로 돌렸다. 그 녀석은 아주 조용히 드러누워 얼굴을 반대쪽으로 향하고 있었다.

"저 사람 죽었어요?"

하고 묻는 에린의 눈은 그 녀석의 가슴에 꽂혀 있는 단도의 손잡이를 보고 있었다.

"모르겠어. 전등을 들어 주겠나?" 나는 그 녀석의 손목을 잡아 맥박의 상태를 살펴보았다. "살아 있어. 어쩌면 더 살지도 몰라."

나는 그 녀석의 머리를 돌려 얼굴을 보았다. 그레이엄이었다. 나는 좀 움찔했다. 마음속으로 그를 풋내기라고 한 것이 무색하게 느껴졌기 때문이다. 그가 우리 캠프에 접근해 온 방법은 전형적인 프로였던 것이다.

에린이 말했다.

"랜드로버에 구급약 상자가 있어요."

"먼저 가. 나는 이 녀석을 데리고 갈 테니까."

나는 허리를 구부리고 양손으로 그레이엄을 둘러메고, 에린의 뒤를 따랐다. 그녀는 침낭을 펴고, 나는 거기에 그를 뉘었다. 그녀는 구급 상자를 꺼내어 무릎을 꿇었다. 내가 지시했다.

"아니야. 당신이 먼저야. 셔츠를 벗어."

나는 그녀의 어깨의 상처를 닦고 페니실린 가루를 뿌린 뒤 붕대로 감았다.

"앞으로 일주일 동안은 어깨 위로 팔을 올리는 것이 어려울 거야. 그러나 다행히 그다지 큰 상처는 아니야."

그녀는 그레이엄의 가슴에 꽂혀 있는 단도 자루 끝에서 반사하고 있는 보석 빛에 최면이라도 걸린 듯한 표정이었다.

"그 단도…… 당신, 항상 가지고 있었어요?"

"늘…… 뽑아야 될 일이 생길 때만."

그것은 그레이엄의 가슴 한가운데, 흉골 바로 밑에서 위로 어슷하게 꽂혀 있었다. 칼날 전체가 몸을 파고들어 어디를 관통하고 있는지는 신만이 알 것이다.

나는 그의 셔츠를 찢었다.

"지혈 띠를 준비해 줘."

그렇게 말한 다음 나는 칼자루를 잡아당겼다. 톱니처럼 생긴 칼날의 등이 상처에 따라 들어오는 공기로 말미암아 뽑기 쉬워졌기 때문에, 단도는 쑥 빠져나왔다. 나는 동맥의 내뿜는 피로, 그레이엄은 종말을 맞게 되리라고 생각했는데 다행히 출혈은 그리 심하지 않았다. 규칙적으로 뚝뚝 떨어지는 피가 가슴 위로 흘러서 배꼽에 괼 뿐이었다. 에린이 지혈띠를 상처에 대고 그것을 테이프로 붙이는 동안에 나는 그 녀석의 맥박을 재보았다. 아까보다 조금 약해져 가고 있었다.

그녀는 허리를 굽힌 채 물었다.

"누군지 아세요?"

나는 당연한 듯이 대답했다.

"응, 그레이엄이라는 작자야. 정보국 요원이라고 하더군. 슬레이드와 함께 움직이는 사람이지." 나는 스기언 더부를 집어서 닦기 시작했다. "이 녀석이 혼자 왔는지, 또 다른 녀석이 있는지 알아봐야 되겠어. 우리를 노리고 있으니까."

나는 일어나서 나무들 사이에서 그레이엄의 총을 찾아내어 랜드로버로 가져왔다. 그것은 30/06의 탄알을 쓰는 레밍튼 펌프 액션 카빈으로, 살인자에게는 적합한 총이었다. 총길이는 쏘기에 효과적일 정도로 너무 길지 않고 연속으로 쏠 수 있는──5초 동안에 5발──것으로 사람을 죽이는 데 충분한 무기였다. 나는 액션을 움직여 튀어나온 탄알을 집었다. 그것은 명중하면 퍼지도록 설계된 보통의 사냥용과 같은 타입이었다. 에린은 운이 좋았던 것이다.

그녀는 그레이엄 위로 몸을 구부리고 그의 눈썹을 닦고 있었다.

"이 사람 정신이 좀 드나 봐요."

그레이엄이 눈까풀을 깜박거리면서 눈을 뜨고, 총을 양손으로 들고 서 있는 나를 쳐다보았다. 그는 일어나려고 했으나 고통이 심한지 신음소리를 냈다. 이마에서는 땀이 많이 났다.

"너는 이제 아무것도 할 수 없어. 배에 구멍이 뚫렸으니까."

그는 머리를 떨어뜨리고 입술을 빨았다.

"슬레이드가 말했었……." 그는 숨을 쉬어보려고 안간힘을 썼다. "…… 너는 위험한 놈이 아니라고."

"그 녀석이? 그 녀석이 틀린 거지, 그렇지?" 나는 총을 들었다. "혹시 네가 이런 것을 갖지 않고 맨손으로 왔다면 이런 꼴은 안 당했을 것 아닌가. 대체 어쩌자는 거야?"

그는 중얼거렸다.

"슬레이드는 포장물이 필요해서……."

"그래, 하지만 그것은 적이 가져갔잖아. 러시아의 그…… 러시아 녀석들이라고 생각하는데?"
그레이엄은 간신히 고개를 끄덕였다.
"그러나 그들 손으로 넘어가지 않았어. 그래서 슬레이드가 나를 여기로 보낸 거야. 그는 네가 더블 게임을 하고 있다고 했어. 정직한 사람이 아니라고."
나는 눈살을 찌푸리고 그의 옆에서 앞무릎에 총을 올려놓았다.
"허 참, 그거 재미있는 소리군. 말해봐, 그레이엄…… 누가 슬레이드에게 포장물이 러시아 녀석들 손으로 들어가지 않았다고 한 거야? 나는 그 녀석들한테 말하지 않았어. 그것은 확실해. 내가 생각하기에는 러시아인들이 장난을 치고 있는 것 같아. 듣기 좋은 말투로 슬레이드에게 말한 거라고."
어리둥절한 표정이 그의 얼굴을 스쳐갔다.
"어떻게 알았는지 나는 몰라. 그는 나한테 여기로 가서 그것을 가져오라고 했을 뿐이야."
나는 총을 들어올려 보였다.
"그래서 그 작자는 너한테 이것을 준 거야. 자칫 내가 먼저 사라질 뻔했구만." 나는 에린을 바라보고 또 그레이엄한테로 시선을 돌렸다. "여기에 있는 에린은 어때? 그녀를 어떻게 할 작정이었어?"
그레이엄은 눈을 감았다.
"그녀가 여기 있는 줄은 몰랐어."
"그런지도 모르지. 그러나 슬레이드는 알고 있었어. 도대체 어떻게 랜드로버가 여기에 와 있는 것을 알았지?" 그레이엄의 눈살이 움찔했다. "너는 목격자가 누구든 간에 죽여야 된다는 것을 분명히 알고 있었어."
그의 입가에서 피가 뚝뚝 떨어졌다. 나는 분개하여 외쳤다.

"이 더러운 악당 녀석! 그가 어떤 짓을 하려고 했는지 네 놈은 다 알고 있었어. 지금 네놈을 죽여 버리고 싶을 뿐야. 슬레이드는 내가 배신을 했다고 하고, 너는 그 녀석의 말을 곧이곧대로 믿었어. 그래서 너는 그가 준 총을 들고 그 녀석의 명령에 따라 여기에 온 거지. 버크비라는 사나이의 이름을 들어본 일이 있나?"
그레이엄은 눈을 떴다.
"아니."
"네 놈이 이 일에 관여하기보다 오래 전에 있었던 일이지. 슬레이드는 이런 더러운 짓을 전에도 했었어. 그러나 지금은 그런 것이 문제가 아니야. 너는 혼자 온 거냐?"
그레이엄은 입을 굳게 다물고 완고한 표정을 지었다.
"영웅이 되려는 그 따위 생각은 하지 말아. 나는 너한테서 간단히 그 말을 캐어낼 수도 있어. 지금 당장 너의 배때기를 짓밟아 줄까?" 에린이 놀라서 숨을 죽였다. "너는 심한 상처가 나 있어. 우리가 병원으로 데리고 가지 않으면 너는 죽을지도 몰라. 그러나 아스뷸기를 빠져나갈 때 누가 총을 쏜다면 그렇게 할 수가 없겠지. 너를 살리기 위해서 에린에게 위험을 당하게 할 수는 없잖아?"
그는 나에게로부터 에린 쪽으로 시선을 돌려 수긍했다.
"슬레이드, 그가 와 있어…… 1마일(약 1.6킬로미터) 쯤 되는 장소에……."
"아스뷸기의 입구 말이겠지?"
"그래."
그는 그렇게 대답하고 또 눈을 감았다. 그의 맥박을 재어 보니 더욱 약해져 갔다. 나는 에린을 보았다.
"짐을 꾸려야겠어. 뒤에 침낭을 깔고 그레이엄을 눕힐 자리를 남겨 놓도록 해."

나는 일어나서 총의 탄알을 살펴보았다.

"어떻게 할 셈이에요?"

"슬레이드하고 말을 나눌 수 있을 정도로 가까이 가는 거야. 그리고 그 녀석에게 부하가 중상을 당했다고 알려야겠지. 그렇게 안 될지도 모르지만…… 어쨌든 그 녀석과 대화를 하는 거지."

그녀는 새파랗게 질렸다.

"그를 죽일 거예요?"

나는 초조하게 말했다.

"그런 것은 몰라! 다만 내가 아는 것은 분명히 내가 죽음을 당하든 당신이 죽음을 당하든 그 악당은 눈도 깜짝 않을 놈이라는 사실이야. 그 녀석은 아스뷸기의 입구에 병마개처럼 우리를 기다리고 앉아 있으니까. 오직 이놈만이 나의 병따개 구실을 할 수 있을 거야."

그레이엄은 잠깐 앓는 소리를 내면서 눈을 떴다. 나는 구부려서 그를 살폈다.

"지금 기분이 어때?"

"안 좋아……."

그의 입가에서 흐르는 피는 샘물처럼 볼을 타고 흘러 내렸다. 그는 속삭였다.

"이상해…… 슬레이드는 어떻게 그것을 알았을까?"

내가 말했다.

"그 포장 속에 무엇이 들어 있나?"

"나도 몰라……."

"지금 정보국 보스는 누구야?"

그의 숨소리가 차츰 위태로워졌다.

"타…… 타거트."

내 등 뒤에서 슬레이드를 떼놓을 수 있는 사람이 있다고 하면 그것은 타거트일 것이다.

"됐어. 내가 가서 슬레이드를 만나고 오지. 곧 너를 여기에서 풀어 줄 수 있도록 말이야."

"슬레이드가 말했어……."

그레이엄은 말을 꺼내다가 그 말을 마치지 못했다. 그는 점점 숨을 헐떡거리며 괴로운 듯이 기침을 하더니 새빨간 피 거품이 입술에서 새어 나왔다.

"슬레이드가 말한 거야……."

기침을 계속하다가 갑자기 동맥의 피가 입으로 뭉쳐 나오고 머리가 옆으로 휙 돌아갔다. 나는 손을 그의 손목에 대고 슬레이드가 더 무슨 소리를 했는지 이제 그레이엄의 입으로는 영원히 들을 수 없게 되었다는 것을 알았다. 나는 물끄러미 앞을 보고 있는 그의 눈을 감겨주고 일어섰다.

"슬레이드에게 말하는 편이 낫겠지."

에린은 충격을 받은 듯 작은 소리로 속삭였다.

"이 사람 죽은 거예요!"

그레이엄은 죽었다. 그는 명령을 맹목적으로 지킨 것이다. 내가 스웨덴에서 했던 것처럼. 그가 죽은 것은 자기가 하는 일을 제대로 깨닫지 못한 탓이었다. 슬레이드가 그에게 어떤 일을 하라고 지시하여 그는 그것을 시도하다가 실패하여 죽은 것이다. 나도 내가 하는 일을 제대로 잘 알고 하는 것이 아니다. 그러므로 나는 내가 하는 일에 실패가 없어야 한다.

에린은 울고 있었다. 두 눈에서 닭똥 같은 눈물이 볼을 타고 뚝뚝 떨어졌다. 그녀는 소리도 내지 않고 가만히 선 채로 울면서 그레이엄의 시체를 내려다보고 있었다. 나는 날카롭게 한마디 쏘아붙였다.

"그 녀석 때문에 우는 거야? 당신을 죽이려고 했던 놈이잖아? 다 들었을 텐데."

그녀는 떨리는 목소리로 말하면서 아직도 눈물을 흘리고 있었다. 그녀는 허망한 듯이 말했다.

"그레이엄 때문에 우는 게 아니에요……. 당신 일을 생각해서 우는 거예요. 누군가가 울어주어야 되지 않겠어요?"

2

우리는 서둘러서 캠프를 정리하고 모든 것을 랜드로버에 실었다. 그레이엄의 시체도…….

"이 녀석을 여기 두고 갈 수는 없어. 틀림없이 누군가의 눈에 띄게 될 테니까 말이야…… 일주일도 안 가서 그렇게 된다고."

불필요한 것은 말끔히 치운다는 의미를 깨닫고 에린의 얼굴에 미소가 피어났다.

"어디로요?"

"데디포스로, 아니면 셀포스라는 곳이 있어."

유럽에서도 물살이 세기로 유명한 폭포 두 군데쯤을 거쳐 가게 하면 시체는 판별할 수 없을 정도로 산산조각이 되어 버릴 것이고, 잘만 되면 그레이엄이 칼에 찔린 사실을 모르게 할 수 있다. 혼자 여행을 하던 사나이가 사고를 당하여 죽은 것으로 되어 버린다.

우리는 시체를 랜드로버 뒤에 실었다. 나는 레밍튼 카빈총을 들어 올리며 말했다.

"30분쯤 기다렸다가 되도록 빠른 속도로 오라고."

"소리를 내지 않도록 하려면 빨리 움직일 수는 없지 않아요?"

"조용하게 할 필요는 없어…… 되도록 빠른 속도로 입구에 질주해 와야 해. 헤드라이트도 켜고 말이야. 그러고 나서 내가 뛰어오를 수 있도록 속도를 좀 떨어뜨리라고."

"그 다음은요?"

"그러고 나서 우리는 데디포스로 가는 거야…… 큰 도로로 가서는 안 돼. 우리는 강의 서쪽 길로 가는 거야."

"당신은 슬레이드를 어떻게 할 셈이에요? 그를 죽이겠지요? 그렇지요?"

"그 녀석이 먼저 나를 죽일지도 몰라. 슬레이드를 가볍게 봐서는 안 돼."

"이제 죽이는 일은 더 있어서는 안 돼요, 앨런. 제발 빌어요, 더는 죽여서는 안 된다구요."

"내 맘대로 되는 일이 아니야, 에린. 그 녀석이 나를 쏜다면 나도 반격할 수밖에."

"알겠어요." 그녀는 다소곳이 대답했다.

나는 그녀와 떨어져서 아스불기의 입구를 향해 슬레이드가 그레이엄을 찾으러 오지 않기를 빌면서 차가 지나간 자국을 따라 소리를 내지 않고 걸었다. 그가 쫓아오리라고는 생각되지 않았다. 그가 총소리를 들은 것은 틀림없고 그것은 예정된 일이니까. 그런 다음 그레이엄이 포장물을 찾아가지고 돌아오는 데는 반 시간은 걸릴 것으로 보았을 것이다. 내 생각으로는 앞으로 30분 내에는 그레이엄이 돌아오지 않는다고 슬레이드는 계산하고 있을 것이다.

나는 상당히 빨리 걸었으나 입구 가까이에서 속도를 늦추었다. 슬레이드는 차를 감추려고 하지는 않은 것 같았다. 뚜렷이 보이는 데에 세워 놓았기 때문에 잘 보였다. 짧은 북국의 밤은 거의 새어 하늘이 밝아오고 있었다. 그는 자기가 하고 있는 일을 잘 알고 있는 사람이다. 결국 발견되지 않고 그 차에 접근하는 것은 불가능했다. 그래서 나는 바위그늘에 숨어서 에린을 기다렸다. 잘 보이는 지면을 가로질러 걸어가는 것은 무모한 모험이다. 그렇게 하다가는 총알 밥이 되기가 십상이다.

이윽고 나는 그녀가 달려오는 찻소리를 들었다. 그녀가 기어를 바꾸는 소리가 크게 들렸다. 그때 슬레이드의 차 속에서 무엇인가 움직이는 것이 보였다. 나는 카빈의 총대를 볼에 대고 목표물을 노렸다.

그리고는 운전석 쪽을 조준하여 등 뒤에서 소음이 들려오는 것과 때를 같이해서 연달아 세 발을 쏘았다. 바람막이 유리는 특수 제품임에 틀림없다. 그 전면이 하얗게 변하면서 슬레이드는 차의 각도를 크게 틀었다. 그가 살 수 있었던 것은 그 차가 오른쪽에 핸들이 있는 영국식이어서 나는 그가 없는 쪽의 차창에 구멍을 냈기 때문이다. 그러나 그는 내가 방향을 바꿀 틈을 주지 않고 가능한 최대의 속도로 달아났다. 랜드로버가 등 뒤에서 가까이 오자 나는 날쌔게 뛰어올랐다. 그리고 큰소리로 고함쳤다.

"어서! 빨리 몰앗!"

앞쪽에서는 슬레이드의 차가, 네 바퀴의 균형을 잡으면서 옆으로 미끄러져 길 모퉁이를 돌아 뿌연 흙먼지를 날리면서 질주했다. 그는 큰 길을 향해 갔으나 우리는 그 모퉁이에 이르자 에린에게 지시한 대로 반대 방향으로 몰았다. 슬레이드를 뒤쫓는다는 것은 쓸데없는 짓이다. 랜드로버는 그런 용도에 적합한 차가 아니기 때문에 우리에게 불리한 것이다.

우리는 바하트뇨에클에서 북쪽으로 얼음 풀린 물을 나르고 있는 큰 강인 요클스아우 강과 평행으로 달리는 길을 따라 남쪽을 향했다. 땅이 험하기 짝이 없어 속도가 늦어졌다. 에린이 물었다.

"슬레이드하고 애기 좀 해봤어요?"

"그에게 가까이 가지 못했어."

"당신이 그 사람을 죽이지 않아서 다행이에요."

"그럴 생각이 없었어……. 그 차가 왼쪽 핸들이었다면, 그 녀석은 벌써 죽었을 텐데."
그녀가 짓궂게 말했다.
"그렇게 되었다면 당신 기분이 한결 더 좋아졌겠지요?"
나는 그녀를 바라보았다.
"에린, 그 사나이는 위험한 작자야. 정신이 돌았던가…… 그런 일은 있을 수 없다고 생각하지만…… 그러지 않고는……."
"그러지 않으면 뭐예요?"
나는 힘없이 대답했다.
"모르겠어. 너무나 혼란스러워서 나도 뭐가 뭔지 분명하지 않아. 그러나 슬레이드가 나를 죽이려는 것은 확실해. 거기에 또 내가 알고 있는 것이 있어. 내가 알고 있다고, 그가 생각하고 있는 그것이 문제야…… 그것이 그에게는 위험한 것이거든. 그가 나를 죽이려고 할 만큼 위험한 것이야. 이런 상황이기 때문에 나는 당신이 내 곁에 있으면 안 된다고…… 탄알이 날아올 위험이 도사리고 있다고 말하지 않았어? 실제로 오늘 아침에 그렇게 됐지 않아."
바퀴자국이 깊이 새겨진 울퉁불퉁한 길이어서 에린은 속도를 떨어뜨렸다.
"당신 혼자서는 살아남을 수 없을 거예요. 당신에게는 도움이 필요해요."
나에게는 도움 이상의 것이 필요했다. 이렇게 뒤얽힌 복잡한 문제를 풀기 위해서는 회전이 빠른 새로운 두뇌를 필요로 했다. 그러나 에린의 어깨가 몹시 고통스러워 보였기 때문에 그런 생각만 할 때가 아니었다.
"차를 멈춰야겠어. 내가 운전할 테니까."
우리가 한 시간 반 가량 남쪽으로 달렸을 때, 에린이 입을 열었다.

"데디포스에 다 왔어요."

나는 바위들로 이루어진 지대에서 저쪽 멀리 요클스아우 강 깊숙한 협곡 위로 물보라가 안개처럼 옆으로 길게 뻗혀 있는 광경을 보았다. 나는 결정을 했다.

"셀포스까지 가야겠어. 두 개의 폭포가 하나보다 훨씬 효과적이거든."

우리는 테디포스를 지나 3킬로미터를 더 가서 차를 세웠다.

"강으로 내려가서 누가 없는가 보고 와야겠어. 시체를 둘러메고 있는 것이 발각되는 날이면 큰일이니까 말이야. 기다리고 있어. 모르는 사람과는 절대 얘기하면 안 돼."

시체가 원래대로 담요에 단단히 싸여 있는가를 확인하고 나서, 나는 강으로 갔다. 아직 이른 아침이라 주변에 사람 기척이 없어서 다행이었다. 랜드로버로 돌아와 차 뒷문을 열고 안으로 들어갔다. 나는 그레이엄의 시체에서 담요를 벗기고 그의 옷을 더듬었다. 지갑에는 아이슬란드 화폐가 조금 들어 있고 독일 마르크 지폐 다발, 거기에 또 독일 모터 클럽의 카드와 독일 여권이 모두 디터 뷔히너라는 이름으로 되어 있었다. 예쁜 딸과 팔짱을 낀 사진이 있는데 그 배후에 보이는 가게의 간판은 독일어였다. 정보국은 그런 것을 항상 철저하게 하고 있는 것이다. 또 한 가지 흥미를 끄는 것은 탄알 상자였다. 나는 그것을 옆에 놓고, 지갑을 본시대로 포켓에 넣은 다음 시체를 끌어내서 어깨에 둘러메고 강으로 갔다. 에린이 내 뒤를 따라왔다. 나는 골짜기 끝에 이르자 시체를 내려놓고 주위를 살폈다. 골짜기는 여기에서 꺾어져 있고 강은 암벽 밑으로 파고들어서 수면까지 곧장 떨어지게 된다. 나는 시체를 밀어넣었다. 양쪽 팔다리가 휘돌아가면서 잿빛으로 소용돌이치는 물속으로 떨어져 물보라가 솟아올랐다. 윗옷에 차 있는 공기 때문에 시체가 떠올라 이윽고 빠른 강 한가운데의 흐름을 탔다. 우리는 그것이 흘러가서 셀포스의 폭포 멀리 사라져, 밑에서 울부짖는 큰 가마솥 가운데로 떨어지는 것을 물끄러미 내려다보았다.

에린이 슬픈 듯이 나를 보았다.

"이제부터는 어떻게 하는 거예요?"

"남쪽으로 가야지."

나는 서둘러 랜드로버 쪽으로 걸어갔다. 에린이 따라왔을 때 나는 큰 돌로 무전 발진기를 때려부수고 있었다.

"어째서 남쪽으로 가는 거예요?"

그녀는 숨을 헐떡거리며 물었다.

"나는 케플라비크로 가서 런던으로 돌아가야 해. 얘기하고 싶은 사람이 있어, 데이비드 타거트 경이야."

"뮤바하트 호수를 지나가는 거예요?"

나는 고개를 내저었다. 무전 발진기를 한 번 더 내동댕이침으로써 다시는 신호를 보내지 못하게 된 것을 확인했다. "큰 도로에서 떨어져 있어…… 너무 위험하기 때문이야. 우다다라운과 아스캬 산을 지나서 황야를 헤치고 가야 돼. 하지만 당신은 오지 말라고."

"그럼 나는 어떻게 해야죠?" 그녀가 말했다.

나는 손에 가지고 있던 차의 키를 그녀에게 던져 주었다.

3

신은 아직 아이슬란드를 만드는 작업을 마치지 않았다.

과거 5백년 동안에 지구의 내장으로부터 표면으로 쏟아져나온 용암의 3분의 1은 아이슬란드에서 나온 것이고, 알려져 있는 2백군데의 화산 가운데 30군데가 아직도 힘차게 활동하고 있다. 아이슬란드는 중증의 지질학적 여드름 때문에 괴로움을 겪고 있는 셈이다.

지난 천년 동안에 평균 5년에 한 번씩 대분화가 기록되어 있다. 아스캬──회화산(灰火山)──는 1961년에 그 정상이 날아가 버렸다. 재볼 수 있는 양의 화산재가 1천 5백 마일(약 2,414킬로미터)이나 떨어져 있는 상트페테르부르크의 지붕 위에까지 떨어졌다.

러시아인은 그다지 걱정하지 않았으나, 그 화산 가까운 곳에서 받는 영향은 매우 심각한 것이었다. 아스캬의 북쪽과 동쪽 지방은, 짙은 화산재로 오염되고, 아스캬에서 가까운 곳에는 지상으로 용암이 흘러내려, 황량한 모습으로 바꿔 놓았다. 아스캬는 아이슬란드의 북동쪽에 있으며 세계에서 가장 쓸쓸한 경치를 보여 주는 곳이다.

우리가 차를 몰고 간 곳은 달의 표면만큼이나 황폐한 우다다라운 황야였다. 이 이름을 번역하면 '살인자의 나라'와 비슷한 말로, 옛날 모든 사람들로부터 미움 받은 패거리들이 마지막 보루로 삼았던 곳이다.

이 우다다라운에도 길은 있다. 드물기는 하지만 그 길은 이 내륙부로 깊숙이 들어간 패거리들에 의해 만들어진 것이다. 그 거의가 과학자──지질학자와 수로학자──이고, 우비그딜로 무슨 관광의 즐거움 같은 것을 찾아 여행하는 사람은 없었다. 차가 지나갈 때마다 그 길은 조금씩 좋아지지만 겨울이 닥쳐오면 그 길은 사라져 버렸다. 얼음과 눈사태와 바위가 부서져 그렇게 된다. 우리처럼 첫여름에 내륙으로 들어가는 것은 그야말로 개척 정신의 소유자이고, 가끔 새 길을 발견하는 경우가 있지만 그런 자취를 찾지 못하고 대개는 새 길을 내면서 가는 것이다.

첫날 아침은 나쁘지 않았다. 길은 그다지 험하지 않아, 뼈가 물러날 정도는 아니고, 북극해로 해빙된 물이 잿빛을 띤 녹색으로 흐르는 요클스아우 강과 나란히 지나가고 있었다. 한낮에는 강의 저쪽 멀리 보이는 메드라달의 반대쪽을 달리며, 에린은 겨울에 아이슬란드인이 알고 있는, 괴로움을 묘사한 구슬픈 하소연을 담은 노래를 흥얼거렸다.

메드라달의 산들에 오는 아침은 짧다오.
새벽은 한낮에 가까울 무렵

그녀의 기분에 어울리는 가락이었다.

나는 에린을 멀리 떼어놓을 생각은 아예 단념하기로 했다. 슬레이드는 그녀가 아스불기에 나와 함께 있었던 것을 알고 있다——랜드 로버에 부착한 발진기가 그것을 가르쳐준 것이다——그러므로 바닷가 도시는 어디나 그녀가 혼자 다녀서는 안 되는 매우 위험한 곳이다. 슬레이드는 살인을 꾀한 공범이고, 그녀는 그 목격자인 것이다. 따라서 그녀의 입을 틀어막기 위해 그가 극단적인 수단을 취할 것은 뻔하다. 나와 마찬가지의 위험에 처해 있다는 점에서 그녀는 어디에 있든 나하고 함께 있는 것이 오히려 안전한 셈이다. 그래서 나는 그녀와 함께 있을 수밖에 없다.

그날 오후 3시, 우리는 하드브레이드 또는 '딱 벌어진 어깨'라고 부르는 큰 화산 기슭에 있는 피난용 오두막에 차를 댔다. 우리는 둘 다 지친 데다가 배가 몹시 고팠다. 에린이 말했다.

"오늘은 여기서 묵으면 안 되나요?"

나는 오두막을 바라보았다.

"안 돼. 우리가 그렇게 하리라고 생각하는 녀석들이 있을지 몰라. 조금 더 아스캬 쪽으로 가야겠어. 하지만 식사는 여기서 해도 좋을 거야."

에린이 식사 준비를 하고, 우리는 오두막 밖 경치가 시원한 곳에 앉아서 먹었다. 청어 샌드위치를 덥석 베어무는 순간 내 머릿속에 번개같이 어떤 생각이 떠올랐다. 나는 오두막 옆에 세워놓은 무전 마스트를 쳐다보고, 이어 랜드로버의 안테나를 보았다.

"에린, 여기에서 레이캬비크를 불러낼 수 없을까? 레이캬비크로, 전화를 가지고 있는 사람과 통화를 해볼 수 없겠느냐 말이야?"

"물론 할 수 있어요. 그프네스 라디오에 접속하면 저쪽에서 유선전화로 연결시켜 주는 거예요."

나는 꿈이라도 꾸고 있는 기분으로 말했다.

"대서양 횡단 해저 전선이 아이슬란드를 거쳐 가고 있는 것은 행운이 아닌가? 만일 우리가 이곳 전화 시스템과 접속이 된다면 런던을 호출하는 데 아무 지장도 없을 것이 아닌가." 나는 미풍에 천천히 무전 안테나가 흔들리고 있는 랜드로버를 가리켰다. "여기에서 말이지."

에린은 의심스러운 말투로 대답했다.

"그렇게 될 수 있다는 말은, 들어본 적이 없는걸요."

나는 샌드위치를 다 먹었다.

"안 될 이유가 없어. 닉슨 대통령은 달에 있는 암스트롱과도 얘기를 했잖아? 필요한 것은 여기에 다 있어. 우리가 해야 될 일은, 그 둘을 잇는 것이야. 혹시 전화국에 있는 누구 아는 사람이 없나?"

"스베인 허랄드슨을 알아요."

에린이 전화국에 있는 누구를 안다는 것에는 내기라도 걸만 했다. 아이슬란드에 있는 모든 사람이 누군가를 알고 있다. 나는 종이에 숫자를 적어 그녀에게 건네주었다.

"그것은 런던의 번호야. 나는 데이비드 타거트 경 본인이 나오게 하고 싶어."

"만일 타거트가 나오려고 하지 않는다면요?"
나는 히쭉 웃었다.
"지금 아이슬란드에서 전화가 걸려온다면, 어떤 경우라도 데이비드 경은 받으려고 할 거야."
에린은 무전 마스트를 쳐다보았다.
"오두막 속에 있는 큰 기계가 훨씬 더 출력이 클 거예요."
나는 고개를 내저었다.
"그것을 쓰면 안 돼…… 슬레이드는 전화 밴드를 모니터하고 있을지도 몰라. 내가 타거트에게 전해야 될 말을 그가 듣도록 하는 것은 좋지만, 어디에서 송신하고 있는가 하는 것이 알려지면 안 되는 거야."
에린은 랜드로버 있는 데로 가서, 장치에 스위치를 넣고 그프네스를 호출했다. 그러나 심한 공중 전기가 일으키는 잡음 때문에, 그 속에서 저주받은 유령이 울어대는 것처럼 몇 사람의 소리가 울렸지만 무슨 소리인지 알아 들을 수가 없었다.
"서쪽 산에서 돌풍이 부나 봐요. 아크레일리로 시도해 볼까요?"
거기가 네 개 전화국 중에서 제일 가깝다.
"아니야…… 슬레이드가 모니터를 하고 있다면, 아크레일리에 집중시키고 있을 거야. 세이지스폴들을 시험해 봐."
아이슬란드 동해안에 있는 세이지스폴들과 연락하는 것이 훨씬 쉬워서 에린은 잠시 후에 유선 전화망으로 레이캬비크에 있는 친구인 스베인과 접속하여 통화를 했다. 믿을 수 없는 일로 여겼지만 끝내 해낸 것이다.
"한 시간쯤 걸린다고 해요."
에린이 말했다.
"아주 잘 됐어. 세이지스폴들로 전화가 통하면 호출을 해 달라고 부탁하라고."

나는 시계를 보았다. 이제 한 시간이 지나면 영국 표준 시간으로 오후 3시 45분…… 타거트와 통화하는 데 좋은 시간이다.

우리는 짐을 챙겨 멀리 얼음이 반짝거리는 바하트뇨에클을 향해 남진하였다. 나는 수신기의 스위치를 넣어 소리를 줄여 놓았기 때문에 스피커에서 낮게 중얼거리는 소리가 흘러나왔다.

에린이 물었다.

"그 타거트라는 사람과 통화하면 무슨 좋은 일이 생기나요?"

"그는 슬레이드의 보스야. 슬레이드를 나한테서 떼어놓으려는 거야."

"하지만 그렇게 될까요? 당신은 그 포장물을 건네주기로 되어 있었는데 그렇게 하지 않았어요. 당신은 명령을 따르지 않았던 거예요. 타거트가 그것을 마음에 들어할지 모르겠어요."

"내 생각으로는 여기에서 무슨 일이 일어났는지 타거트는 모를 것 같아. 슬레이드가 나를 죽이려고 했던 것을 그가 알고 있다고는 생각되지 않아. 당신도 죽이려고 했던 사실 말이야. 슬레이드는 자기 생각만 하고 있고 그래서 지금 위태로운 처지에 있는 거야. 어쩌면 내가 잘못 생각하는지도 모르지만, 그러나 그것이 내가 타거트에게서 꼭 알아내고 싶은 중요한 일이야."

"그럼 혹시 당신의 잘못이라면? 만일 타거트가 당신한테 그 포장물을 슬레이드에게 주라고 지시한다면? 당신은 그렇게 하겠어요?"

나는 머뭇거렸다.

"모르겠어."

"그레이엄이 말했던 것이 맞을지도 몰라요. 당신이 배신했다고 슬레이드는 진정으로 생각했을지도……. 그에게는 그렇게 생각할 권리가 있다는 것을 당신도 인정해야 될 거예요. 그렇게 되면 그는……."

"총을 가진 사나이를 보내겠지? 그는 그렇게 할 거 아니야?"

"그렇다면 당신은 바보짓을 한 거예요, 앨런. 너무나 바보짓을요. 슬레이드를 미워한 나머지 당신은 판단력을 잃었던 게 아닌가 싶어요. 그래서 당신은 몹시 난처한 입장이 된 거예요."

나도 내 자신을 그렇게 생각하기 시작했다.

"타거트하고 말을 해보면 알 수 있어. 만일 그가 슬레이드를 지지한다면……."

만일 타거트가 슬레이드를 지지한다면 나는 정보국과 적의 양쪽에 끼여 있는 위험한 입장이 되는 셈이다. 정보국은 계획을 망쳐버린 것을 좋아할 리가 없고, 타거트도 몹시 화를 낼 것이다.

그래도 이상한 점이 아직 몇 가지 있다. 우선 일 전체가 별로 의미가 없다는 것, 내가 분명히 얼간이 짓을 했을 때 슬레이드가 진정으로 화를 내지 않았다는 것, 그레이엄의 상반된 두 가지 역할. 그 밖에도 내 마음속을 쿡쿡 쑤시는 무엇이 있는데, 나는 그것을 아직 확실하게 알 수가 없다. 뭔가 슬레이드가 한 일, 또는 하지 않은 일, 혹은 말한 것 또는 말하지 않은 것——의식은 안 되지만 마음속에 경종을 울리는 무엇이 있는 것이다.

나는 브레이크를 밟아 랜드로버를 세웠다. 에린은 놀라서 나를 보았다.

"타거트하고 말을 하기 전에 내가 쥔 카드의 패를 알고 있을 필요가 있어. 깡통따개를 꺼내주지 않겠어? 저 포장을 뜯어 봐야겠어."

"그게 현명한 일일까요? 당신은 차라리 모르고 있는 것이 낫다고 하지 않았어요?"

"당신 말이 맞을지도 몰라. 그러나 자기 패도 보지 않고 포커를 한다면 지게 마련이야. 모두가 그토록 찾고 있는 것이 도대체 어떤 것인가, 알아 두는 것이 좋을 것 같아."

나는 차에서 내려 뒤쪽 범퍼로 가서 금속 상자의 테이프를 벗겼다. 운전석으로 돌아오자 에린은 깡통따개를 준비하고 있었다. 그녀도 나와 마찬가지로 사실은 궁금했을 것이다.

그 상자는 깡통따개로 딸 수 있는 보통 금속으로 만들어졌는데, 지금은 훌랑 드러나 있어 녹슨 데가 몇 군데 보였다. 가장자리를 따라 납땜이 되어 있는 면이 위쪽일 것이다. 시험삼아 두드려보고 눌러 보았더니, 그 면은 다른 다섯 면보다도 조금 꺼져 있는 것을 알았다. 깡통따개 날을 찔러도 안전하리라는 생각이 들었다.

나는 숨을 크게 들이마시고 나서 한 구석에 날을 찔러보았다. 그러자 금속에 구멍이 뚫리고 공기가 새는 소리가 났다. 그것은 진공 포장이 되어 있다는 것을 말해 준다. 늦게나마 폭발 장치가 되어 있을지도 모른다는 생각이 들었다. 공기 압력으로 작용하는 신관이 있어, 기압이 갑자기 균형을 잃으면 내 얼굴 앞에서 폭발할지도 모른다.

그러나 그렇게 되어 있지는 않았다. 그래서 나는 한 번 더 심호흡을 하고 깡통따개를 움직여 갔다. 다행스럽게도 그것은 가장자리에 걸 필요가 없는 구식 깡통따개였다. 그래서 들쭉날쭉 모양이 사납기는 했지만 2분 동안에 뚜껑을 다 딸 수 있었다.

덮개를 벌려 속을 들여다보니, 갈색으로 빛나는 플라스틱 조각으로, 어딘가 전기 부품 같은 것이 들어 있었다. 라디오 수리점에서 쉽게 볼 수 있는 그런 것이었다. 나는 그 제품을 손바닥에 놓고 바라보면서 좀 당혹감을 느꼈다.

그 갈색 플라스틱 조각은 전자회로의 기판으로 대단히 복잡하게 되어 있었다. 저항기와 트랜지스터가 있었는데, 그 대부분은 알지 못하는 것들이었다. 내가 라디오에 관한 공부를 한 것은 꽤 오래 전 일이라서 눈부시게 발전된 공학 기술의 제품을 이해하기는 가당치 않은 일이었다. 극히 미세한 회로를 보는 데는 현미경이 필요하고, 실리콘의 가는 조각에 몇 십 개나 되는 부품을 사용하여 완전하고 복잡한 회로를 만들어 낸 것이다.

"그게 뭐예요?" 에린은 내가 그것이 무엇인지 알고 있을 거라고 믿고 있는 듯한 말투로 물었다.

"도저히 모르겠어."

나는 솔직히 말하고, 그 속을 찬찬히 들여다보며 회로 몇 가지를 더듬어 찾아보려고 했으나 여전히 의문은 풀리지 않았다. 그 일부는 가장자리 쪽에 프린트 회로의 기판이 있는 양산 모양으로, 각 기판에는 몇 십 개나 되는 부품이 빽빽이 붙어 있었다. 그 밖의 부분은 평범한 설계로 한가운데에 무엇인지 알 수 없는, 어쨌든 나에게는 도저히 종잡을 수 없는 기묘한 금속의 부품이었다.

알 수 있는 오직 한 가지 사실은 기판 끝에 두 개의 보통 스크류 터미널이 있고, 그 위에는 작은 각인이 찍힌 놋쇠판이 붙어 있다는 것이었다. 하나의 터미널에는 '+' 또 하나의 것에는 '−', 그리고 그 위에는 '110V, 60사이클'이라고 새겨져 있었다.

"이것은 미국의 전압과 사이클이야. 영국은 240볼트에 50사이클이거든. 여기가 입력터미널인 것 같아."

"뭔지 모르지만 미국제라는 거예요?"

"아마 미국제일 거야." 나는 조심스럽게 말했다.

파워백이 없고 두 개의 터미널로 연결되어 있지 않기 때문에 그 제품은 현재 작동하지 않는다. 아마 그것은 110볼트 60사이클의 전류가 그 터미널로 흘러야 작동하도록 되어 있을 것이다. 그러나 그것이 대체 어떤 작용을 하는지는 도저히 알 수 없었다.

대체 어떤 제품이든 간에 그것은 진보된 물건임이 분명하다. 전자공학의 전문가들은 눈부신 발전 가도를 달리고 있고 내 손바닥에 몽땅 들어갈 정도의 이 작고 이상한 것은, $E=MC^2$이라는 것을 증명할 수 있다든가, 그 반대로 그것을 부정할 수 있는 발전된 계산기일지도 모른다.

 그것은 전문가가 커피를 식힐 목적으로 임시변통의 제품을 만든 것인지 모르지만, 나한테는 그렇게 여겨지지 않았다. 임시변통 같은 데가 없는 것이다. 그것은 매우 프로페셔널한, 고도로 세련된 제품이고 대단히 긴 생산 라인에서 나온 것 같은 데가 있었다. 창문이 없고, 총을 든 엄숙한 표정의 사나이들이 지키고 있는 빌딩 내의 생산라인에서일 것이다.

 나는 골똘히 생각하고 말했다.

 "리 놀드린거는, 아직 케플라비크의 기지에 있나?"

 "그래요, 2주일 전에 본걸요."

 "이것이 무엇인지 조금이라도 알 만한 사람이 있다면, 아이슬란드에는 그 사람들뿐일 거야."

 "당신, 그 사람한테 보일 셈이에요?"

 나는 천천히 대답했다.

 "모르겠어…… 그는 이것이, 없어진 미국 정부의 재산 중의 하나라고 생각할지도 몰라. 그렇게 되면, 그는 미해군 중령이니까, 행동을 해야겠다고 생각하겠지. 어쨌든 내가 가지고 있을 성질의 물건이 아니니까, 많은 질문을 받게 되지 않겠어?"

 나는 그 물건을 상자 속에 다시 넣고 뚜껑을 덮어 테이프로 고정시켰다.

 "벌써 열어보았으니까 밑에 감출 필요는 없겠지."

 에린이 말했다.

"들어봐요! 우리의 번호예요."

내가 손을 뻗어 볼륨을 돌리자 소리가 커졌다.

"세이지스퓰들 호출 705, 세이지스퓰들 호출 705."

나는 핸들 장치를 풀었다.

"705 대답함, 세이지스퓰들."

"세이지스퓰들 호출 705, 당신이 런던으로 건 전화가 나왔습니다. 연결합니다."

"고맙습니다, 세이지스퓰들."

스피커에서 나오는 잡음의 특징이 갑자기 변하여, 대단히 먼 데서 들리는 소리같았다.

"나 데이비드 타거트인데, 당신, 슬레이드인가?"

그래서 나는 이렇게 대답했다.

"이쪽에서 오픈 라인으로 통화하고 있습니다…… 확 열린 라인입니다. 신경을 써주시기 바랍니다."

잠깐 시간을 두고 타거트가 말했다.

"알았어. 그쪽은 누구야? 잘 들리지가 않아."

잘 들리지 않아 통화가 힘들었다. 그의 소리는 커졌다 작아졌다 하면서 가끔 전자파의 방해 때문에 말이 끊기기도 했다.

"저는 스튜어트입니다."

뭐라고 표현할 수 없는 소리가 스피커에서 울렸다. 그것은 전자파의 방해 때문인지도 모른다, 하지만 타거트가 기절을 하지 않았나 싶기도 했다.

"도대체 무슨 짓을 어쩌자는 거야?" 그가 고함쳤다.

나는 에린을 보고 어깨를 으쓱했다. 그 소리를 들으면 타거트는 내 편이 아닌 것 같은데, 슬레이드 편을 들어줄지 어쩔지는 아직 알 수 없었다. 그의 노기는 점점 더해갔다.

"나는 오늘 아침 슬레이드하고 통화했어. 그는 자네가…… 저……
그와의 계약을 끝내려 한다고 하더라고." 완곡하게 에둘러 말했다.
"그리고 필립은 어떻게 되었나?"
나는 반문했다.
"도대체 필립이라니 누구를 말합니까?"
"자네한테는 뷰히너, 아니면 그레이엄이라고 해야 알지 모르겠군."
"그 사람과의 계약은 내가 끊었습니다."
타거트가 고함을 질렀다.
"뭐라고! 자네, 미친 사람 아니야?"
"그가 나와의 계약을 끊으려고 하기 직전에 선수를 쳤습니다. 이 아이슬란드에서의 경쟁은 너무나 치열합니다. 슬레이드가 그를 보냈어요."
"슬레이드의 설명은 그렇지 않던데."
"그렇겠지요. 그가 미쳤던가, 경쟁 상대인 회사에 가세한 것입니다. 나는 그들이 여기에 보낸 대표자 몇 사람과도 만났습니다."
타거트는 단호하게 말했다.
"있을 수 없는 일이야!"
"경쟁 상대인 대표자들의 말입니까?"
"아니야…… 적어도 슬레이드에게 있어서 그런 것은 생각할 수도 없는 일이라고."
나는 이성적으로 말했다.
"나는 그렇게 생각하고 있는데, 어째서 그건 생각할 수도 없다는 겁니까?"
"그는 우리하고 죽 함께 일해 왔어. 그가 얼마나 훌륭한 일을 했는지 자네도 알고 있겠지?"
"맥크린, 버제스, 킴 휠비, 브레이크, 클로거스, 런스딜…… 모두 좋은 친구들입니다. 정말입니다. 어째서 슬레이드가 거기에 끼는 것이 이상하다는 겁니까?"
타거트의 음성은 험해졌다.
"이건 오픈 라인이야, 말을 조심해. 스튜어트, 자네는 스코어를 모르고 있어. 슬레이드는 자네가 아직도 상품을 가지고 있다고 하던데 사실인가?"
"그렇습니다." 나는 솔직히 인정했다.
타거트는 숨을 크게 내쉬었다.
"그럼, 자네는 아크레일리로 되돌아가야겠어. 슬레이드가 거기에서 자네를 찾도록 수배해야겠네. 그에게 그것을 건네주라고."
"내가 슬레이드에게 건네줄 것은 최후의 해고 통지뿐입니다. 그레이엄에게…… 이름이 뭐든, 그 녀석에게 건네준 것이나 같은 것입니다."
타거트는 무서운 말투로 말했다.
"자네는 명령을 따르지 않겠다는 거야?"
"슬레이드가 관계하고 있는 한은 그렇습니다. 슬레이드가 그레이엄을 보냈을 때, 내 약혼자는 그 중간에 끼어 있었던 겁니다."
오랜 침묵이 있은 뒤에 타거트는 훨씬 부드러운 어조로 물었다.
"무슨 일이 있었던가, 그녀에게?"
나는 오픈 라인 따위는 아랑곳없이 대담하게 말했다.
"그녀는 구멍이 났다니까. 나한테서 슬레이드를 떼놓지 않으면 안 될 거요, 타거트."
그는 너무나 오랫동안 타거트 경이라고 존칭되어 왔기 때문에, 자기 이름이 존대를 받지 못하고 함부로 불리는 것에 몹시 언짢아 했다. 그래서 내 말뜻을 이해하기까지는 좀 시간이 걸렸다. 이윽고 그는 낮은 음성으로 말했다.

"슬레이드는 받아들일 수 없다는 말이지?"

"정체를 알 수 없는 패들과 함께 있는 슬레이드를 받아들일 수는 없지 않아요? 나는 그를 신용할 수 없소."

"받아들일 수 있는 사람은 누구야?"

그것은 내가 차분히 생각해 보아야 할 일이었다. 내가 정보국에서 떠난 지도 오래되었다. 그 동안에 어떤 이동이 있었는지 모른다. 그러자 타거트가 입을 열었다.

"케이스라면 받아주겠나?"

케이스는 좋은 사나이였다. 나는 그를 알고 있으며, 정보국에서 누구를 신용할 수 있느냐고 묻는다면 단연 그 사람이었다.

"잭 케이스라면 좋습니다."

"어디서 그를 만나지? 그리고, 언제가 좋겠나?"

나는 시간과 거리를 생각하였다.

"모레 오후 5시, 게이실에서……"

타거트는 가만히 있는데, 내 귀에 들려오는 것은 전자파 방해의 잡음뿐이었다. 이윽고 그가 말했다.

"그렇게는 할 수 없겠는데…… 그를 여기에 소환해야 되니까. 24시간만 뒤로 미루자고." 그는 서둘러서 말을 이었다. "자네는 지금 어디에 있는 거야?"

나는 에린에게 미소지었다.

"아이슬란드요."

전파의 소음까지도 타거트의 초조한 음성을 감추지는 못했다. 레미콘이 도는 듯한 소리였다.

"스튜어트, 자네가 가장 중요한 작전을 망쳤다는 사실을 알기나 하나? 케이스를 만나면, 그의 명령을 받아. 그가 시키는 대로 정확히 해야 돼. 알겠는가?"

"그가 슬레이드하고 함께 오면 안 됩니다. 이를 지키지 않으면 나도 약속을 안 지킬 겁니다. 당신은 개를 부추겨 들여보내는 셈이 되니까요, 타거트?"

타거트는 떨떠름하게 대답했다.

"알았어. 그를 런던으로 철수시키지. 하지만 자네는 그를 잘못 생각하고 있는 거야, 스튜어트. 그가 스웨덴에서 케니킹에게 했던 일을 생각해 봐."

너무나 갑작스레 번쩍 섬광처럼 나타난 한마디에, 나는 숨이 막힐 지경이었다. 내 마음속에서 따끔따끔하게 혼자 애태우던 일이 표면으로 떠오르게 된 것이다. 그것은 폭탄이 폭발을 일으킨 것 같았다. 나는 서둘러서 말했다.

"정보를 좀 얻고 싶어요. 이 일을 정확하게 수행하는 데 필요할지도 모르는 일이니까요."

타거트는 초조하게 물었다. "말해 봐. 그게 뭐야?"

"케니킹이 술을 마시는 습관에 관해서 파일에는 어떻게 적혀 있는지?"

그는 고함을 질렀다.

"뭐라고! 무슨 장난을 하자는 거야?"

"나는 정보가 필요해서 그럽니다"

나는 끈질기게 되풀이했다. 내가 타거트를 지배하는 입장에 서 있다는 것을 그도 잘 알고 있다. 나는 그 전자 장치를 가지고 있지만, 그는 내가 있는 곳을 모른다. 내가 유리한 입장에 서 있기 때문에, 그는 나에게 적대감을 줄 필요가 없고, 웬만한 정보라면 억제하지 않을 것으로 나는 생각했다. 그러나 그는 나를 시험해 보았다.

"시간이 좀 걸려. 다음에 전화하라고."

"당신 농담하는 것 아니오? 당신 주위에는 컴퓨터가 즐비하고, 전자가 귀에서 튀어나올 정도 아니오? 당신이 할 일은 단추만 누르면 되는 것 아니오? 그러면 2분 이내에 답이 나올 테니까, 빨리 눌러요!"
그는 망설이는 말투로 대답했다.
"알았어, 기다려."
그가 주저하는 것은 당연했다. 보스는 보통 부하 직원의 그런 말버릇에 익숙하지 않기 때문이다.
나는 거기에서 어떤 일이 벌어졌을까를 상상할 수 있었다. 고속의 컴퓨터로 컨트롤되는 마이크로필름의 선별과 폐쇄회로 텔레비전이 연결되어 있어, 올바른 번호가 다이얼 되면 2분 이내로 그의 책상 위에 있는 스크린에 답이 나온다. 알려진 적측 멤버에 관한 정보는 모든 사실과 함께 최대한 마이크로필름의 파일에 들어가 있기 때문에, 그의 생활은 유리 상자 속의 나비처럼 드러나게 되어 있다.
얼마 뒤 타거트가 뚜렷하지 않은 소리로 말했다.
"나왔어." 잡음이 훨씬 심해져서 그의 말소리는 아주 멀리서 들렸다. "뭘 알고 싶지?"
"더 큰 소리로 말해 주시오…… 잘 들리지 않아요. 그의 음주 습관에 대해서 알고 싶소."
"케니킹은 좀 청교도 같아. 그는 술을 마시지 않고, 자네와 마지막 부딪쳤을 때부터 여자하고는 외출하지 않았어." 그의 소리에 익살이 섞인 듯했다. "분명히 자네는 그의 유일한 낙을 빼앗아 버린 거라고. 조심하는 게 좋을 거야."
그 뒤는 잡음 속으로 사라졌다.
"뭐라고 한 거야?" 하고 나는 고함을 쳤다.
타거트의 소리는 심한 전자파 방해 속에 희미한 유령의 목소리처럼 들렸다.

"……알고 있는……한……케니……아이슬란드……그는……."

내가 들을 수 있었던 것은 그것뿐이지만 그것으로 충분했다. 나는 통화를 다시 회복해 보려고 안간힘을 써 보았으나 소용이 없었다. 에린은 구름으로 시커멓게 변해 가는 서쪽 하늘을 가리켰다.

"폭풍이 동쪽으로 움직이고 있어요. 저것이 지나갈 때까지는 아무 데도 못 갈 것 같아요."

나는 송수신기를 클립으로 되돌렸다.

"슬레이드, 이놈의 악당! 내가 생각했던 대로였어."

에린이 물었다.

"무슨 의미예요?"

나는 딩규휴엘 상공에 뭉게뭉게 피어오르는 구름을 바라보았다.

"여기를 떠나야겠어. 우리는 24시간을 황야에서 지내야 되겠지만, 여기는 싫어. 본격적인 폭풍이 몰아치기 전에 아스캬까지 가자고!"

제4장

1

아스캬의 큰 분화구는 아름답다. 그러나 폭풍 때는 다르다. 바람은 훨씬 밑에 있는 화산 호수의 수면을 때리고, 아마도 옛날의 오딘신이 하늘의 수도꼭지를 뽑아 버리듯 비를 시트처럼, 마치 바람에 날리는 커튼같이 세차게 뿌려댔다. 물로 미끄러지는 횟가루가 마를 때까지 호수에 내려가는 것은 불가능했다. 그래서 나는 길에서 벗어나 분화구의 벽 바로 안쪽에 머물기로 했다.

내가 알고 있는 몇 사람은 분화구의 안쪽으로 들어간다고 하면 겁을 낸다. 어쨌든 거기는 언제 폭발할지 모르는 화산이기 때문이다. 그러나 아스캬 산은 1961년에 엄청나게 큰 소리로 자기의 존재를 알린 곳이기 때문에, 작은 분화가 몇 번 일어난다고 해도 얼마 동안은 조용하게 있을 것이다. 통계적으로 보면 우리는 거의 안전하다고 할 수 있다. 나는 머리가 부딪치지 않도록 랜드로버의 천장을 열어버렸다. 얼마 후에는 어린 양의 갈비가 구워지고 프라이팬에서 달걀 튀기는 소리가 나기 시작하자 우리는 건조하고, 따뜻해서 기분이 좋았다.

에린이 달걀을 튀기고 있는 동안, 나는 연료 상태를 살폈다. 탱크에는 16갤런이 들어 있고, 따로 16갤런을 4개의 플라스틱통에 넣어두었기 때문에, 도로 사정이 좋으면 600마일 이상 달릴 수 있는 양이다. 그러나 우리는 좋은 도로를 달릴 수 있는 형편이 아니고, 우빅딜에서는 1갤런으로 10마일만 가도 다행이다. 언덕과, 심하게 울퉁불퉁한 데서는 줄곧 저속 기어로 가야 되기 때문에, 연료가 많이 먹힌다. 제일 가까운 주유소를 찾아가더라도 남쪽으로 꽤 멀리 달려가지 않으면 안 된다. 그래도 게이실에 도착하기까지는 충분하다고 나는 생각했다.

기적처럼 에린은 냉장고에서 칼스버그를 두 병 꺼냈다. 나는 고마운 마음으로 그것을 컵에 따랐다. 달걀을 깨어 스푼으로 젓고 있는 그녀가 몹시 핼쑥하게 지쳐 보였다.

"어깨 상태는 어때?"

"움직일 수도 없고, 쑤시고 아파요."

그렇겠지. 나는 컵을 기울이면서, 차가운 맥주가 목구멍을 찌르는 듯한 맛을 느꼈다.

"식사 뒤에 붕대를 갈아야겠어. 당신은 이런 고생을 겪지 않도록 하려고 빌었는데, 에린."

그녀는 얼굴을 돌리고, 조금 웃음을 머금었다.

"하지만, 그렇게 되지 않은걸요." 익숙한 솜씨로 그녀는 달걀을 접시에 옮겼다. "별로 즐겁다고 할 수는 없지요."

"즐기는 것이 목적은 아니지만 말이야."
그녀는 접시를 내 앞에 밀어 놓았다.
"어째서 당신은 케니킹의 음주습관을 물어본 거예요? 별로 의미가 없는 말 같이 들렸어요."
"꽤나 오래된 일이지만…… 아주 젊었을 때, 케니킹은 에스파냐에서 공화당 편에 서서 싸웠어. 그런데 전쟁에 지고 나서 그는 잠시 프랑스에서 살았지. 레옹 블룸의 인민전선을 위해 여러 가지 공작을 했는데, 이 무렵에도 적의 내부에 잠입한 첩보원이었던 모양이야. 어쨌든, 거기에서 그는 칼바도스를 마시는 습관이 들었다는 거야. 노르망디의 사과 브랜디 말이야. 소금은 있나?"
에린은 소금 병을 내놓았다.
"그는 한때 술로 말썽을 일으켜, 술을 안 마시기로 했다는 거야. 그래서 정보국이 알고 있는 한, 그는 술을 마시지 않는 사람으로 되어 있어. 타거트가 그렇게 말하는 것을 들었지?"
에린은 빵 덩어리를 자르면서 불평했다.
"무슨 말인지 조금도 모르겠어요."
"이제 그 말을 하려는 거야. 알코올로 말썽을 일으킨 많은 사람들이 그렇듯 그는 필요에 따라 몇 달씩이나 술을 멀리할 수도 있는데, 일이 어렵게 되어 압력이 점점 심해지면 폭음하는 버릇이 다시 시작되거든. 그런데 우리 일에는 대단한 긴장이 따르기 마련이야. 문제는 그가, 아무도 모르는 은밀한 폭음자라는 사실이야. 내가 그것을 처음 안 것은 스웨덴에서 그의 다음 자리에 있을 때였어. 한 번은 갑자기 그를 찾아갔다가 술에 취해서 인사불성이 되어 있는 그의 모습을 보았다고. 나는 그가 잠이 들 때까지 술을 따라주고, 용케도 도망쳐 나올 수 있었다니까. 나하고 있을 때는, 다시는 그 일을 입 밖에 내지 않더군."

나는 빵 한 조각을 받아, 달걀 노른자에 찍어 먹었다.

"공작원이 작업을 마치고 정보국에 돌아오면, 전문가들에게 철저히 그 동안의 활동을 보고하도록 되어 있어. 내가 스웨덴에서 돌아왔을 때도 그랬는데, 내가 지미 버크비에게 무슨 일이 일어났던가를 놓고 소동이 벌어졌기 때문에, 당연히 철저하게 들어야 될 보고를 대충 듣고 말았던 거야. 그래서 케니킹이 폭음한 사실이 기록으로 남지 않았거든. 아까 통화로도 확인했지만 그것은 아직도 적혀 있지 않은 거야."

에린은 난처한 듯이 말했다.

"나는 아직도 모르겠는걸요."

"그것을 지금부터 말하려고 해…… 슬레이드가 나를 만나러 스코틀랜드에 왔을 때, 그는 어떻게 내가 케니킹에게 상처를 입혔던가를 말하고, 케니킹은 칼바도스 병을 꺼내어 함께 한잔 하자고 하기보다는 예리한 칼로 나를 수술하려 들 것이라면서 너털웃음을 쳤어. 대체 어떻게 슬레이드가 칼바도스에 대해서 그렇게 잘 알고 있느냐 말이야? 그가 케니킹에게 100마일(약 161킬로미터) 이내로 접근한 일은 절대로 없고, 그 사실은 정보국 파일에도 나오지 않아. 그것이 오랫동안 마음에 걸렸어. 그런데 오늘 오후에 비로소 알게 되었지."

에린은 한숨을 쉬었다.

"아주 사소한 문제 아니에요?"

"당신은 한 번이라도 살인사건 재판을 방청해본 일이 있나? 한 사람을 교수형에 처하는 문제가, 실은 작은 일에서부터 시작될 수 있다는 거야. 그런데 이것을 그것에 비겨 보자고. 그 포장물을 빼앗아간 러시아의 패거리는 결국 속은 것을 알게 될 테지. 그들이 진짜를 노리고 쫓아왔다는 것을 생각할 수 있지? 그런데 쫓아온 게 누구였지? 그 눈에 핏발을 세우고 말이야. 우리의 벗 슬레이드 말고는 아무도 없었어."

"당신은 슬레이드가 러시아 공작원이라는 것을 입증하려고 하는 거예요. 하지만 그것은 불가능하잖아요. 스웨덴에서 케니킹의 조직을 파괴시킬 때 진짜 책임자는 누구였어요?"

"슬레이드가 지휘를 했어. 그는 나를 옳은 방향으로 놓고, 방아쇠를 당겼던 거야."

에린은 어깨를 으쓱했다.

"네, 그래서 러시아의 공작원은 자기편에 대해서도 그렇게 한다는 거예요?"

"슬레이드는 이제 거물이야. 영국 정보국에서 매우 중요한 자리로, 타거트의 바로 다음이 되었어. 그의 말에 의하면 그는 수상과 점심을 함께 하는 사이야. 러시아 패거리들에게 있어서 그런 위치에 자기 편 하나를 박아둔다는 것이 얼마나 중요한 일인데?"

에린은 내가 미쳤다고 생각하는 듯한 눈으로 나를 보았다. 나는 조용히 말했다.

"이것을 계획한 사람이 누군지는 몰라도, 몹시 혼란스런 심성을 가진 사람 같아. 그러나 그것은 결국 하나로 모아지는 작전인 거야. 슬레이드는 이제 영국 정보국에서 최고의 자리에 있어…… 그러나 그가 어떻게 해서 거기에 이르게 되었는가? 해답은 스웨덴에서 러시아의 조직을 무너뜨린 공로야. 러시아로서는 어느 쪽이 더 중요할까? 그들이 스웨덴 안의 자기네 조직을 회복시키는 것과——그것은 필요하면 언제든지 고쳐 만들 수도 있는 것이라고——아니면 슬레이드를 현재의 자리에 올려놓는 것과?"

나는 단도의 손잡이로 식탁을 두들겼다.

"똑같은 비뚤어진 사고방식이 이어지고 있어. 슬레이드는 버크비를 희생시킴으로써 나를 케니킹의 다음 자리에 앉혔고, 러시아의 패거리들은 케니킹과 그의 조직을 희생시킴으로써 슬레이드를 타거트의 다음 자리에 올려놓은 거라고."

에린이 큰 소리를 냈다.

"하지만 그것은 너무 터무니없는 소리라구요! 러시아 쪽이 어쨌든 슬레이드와 협력하고 있다면, 무엇 때문에 그가 버크비나 당신을 써서, 그런 까다로운 짓을 해야 되었을까요?"

"그럴듯하게 보여야 되기 때문이야. 작전은 아주 냉엄한 판단력을 가진 사나이들에 의해서 검토되기 때문에, 진짜 피를 흘리지 않고는 안 되는 거야…… 조금이라도 속임수가 보이면 안 통한다고. 그 피는 가엾은 버크비에 의해서 주어진…… 거기에 케니킹도 조금 보텐 셈이지." 그때 불현듯 어떤 생각이 떠올랐다. "케니킹이 과연 진상을 제대로 알고 있었는지 의심스러워. 그의 조직이 전연 알지 못한 사이에 송두리째 날라가 버린 것은 틀림없어. 그 불쌍한 악당은 슬레이드를 한 계급 승진시키기 위해서, 자신이 상관들로부터 배신당했다는 것을 몰랐을 거야." 나는 턱을 만졌다. "나는 아직도 그가 그것을 모르고 있지 않나 싶어."

"그것은 이론상으로만 그런 거예요, 실제로는 그렇지 않을 거예요."

"그럴까? 그런 무섭고도 진기한 일이 생기는 것을 알려면, 간첩 재판의 공표된 몇 가지 기록을 읽어보면 돼. 당신은 어째서 브레이크가 42년 동안 교도소로 들어가 있었는지 알고 있나?"

그녀는 고개를 저었다.

"읽어보지 못했어요."

"외부에 발표되지는 않았지만 정보국 안의 소문에 따르면, 그 42라는 숫자는 그가 배신했기 때문에 참혹하게 죽음을 당한 자기편 공작원의 수를 말한다더군. 그 소문의 진위를 나는 모르지만…… 그러나 슬레이드가 무슨 짓을 했던가를 생각해 보라고."

"그렇다면, 당신은 아무도 믿지 않는다는 거지요? 그런 인생을 뭐라고 해야 될까요!"

"그 정도로 심각한 것은 아니야. 나는 어느 선까지 타거트를 믿고 있어. 잭 케이스도 말이지. 나하고 게이실에서 만나기로 되어 있는 사나이 말이야. 그러나 슬레이드는 달라. 그는 조심성 없이 두 가지 실수를 저질렀어. 하나는 자기도 모르게 케니킹이 칼바도스를 마시는 것을 알고 있음을 드러낸 것이고, 또 하나는 포장물을 되빼앗아 가려고 직접 뒤쫓아 온 일이야."

에린은 경멸하는 듯한 웃음을 흘렸다.

"그래서 당신이 타거트와 케이스를 믿는 오직 한 가지 이유는, 그들은 실수를 저지르지 않았다는 건가요?"

"이렇게 한 번 생각해봐. 나는 그레이엄을 죽였어. 영국 정보국원으로, 위태로운 입장에 서 있게 된 셈이지. 내가 거기에서 벗어날 수 있는 오직 한 가지 방법은, 슬레이드가 러시아의 공작원이라는 것을 증명하는 일이야. 혹시 내가 그것을 해낸다면, 나는 대단한 영웅이 되고 내 기록은 깨끗하게 남게 되겠지. 그리고 거기에는 내가 슬레이드를 미워하는 것이 큰 도움이 되었다고 말이야."

"하지만 혹시 당신의 잘못이라면?"

나는 되도록 확신에 찬 소리로 말했다.

"나는 잘못이 없어." 그리고 나는 그것이 진실이기를 기원했다. "오늘은 정말 힘든 하루였어, 에린. 그러나 내일은 쉴 수 있겠지. 자, 어깨의 붕대를 갈자고."

내가 의료용 테이프의 마지막 한 조각을 다 붙이자, 그녀가 말했다.

"돌풍이 오기 조금 전에 타거트가 한 말을, 당신은 어떻게 판단했어요?"

그 일을 생각하는 것은 싫었지만 나는 나직한 소리로 말했다.

"그가 말하고 있던 것은, 케니킹이 아이슬란드에 있다는 말 같았어."

2

하루 종일 과도한 운전을 한 뒤라 몸은 지쳐 있었지만, 나는 잠을 이루지 못했다. 바람이 아스캬의 분화구를 서쪽에서 가로질러 휘몰아쳐 랜드로버를 두들겨대는 바람에 스프링은 요동치고, 세찬 비는 측면을 북처럼 울려댔다. 무슨 금속 같은 것이 움직이는 듯한 소리가 들려서 벌떡 일어나 두루 살펴보았으나 아무것도 알 수 없었고, 몸만 흠뻑 젖었다. 나는 겨우 잠이 들었지만 계속 악몽 속을 헤매었다.

그래도 아침이 되어 바깥을 보았을 때 나는 기분이 좋아졌다. 태양이 빛나고 호수는 구름 한점 없는 하늘을 반사하여 새파랬다. 비에 씻긴 해맑은 공기 속에 실제는 10킬로나 떨어져 있는 분화구의 반대쪽이, 1킬로밖에 떨어져 있지 않는 것 같이 보였다. 나는 커피를 끓인 뒤에 에린이 잠자고 있는 위로 몸을 굽혀 살짝 옆구리를 찔렀다.

"응응!"

그녀는 분명찮은 소리를 내더니 침낭 속으로 다시 파고들었다. 내가 또 한 번 쿡쿡 찌르자 파란 한쪽 눈을 뜨고 흐트러진 금발 사이로 화난 듯이 나를 보았다.

"그만해요!"

"커피를 끓였어."

나는 그렇게 말하고 그녀의 코밑에서 컵을 움직였다.

에린은 생기를 되찾아 양손으로 컵을 잡았다. 나는 커피와 뜨거운 물이 담긴 물병을 들고 밖으로 나와 차의 보닛 위에 면도 도구들을 늘어놓고, 면도를 하기 시작했다. 나는 면도를 끝내고 호수로 내려가서 몸을 씻으면 기분이 좋아질 것이라고 생각했다. 왠지 그곳은 구더기라도 들끓는 듯한 불결한 느낌이 들었다——우다다라운은 먼지투성이인 곳이다——그래서 깨끗한 호수는 더욱 매력적이었다.

면도를 마치고 나서 나는 해야 될 일들을 생각해 보았다. 제일 중요한 일은 타거트가 사무실에 나타날 시간이 되면 곧 연락을 취하는 일이었다. 나는 그에게 슬레이드에 관한 자세한 진상을 알려 주고 싶었다.

에린이 커피포트를 들고 다가왔다.

"좀더 들겠어요?"

나는 컵을 내밀었다.

"고마워…… 날씨가 화창하겠어." 나는 분화구의 밑바닥에 있는 호수를 보면서 고개를 끄덕거렸다. "수영하고 싶지 않아?"

에린은 얼굴을 찡그리고 상처입은 어깨를 움직였다.

"크롤은 못하지만 한쪽 손으로 텀벙거릴 수는 있을 것 같아요."

에린은 하늘을 쳐다보고 말했다.

"어쩌면 이렇게 날씨가 좋지요?"

나는 그녀의 표정이 변하는 것을 알았다.

"어째서 그래?"

"무전 안테나가 안 보이잖아요, 없어졌나?"

나는 뒤돌아보았다.

"빌어먹을!"

그것은 큰 문제였다. 나는 차에 올라가 피해를 살펴보았다. 어째서 그렇게 되었는가는 곧 알 수 있었다. 중앙 아이슬란드의 땅바닥은 용접한 것이 아니면 무엇이든지 흔들려 떨어뜨릴 정도로 험하다. 렌치를 써도 꿈쩍 않던 너트마저 저절로 풀려 굵은 나사못이 떨어져버린다. 그러니 흔들리는 안테나는 말할 것도 없다. 한 달 동안에 안테나를 세 개나 잃은 지질학자를 나는 알고 있다. 문제는 언제 그것을 잃었는가 하는 것이다. 내가 타거트와 통화를 한 다음이라는 것은 확실하다. 그러므로 그것은 우리가 폭풍과 싸우면서 아스캬로 줄곧 달리던 그때 없어진 것이다. 그러나 나는 밤중에 금속성의 소리가 났던 것을 기억하고 있다. 안테나는 진동 때문에 느슨해져 세찬 바람에 날려갔을지도 모른다. 내가 말했다.

"여기 가까운 데에 떨어졌을지도 몰라…… 아주 가까운 데에 말이야. 찾아보자고."

그런데 우리는 그렇게 하지 못했다. 귀에 익은 소리가 들려왔기 때문이다. 경비행기의 폭음이었다. 나는 황급히 소리를 질렀다.

"엎드렷! 가만히 있어, 얼굴을 들면 안 돼!"

우리가 랜드로버의 옆으로 넙죽 엎드렸을 때, 경비행기가 분화구의 벽을 저공 비행하여 넘어왔다. 그리고 가장자리에서 나오자 곧 우리가 있는 왼쪽 분화구 속으로 미끄러져 내려갔다.

"어떤 짓을 해도 되지만 얼굴을 들면 안 돼. 하얀 얼굴만큼 눈에 잘 띄는 것은 없어."

비행기는 호수 위를 저공으로 날아 빙빙 돌면서 분화구의 내부를 '8자'를 그리며 살피기 시작했다. 힐끗 보았더니 그것은 4인승 세스나기 같았다. 랜드로버는 눈과 얼음이 갈라진 큰 바위 사이에 세워놓았기 때문에, 주위에서 움직이는 것이 없으면 공중에서는 그리 확실하게 판별하기 어려울 것이다.

에린은 조용히 말했다.

"누군가 우리를 찾고 있을까요?"

"그렇게 생각해야 되겠지. 공중에서 우빅딜을 바라볼 관광객을 태운 세낸 비행기일지도 몰라. 하지만 그러기에는 시간이 좀 일러…
… 관광객은 9시 이전에는 일어나지 않거든."

이것은 내가 미처 생각하지 않았던 진전된 상태다. 빌어먹을! 슬레이드가 말한 대로 우리는 실제지점에서 벗어나 있는 것이다. 우빅딜 안에 있는 길은 단순하기 때문에 그것을 공중에서 정찰하여 무전으로 지상에 있는 차를 지휘하는 것은 그리 어려운 일이 아니다. 우리 랜드로버는 바퀴가 큰 차이므로 식별하기가 쉽다. 이런 차는 그리 많지 않기 때문이다.

그 비행기는 분화구의 정찰을 마치고 다시 상승하여 북서쪽으로 기수를 돌렸다. 나는 그것을 물끄러미 보면서도 움직이지는 않았다. 에린이 입을 열었다.

"우리를 발견했을까요?"

"나도 모르겠어. 대답할 수 없는 말은 묻지 않는 게 좋아. 그리고 아직은 움직이면 안 돼, 또 한 번 올지도 모르니까."

나는 세스나기가 5분 안에 다시 되돌아 올 것으로 여겨져 이제부터 어떻게 해야 할지 생각해보았다. 호수에서 수영을 즐길 수는 없다. 그것은 분명하다. 아스캬는 아이슬란드의 어디에서나 마찬가지로 인가와는 동떨어진 곳이지만 한 가지 치명적인 결점이 있었다. 분화구로 가는 길이 막다른 곳이라는 사실이다. 만일 누군가 분화구 출구를 막는다면 빠져나갈 길은 없다. 랜드로버로는 안 된다. 그리고 걸어서 어디론가 가는 것도 불가능하다는 것을 나는 잘 알고 있었다. 우빅딜에서 그런 짓을 하다가는 반드시 죽을 수밖에 없다.

"서둘러서 이곳을 빠져나가야 돼. 어떻게든 빨리 움직여야겠어. 가자고!"

"아침 식사는요?"

"더 있다 해야지."

"라디오 안테나는 어떻게 하지요?"

나는 마음을 정하지 못하고 절망을 느꼈다. 입을 다물었다. 우리에게는 그 안테나가 필요했다. 나는 타거트하고 통화를 더 해야 되는 것이다. 그러나 공중에서 우리를 발견했다면 총을 가득 실은 차가 벌써 아스캬를 향해 달려오고 있을지도 모른다. 또 그때까지 얼마나 시간이 있을지도 모른다. 안테나가 가까운 데 있을지도 모르지만, 그와 반대로 어제 정신없이 차를 몰 때 어디에 떨어졌는지도 모른다. 나는 마음을 정했다.

"이제 아무래도 좋아! 빨리 떠나야 해."

커피 컵과 면도기 따위 말고는 달리 챙길 짐도 없어 2분 뒤에 우리는 아스캬를 벗어나 좁은 길을 오르고 있었다. 중요한 도로까지는 10킬로미터, 거기에 도착하면 무엇을 발견하게 될지 나는 공포감에 식은땀이 흘렀으나 아무 일도 일어나지 않았다. 나는 오른쪽으로 핸들을 꺾어 남녘으로 향했다.

한 시간 뒤 나는 길이 두 갈래로 갈라지는 곳에서 차를 멈췄다. 왼쪽에는 요클스아우 강이 흐르고 있었다. 수원에서 가깝기 때문에 데디포스에서 볼 수 있는 격류는 아니었다. 나는 차분히 말했다.

"여기에서 아침 식사를 하는 게 좋겠군."

"어째서 여기에서요?"

나는 앞쪽에 둘로 갈라져 있는 길을 가리켰다.

"여기에서는 세 갈래의 길을 선택할 수 있어…… 되돌아가든가 저 앞쪽 한 길을 골라서 가든가 말이야. 혹시 그 세스나기가 되돌아와서 우리를 발견하더라도 여기에 가만히 있어야 돼. 비행기는 언제까지나 멈춰 있을 수 없으니까, 날아가 버릴 때까지 기다렸다가 어디로 갔는지 모르게 숨는 거야."

에린이 식사 준비를 하는 동안 나는 그레이엄한테서 빼앗은 총을 살펴보았다. 나는 탄알을 뽑고 총구를 들여다보았다. 발사를 한 다음에 손질을 해놓지 않은 것은 제대로 총을 다루는 자세가 아니다. 고맙게도 현대의 화약은 그다지 심한 부식성이 아니기 때문에 하루쯤 지나서 청소를 해도 별 지장이 없다. 그리고 총에 쓰는 기름도 청정제가 없기 때문에 경유로 임시변통할 수밖에 없었다.

나는 총을 손질한 다음 탄약을 살펴보았다. 그레이엄은 25발들이 묶음에서 한 방을 쏘았고 나는 슬레이드에게 세 발을 쏘았다. 21발이 남아 있는 셈이다. 나는 총의 조준을 100야드(약 91미터)로 조정했다. 그 이상의 먼 거리에서 쏘아야 될 처지까지 몰리지는 않으리라고 생각했기 때문이다. 써본 적이 없는 총과 탄약으로 500야드(약 457미터) 전방에 있는 상대를 쓰러뜨릴 수 있는 것은 영화의 주인공들이나 하는 일이니까.

곧바로 총을 잡을 수 있는 곳에 놓았을 때 나는 에린이 '그건 안 돼요' 하는 눈빛으로 나를 보고 있는 것을 의식했다. 나는 변명하듯이 말했다.

"내가 어떻게 해야 된다는 말이야? 돌이나 던지라는 거야?"

"나는 아무 말도 안 했는데요."

나는 고개를 끄덕였다.

"아, 그렇군. 나는 강으로 내려가서 몸을 씻고 와야겠어. 준비가 다 되면 큰 소리로 불러줘."

나는 먼저 그 주위가 잘 바라보이는 작은 언덕 위로 올라갔다. 눈길이 닿는 데까진 움직이는 것이 아무것도 없었다. 그리고 아이슬란드에서는 어지간히 먼 데까지도 잘 보이는 것이다. 흐뭇한 기분으로 나는 강으로 내려갔다. 눈이 녹은 물은 짙은 녹색으로 놀랄 만큼 차가웠으나, 잠시 뒤에는 그렇게 견딜 수 없는 것은 아니었다. 산뜻한 기분이 된 나는 아침 식사를 쓸어 넣듯이 급히 먹었다.

에린은 지도를 보았다.

"어떤 길로 가는 거예요?"

"헙스예클과 바흐트뇨에클 사이로 갈 거야. 그러니까 왼쪽 길이 되겠지."

"일방통행이지요?"

에린은 그렇게 말하고 나한테 지도를 건네주었다.

그렇다. 점선에 따라 재수 없는 빨간색으로 인쇄되어 있는 것은 그 도로가 정부에서 엄격히 관할하고 있는 것임을 의미한다. Adeins faert til austurs——동쪽 통행에 한함. 우리는 서쪽으로 가려고 하는데 말이다.

나는 눈살을 찌푸렸다. 그린란드는 얼음으로 뒤덮여 있으니까 그 이름과 어울리지 않고, 아이슬란드 역시 별나게 커다란 얼음도 없는 곳이다. 그러나 아이슬란드는 이름이 잘못되었다 해도 별상관은 없는 곳이다. 36군데의 빙원이 이 나라의 8분의 1을 얼음으로 뒤덮고 있고 그 하나인 바흐트뇨에클만으로도 스칸디나비아와 알프스의 빙하지역 전부를 합친 정도의 크기인 것이다.

바흐트뇨에클 빙원은 우리의 바로 남쪽에 펼쳐져 있고, 서쪽으로 난 길은 우뚝 솟은 트레라딩갸의 산괴(山塊)에 묻혀 있는 큰 화산에 의해서 빙원으로 밀어붙여지고 있다. 지금까지 이곳을 지나간 일은 한 번도 없지만 나는 어째서 이 길이 일방통행으로 되어 있는가를 확실히 알았다. 그 길은 벼랑에 매달려 있고 앞이 시원스럽게 틔어 있지 않은 U자형 굴곡로가 많아서 충돌 위험천만이기 때문이다.

나는 한숨을 쉬고 가능성을 찾아보았다. 오른쪽 길은 북녘을 향하고 있어 내가 가려고 하는 방향과는 정반대다. 더욱 괴로운 것은 다시 돌아올 때 거리가 3배나 된다는 것이다. 아이슬란드의 지형은, 갈 수 있는 곳과 갈 수 없는 곳에 대해서 그 자체의 가혹한 논리를 지니고 있어 길의 선택이 매우 제한되어 있다.

"우리는 지름길로 승부를 걸기로 하지. 아무하고도 만나지 않게 되기를 하느님께 기도하는 거야. 아직 관광철은 아니니까 잘 되지 않겠어?" 나는 에린에게 미소를 지어보였다. "교통 위반을 단속하는 경관도 있을 리 없고 말야."

"게다가 벼랑 밑에서 우리를 구해줄 구급차도 없고요?"

"나는 신중한 운전기사야. 그런 일은 결코 일어나지 않아."

에린은 강으로 내려가고 나는 다시 언덕으로 올라갔다. 사위는 쥐죽은 듯이 고요했다. 길은 뒤쪽의 아스캬로 향해서 뻗어 있고, 쫓아오는 차가 일으키는 흙먼지도 없으며, 하늘을 날아다니는 수상한 비행기도 없었다. 나는 나의 상상력에 지배받고 있는 것은 아닐까 생각했다. 나는 무의미한 일 때문에 도망치고 있는 것이 아닌가 하고.

'범죄자는 누가 뒤쫓지 않아도 도망치는 것.' 나는 죄를 많이 저질렀다! 나는 본능적으로 슬레이드한테서 포장물을 확보해놓고 있다. 타거트도 믿기 어려운 본능에 따랐던 것이다. 게다가 나는 그레이엄을 죽였다! 정보국에 관한 한 나는 이미 재판을 받아 유죄가 되고, 형의 선고를 받은 것이나 다름없다. 게이실에서 만나게 될 잭 케이스의 태도는 어떨지 나는 생각해 보았다.

나는 랜드로버가 있는 데로 돌아오는 에린을 바라보고, 다시 한 번 주위를 살펴본 뒤 그녀가 있는 데로 내려갔다. 그녀의 머리는 젖어 있고 타월로 문지른 양볼이 붉게 물들어 있었다.

"당신은 이제 나 마찬가지로 여기 함정에 빠져버렸어. 그러니까 당신에게도 투표권이 있는 셈이야. 당신은 내가 어떻게 해야 된다고 생각하지?"

에린은 타월을 내려놓고 물끄러미 나를 보았다.

"당신이 하고 싶은 대로 해야 되지 않겠어요? 당신이 계획을 세운 거니까요. 게이실에서 그 사람을 만나 그…… 뭔가는 모르지만, 그것을 줘버리는 거예요."

나는 고개를 끄덕였다.

"그런데 혹시 누군가가 우리를 막는다면?"

에린은 머뭇거렸다.

"혹시 그가 슬레이드라면 그에게 그것을 건네주는 거예요. 만일 그가 케니킹이라면……."

에린은 말을 더듬으면서 고개를 천천히 내저었다.

나는 에린의 생각을 읽었다. 포장물을 슬레이드에게 건네준 다음 아무 탈 없이 떨어지게 될 수 있을지도 모른다. 그러나 케니킹의 경우는 그런 것으로 만족하지 않을 것이다. 그는 피를 요구할 것이다.

"만일 케니킹이라면 당신은 나에게 어떻게 하라고 하고 싶어?"

"당신은 그 사람하고 싸우려고 하겠지요, 그 총으로 말이에요. 당신은 그를 죽이려고 하지 않겠어요?"

쓸쓸한 듯이 말하는 그녀의 팔을 나는 잡았다.

"에린, 나는 사람을 무턱대고 죽이려고 들지는 않아. 나는 정신병자가 아니거든. 우리를 지키기 위해서가 아니면 죽이지 않겠다는 것을 약속하지. 내 목숨이나 당신 목숨이 위기에 처할 때가 아니고는 말이야."

"미안해요, 앨런. 하지만 이런 상태는 나한테는 도저히 생각할 수도 없는 일이에요. 이런 일을 당하기는 처음이니까요."

나는 언덕을 향해서 손을 흔들어 보았다.

"나는 저기에서 조금 생각해 보았어. 혹시 내가 상상하는 모든 것이 잘못이라고 한다면, 사람들이나 일어난 사건에 대해서 내가 잘못 판단한 것이라면……."

에린은 확실하게 말했다.

"아니에요! 당신은 슬레이드에 대해서 분명한 증거를 내놓았잖아요."

"그래도 당신은 그 녀석에게 그 포장물을 건네주는 것이 좋다고 생각하나?"

에린은 울음을 터뜨렸다.

"나한테는 그게 뭔데요? 당신한테도 마찬가지예요. 그때가 오면 그에게 주어버리고 우리만의 생활로 돌아가야 해요."

"나도 그렇게 하고 싶은 심정이 간절해…… 모두들 그렇게만 해준다면." 나는 벌써 높게 떠 있는 해를 쳐다보았다. "자, 어서 가야겠어."

갈림길을 향해 달리면서 나는 에린의 고집 센 얼굴을 힐끗 보고 한숨을 쉬었다. 나는 그녀의 태도를 이해할 수 있었다. 그것은 어떤 아이슬란드인이나 마찬가지였다. 옛날에 바이킹이 유럽의 골칫거리였던 시대가 있었다. 그러나 아이슬란드인은 너무나 긴 세월 동안 동떨어진 곳에서 살아왔기 때문에, 그들 이외의 세계에서 일어난 사건은 먼 남의 나라의 일로 생각했다.

그들이 일으킨 유일한 싸움은 덴마크에서 정치적 독립을 얻기 위한 일이었고, 그것도 평화적 교섭에 의해 이루어졌다. 그렇지만 그들은 세계 무역에서 경제가 단절되어 있을 정도로 고립되어 있지는 않다. 그러나 무역은 무역이고, 전쟁이라는 것은 다른 나라 미치광이들이나 하는 짓이지, 소박하고 현명한 아이슬란드인과는 인연이 없는 것이다.

그들은 전쟁에 대해서 실제 경험이 없는, 평화를 사랑하는 사람들이다. 내가 말려든 이상한 사건을, 에린이 멀리해야 될 지저분한 일로 생각하는 것은 별로 놀라운 일이 아니다. 나 자신도 그다지 깨끗한 것으로는 여겨지지 않았다.

3

 길은 험하기 짝이 없었다.

 우리가 머문 데서부터 험해지기 시작하여 강에서 멀어져 바흐트뇨에클의 아래를 오르기 시작하자 점점 더 나빠졌다. 나는 저속 기어로 속도를 떨어뜨려 4륜 구동으로 벼랑으로 올라가는 구불구불한 언덕을 가는 데, 몇 번이나 꺾어서 돌아가야 했기 때문에 엉덩이가 달아나지 않을까 싶을 정도였다. 길너비는 겨우 차 한대가 지나갈 수 있을 정도여서, 우리는 반대쪽에서 차가 오지 않기를 하느님께 빌면서 모퉁이를 만날 때마다 조심스럽게 돌았다.

 한 번은 자갈이 옆으로 무너져 랜드로버가 미끄러지는 바람에, 뒷바퀴가 벼랑 끝에서 헛도는 아슬아슬한 일도 있었다. 나는 액셀을 급히 밟아 몇번이나 위기를 면했다. 앞바퀴가 땅바닥을 붙잡아 안전한 데로 나아가게 해 주었다. 그런 다음 비교적 쪽 곧은 길에 차를 멈추고 양손을 떼어 보니 핸들이 땀으로 젖어 있었다. 나는 핸들을 닦았다.

 "정말 위험한 데구먼."

 "내가 잠시 운전을 할까요?"

 나는 고개를 내저었다.

 "어깨 때문에 당신은 안 돼. 게다가 이건 운전이 아니야…… 모퉁이마다 누가 나타나지나 않을까 하고 가슴이 조마조마하거든." 나는 벼랑 끝에서 아래를 내려다보았다. "어느 차가 후진해야 될 일이 생겨도, 그건 전연 불가능해."

 그런 일이 생길지도 모르지만 최악의 경우를 생각할 필요는 없다. 이 길이 일방통행으로 되어 있는 것은 너무나 당연한 일이었다.

 에린이 말했다.

 "내가 앞에서 걸어갈까요? 모퉁이를 살피면서 안내를 하는 게 좋을 것 같아요."

나는 반대했다.

"그런 짓을 하다가는 하루 종일 걸려도 얼마 가지 못해. 게다가 앞으로도 길이 아직 멀었어."

그녀는 엄지손가락으로 벼랑 밑을 가리켰다.

"저기로 떨어지는 것보다는 낫지요. 지금 상태로는 걷는 것보다 빠르지도 않아요. 쭉 곧은 데에서는 앞 범퍼 위에 서고 모퉁이에서는 뛰어내리는 거예요."

그것은 좋은 점도 있지만 나는 별로 마음에 들지 않았다.

"당신 어깨에도 좋지 않아."

"한쪽 손은 쓸 수가 있어요."

에린은 초조하게 말하더니 문을 열고 나갔다.

영국에서는 한때, 기계의 추진력으로 공공도로를 달리는 차는 모두, 빨간 기를 든 사람이 앞으로 걸어가서, 뒤에 괴물이 쫓아오는 것을 모르는 시민에게 미리 경고를 해야 한다는 법률이 시행된 적이 있었다. 나는 그와 같은 상태라고는 생각하지 않았으나 그것은 좋은 착상이었다고 생각했다.

에린은 모퉁이에 가까워질 때까지 범퍼를 타고 가다가 내가 속도를 떨어뜨리면 뛰어내렸다. 속도를 떨어뜨리는 것은 내리막길에서도 아주 쉬운 일이었다. 해야 될 일은 액셀에서 발을 떼는 일뿐이었다. 나는 기어를 최하단으로 내렸는데 랜드로버의 그것은 놀랄 만한 성능을 발휘했다. 마지막 전동비(傳動比)는 40대 1로 대단한 점착 마찰력이 되어 강력한 엔진 브레이크가 걸리는 것이었다. 그래서 저속 회전을 시키자 95마력으로 시속 9마일(약 14.5킬로미터)이 되었다. 그리고, 그 큰 마찰력이야말로 아이슬란드의 롤러코스터에 필요한 것이었다. 그러나 연료 소비는 대단했다.

이렇게 에린은 모퉁이를 도는 데 나를 유도하고 다음 모퉁이까지는 범퍼에 탔다. 천천히 하는 작업같이 보였겠지만 의외로 우리는 훨씬 빨리 앞으로 나아가고 있었다. 이렇게 인내심을 요하는 방법을 꽤 오랜 시간 계속하고 있을 때, 에린이 한쪽 손을 쳐들어 손가락질했다. 아래 있는 길이 아니고 오른쪽 하늘을 가리킨 것이다. 에린이 서둘러서 돌아오는 것을 보고 나는 고개를 돌려 그녀가 발견한 것을 쳐다보았다.

헬리콥터 한 대가 메뚜기처럼 트레라딩갸의 상공으로 날아오고 있었다. 태양은 회전날개를 번쩍이는 원으로 만들어, 설계자가 어떤 이유로 붙여놓은 것인지는 몰라도, 헬리콥터의 둥근 조종칸 유리에서는 놀랄 만큼의 반사광이 휘황하게 빛나고 있었다. 나는 여러 번 헬리콥터를 타본 일이 있는데, 해가 번쩍이는 날에는 유리 밑에서 익어버린 토마토 같은 기분이 되는 것이다.

그러나 나는 그런 것을 생각하고 있을 여유가 없었다. 에린은 헬리콥터가 날고 있는 쪽에서 랜드로버로 다가 왔다. 나는 고함을 질렀다.

"반대쪽으로 빨리 돌앗! 숨으라고."

나는 벼랑의 벽면이 보이는 쪽 문에서 뛰어내렸다. 그녀는 나와 함께 있게 됐다.

"또 무슨 이런 일이?"

"알 수 없는 일이야." 나는 문을 열고 카빈을 꺼냈다. "지금까지 차는 한 대도 보지 못했어. 그런데 두 대의 비행기가 우리에게 관심을 보였어. 이상스런 일이야."

나는 총을 감춘 채 랜드로버의 뒤쪽 끝에서 바라보았다. 헬리콥터는 다시 이쪽으로 방향을 돌려 고도를 낮추었다. 웬만큼 가까워지자 기수를 들어 흔들면서 공중에서 절을 하는 것처럼 숙이고, 100야드

(약 91미터)쯤 떨어진 데까지 왔다. 그러고 나서 우리하고 같은 높이까지 엘리베이터처럼 내려왔다.

나는 땀이 밴 손으로 카빈을 꽉 쥐었다. 벼랑의 길에 앉아 있는 우리는, 사격장의 오리 같은 존재로 이쪽과 탄알 사이에 있는 것은 랜드로버뿐이다. 랜드로버는 견고한 차이지만, 그때 나는 이것이 장갑차라면 얼마나 좋을까 하고 생각했다. 헬리콥터는 머리를 숙이고 흔들리며, 이쪽을 재미있다는 듯이 바라보고 있었다. 그러나 조종석의 유리에 반사하고 있는 빛의 저쪽에 있는 사람의 움직임을 볼 수는 없었다.

이윽고 기체가 천천히 돌아서 옆구리를 보이자 나는 크게 한숨을 내쉬었다. 그 옆에 큰 글씨로 미 해군이라 씌어 있었기 때문에 나는 안심하고 카빈을 놓으며 눈에 잘 뜨이는 장소로 나왔다. 케니킹이 나타날 수 없는 장소가 있다고 하면 그것은 미국 해군 시콜스키 LA34 헬리콥터의 안이다.

나는 손을 흔들어 에린에게 말했다.

"괜찮아, 아무 일 없어. 밖으로 나와도 돼."

그녀는 내 곁으로 와서 함께 헬리콥터를 쳐다보았다. 옆의 문이 열리며 하얀 헬멧을 쓴 승무원이 나타났다. 그는 몸을 내밀고 한 손을 빙빙 돌리면서 주먹을 얼굴 옆에 갔다 댔다. 그것을 두세 번 되풀이하기에 나는 그것이 무슨 뜻인가를 알았다.

"전화로 통화를 하자는 거야. 그렇게 할 수 없는 것이 안타깝다고 했어."

나는 랜드로버의 위로 올라가 되도록 알아먹을 수 있게 안테나가 있던 데를 손으로 가리켰다. 그는 곧 내가 말하고자 하는 것을 알았다. 그가 손을 흔들고 안으로 들어가더니 문이 닫혔다. 몇 초 동안에 헬리콥터는 멀리 가면서 고도를 높여 기체를 서남쪽 방향으로 돌려 요란한 소리와 함께 멀리 사라져갔다.

나는 에린을 바라보았다.

"무슨 일이었을까?"

"당신과 얘기를 하고 싶은가 봐요. 어쩌면 길을 훨씬 앞으로 더 나아가서 착륙할지도 모르겠어요."

"분명히 여기에는 내릴 수가 없어. 당신 말이 맞을지도 몰라. 케플라비크까지 편안하게 돌아갈 수 있을지도 모르겠어." 나는 헬리콥터가 사라져간 가벼운 공기 속을 바라보았다. "그러나 미국이 여기에 가담했다는 말은 듣지 못했는걸."

에린이 옆눈으로 나를 보았다.

"뭐라구요?"

나는 카빈을 들었다.

"나는 모르겠어! 알고는 싶은데. 자, 됐어. 다시 출발이야!"

우리는 험한 길을 앞으로 나아갔다. 구부러진 길을 돌고 돌며 올라갔다 내려오기도 하면서. 그러나 거의가 올라가는 언덕으로, 마침내 우리는 바흐트뇨예클의 끝까지 올라가 빙원의 옆에 도착했다. 거기에서 길은 외길뿐으로, 그것은 빙원과 직각으로 떨어져 있는 거의 내리막길이었다. 트레라딩갸의 험하게 깎아지른 바위 지대를 오르지 않으면 안 되는 곳이 한 군데 있었으나, 그 다음 길은 좋아져 나는 에린에게 차에 올라타라고 큰 소리로 불렀다.

나는 지나온 길을 돌아보면서 한 가지를 고맙게 생각했다. 밝은 태양이 빛나고 있었다는 것이다. 만일 비나 안개가 심했다면 불가능한 고행이었다. 나는 지도를 살펴보면서 일방통행 부분이 끝났다는 것을 알고 마음속으로부터 감사하였다.

에린은 지쳐 있었다. 험난한 길을 오랫동안 걸어서 몇 번씩이나 뛰어올랐다 내렸다를 반복하노라고 그녀의 얼굴은 까칠해졌다. 나는 시간을 재보고 나서 말했다.

"뭔가 좀 먹으면 기분이 좋아질 거야. 따끈한 커피 맛도 괜찮겠지. 잠시 여기서 멈추자고."

그러나 여기에는 엄청나게 큰 대가가 따랐다.

우리는 그것을 두 시간 반이 지나서야 알았다. 우리가 한 시간쯤 쉬면서 허기를 달래고 다시 한 시간 반을 달려서 강가에 도착했을 때에는 이미 길에는 물이 가득 차버린 것이다. 나는 길이 강물 속으로 사라진 물가에 차를 세우고 밖으로 나와 살펴보았다.

나는 깊이를 생각하며 강가에 뒹굴고 있는 마른 돌을 바라보았다.

"빌어먹을, 아직도 계속 물이 불어나고 있어! 아까 요기를 하느라 지체하지 않았더라면 한 시간 전에 건널 수 있었는데, 지금은 갈 수 있을지 모르겠어."

바흐트뇨에클이라는 지명은 '물의 빙원'이라는 뜻으로, 잘 어울리는 이름이다. 그것은 얼음으로 뒤덮인 거대한 저수지로, 천천히 녹아 흐름으로써 이 지방의 많은 강을 뒤덮고, 동부와 남부 아이슬란드의 하천망(河川網)을 지배하고 있었다. 나는 날씨가 좋은 것을 감사했지만, 이제는 맑은 날씨 때문에 얼음이 녹아 물이 불어났으므로 감사를 해야 할지 말아야 할지 알 수 없게 되었다. 빙하로 뒤덮인 강을 건너는데 제일 좋은 시각은, 수위가 낮아지는 새벽이다. 낮 동안은, 그것도 날씨가 좋아서 태양이 내리쬐는 날이면, 녹은 물이 불어나 저녁때가 되면 수량이 최고조에 달한다. 이 강은 아직 피크에는 이르지 않았으나 건너기에는 너무 수심이 깊어졌다.

에린은 지도를 들여다보았다.

"어디까지 가려는 거예요? 오늘은."

"스프렝기잔들까지 가면 좋겠는데. 거기서부터는 웬만큼 정상적인 도로이니까, 거기까지만 가면 게이실은 쉽게 갈 수 있을 거야."

에린은 거리를 재보았다.

"60킬로미터예요."

그러고 나서 에린은 입을 다물었다.

나는 그녀의 입술이 움직이고 있는 것을 보았다.

"어째서 그러지?"

에린은 얼굴을 들었다.

"계산을 해보았어요…… 스프렝기잔들에 도착하기까지 60킬로미터 사이에 건너야 할 강이 16군데나 있어요."

"큰일이군, 정말!"

이제까지 내가 아이슬란드에서 해왔던 여행은 어디를 가든지 서두른 일은 한 번도 없었다. 강의 수를 세어 본 일이 없었다. 강이 앞을 가로막아 건너갈 수 없을 때면, 수위가 떨어질 때까지 며칠 동안 캠프를 치고 기다리는 것쯤은 아무렇지도 않게 생각하였다. 그러나 이번에는 다르다.

"여기에서 야영할 수밖에 없겠어요."

나는 강을 바라보면서 빨리 마음을 정해야 된다는 것을 알았다.

"어떻게든 건너보자고……."

에린은 어이가 없다는 듯 나를 바라보았다.

"하지만 어째서 그래야 되는 거예요? 어차피 내일이 되어야 다른 강도 건널 수 있잖아요."

나는 작은 돌을 강물 위로 던졌다. 파문이 일어났을 텐데 보이지 않았다. 빠른 흐름 속으로 사라져버렸기 때문이다. 나는 뒤돌아보며 달려왔던 길을 가리켰다.

"엄지손가락이 따끔따끔한 것을 보니 뭔가 언짢은 것이 이쪽으로 오는 것 같아. 그것도 저 방향으로 쫓아오고 있을 거야. 만일 우리가 여기서 묵어 간다고 하더라도 이 강의 저쪽으로 건너가야 해."

에린은 강 한가운데의 빠르고 거센 물살을 걱정스럽게 바라보았다.
"위험해요."
"여기에 있으면 더 위험할지도 몰라."
나는 불안한 기분이 되어 있었다. 그것은 함정에서 벗어나려는 본능적인 반발이었을지도 모른다. 그것은 내가 아스카 산을 벗어난 이유였고, 이 강을 건너고 싶은 이유이기도 했다. 너무나 오랫동안 잠들었던 전술적 감각이 되살아난 것인지도 모른다. 나는 결심을 하고 말했다.
"이제 15분이 더 지나면 위험해서 건널 수 없어. 자, 어서 나서자고."
나는 강을 건널 수 있는 가장 이상적인 지점이 어디인가를 신중히 살펴보았다. 그것은 시간만 허비한 셈이 되었지만 반드시 해야 될 일이었다. 그러나 상류나 하류의 어디나, 물이 깊거나 강언덕이 높아 강을 건넌다는 것은 불가능한 일처럼 느껴졌다. 그래서 나는 되도록 얕은 여울을 택하여 강바닥이 단단하기만을 빌었다.
나는 최하단으로 기어를 넣고 천천히 강 속으로 차를 몰았다. 빠른 물살이 차바퀴에 부딪쳐 소용돌이를 일으키고, 물결이 부풀어 올라와 차의 옆구리를 세차게 후려쳤다. 강 한가운데는 깊어서 언제 문틈으로 물이 흘러들어올지 몰랐다. 더 무서운 것은 강물이 점점 세차게 흘러 차의 중심을 잡기가 어렵다는 점이었다. 드디어 머리털이 곤두서는 순간, 차는 옆으로 방향을 바꾸면서 묘하게 붕 떠오르는 듯한 동요를 느꼈다.
나는 액셀을 힘차게 밟아 건너쪽 강기슭으로 차의 방향을 틀었다. 앞바퀴는 강의 바닥을 물고 늘어졌지만 뒷바퀴는 물위로 떠올랐기 때문에 차는 건너쪽 기슭에 옆구리로 닿아, 이끼로 뒤덮인 용암의 언덕에 아슬아슬하게 붙어 간신히 헤엄치고 나와 흠뻑 젖은 개처럼 물을 흘리면서 올라갔다.

길 쪽으로 용암 위를 심하게 흔들리면서 올라가 가까스로 비교적 편평한 지면에 이르자, 나는 엔진을 끄고 에린을 바라보았다.

"오늘은 이 이상 더는 강을 건널 수가 없겠어. 이것으로 충분해. 그나마 4륜구동 덕분에 살 수 있었던 거야."

그녀는 새파랗게 질린 것처럼 보였다.

"지금 일은 꼭 해야 될 위험한 모험은 아니었잖아요. 떠내려갈 뻔했어요."

나는 다시 엔진을 걸면서 말했다.

"하지만 떠내려가지 않았잖아, 다음 강까지는 얼마나 되지? 거기서 야영하고 새벽에 건너기로 하지."

에린은 지도를 살폈다.

"2킬로미터쯤 되네요."

우리는 차를 몰아 두 번째 강에 당도했다. 거기도 마찬가지로 바흐트뇨에클에서의 태양에 녹은 물로 강물이 불어나 있었다. 나는 차를 돌려 바위가 여기저기 흐트러져 있는 데로 몰고 가서 그 뒤에 차를 세웠다. 강에서나 길에서나 보이지 않는 곳——이것 또한 전술적 원칙이다. 나는 초조했다. 아직 몇 시간 동안은 주위가 훤하게 밝아 추적자에게 발각되기가 쉬운데 그 지긋지긋한 강 때문에 멀리 갈 수가 없다. 수량이 줄어들 내일까지 기다릴 수밖에 없는 것이다.

"지쳤지? 당신한테는 너무 힘겨운 하루였어······."

에린은 녹초가 되어 머리를 끄덕이면서 차에서 내렸다. 나는 그녀가 오른팔을 감싸고 있는 것을 보고 물었다.

"어깨는 어때?"

"아파요."

"풀어 보아야 되겠는데."

나는 물을 끓였다. 에린은 앉아서 스웨터를 벗으려고 했다. 그러나 오른팔을 들 수 없었으므로 쉽게 벗겨지지 않았다. 내가 살짝 도와주었는데 그녀는 고통을 이기지 못해 앓는 소리를 냈다. 당연한 일이지만 그녀는 브래지어를 하고 있지 않았다. 어깨 끈이 상처에 닿기 때문이었다.

나는 찬찬히 그녀의 어깨 상처를 살펴 보았다. 상처가 헐어 부어 오르기는 했으나, 병균의 감염을 나타내는 고름은 잡혀 있지 않았다.

"더 아파질 것이라고 했지? 이런 찰과상은 몹시 아픈 거야. 너무 무리하게 참아서는 안 돼. 지금 기분이 어떤지 나도 알고 있어."

그녀는 양손을 가슴 위로 끼었다.

"당신도 이런 일을 당해본 일이 있나요?"

나는 뜨거운 물을 컵에 따르면서 말했다.

"전에 늑골 위를 스쳐가는 상처를 입은 적이 있었어."

"그 상처가 그 때문이었던가요?"

"당신이 훨씬 더 아플 거야. 총알이 삼각근을 스치고 지나갔기 때문에, 힘줄이 계속 당길 거야. 팔을 매달아 놓을 삼각건 같은 것을…… 무엇이 좋은지 찾아봐야겠어." 우선 상처를 씻어주고 구급 상자에서 꺼낸 새 붕대를 감아준 다음 그녀가 스웨터를 입도록 도왔다.

"당신 스커트는 어디에 있지? 울로 만든 새것 말이야."

에린은 손가락으로 가리켰다.

"저 서랍 속에요."

"그것으로 삼각건을 하자고."

나는 스커트를 꺼내어 그것을 적당한 길이로 잘라내 끈을 만들어 그녀의 어깨가 움직이지 않도록 고정시켰다.

"자, 거기에 앉아서 내가 식사 준비를 하는 것이나 보고 있어요."

지금이야말로 최고의 식료품 상자를 열어야 될 때라고 나는 생각했다. 특별한 기회를 위해 아껴놓았던 사치품 상자다. 우리 두 사람은 모두 쾌활해져야 할 필요가 있었다. 더 분발하는 정신 상태가 되려면 최상급의 식품을 든든히 먹어두는 것이 첫째이다. 굴 수프와 통째로 구운 메추라기와 코냑에 저린 복숭아를 먹고 있는 동안 에린의 볼에는 핏기가 돌아왔다. 나는 그녀에게 오른손은 쓰지 말라고 말했다. 그녀도 되도록 오른손을 쓰지 않았다. 메추라기의 연한 고기는 포크로 건드리기만 해도 떨어지기 때문에 그녀도 잘 먹을 수 있었다. 나는 커피도 내놓고 의료용으로 가져온 브랜디도 한 잔 따랐다.

그녀는 커피를 마시면서 한숨을 흘렸다.

"옛날이나 똑같아요, 앨런."

"그럼." 나는 멍청하게 대답했다. 내 자신도 훨씬 기분이 좋아졌다. "당신은 먼저 자는 게 좋겠어. 내일 새벽 일찍 떠나야 되니까 말이야."

나는 새벽 3시에는 움직여도 될 만큼 빛이 있을 것이고, 그 때쯤에는 강물의 수위도 최저가 될 것으로 계산했다. 나는 몸을 웅크리고 쌍안경을 잡았다.

"어디 가려는 거예요?" 그녀가 물었다.

"잠깐 주변을 살펴보고 올 테니 당신은 자고 있어요."

그녀는 졸리운 듯 눈을 깜박거리면서 고개를 끄덕였다.

"나, 피곤해요."

그것은 당연했다. 우리는 오랜 시간을 줄곧 도망쳐 왔고 우빅딜을 뛰어다닌 것은 실로 힘겨운 일이었다. 길에 있는 지긋지긋한 온갖 장애물을 헤쳐온 것이다. 나는 말했다.

"편안하게 누우라고. 오래 걸리지는 않을 테니까."

나는 쌍안경의 끈을 목에 걸고 뒷문을 열고 차에서 내렸다. 걷기 시작하려고 할 때, 나는 충동적으로 뒤돌아서, 차 안으로 손을 뻗쳐 카빈을 꺼냈다. 내가 그렇게 하는 것을 에린은 몰랐을 것이다.

먼저 나는 우리가 건너야 될 강을 살펴보았다. 수위는 상당히 높은데, 젖은 돌이 나타난 것을 보니 이미 강물이 줄어들기 시작한 것이다. 새벽에는 편하게 건너갈 수 있을 것 같다. 그리고 우리는, 다시 물이 불어나기 전에 스프렝기잔들까지 그 사이에 있는 강들을 모두 건너가야 된다.

나는 카빈을 어깨에 메고, 1마일쯤 저쪽에서 가로지른 강을 건넜다. 조심스럽게 접근하여 갔는데 모두가 다 평화스러웠다. 강은 소리를 내며 흐르고 경계해야 할 것은 아무것도 보이지 않았다. 쌍안경으로 멀리 있는 경치를 바라보며, 이끼가 낀 돌에 기대어 편안히 앉아서 담배에 불을 붙이고 생각에 잠겼다.

에린의 어깨가 걱정이었다. 상태가 심하게 나쁜 것은 아니지만 의사가 나보다는 잘 치료할 것이다. 또 황야를 이렇게 뛰어다니는 것은 상처에 좋지 않을 것이다. 에린이 어째서 그런 이상한 총상을 입었는가를 의사한테 설명하기는 어려운 일이다. 그러나 사고는 언제나 일어날 수 있고, 빠른 말로 얼렁뚱땅 설명하면 속일 수 있을 것이라고 나는 생각했다.

나는 거기에서 두 시간쯤 있으면서 담배를 피우고 생각하고 강을 바라보았다. 머리가 쑤시는 것 말고는 아무것도 새로운 생각이 떠오르지 않았다. 다만 미국 헬리콥터가 나타난 것은 아무리 생각해도 수수께끼였다. 나는 시계를 보고 9시가 넘었다는 것을 알았다. 담배꽁초를 모두 땅속에 묻고 카빈을 들어올려 돌아가려고 했다.

그리고 일어서려고 할 때에 보이는 것이 있었다. 나는 긴장했다. 강 건너쪽 먼 데서 흙먼지가 일어나고 있었다. 카빈을 놓고 쌍안경을 들자, 비행기구름을 그리며 고공을 나는 제트기처럼 흙먼지를 날리면서 아주 작은 차 한 대가 달려오고 있는 것이 보였다. 나는 주위를 둘러보았다. 강 가까이에 숨을 만한 장소가 없기에, 200야드(약 183미터) 쯤 뒤에 우뚝 솟은 용암 뒤에 몸을 숨기기로 했다.

그 차는 윌리스 지프였다. 이런 지방에는 나의 랜드로버와 마찬가지로 아주 적합한 자동차다. 그것은 강에 가까워지면서 속도를 줄여 천천히 전진하더니 물가에서 멈춰섰다. 조용한 밤이라 핸들을 돌리는 소리까지 똑똑하게 들렸다.

한 사나이가 차에서 내리더니 물을 보려고 앞으로 나왔다. 그는 뒤를 돌아보고 운전기사에게 뭐라고 말했다. 그 말을 들을 수는 없었으나 아이슬란드어와 영어가 아닌 것은 분명했다.

그 녀석은 러시아어를 지껄였다.

운전기사가 나와 물을 바라보고 고개를 저었다. 이윽고 거기에 네 녀석이 모여서 의논하는 것 같았다. 그 뒤를 따라온 한 대의 지프에서 다른 사나이들이 내렸다. 모두 8명, 두 대의 차에 나누어 타고 온 것이다. 그 가운데 한 사람, 결정을 내리는 듯한 사나이가 보스인 모양이었다. 나는 그 녀석이 누구인가를 쉽게 알 수 있었다.

쌍안경을 들자 어둑어둑한 속에서도 그 녀석의 얼굴은 뚜렷하게 드러났다. 에린의 생각은 잘못이었다. 그녀는 저 강을 가로지르는 위험을 왜 겪어야 되냐고 했었다. 그러나 그 모험이 옳았던 것은 지금 내가 보고 있는 얼굴이 증명해 주고 있다. 그 상처는 아직도 남아 있었다. 오른쪽 눈썹으로부터 입가로 그어진 상처가 아직도 남아 있었고, 두 눈은 여전히 회색으로 돌처럼 딱딱했다. 다만 한 가지 변한 것이 있다면, 짧게 깎은 검은 머리에는 이미 많은 흰 머리터럭이 섞여 있고, 얼굴에 살이 쪄 머리 둘레에 뒤룩뒤룩한 주름이 생긴 것이다.

제5장

1

나는 카빈을 손에 들고 주저했다. 밤은 점점 어두워가는데 총은 익숙하지 않고, 그 거리를 날아가 상대를 죽일 만한 탄알은 장전되어 있지 않았다. 나는 그 거리가 대략 300야드(약 274미터)라고 보고 이 정도의 거리에서 명중시킨다면, 그것은 노렸기 때문이 아니고 우연에 의한 것이라고 생각했다.

만일 내 총이라면 나는 사슴을 잡는 것보다 쉽게 케니킹을 쓰러뜨릴 것이다. 나는 예전에 탄알로 사슴을 맞춰 그것이 반마일이나 달아난 다음에 쓰러져서 죽게 한 일도 있었다. 그것도 주먹이 들락날락할 정도의 상처가 탄알이 나간 쪽으로 뚫려 있었다. 인간에게 그런 짓을 할 수는 없다. 인간의 신경조직은 너무나 섬세하기 때문에, 그 충격을 견디어낼 수 없는 것이다.

그러나 나는 내 총을 가지고 있지 않았기 때문에, 무턱대고 쏘아댈 수는 없는 노릇이었다. 그것은 내가 가까이 있다는 것을 케니킹에게 가르쳐 줄 따름이고, 그에게 내가 이곳에 있다는 것을 모르게 하는 것이 낫다. 그래서 나는 카빈에 댔던 손가락을 늦추고 이제부터 그들이 어떻게 하는가를 차분히 지켜보기로 했다.

케니킹의 도착으로 의논은 곧 끝난 것 같았다. 나는 그와 함께 일한 적이 있기 때문에 그것을 잘 안다. 그는 쓸데없는 의논에 시간을 낭비하는 사람이 아니다. 그는 사실을 사실대로 받아들이고 결정을 내리는 것이다. 그는 지금 결정을 하려 하고 있다.

한 사나이가 물가에서 랜드로버가 들어간 흔적을 살피고 다시 강의 반대쪽을 가리키고 있는 것을 보고 나는 히죽 웃었다. 우리는 물살에 말려 차체가 옆으로 조금 떠내려갔기 때문에 물에서 나온 타이어의 흔적은 없었다. 그러므로 그 현장을 본 사람이 아니면 전혀 종잡을 수가 없다. 그 사나이는 웅변을 토하며 하류 쪽으로 손을 흔들었는데 케니킹은 고개를 저었다. 그는 그 의견에 찬성하지 않은 것이다. 그 대신 초조하게 손가락을 놀리면서 그가 뭐라고 하자 다른 사나이가 지도를 꺼냈다. 그것을 보고 나서 그는 오른쪽으로 손을 흔들어 네 사나이가 지프에 올라타고, 온 길로 되돌아 황야를 가로질러 갔다.

그래서 나는 눈썹을 모으고 생각해보았는데, 이윽고 그 방향으로 게사페튼이라고 하는 작은 호수가 있다는 것을 알았다. 만일 케니킹이 내가 게사페튼에서 야영하고 있다고 생각했다면, 헛짚은 것임에 틀림없으나 그것은 그가 얼마나 철저하고 신중한가를 보여 주는 것이다.

또 한 대의 지프에서 내린 녀석들이 길 옆에 캠프를 치기 시작했는데 익숙하지 못한 솜씨였다. 그중의 하나가 보온병을 가지고 케니킹 있는 데로 가서, 아부를 하는 동작으로 컵에 뜨거운 커피를 따랐다. 케니킹은 그것을 받아들고 물가에 서서 건너지 못하는 강을 보면서 마셨다. 그가 내 눈을 들여다보고 있는 것 같이 생각되었다.

나는 쌍안경을 내리고 소리가 나지 않도록 조심하면서 천천히 뒤로 물러섰다. 나는 용암의 능선에서 내려와 카빈을 어깨에 메고 서둘러 랜드로버로 돌아왔다. 그리고 우리가 달려온 길에 타이어의 흔적이 남아 있는가를 확인했다. 케니킹이 누군가에게 강을 헤엄쳐 건너가도록 시키지는 않을 것 같았다. 그렇게 하면 많은 부하를 잃을 것이기 때문이다. 그러나 우리는 어떻게든 발각되지 않아야 한다.

에린은 자고 있었다. 그녀는 침낭에 들어가서 곤하게 자는데, 코를 곯지 않고 조용히 자는 것이 고마웠다. 나는 그녀를 그대로 자게 했다. 그녀의 잠을 방해할 이유가 전혀 없었기 때문이다. 우리는 어디로 가는 것도 아니고, 케니킹 역시 지금은 마찬가지다. 나는 손전등을 켜고 그녀가 일어나지 않도록 양손으로 가리고, 서랍 속을 뒤져

바늘상자를 찾아 릴에 감긴 검은 실을 찾았다.

나는 길로 다시 나와, 지면에서 1피트(약 30센티미터) 높이 정도 되는 곳에 실을 옆으로 늘어뜨리고 양끝에 굴러다니는 작은 용암 덩어리에 매놓았다. 혹시 케니킹이 밤 사이에 온다고 하면, 아무리 소리를 내지 않고 오더라도, 나는 그것을 알고 싶었다. 나는 아침이 되어 강을 건너더라도 저쪽 강기슭에서 그가 지키고 있는 표적으로 몰리고 싶지는 않았다.

그리고 나서 나는 강으로 내려갔다. 수위는 여전히 내려가고 있었고, 더 밝아지면 어떻게든 건널 수 있을것 같았다. 그러나 헤드라이트를 켜지 않고 그런 모험을 저지를 수는 없다. 그리고 그런 짓을 하다가는 불빛이 하늘로 반사되기 때문에 들킬 수 밖에 없게 된다. 케니킹 패거리는 그다지 먼 데 있는 것이 아니다.

나는 옷을 입은 채로 침낭 속으로 들어갔다. 이 상황에서 잠이 올 것 같지는 않았으나, 그래도 나는 손목의 자명종을 새벽 2시로 맞춰 놓았다. 내가 기억하고 있는 것은 그것이 마지막이고, 다음은 미친 모기처럼 요란한 시계소리에 눈을 떴다.

2

2시 15분에는 출발하도록 시간을 맞춰 놓았다. 자명종이 울리기가 무섭게 나는 에린을 깨웠다. 졸리다고 꾸물대는 것을 무자비하게 흔들어댔다. 얼마나 가까이에 케니킹이 와 있는가를 알게 되자 그녀도 서둘러 움직였다.

"빨리 옷을 입어. 나는 주변을 살피고 올 테니까."

검은 실이 원래대로 있어, 차가 한 대도 지나가지 않았다는 것을 말해 주었다. 밤에 움직이는 지프차는 길로 지나갈 수밖에 없다. 어둠 속에서 용암 지대를 횡단하는 것은 전혀 불가능한 일이다. 혹시 누군가 도보로 지나갔을지도 모르지만 나는 그것을 고려에 넣지 않기로 했다.

강물은 수위가 낮아져서 쉽게 건널 수 있었다. 나는 돌아오면서 동쪽 하늘을 쳐다보았다. 짧은 북극의 밤은 이미 다 끝나가고 있었다. 나는 되도록 빨리 강을 건너 가능한 한 케니킹보다 앞으로 나아가기로 작정했다.

에린의 생각은 달랐다.

"어째서 그가 앞서가도록 하지 않는 거예요? 그가 앞서 가게 하는 게 좋잖아요. 그는 앞으로 훨씬 더 나아가서 우리를 추격한 것이 헛짚었다고 생각하게 되지 않겠어요?"

"그건 안 돼. 그가 지금 지프를 두 대 가지고 왔지만 차가 더 있을지도 몰라. 만일 그가 우리를 앞서가고 또 뒤로 한 대가 따라간다면 우리는 샌드위치 신세가 되어 어떤 일을 당할지 몰라. 그래서 지금 건너야 되는 거야."

엔진을 소리 없이 작동시키는 것은 어려운 일이었다. 나는 소리를 낮추기 위해 제너레이터의 둘레에 담요를 덮었다가 엔진이 걸려 가벼운 소리를 내자 담요를 걷어냈다. 그리고 액셀을 아주 조금 밟고, 강가로 다가갔다. 생각보다 소리는 컸지만 우리는 쉽게 강을 건너 다음 강을 향해 나아갔다.

나는 에린에게 뒤쪽을 조심스럽게 살펴보라 이르고, 되도록 정적을 깨지 않고 조용히 질주하는 데 온 정신을 집중했다. 그로부터 4킬로미터를 달리는 사이에 우리는 또 강을 둘 건넜다. 그 다음의 길은 북쪽으로 좀 구부러져 길게 뻗어 있는 곳이라 나는 속도를 높여 돌진했다. 이제는 케니킹과 상당한 거리를 벌려 놓았지만 더욱 속도를 내는 것이 중요하다.

60킬로미터 사이에 강이 16군데나 된다고 에린이 말했었다. 강을 건너는 데 소요되는 시간을 계산해 보지 않고, 시속 25킬로 속도로 달렸다. 이 지방에서 기분 좋게 달리는 속도로는 너무 빨리 달린 것이다. 나는 스프렝기잔들의 도로까지 가는 데 4시간이면 될 것으로 생각했다. 그러나 강을 건너는 데 몇 가지 어려움을 겪었기 때문에 실제로는 6시간이나 걸렸다.

스프렝기잔들이 가까워질 무렵 우리는 분수령을 넘었다. 거기서부터 모든 강은 북쪽과 동쪽이 아닌 남쪽과 서쪽으로 흐르고 있었다. 우리는 8시 반에 그 도로에 도착했다.

"아침 식사를 해야겠어. 뒤로 가서 뭘 좀 챙겨보라고."

내가 말했다.

"차를 세우지 않겠어요?"

"당치 않은 소리! 케니킹이 출발해서 벌써 몇 시간이 지났을 거야. 우리와 얼마나 가까워지고 있는지 알 수 없는 노릇이고, 그것을 알아내려고 어려운 방법을 쓰고 싶지도 않아. 빵과 치즈, 맥주면 충분하잖아."

우리는 차를 달리면서 먹었다. 그리고 단 한 번 10시에 차를 멈추고, 마지막 플라스틱 통에서 탱크로 휘발유를 옮겨 담았다. 그렇게 하고 있을 때 어제 보았던, 미국 해군의 헬리콥터가 상공에 나타났다. 이번에는 북쪽으로부터 왔는데 그렇게 낮은 고도를 취하지도 않았고, 우리한테 별로 관심을 보이지도 않았다. 남쪽으로 날아가는 것을 바라보고 있을 때 에린이 말을 꺼냈다.

"아무래도 이상해요, 저것이……."

"나도 그런 생각이 들어."

"내 느낌과는 같지 않을지 몰라요. 보통 미국 군용기는 이 지방 상공을 날아다니는 일이 별로 없었는데." 그녀는 눈썹을 모았다.

"이제서야 무슨 낌새를 챘다는 말인가? 아무튼 이상해."

미군이 케플라비크에 계속 주둔하게 되면서 아이슬란드에는 어느 정도의 긴장감이 감돌고 있었다. 대개의 아이슬란드인은 그것을 뻔뻔스런 것으로 생각했지만 따질 수는 없었다. 미군 당국은 그 긴장 상태를 잘 알고 있어, 그것을 최소한으로 막아보려고 아이슬란드 주둔 미국 해군은 되도록 사람들 눈에 띄는 짓을 삼가고 있다. 아이슬란드 상공에서 뽐내기라도 하듯 군용기가 날아다닌 것은 확실히 이상한 일이다.

나는 어깨를 움츠리고, 그 문제는 생각하지 않기로 하고 플라스틱 통에서 마지막 한 방울까지 기름을 따르는 데 정신을 집중했다. 그 다음 우리는 등뒤에서 무엇 하나 가까이 오는 것이 없는 편안한 상태에서 출발했다. 지금은 길바닥이 울퉁불퉁 험난하지만, 졸스아우강과 브달할즈 산등성이 사이의 길을 똑바로 내려가는 마지막 구간으로, 주요 도로에 진입하는 데 70킬로미터밖에 남아 있지 않았다.

하지만 험악한 아이슬란드의 도로라고 해도 우빅딜의 길에 비한다면 양호한 편이라고 해도 된다. 흙탕물로 고생할 때는 더욱 그렇다. 그것은 6월이 되면 생기는 어려운 일들 가운데 하나로, 겨울 동안에 얼었던 땅이 녹아 풀처럼 곤죽이 되어 차를 붙잡는 것이다. 우리는 랜드로버를 타고 있기 때문에 흙탕물에 붙들리지는 않았으나, 스피드는 뚝 떨어졌다. 오직 한 가지 위로가 되는 것이 있다면, 케니킹 역시 그 때문에 애를 먹고 있으리라는 것이었다.

11시에 최악의 사태가 발생했다. 타이어가 찢어진 것이다. 그것은 앞바퀴의 타이어로, 나는 핸들을 조작하는 데 애를 먹은 뒤 간신히 차를 세웠다.

"빨리 해치워야겠어."

그렇게 말하고 나는 바퀴를 갈아낄 채비를 하였다.

그곳은 차를 정비하는 데 나쁜 장소는 아니었다. 수평으로 잭을 사용해도 미끄러지지 않고 흙탕도 아니었다. 나는 랜드로버의 앞쪽을 잭으로 들어올려, 앞바퀴에 매달렸다. 에린은 어깨 부상 때문에 이 일에는 도움이 되지 않았으므로 나는 이렇게 일렀다.

"커피를 좀 끓여야겠어. 뭔가 따뜻한 것을 마시면 힘이 나겠지."

나는 차바퀴를 떼내고 스페어 타이어로 바꾸었다. 작업을 마치는 데 10분도 걸리지 않았지만 한시도 헛되이 보내서는 안 되는 시간이었다. 조금만 남쪽으로 더 가면 어느 정도 복잡해지는 도로망으로 뒤섞여 들어갈 수도 있겠지만, 이 황야의 길은 너무나 제한되어 있는 것이다.

나는 마지막으로 너트를 죄면서 빼어낸 차바퀴를 싣기 전에 어째서 펑크가 났는가 살펴보려고 했다. 순간 내 피는 얼어붙었다. 나는 튼실한 타이어에 뚫린 구멍을 만지면서 길 위에 솟아 있는 브달할즈의 능선을 쳐다보았다.

그런 구멍을 낼 수 있는 것은 오직 한 가지, 총알이다. 능선 위 어딘가의 틈새에 저격수가 숨어 있었던 것이다. 나는 아마도 그 녀석의 총에 조준당하고 있었을지도 모를 일이다.

3

도대체 케니킹은 어떻게 나보다 앞서 갈 수 있었을까? 그것이 처음으로 떠오른 괴로운 의문이다. 그러나 쓸데없는 생각은 소용이 없으니 행동이 필요할 뿐이다.

나는 구멍난 차바퀴를 보닛 위에 올려 단단히 나사로 죄었다. 너트를 돌리면서 나는 살짝 능선 있는 데를 보았다. 산등성이가 공중으로 높이 솟아 있는 앞에 적어도 2백 야드(약 182미터)는 됨직한 널찍한 땅이 있었다. 그러니까 가장 가까운 데에 저격수가 있었다 하더라도, 그것은 400야드(약 366미터)나 그 이상 떨어진 거리였을 것이다.

400야드——4분의 1마일——이상의 거리에서 타이어를 명중시킬 수 있는 사나이라면 참으로 우수한 사수다. 그만큼 뛰어난 솜씨라면 언제든지 필요한 때 나한테 총알을 맞힐 수가 있다. 그런데 어째서 그렇게 하지 않았을까? 나는 똑똑하게 보이는 완전한 목표물이 되어 있는데도, 아직 탄알이 날아오지 않고 있다. 나는 마지막 너트를 죄고 나서 등을 능선 쪽으로 돌리고, 견갑골 사이에 오싹한 공포감을 느꼈다. 탄알이 날아온다면, 거기에 맞는 것이다. 나는 땅바닥에 뛰어내려 당연한 일을 하고 있는 것처럼 조심하면서 잭 따위의 도구를 정리했다. 양손의 손바닥은 땀투성이가 되어 있었다. 나는 랜드로버의 뒤로 가서 열려 있는 차 안을 들여다보았다.
"커피는 다 끓었나?"
"이제 다 됐어요."
 나는 차 안으로 들어가서 앉았다. 폐쇄된 공간에 있으면 보호받고 있는 듯한 느낌이 들어 기분 좋은 환상을 갖기 쉽다. 나는 두 번째로 랜드로버가 장갑차라면 얼마나 좋을까 하고 생각했다. 내가 앉아 있는 곳에서는 그다지 남의 눈에 띄지 않고 능선의 비탈을 잘 살펴볼 수 있기 때문에, 나는 그 기회를 효과적으로 이용했다.
 그 붉으스름한 잿빛 바위 사이에서 움직이는 것은 아무것도 없었다. 일어선다든가, 손을 흔든다든가, 환성을 올리는 자는 없었다. 혹시 또 위에 누군가 있다면 그 녀석은 쥐 죽은 듯이 조용히 있을 것이고, 물론 그렇게 하는 것이 옳을 것이다. 누군가를 쏘려고 할 때에는 상대방에서 반격을 해올 것에 대비하여 몸을 웅크리고 있는 것이 좋기 때문이다.
 그러나 아직 누가 위에 있을까? 있는 것이 확실하다. 정신이 멀쩡하다면 자동차의 타이어를 쏘아 구멍을 내놓고 그대로 걸어서 가버릴 녀석은 없다. 그 녀석은 아직 위에서 기다리며, 우리를 뚫어지게 보고 있을 것이다. 그런데 아직 있다고 하면, 그 녀석은 어째서 나를 쏘지 않는 것일까? 도저히 까닭을 알 수 없다. 다만 나를 꼼짝도 하지 못하게 하기 위해서였을까?

나는 커피에 설탕을 타고 있는 에린을 건성으로 보았다. 만일 그렇다면 케니킹은 양쪽에서 부하를 보낸 것이 된다. 내가 있는 곳을 알고 있다면, 그렇게 하는 것은 별로 어려울 것이 없을 것이다. 무전을 이용하는 연락은 대단한 것이다. 능선 위에 있는 녀석은 케니킹이 따라잡을 수 있도록 나를 움직이지 못하게 하라는 명령을 받았을지도 모른다. 그것은 그가 나를 생포하려는 수작이다.

혹시 운전석으로 들어가 출발한다면 어떻게 될까 하고 나는 생각했다. 또 한 방의 탄알로 다른 타이어를 펑크나게 할 것 같다. 이번에는 움직이지도 않는 목표이기 때문에 더 쉬울 것이다. 나는 그것을 알기 위해서 위험을 무릅쓰려고는 하지 않았다. 스페어 타이어의 수는 제한되어 있고 이미 그 한계에 달한 것이다.

그런 추리가 공염불이 되지 않기를 빌면서 나는 그 총의 영향으로부터 벗어날 준비를 서둘렀다. 나는 매트리스 밑에 숨겨둔 린드홀므의 곤봉을 꺼내고 나서 에린에게 말을 걸었다.

"밖으로 나가서 커피를 마시자."

나는 몹시 목이 쉰 소리로 헛기침을 했다.

에린은 놀라서 얼굴을 들었다.

"급하게 서두르는 줄 알았는데."

"우리는 어지간히 빨리 여기까지 온 거야. 잠깐 쉬어도 될 만큼 거리를 벌려 놓은 성싶어. 커피포트하고 설탕은 내가 가지고 가지. 당신은 컵만 들고 와요."

카빈을 갖고 가고 싶었지만 그것은 너무 눈에 띈다. 아무것도 모르는 사나이는 무장을 단단히 한 모습으로 커피를 마시든가 하지는 않는다.

 나는 뒷문에서 뛰어내려 에린이 건네준 커피포트와 설탕통을 뒤쪽 범퍼 위에 놓고 나서, 그녀를 내려오도록 도왔다. 그녀는 오른팔을 아직 삼각건으로 매달고 있었으나, 왼손으로 컵과 스푼을 나를 수는 있었다. 나는 커피포트를 들어올려 능선 쪽으로 흔들어 보였다.

 "저 바위 위로 가는 거야."

 나는 그녀에게 의논할 틈을 주지 않고 그 방향으로 걸어가기 시작했다.

 우리는 능선을 향해서 널따란 공지를 천천히 걸어갔다. 나는 아무런 낌새도 못 챈 것처럼 태연하게 한쪽 손에 커피포트를, 또 한 손에는 설탕통을 들고 걸었다. 왼쪽 스타킹에 끼워둔 단도와 호주머니에 넣은 곤봉은 겉으로는 보이지 않았다. 능선이 가까워짐에 따라 벼랑이 높게 솟아 있었다. 나는 위에 있는 녀석이 조바심치기 시작한 것은 아닐까 하고 생각했다. 이제부터 불현듯 우리의 모습이 안 보이게 될지도 모르고, 그래서 잘 보일 수 있도록 조금 앞으로 나올지도 모른다.

 나는 에린에게 말을 걸려고 돌아보다가, 곧 얼굴을 되돌려 위를 물끄러미 쳐다보았다. 아무것도 보이지 않았으나 뭔가 반짝 하는 것 같았다. 아무것도 없는 데에서 번쩍거리는 반사였다. 그것은 유리와 같은 용암의 표면에 햇빛이 반사한 것인지도 모르지만 나는 그렇게 생각하지 않았다.

 나는 그 자리에 신경을 쓰며 다시는 얼굴을 들지 않고 걸음을 계속했다. 이윽고 우리는 높이가 20피트(약 6미터)쯤 되는 벼랑 밑에 도착했다. 거기에는 자작나무가 힘겹게 자라고 있었다. 어느 것이나 30센티미터밖에 안 되는 비뚤어진 나무였다. 나는 깨끗한 장소를 찾아서 커피포트와 설탕통을 놓고, 그러고 나서 바지를 잡아당겨 단도를 쥐었다.

에린이 쫓아와서 물었다.

"뭘 하는 거예요?"

"놀라지 마. 뒤쪽 능선에 있는 녀석이 아까 우리의 타이어를 총으로 쏘아서 펑크를 낸 거야."

에린은 말도 못하고 나를 뚫어지게 보았다.

"그 녀석은 여기에 있는 우리를 볼 수 없어. 하지만 그것을 그렇게 걱정하지는 않을 것 같아. 그 녀석은 케니킹이 올 때까지 우리를 여기에 묶어 놓으려는 거야. 그는 그것을 기막히게 잘하고 있다고. 저기에 랜드로버가 보이는 한, 우리가 그리 멀리 떨어져 있지 않다는 것을 알고 있기 때문이지."

나는 단도를 허리띠에 꽂았다. 그 단도는 킬트(스코틀랜드의 스커트 모양 남자용 바지)를 입고 있을 때 빨리 뽑히도록 만든 것이다.

에린은 몸을 웅크렸다.

"틀림없어요?"

"그럼, 새 타이어에 그런 펑크가 저절로 날 수 없는 거야." 나는 일어서서 능선 쪽을 보았다. "그 악당을 처치해야 해. 나는 그자가 어디에 있는가는 알고 있어."

나는 벼랑 끝에 있는 갈라진 틈을 가리켰다. 바위 사이에 벌어져 있는 4피트(약 1.2미터) 가량의 균열이었다.

"저기에 들어가서 기다리고 있어. 내가 부르는 소리가 들릴 때까지 움직이지 말고…… 나라는 것을 반드시 확인하라고."

에린은 허전한 표정으로 물었다.

"하지만 혹시 당신이 돌아오지 않는다면?"

에린은 현실주의자였다. 나는 그녀의 고집스러운 얼굴을 바라보고 할 수 없이 대답했다.

"그럴 경우 만일 아무 일도 생기지 않으면, 어두워질 때까지 가만히 숨어 있다가 랜드로버로 뛰어가서 빨리 도망치는 거야. 그러나 만일 케니킹이 나타난다면, 그에게 방해가 되지 않도록 떠나야겠지…… 그것도 들키지 않게 말이야." 나는 어깨를 움츠렸다. "하지만, 꼭 돌아오도록 할 거야."

"꼭 가야만 되는 거예요?"

나는 한숨을 내쉬었다.

"우리는 여기에서 꼼짝할 수도 없게 되어 있는 거야, 에린. 그 녀석이 랜드로버를 감시하고 있는 한 우리는 움직일 수가 없어. 내가 어떻게 하면 좋겠나? 케니킹이 도착할 때까지 기다렸다가 깨끗이 항복하고 말까?"

"하지만 당신은 무기도 없잖아요?"

나는 단도의 손잡이를 두드렸다.

"어떻게 해볼게. 자, 내가 시키는 대로 하고 있어요."

나는 그녀를 바위가 벌어져 있는 데로 데리고 가서, 그 안으로 들여보냈다. 너비는 1피트 반(약 45센티미터), 높이 4피트(약 1.2미터) 정도로, 그녀는 웅크리고 있어야 되었다. 그러나 견디기 어렵다는 것보다는 훨씬 위험한 일이 도사리고 있는 것이다.

그리고 나서 나는 해야 될 일을 생각했다. 그 능선에는 부드러운 바위가 폭우로 무너져 내린 작은 협곡이 여러 곳에 있어, 들키지 않고 올라가기가 쉽게 되어 있었다. 내가 해야 될 일은, 갑자기 번쩍이는 것이 보였던 장소 위로 나아가는 것이었다. 전쟁에서는——이것은 분명히 전쟁이다——고지를 먼저 차지하는 것이 유리하다.

나는 바위에 딱 들어붙어 왼쪽으로 움직이기 시작했다. 20야드(18미터 남짓) 정도의 작은 협곡이 있었으나 그것은 능선의 훨씬 위에까지 뻗어 있지 않다는 것을 알기 때문에 그곳으로는 오르지 않았다.

그 다음의 것이 낫다. 그것은 거의 정상 가까이까지 이어져 있어, 나는 그 속으로 들어가서 오르기 시작했다.

내가 훈련을 받았던 옛날 얘기지만, 산악학교의 교관은 대단히 현명한 말을 했다. "절대로 물이 흘러가는 골짜기나 작은 냇물로 가면 안 된다, 올라갈 때나 내려올 때나 마찬가지다"라고. 그것은 큰 교훈이 되었다. 물은 어느 언덕에서나 가장 빨리 흘러내리는 길을 따라가는 것이고, 가장 빠른 길은 항상 가장 경사가 급한 곳이다. 대개의 경우 사람들은 산 중턱을 따라 움직이고, 협곡으로부터는 떨어져서 가려고 한다. 나는 그 반대로 바위 사이로 물에 파인 쭈르륵 미끄러지기 쉬운 급경사의 벌어진 틈을 타고 오르기로 했다. 그렇게 하지 않으면 머리를 날려 버리게 될 터이니까.

그 능선 밑에서는 작은 협곡의 측면이 약 10피트(약 3미터)였기 때문에 들킬 염려는 없었다. 그러나 올라갈수록 협곡은 얕아져, 끝에 가서는 2피트(약 60센티미터) 정도밖에 안 되었으므로 나는 배를 깔고 엎드려 위로 기어서 올라갔다. 되도록 위에까지 올라가, 저격수보다도 위로 올라갔다고 생각될 무렵, 나는 살짝 얼굴을 용암의 움푹한 곳에서 밖으로 내놓고 상황을 살펴보았다.

아득히 밑으로 보이는 길에, 몹시 쓸쓸한 듯한 랜드로버의 모습이 보였다. 저격수가 숨어 있는 장소라고 짐작되는 곳은 오른쪽으로 200피트(약 61미터), 아래로 100피트(약 30미터) 정도가 되는 곳이었다. 산등성이의 꺼칠꺼칠한 표면으로 쑥 나온 둥근 돌 때문에 그 녀석의 모습은 보이지 않았다. 그것이 오히려 좋았다. 내가 그 녀석이 보이지 않으니까, 그 녀석도 나를 볼 수 없다. 그리고 둥근 돌이 가리고 있었기 때문에 내가 접근해 가는 데 도움이 된다.

그러나 나는 성급하게 서두르지는 않았다. 또 한 녀석이 있을지도 모른다고 생각하였기 때문이다. 산등성이의 꼭대기에는 여러 녀석들이 흩어져 있을지도 모르는 일이다. 나는 차분히 그 자리에서 숨을 가다듬고, 보이는 모든 바위를 신중하게 살펴보았다.

아무것도 움직이는 것이 없기 때문에 나는 숨어 있던 작은 협곡에서 살짝 나와, 또 배를 깔고 기어서 둥근 돌이 있는 데로 전진했다. 나는 거기에 닿자 잠깐 쉬면서 조심스럽게 귀를 기울였다. 들려오는 것은 먼 데서 울려오는 강물이 좔좔 흐르는 소리뿐이었다. 나는 또 움직여서 더 위로 올라가 둥근 돌이 뭉쳐진 데를 돌아 곤봉을 꽉 쥐었다.

나는 바위에서 얼굴을 내밀어 그들을 보았다. 50피트(약 15미터)쯤 밑에 있는 언덕 중턱에 있는 구덩이 속이었다. 한 녀석은 배를 깔고 그 앞에 총을, 웃옷을 갠 위에 쑥 내밀어놓고 있었다. 또 한 녀석은 훨씬 뒤에 앉아서 휴대용 무전기를 만지작거리면서, 불을 붙이지 않은 담배를 입에 물고 있었다.

나는 물러서서 생각했다. 상대가 한 녀석만 같으면 곧 뛰어 덤벼들어도 된다. 하지만 둘이고 보면 위험하다. 더구나 총도 없는 상황이고 보면. 나는 조심스럽게 움직여서 더 좋은 장소를 찾아냈다. 거기에서는 관찰할 수도 있고, 훨씬 눈에도 띄지 않을 자리였다. 두 바위가 붙어 있고, 거기에 들여다보기 좋은 2, 3센티미터 너비의 구멍이 뚫려 있었던 것이다.

저격수 사나이는 아주 조용하고 참을성이 강했다. 그 녀석은 경험이 풍부한 총잡이로, 사정거리 안으로 포획물이 다가오는 것을 기다리며 이런 식으로 산중턱에서 몇 시간이고 대기한 일이 있을 것이라고 상상되었다. 또 한 녀석은 그다지 침착성이 없었다. 앉아 있는 돌 위에서 엉덩이를 움직이고, 몸을 긁으며 발에 앉은 벌레를 두드리고, 무선전화기를 만지작거리고 있었다.

능선 밑에서 무엇이 움직이는 것이 보여 나는 숨을 죽였다. 그것은 에린이었다. 그녀는 벼랑 밑에서 나와 랜드로버쪽으로 걸어갔다.

나는 속으로 욕을 하며, 대체 그녀는 무엇을 할 셈일까 하고 생각했다. 저격수는 총대를 단단히 어깨에 대고 목표를 노려보며, 망원조준경에 눈을 붙여 그녀의 움직임을 뒤쫓았다. 만일 녀석이 방아쇠를 당기면 나는 운을 하늘에 맡기고 그놈한테 덤벼들 작정이었다.

에린은 랜드로버로 가서 안으로 들어갔다. 1분쯤 지나서 그녀는 다시 모습을 나타내더니 벼랑을 향해 걸어왔다. 도중에 그녀는 소리를 지르며 무엇인가를 공중으로 던졌다. 그것이 무엇인가를 식별하기에는 너무 멀었지만 담배 상자 같아 보였다. 저격수는 그것이 무엇인지 확실히 알았을 것이다. 내가 지금까지 본 가운데서 가장 큰 망원 조준경을 갖고 있었기 때문이다.

에린이 벼랑 밑으로 사라지자 나는 한숨을 푹 내쉬었다. 그녀는 보이지 않는 데지만 아래 어디엔가 내가 아직 있다는 것을 총잡이들에게 믿도록 하려고 일부러 연극을 한 것이다. 그리고 그것은 도움이 되었다. 저격수가 안심한 것을 확실히 알 수 있었으며, 그는 뒤돌아보고 다른 녀석한테 말을 걸었다. 무슨 말인지는 소리가 작아 알 수 없었으나, 차분하지 못한 녀석이 큰 소리로 웃었다.

녀석의 무전기는 상태가 나쁜 것 같았다. 안테나를 더 올리고 스위치를 넣어 손잡이를 돌리더니 옆에 있는 벼랑 위로 내던졌다. 녀석은 저격수에게 말을 걸어 위쪽을 가리켰는데 총잡이가 고개를 끄덕였다. 그 녀석은 일어나서 내가 있는 쪽으로 올라오기 시작했다.

나는 녀석이 올라오는 방향으로 주의를 기울이고, 얼굴을 돌려 그 녀석이 엎드려 기다릴 자리를 찾았다. 내 바로 뒤에 3피트(약 90센티미터) 정도 높이의 둥근 돌이 있었다. 나는 들여다보던 구멍이 있는 데서 내려가, 그 뒤에 몸을 웅크리고 곤봉을 단단히 쥐었다. 녀석은 조용히 움직이려는 생각 같은 것은 하지도 않는 듯 올라오는 소리가 들렸다. 녀석의 신은 땅바닥을 비비고, 한 번은 미끄러지는 바람에 자갈이 흘러내려 욕지거리를 했다. 이어서 녀석의 그림자가 나에게 비쳐 약간 변화가 생긴 순간, 나는 녀석의 뒤에서 일어나 힘차게 곤봉으로 내리쳤다.

인간이 머리를 얻어맞으면 어떻게 된다는 둥 바보스런 말들도 많다. 영화나 텔레비전의 대본을 쓰는 패들에 따르면, 수술실에서 사용되는 마취제처럼 안전하다고 생각하는 모양이다. 그것이 일으키는 것은, 단시간 동안 의식을 잃는 것과, 거기에 따르는 숙취 정도의 가벼운 두통이다. 그러나 안타깝게도 사실은 그렇지 않은 것이다. 그렇다면 병원의 마취의사는 그들이 현재 쓰고 있는 정밀한 기계를 폐지하고, 예로부터 정평이 있는 난폭한 도구를 썼을 것이 아닌가.

의식을 잃게 되는 것은, 두개골에 날카로운 충격이 가해지면서 두개골과 그속의 뇌가 부딪힘으로써 일어난다. 그 결과는, 자그마한 뇌진탕으로도 죽음에 이르는 정도의 뇌상해가 되고 아무리 미약한 것이라도 뒤에까지 후유증이 남기 쉬운 것이다. 그 타격은 상당히 강한 것으로, 사람에 따라 다르기 때문에 어떤 사람에게는 눈이 먼 정도의 타격이라도, 딴 사람은 죽음을 당하는 타격이 되는 것이다. 나는 사정을 봐줄 상대가 아니기 때문에 힘껏 녀석을 때렸다. 녀석의 양 무릎이 꺾이면서 쓰러져 갈 때, 땅바닥에 부딪치기 전에 나는 녀석을 덥석 끌어안았다. 그리고 나서 녀석을 살그머니 내려놓고 위를 보고 눕도록 했다. 물고 있던 잎담배가 녀석의 입 옆으로 처져 있고, 그 잎담배에서 피가 똑똑 떨어지는 것은, 혀가 물렸다는 것을 말해준다. 녀석은 아직 숨을 쉬고 있었다.

녀석의 포켓을 뒤져보니, 내가 잘 아는 모양의 자동권총이 들어있었다. 린드홀므한테서 빼앗은 것과 똑같은 스미스 앤드 웨슨 38구경 총이었다. 나는 탄창에 총알이 가득히 들어 있는 것을 알고 노리쇠를 움직여서 한 방을 장전했다.

발밑에 쓰러진 사나이가 설사 일어난다 하더라도 하나도 두려울 것이 없기 때문에 조금도 걱정할 필요가 없었다. 내가 이제부터 해야 될 일은 다니엘 분을 해치우는 일뿐이다. 총을 가지고 있는 사나이다. 나는 잘 들여다보이는 구멍으로 돌아와, 녀석이 무엇을 하는가를 살펴보기로 했다.

녀석은 내가 처음 보았을 때부터 지금까지 똑같은 자세를 취하고 있었다. 지금도 끈기 있게 랜드로버를 감시하고 있는 것이다. 나는 일어나서 권총을 바로 앞에 쑥 내놓고, 구덩이로 걸어갔다. 조용히 하는 데는 그다지 마음을 쓰지 않았다. 조용한 것보다는 스피드가 중요하고, 녀석의 등 뒤에서 발소리를 죽이면서 접근하는 것이 녀석에게 경계심을 더 가지게 할지 모른다는 생각에서였다.

녀석은 뒤돌아보지도 않고 억양이 별로 없는 미국 서부 사투리로 말을 걸었을 뿐이다.

"뭐 잊은 게 있었나, 조?"

나는 녀석의 바싹 앞에서 걸음을 멈췄다. 러시아인으로만 알았고, 미국인이라고는 생각조차 해본 일이 없었다. 그러나 국적 따위를 가지고 신경을 쓸 때가 아니었다. 우리를 노려보고 쏜 녀석은 자동적으로 악당일 수밖에 없다. 녀석이 러시아의 악당이든 미국의 악당이든, 그것은 아무래도 좋다. 나는 단호하게 말했다.

"이쪽으로 돌아봐. 그러나 총은 그대로 놓아둬. 만일 그렇지 않으면 네 몸에 구멍이 날 테니까."

그는 얼었다. 움직이는 것은 그의 머리뿐이었다. 햇볕에 탄 홀쭉한 얼굴로 눈은 파랗고 텔레비전 드라마에 나오는 '아빠 맘에 든 장남'과 비슷한 데가 있었다. 그러나 위험한 사나이의 표정이기도 했다. 그 녀석은 "당했군" 하고 낮은 소리로 신음했다.

"양손을 그 총에서 떼지 않으면 그렇게 되는 거야. 십자가 앞에서 하듯이 양팔을 벌려."

녀석은 내 손의 권총을 보고 마지못해 양손을 폈다. 그런 자세로 엎드리고 나면 급하게 일어나지 못하는 것이다. 녀석이 물었다.

"조는 어디에 있소?"

"그 녀석은 자고 있어."

옆으로 가까이 가서 권총을 목덜미에 대자, 녀석에게서는 부르르 떠는 느낌이 전해졌다. 그것은 대단한 일이 아니다. 녀석이 두려워하고 있다는 것이 아니다. 나도 에린이 목덜미에 키스하면 무의식적으로 떠는 것을 보아왔다.

"조용히 하고 있어." 나는 충고를 하면서, 총을 들어올렸다.

그때는 차분히 살펴볼 겨를이 없었지만 다음에 확실히 대단한 무기라는 것을 알았다. 그것은 선조하고도 관계가 있어 아마 브라우닝이 만든 것이겠지만, 우수한 총포 대장간에서 오랜 시간이 걸려 개조된 엄지손가락이 들어가는 구멍을 판 총대라든가, 그 밖에도 많은 정성을 들여 끝마무리한 제품이었다. 그것은 마치 '내 조부의 도끼에 부친이 칼날을 바꾸고, 거기에 내가 손잡이를 붙인 것'과, 비슷한 것이었다.

그것은 완벽한 장거리 암살용 도구였던 것이다. 목표를 정하면 첫 한 방으로 요절을 내는 총이었다. 그래서 두발 째의 탄알을 서둘러 발사하지 않아도 되는 솜씨 좋은 사격수의 총으로서, 볼트 액션으로 되어 있었다. 0.75매그넘, 무게 300그레인의 탄알과 큰 충격력――대단한 첫 발의 속도와 낮은 탄도, 게다가 명사수의 손에 들어가면 이 총은, 맑고 바람이 없을 땐 반 마일의 거리에서도 사람의 목숨을 날려버리는 것이다.

그런 솜씨 좋은 패거리들을 돕기 위해 놀라운 망원조준경까지 붙어 있다. 최대 배율 30으로, 배율을 바꿀 수도 있는 괴물이다. 그것을 최대배율로 쓰는 데는 무신경한 사나이를 필요로 한다——떨리지 않도록——또는 튼튼하고 안정된 장소라야 된다. 그 조준경에는 거리계 장치가 붙어 있고, 거리가 바뀔 때마다 맞추도록 십자선의 세로 그어진 부분에 몇 단계의 점이 붙어 있는데, 지금은 500야드에 맞추어져 있었다.

그것은 정말 대단한 총이었다.

나는 허리를 펴고 총구를 가볍게 녀석의 등뼈에 댔다.

"너의 총이야. 방아쇠를 당기면 어떻게 되는지, 말하지 않아도 잘 알고 있겠지."

녀석은 얼굴을 옆으로 돌리고 있었고, 햇볕에 탄 살갗에 땀이 배어 있었다. 녀석은 상상력을 동원할 필요가 없었다. 그 자신이 전문가이고, 어떻든 자기의 도구를 잘 알고 있을테니까. 5천 피트 파운드 이상의 에너지는 녀석을 두 조각으로 딱 갈라버릴 것이다.

내가 물었다.

"케니킹은 어디에 있나?"

"누구라고?"

"어린애 같은 흉내는 집어치워. 다시 한 번 묻는다. 케니킹은 어디에 있는가?"

"케니킹, 그런 녀석은 몰라."

녀석은 더듬거리는 소리로 대답했다. 얼굴 옆을 땅바닥에 붙이고 있기 때문에 말하는 데에 어려움이 있었다.

"한 번 더 생각해 봐."

"정말 몰라. 나는 명령을 따랐을 뿐이야."

"그렇지, 너는 나를 쏘았어!"

그는 서둘러 말했다.

"아니오! 당신의 타이어를 쏜 것뿐이오. 당신은 아직 살아 있지 않소? 나는 언제든지 당신을 죽이려고 했으면 죽일 수 있었소."

나는 비탈 밑에 있는 랜드로버를 바라보았다. 그것은 사실이다. 사격 선수가 사격장에서 주석으로 만든 오리를 쏘는 것이나 같았을 것이다.

"그럼, 나를 여기에 묶어 놓으라는 명령을 받았나? 그 다음은 뭐야?"

"그 명령뿐이었소."

나는 녀석의 등뼈에 압력을 조금 더 가했다.

"누군가가 나타날 때까지 기다린 뒤에 철수하기로 되어 있었어."

"누군가라는 그 녀석이 누구야?"

"몰라, 가르쳐주지 않았어."

어쩐지 미친 짓같이 생각되어 실감이 나지 않았다.

"너의 이름은?"

"존 스미스."

나는 미소를 짓고 말했다.

"됐어, 조니. 기어가 봐…… 뒤로 말이야, 천천히 하라고. 만일 너의 배하고 땅바닥 사이에 반 인치(약 1.2센티미터) 이상의 햇빛이 보이면 쏴버릴 테니까."

그는 천천히 움직이기 시작하여 가장자리에서 구덩이 속으로 간신히 돌아왔다. 나는 거기에서 그를 멈추도록 했다. 신문을 계속하고 싶었지만 시간을 낭비하면 안 되기 때문에 끝장을 낼 수밖에 없었다.

"자, 조니. 몸을 까딱도 하면 안돼. 나는 신경질적인 사나이야. 가만히 있어야 해."

나는 그가 보이지 않는 쪽으로 가서 총대를 들어 그의 뒤통수를 내리쳤다. 그렇게 좋은 총을 그런 데에 쓰는 것은 당치 않은 일이었지만, 그곳에서 당장 사용할 수 있는 방법은 그것밖에 없었다. 총대는 곤봉보다 훨씬 견고하니까, 유감스럽지만 녀석의 두개골은 깨져버렸을 것이다. 아무튼 녀석은 이제 아무 걱정을 하지 않아도 되었다.

나는 녀석이 총을 놓은 자리에 깔았던 웃옷 있는 데로 가서, 그것을 들어올렸다. 무겁기 때문에 포켓 속에 권총이 들어 있을 줄 알았는데 아직 뜯지 않은 라이플총에 쓸 탄알 상자가 들어 있었다.

나는 총을 살펴보았다. 탄창은 다섯 발이 들어가게 되어 있었고, 지금은 거기에 네 발과 약실에 한 발이 들어 있어 곧 쏠 수 있게 장전되어 있었다. 미스터 스미스는 프로였다. 그는 탄창을 가득 채워 놓고, 한 발은 약실에 재어두고, 그러고 나서 탄창을 열어 그 속에 한 발을 넣고 5발 대신 6발을 장전한 것이다. 그것만이 아니다. 그는 400야드(약 366미터) 이상의 거리에서 움직이고 있는 차의 타이어를 단 한 방으로 요절낸 것이다.

그는 분명히 프로였는데 그의 이름은 스미스가 아니었다. 그는 웬딜 조지 프리트라는 이름으로 미국 여권을 가지고 있었다. 게다가 케플라비크 해군 기지의 깊은 데까지 들어가는 통행증도 가지고 있었다. 권총은 갖고 있지 않았다. 이 사나이만큼 우수한 총잡이는 대개 권총을 경멸하는 것이다.

나는 두 상자의 묵직한 탄약을 포켓에 넣고, 나 자신이 케니킹같이 되지 않도록 조의 자동권총의 탄알을 뽑아서 바지의 밴드에 집어넣었다. 안전 장치는 그다지 미더운 것이 아니라서, 대개의 사나이가 텔레비전 드라마에 나오는 인물 같은 흉내를 내다가 혼쭐이 나는 것이다. 조가 어떤 상태인가 가서 보니 그는 아직 자고 있었고 여권의 이름은 조가 아니라는 것도 알았다. 패트릭 어로이셔스 매카시라는 이름이었다. 그의 얼굴을 찬찬히 들여다보니까 아일랜드인보다는 이탈리아인에 가까웠다. 아마 모든 이름이 가짜인 모양이다. 그레이엄이 아니었던 뷰히너가 필립이었던 것처럼 말이다.

매카시는 스미스 앤드 웻슨의 탄창을 두 개 가졌고, 모두 가득 차 있었다. 그것을 내가 빼앗았다. 나는 이 탐험 여행에서 상당한 총기와 탄약을 손에 넣을 것 같다. 1주일 동안에 작은 칼로부터 강력한 라이플총까지 얻게 되었으니 소득이 그리 나쁘진 않다. 다음 단계는 기관단총이나 중기관총이 되지 않을까.

매카시는 내가 습격하기 조금 전에 어디론가 가려고 했었다. 그는 누구인가 하고 무전 연락을 하려고 했는데 무선 전화의 상태가 나빴기 때문에 걸어서 가려고 했다. 그렇다면 그 상대는 누구일까? 그다지 먼 데 있지는 않다는 것이다. 나는 능선 위를 쳐다보고, 위쪽의 불룩한 다음 장소로 가보기로 했다. 200야드(약 183미터)쯤 올라가서 살짝 고개를 내밀었을 때 나는 놀라서 숨을 죽였다.

노란 미국 해군의 헬리콥터가 400야드(약 366미터)쯤 떨어진 데에 착륙해 있었고, 두 사람의 승무원과 한 사람의 민간인이 그 앞에 앉아, 차분하게 얘기를 나누고 있지 않은가. 나는 프리트의 총을 들어올려, 큰 망원 조준경을 최대 배율로 하여 그들을 보았다. 승무원은 아무래도 상관없지만, 그 민간인은 본 적이 있을지 모른다고 생각했다. 본 기억이 없었으나 나는 장래를 위해서 그 얼굴을 기억해 놓았다.

한순간, 그들을 라이플총으로 혼내주고 싶은 유혹을 느꼈으나 나는 그 생각을 떨쳐버렸다. 문제를 일으키지 않고 조용히 사라지는 것이 좋을 것이다. 앞으로는 헬리콥터가 따라오지 않기를 바랐다. 나는 물러서서 언덕을 내려갔다. 내가 꽤 오랜 시간 떨어져 있었기 때문에 에린은 몹시 걱정하고 있겠지.

내가 있는 곳은 훨씬 먼 데까지 바라볼 수 있는 데였기 때문에, 나는 케니킹이 얼마나 와 있을까 하고 바라보았다. 내 예측이 들어맞았다! 망원 조준경을 통해서 나는 먼 곳으로부터 작은 점이 길을 따라 오고 있는 것을 발견했다. 그 지프차는 약 3마일(약 4.8킬로미터) 가량 떨어져 있는 것 같았다. 그 일대는 대단한 진창길이었기 때문에 시속 10마일(약 16킬로미터) 이상의 속도를 낼 수 없으니까 15분 정도 뒤떨어져 있는 셈이다.

나는 언덕을 급히 내려갔다.

에린은 바위틈에 숨어 있다가 내가 부르자 거기서 나왔다. 그녀는 뛰어와서 내가 아직 사지가 멀쩡하게 살아온 것을 보고 웃다가 울다가 했다. 나는 그녀의 양손을 흔들면서 말했다.

"케니킹이 아주 가까운 데까지 왔어. 빨리 이곳을 떠나야 해."

나는 에린의 팔을 잡고 랜드로버가 있는 데로 달려가는데 그녀가 내 손을 놓았다.

"커피포트요!"

"그런 건 없어도 돼!"

여자란 묘한 생물이다. 지금은 가정 경제 따위를 생각할 때가 아니다. 나는 한 번 더 그녀의 팔을 잡아 끌고 갔다.

30초 뒤에 나는 엔진을 걸어 안전 따위는 아랑곳없이 과속일 정도로 거칠게 차를 몰아 앞바퀴를 움푹 파인 곳을 찾아 어디로 끌고가야 안전할까 하는 것만 생각했다. 결정, 결정, 지긋지긋한 결정 말고는 아무것도 없다. 만일 잘못 결정하는 날이면, 바퀴의 굴대가 부러지든가 진흙탕 속으로 꿇어박아 승부가 끝나버릴 것이다.

우리는 탕그너 강까지 줄곧 흔들리면서 달려갔다. 거기서부터 차량 통행이 많아졌다. 맞은편에서 차 한 대가 우리를 스쳐 지나갔다. 우리가 우빅딜에 들어선 이래 처음 보는 차였다. 별로 좋은 상황은 아니었다. 케니킹이 그 차를 멈추게 해 놓고 운전기사에게 마주친 랜드로버가 없었느냐고 물어볼 수 있기 때문이다. 황야 속에서 어디에 내가 있는가를 알고 쫓아오는 것과, 전혀 알지 못하고 막연하게 쫓아오는 것과는 사정이 전혀 다른 것이다. 심리적인 박차는 그의 아드레날린 분비를 그만큼 많이 자극하게 될 것이다.

그 반대로, 그 차를 봄으로써 나는 더 분발할 수 있게 되었다. 또한 탕그너 강의 자동차 운반 장치가 강의 이쪽에 있어, 기다리지 않아도 되었다. 나는 나룻배로 건너는 곳을 많이 여행해보았다——스코틀랜드에는 그런 곳이 많다——그리고 물가에 가서 보면 나룻배가 항상 건너 쪽 기슭에 있는 것이 자연의 법칙처럼 되어 있었다. 그런데 이번에는 그렇지가 않았다.

그리고 또 이것은 나룻배도 아니었다. 탕그너 강을 건너기 위해선 머리 위 케이블에 매달려 있는 플랫폼의 특별한 장치를 이용해야 했다. 차를 그 플랫폼에 싣고 밑에서 하얀 거품을 물고 흐르는 물에서 눈을 떼고, 스스로 윈치를 돌려서 건너는 것이다. 펠더헌터보킨에 의하면, 그 장치에 익숙하지 않은 우빅딜을 여행하는 모든 사람들에게는 세심한 주의가 필요하다는 것이다. 나로서는 바람이 세차게 불 때 그곳을 건너는 것은 심장이 약한 사람에게는 더욱 권할 수 없는 일이라고 생각했다.

우리가 탕그너 강에 도착해보니 확실히 그 장치는 이쪽에 있었다. 나는 그것이 안전하다는 것을 확인하고 나서 신중하게 그 위로 올라갔다. 그리고 에린에게 말했다.

"차에 타고 있어. 그 어깨로는 윈치를 감을 수 없으니까."

나는 밖으로 나와 케니킹이 언제 쫓아올까 신경 쓰며 윈치를 감기 시작했다. 홀랑 벗은 알몸을 사람들 앞에 내놓는 기분으로 15분 정도 앞질러 가는 상태가 그대로 지속되기를 빌었다. 탕그너 강을 가로지르는 데는 시간이 많이 걸리기 때문이다. 그러나 우리는 아무 사고없이 일을 마치고 홀가분한 마음으로 플랫폼을 떠났다. 나는 차를 몰면서 말했다.

"이것으로 저 악당들을 막을 수 있게 되었어."

에린은 허리를 폈다.

"당신, 설마 그 케이블을 끊으려고는 안 했지요?"

그녀의 말투에는 노기가 스며 있었다. 총을 맞는 것은 상관없지만 공공 재산을 멋대로 파괴하는 것은 윤리에 어긋난다는 말이다.

나는 히쭉 웃었다.

"그런 짓을 할 수만 있다면 그렇게라도 하겠어. 하지만 그러자면, 나보다 더 힘센 사람이 있어야겠지." 나는 차를 길가에 세우고 뒤를 돌아보았다. 강은 보이지 않게 되었다. "저 플랫폼을 철사로 묶어서 케니킹이 잡아당기지 못하도록 해 놓아야겠어. 누군가 저쪽으로 가는 사람이 와서 풀 때까지는, 저쪽에서 쓸 수 없게 해 놓아야 된다고. 그 사람이 언제 오게 될지는 하느님밖에 모르겠지. 차가 별로 다니지 않으니까. 여기서 기다리고 있어."

차에서 내려 도구 상자를 뒤져서 스노체인을 찾아냈다. 여름 동안은 그것이 필요없을 것이므로, 그대로 놓아두기보다는 케니킹을 내 뒤로 더 멀리 따돌리는 데에 이용하기로 한 것이다. 나는 쇠사슬을 들고 길을 뛰기 시작했다.

체인은 제대로 묶을 수는 없었지만 나는 플랫폼을 서로 얽힌 쇠사슬로 엮어서 용접기를 대지 않고는 적어도 30분 정도는 풀지 못하도록 해 놓았다. 그 작업이 끝나갈 무렵 케니킹이 건너 쪽 강가에 도착하여 볼 만한 일이 벌어졌다.

지프가 멈추고 네 명의 사나이가 나왔다. 케니킹이 맨 앞에 있었다. 나는 플랫폼의 뒤에 숨어 있었기 때문에 아무도 처음에는 알지 못했다. 케니킹은 케이블을 살핀 다음, 아이슬란드어와 영어로 적은 설명서를 읽었다. 그 의미를 알고 그는 부하에게 플랫폼을 끌어당기라고 명령했다.

그들은 힘을 모아 끌어당겼으나 아무 소용이 없었다.

나는 작업을 마치려고 사력을 다해 겨우 작업을 끝내는 찰나였다. 플랫폼이 끌려갈 듯하다가 체인 때문에 멈춰버렸다. 건너쪽 강가에서 외치는 소리가 나고 누군가 강기슭을 따라 달려가서 플랫폼이 어떻게 되어 있는가를 볼 수 있는 데로 가려고 했다. 그는 플랫폼을 확실히 보았다. 그리고 나를 본 것이다. 다음 순간 녀석은 권총을 뽑아들고 쏘기 시작했다.

권총은 지나치게 높은 평가를 받고 있는 무기다. 그것은 표적에서 10야드(약 9미터) 정도가 적당하고, 10피트(약 3미터)라면 더욱 좋다. 나를 노리고 쏜 권총은 총신이 짧은 38구경 리볼버로, 손을 뻗어서 닿을 정도가 아닌 한 제대로 맞추는 것은 거의 불가능한 무기로 나는 알고 있다. 녀석이 나를 노리고 있는 동안은 우선 안전하다. 혹시 녀석이 어딘가 다른 데를 쏘아댄다면 우연히 나를 맞힐지 모르지만, 그런 일은 있을 수 없을 것이다.

내가 체인 끝을 다 감았을 때 다른 녀석들도 함께 쏘기 시작했다. 180미터쯤 떨어진 데서 탄알이 흙먼지를 날렸는데, 그것이 가장 가까이 온 것이다. 그러나 그런 식으로 사격을 당하는 것은 장난이 아니기에, 나는 뒤를 돌아보며 힘껏 길로 뛰어올라갔다.

에린은 랜드로버 옆에 서서 한꺼번에 쏘아대는 총소리를 듣고 몹시 걱정을 하고 있었다.

"걱정할 것 없어. 아직 전쟁은 시작되지 않았다고." 나는 차 안으로 손을 뻗어 프리트의 라이플총을 꺼냈다. "녀석들을 위협할 수 있을지 어쩔지 시험해 보아야겠어."

에린은 못마땅한 듯이 총을 보았다.

"아이 참! 그들을 죽여야 되겠어요? 당신은 벌써 충분히 한 것 아니에요?"

나는 그녀를 물끄러미 보면서, 그녀의 말뜻을 알았다. 그녀는 내가 프리트를 죽이고 라이플총을 손에 넣었다고 생각하는 것이다. 어쩐지 상대를 죽이지 않고는 총을 빼앗을 수 없다고 생각하는 모양이다.

"에린, 강 건너에 있는 패거리들은 나를 죽이려고 했어. 성공하지 못했다고 해서 그들이 단념할 것 같아? 보라고, 나는 아무도 죽이지는 않을 테니까…… 말해줄 거야, 녀석들을 놀라게 해준다고."

나는 라이플을 들어올렸다. "그리고 나는 이 총을 빼앗긴 녀석을 죽이진 않았어."

나는 길을 내려갔으나, 강에 이르기 전에 옆으로 비켜갔다. 나는 주위를 둘러보고 적당한 차폐물을 찾아내어, 거기에 누워 케니킹과 그의 부하들이 플랫폼을 끌어당기려고 해도 잘 되지 않아 안달하고 있는 것을 보았다. 30배의 망원경은 100야드(약 91미터)의 거리에서는 확대율이 좀 지나치지만, 그 배율을 바꿀 수 있도록 되어 있기 때문에, 나는 가장 낮은 6배로 떨어뜨렸다. 눈앞에 있는 바위가 총을 놓는데 편리하여, 나는 총대를 어깨에 대고 망원경을 들여다보았다.

나는 누구를 죽일 생각은 없었다. 그렇게 하고 싶지 않다기보다도 처치 곤란한 시체라는 것은 불편한 것이며, 관계당국으로부터 여러 가지 묘한 질문을 받기 쉽기 때문이다. 그러나 부상을 당한 러시아인은 처리하기가 쉽다. 그 녀석은 친구들에 의해 아마 레이캬비크 항에 있는 트롤선으로 살짝 실려 갔을 것이다. 러시아 패거리들은, 지구상의 어느 나라보다도 어업에 사용되지 않는 트롤선을 많이 가지고 있다.

그렇다, 나는 누구 한 사람 죽일 생각은 없다. 그러나 누군가 이제 곧 죽는 편이 차라리 낫다고 생각하게 될 것이다.

케니킹은 모습을 감추고, 다른 세 사람이 이 문제를 어떻게 해결하면 좋겠는가를 놓고 열심히 의논하고 있었다. 나는 거기다 대고 30초에 5발을 쏘아붙인 것으로 벼락 사격을 마쳤다. 첫 발은 지프 옆에 서 있는 사나이의 무릎에 맞았다. 그러자 갑자기 그 주위 녀석들은 모두 쏘는 것을 일제히 멈추었다. 그 녀석은 땅바닥에 쓰러져 바르작거리면서, 큰 소리로 울부짖었다. 앞으로 녀석은 일생 동안 한쪽 다리가 다른 쪽보다 짧아지는 불구자 신세가 될 것이다. 그것도 병원으로 빨리 데려가야만 가능하다. 잘못되어, 외다리만 남게 되어도 불행 중 다행이다.

나는 또 목표를 정하고 방아쇠를 당겼다. 이번에는 지프의 앞바퀴 한 쪽을 쏘았다. 그 라이플총은 내가 지금까지 써본 가운데 최고의 것이며, 100야드 거리에서는 탄도가 그야말로 수평이었기 때문에 탄알을 정확히 노린 데에 맞힐 수 있었던 것이다. 타이어는 펑크가 났다고 할 정도가 아니었다. 근거리에서 이 총의 위력은 대단하여, 타이어를 산산조각으로 박살을 냈다. 또 한 발로 다른 한쪽의 타이어를 날려버렸다.

그들이 다시 권총을 쏘기 시작했다. 나는 그것을 무시하고, 또 한 발을 약실에 넣었다. 나는 십자선을 라디에이터의 앞면에 맞추어 쏘았다. 지프는 그 충격으로 크게 흔들렸다. 이 라이플총은 큰 동물을 쏘기 위한 탄알을 쓰고 있으므로 물소의 전액골을 쏘아서 구멍을 낼 정도면 엔진 블록에도 큰 피해를 줄 수 있다. 나는 마지막 탄알을 그 지프를 영원히 쓸 수 없게 되기를 바라면서 같은 자리에 한 방을 더 쏘고 나서 머리를 숙인 채 뒤로 물러났다.

나는 랜드로버로 걸어가서 에린에게 말했다.

"좋은 총이었어."

그녀는 걱정스럽게 나를 보았다.

"누군가 비명을 지르는 것 같았어요."

"아무도 죽이지는 않았어. 하지만 녀석들은 그 지프를 그다지 멀리까지 몰고 오지는 못할 거야. 자, 이제 출발하자고. 당신이 운전을 좀 해주겠나?"

나는 갑자기 몹시 피곤해 좀 쉬고 싶었다.

제6장

1

우리는 우빅딜을 나와 주요 도로망으로 진입했다. 케니킹이 우리들 뒤를 쫓아올 수 있었다고 해도, 우리는 어렵지 않게 그를 따돌릴 수가 있다. 여기는 인구가 많은 지역 가운데 하나로, 우빅딜의 외길에 비하면 애를 먹을 정도로 여러 갈래로 길이 많은 곳이다. 에린이 운전을 하는 동안 나는 차분히 객석에 앉아 쉬었다. 도로사정이 좋은 곳으로 나오자 에린은 스피드를 높였다. 그녀가 물었다.

"이젠 어디로 가지요?"

"이 차를 숨겨두고 싶어. 너무 눈에 띄는 차라서. 당신 의견은 어때?"

"당신, 내일 밤에 게이실로 가야 되지 않아요? 라우갈바튼에 친구가 하나 있어요. 당신, 간나를 기억하고 있지요?"

"나하고 만나기 전에 당신은 늘 그 사람과 같이 다니지 않았어?"

에린은 미소지었다.

"깊은 사이는 아니었어요. 우리는 지금도 친구인걸요. 게다가 그는 이미 결혼을 한 사람이에요."

많은 사나이들에게 있어서 결혼은 헌팅 면허를 자동적으로 잃게 되는 뜻이 있는 것은 아니지만, 나는 그것을 입 밖에 내지 않았다. 에린의 옛날 남자 친구와 벌이는 자그마한 경합은 케니킹을 상대로 하는 훨씬 무서운 충돌에 비한다면 너무나 하찮고 고마운 일이었다.

"그래, 라우갈바튼으로 가자고."

잠시 침묵이 이어진 뒤 내가 말문을 열었다. "내가 부달할즈 능선을 올라갔을 때 당신이 보여준 일에 감사하고 있어. 너무나 바보짓같이 보였지만 그것이 큰 도움이 되었지."

"나는 그들의 관심을 딴 데로 돌리려고 그렇게 했던 거예요."

"정말 그랬어. 나도 1분 정도는 신경을 그쪽으로 돌렸다니까. 그 녀석이 당신한테 쭉 총을 겨누고 있었던 것을 아나? 그것도 방아쇠에 손을 걸고 말이야."

에린은 고개를 끄덕이더니 무의식중에 몸을 부르르 떨었다.

"불안했어요. 거기에서는 무슨 일이 벌어졌죠?"

"두 녀석한테 두통을 일으키게 했어. 그중 한 녀석은 아마, 케플라비크의 병원에서 의식을 회복하게 될 거야."

에린은 나를 날카롭게 응시했다.

"케플라비크라고요?"

"그래…… 그 녀석은 미국인이었어." 나는 그녀에게 프리트와 매카시, 그리고 대기하고 있던 헬리콥터 얘기를 해주었다.

"그런 일을 겪고 나서 그게 어떻게 된 일인지 쭉 생각하고 있어. 그러나 수수께끼같이 잘 풀리지가 않는 거야."

에린도 그 일을 생각해보고 말했다.

"하지만 이치가 맞지 않는걸요. 어째서 미국인이 러시아인에게 협력하는 거지요? 그 패거리들이 미국인이었다는 것이 확실한가요?"

"틀림없는 미국인이었어, 적어도 저격수인 프리트는 말이야. 매카시하고는 말을 해보지 못했지만."

"동조자인지도 모르지요. 후원자 말이에요."

"그럼, 개에게 달라붙은 벼룩처럼 친한 사이란 말이야?" 나는 케플라비크 기지의 깊숙한 데까지 들어갈 수 있는 프리트의 통행증을 보여줬다. "혹시 그 녀석이 동조자라면, 양키도 조심해야 되겠어. 그들 살림은 벌레투성이인 셈이야." 나는 통행증을 보고 나서, 헬리콥터에 대해서 생각해보았다. "이렇게 이상한 일은 들어본 적이 없어."
"그럼 달리 무슨 설명할 방법이 있나요?"
케플라비크에 곧 동원할 수 있는 공산주의자를 후원하는 소굴이 있고, 한마디만 하면 해군의 헬리콥터를 이용할 수 있게 되어 있다는 것은 도저히 납득이 안 가는 일이었다.
"케니킹이 케플라비크로 전화를 해서 말이야…… 자, 당신들. 내가 영국의 첩자를 뒤쫓고 있는데, 당신네 도움이 필요해. 헬리콥터하고 저격수를 동원하여 그 녀석이 꼼짝하지 못하도록 해줄 수 없겠소…… 하는 따위의 말이 통할 수 있다고는 생각되지 않아. 하지만, 그 밖에 누가 또 그렇게 할 사람이 있느냐는 말이지."
"그게 누굴까요?"
"워싱턴에 있는 헬므즈라는 사람이라면, 전화를 걸어서 그렇게 말할 수 있을 거야. 제독, 이제 곧 케플라비크에 두 사람이 내릴 거요. 그들에게 헬리콥터와 승무원을 좀 빌려주시오. 그리고, 어디에 쓰는가는 묻지 않기를 바라오. 그렇게 한마디 하면 제독은 쩔쩔 매면서 대답하겠지. 예스 서, 예스 서, 그렇게 하겠습니다, 라고 할 거라 말이야. 헬므즈는 CIA의 보스거든."
"하지만 어째서 그럴 수도 있다는 거예요?"
"나도 알고 싶은 거야. 하지만 그렇게 되는 것은, 케플라비크가 러시아의 첩자들로 우글거리는 것보다, 훨씬 더 있을 법한 일이거든."
나는 프리트와 나누었던 만족스럽지 못한 짧은 대화를 생각해보았다.

"프리트는 그가 받은 명령은 누군가, 아마 케니킹이겠지만…… 나타날 때까지 우리를 꼼짝 못하게 묶어두는 것이라고 말했어. 케니킹이라는 이름은 들어본 일이 없다고 하더군. 그리고 또 케니킹이 도착하면 그들의 역할은 끝나고 철수하는 것이라고도 했어. 또 한 가지 그에게 묻고 싶은 질문이 있었는데 그만……."

"그게 뭔데요?"

"그가 받은 명령은 그 자신이 케니킹에게 보일 수 있게 하라는 것인지 아니면 보이지 않도록 하라는 것인지, 그 대답을 듣고 싶었던 거야."

"우리가 러시아인에게 쫓기고 있다는 것은 확실한가요? 요컨대 케니킹이라는 것이 확실한가 말이에요."

"그 얼굴은 절대로 잊을 수가 없어. 게다가 탕그너 강에서는 러시아어로 요란스럽게 떠들어대더군."

이런 일을 생각하는 에린의 머릿속에 톱니바퀴가 대단한 기세로 돌아가는 것이 보이는 듯했다.

"이것은 어때요, 슬레이드도 우리를 뒤쫓고 있다고 할 때 그가 미국인에게 협력을 부탁했다고 한다면…… 하지만 그가 알지 못한 것은 케니킹이 우리를 가까이에서 바싹 뒤쫓고 있다는 것이에요. 그 미국인들은 슬레이드가 도착할 때까지 우리를 묶어놓으려고 한 거예요, 케니킹이 아니고."

나는 고개를 끄덕였다.

"아무래도 그런 일은 있을 것 같지 않지만, 그렇다면 지저분한 협력 방식이지. 어째서 저격수를 언덕에 숨겨놓는 식의 엉뚱한 수작을 부린단 말이야? 차라리 미국인들에게 깨끗이 붙잡아 달라고 하는 게 좋지 않았겠어?" 나는 고개를 내저었다. "게다가 정보국은 CIA와 그다지 사이가 좋지 않은 거야. 특별한 관계에도 그 한계가 있다고."

"내 설명이 합리적이지 않아요?"

"이유라는 것이 있는지 없는지 나는 도무지 알 수가 없어. 완전히 비합리적인 상황이 되어 있으니까 말이야. 어느 물리학자가 자기의 작업에 관해서 한 말이 생각나는군. 우주는 우리가 상상하는 것보다 기묘할 뿐만 아니라, 아마 우리가 상상할 수 있는 것보다도 더 기묘할 것이다…… 지금에 와서 생각하니 나는 그가 말하고자 한 뜻을 알겠어."

에린은 웃고 나는 말을 계속했다.

"무엇이 그렇게 이상하지? 슬레이드는 이미 우리를 습격했고 타거트가 철수시키지 않고 있으면 또 시도하겠지. 케니킹은 나를 잡으려고 필사적이야. 그리고 이제는 미국인까지 끼어들었어. 앞으로는 서독도 나설지 몰라. 어쩌면 칠레의 비밀 경찰도 말이야. 무슨 일이 일어나도 이제는 놀라지 않겠어. 다만 오직 한 가지, 정말 걱정되는 일이 있어."

"그게 뭔데요?"

"만약 내가 이 기계를 내일 밤 케이스에게 준다고 해. 케니킹은 그것을 모르겠지? 케이스가 그에게 편지를 써 보낼 리가 없어. 친애하는 스튜어트는 이미 그 축구공을 가지고 있지 않습니다. 내가 가지고 있습니다. 어서 와서, 나를 뒤쫓으시오…… 라고 하는 편지 말이지. 나는 지금까지와 마찬가지로 깊이 말려들고 있는 거야. 실제로는, 보다 더 말이야. 만일 케니킹이 나를 붙잡아 내가 그 지긋지긋한 물건을 가지고 있지 않다는 것을 알면 녀석은 지금보다 더 화가 나겠지. 그런 일이 생긴다면 말이야."

결국 나는 그 기계를 케이스에게 건네주어야 될지 말지, 나 자신도 확실히 알 수 없었다. 혹시 내가 깊이 말려든 것이라면, 차라리 모두를 몸에 지니고 있는 것이 나을 것이다.

2

 라우갈바튼은 넓은 농촌 지대의 아이들을 수용하는 이 지방 교육중심지였다. 이 나라는 인구에 비하면 광활하고, 그 인구가 너무나 분산되어 있기 때문에 교육제도에 좀 기묘한 데가 있었다. 농촌 지대의 학교는 거의 기숙사제로서 그 가운데 몇몇 학교는 겨울 학기 동안 죽, 학생은 학교에서 4박, 가정에서 4박씩 지내도록 되어 있다. 먼 곳에서 온 어린이들은 겨울 동안 줄곧 학교에서 지낸다. 여름이 되면 학교는 4개월 동안 호텔로 바뀐다.

 라우갈바튼은 싱그뵈틀, 게이실, 글포스, 그 밖의 관광객의 눈을 끄는 곳에서 가깝고 편리하기 때문에, 거기에 있는 두 큰 학교는 여름 호텔로서 매우 번창한 곳이 되었다. 또 라우갈바튼은 방문객들이 말을 빌리는 관광 여행의 중심지로 유명했다. 하지만 나는 별로 말을 좋아하지 않는다. 나는 마구간으로 끌려가는 고집 센 말보다는 랜드로버에 흔들리면서 달리는 것이 훨씬 좋다.

 간나 아날슨은 겨울에는 교사로서, 여름에는 말을 빌려주는 관광 사업을 하고 있었다. 아이슬란드인은 다재다능한 사람이 많다. 우리가 도착했을 때 그는 외출하고 없었는데, 그의 아내인 시글린 아스게일즈더틸이 임시 방편의 삼각건으로 팔을 맨 에린을 보자 깜짝 놀라면서 우리를 환영해주었다.

 아이슬란드에서 곤란한 문제의 하나는 독신자와 기혼자를 분간하는 일이다. 여성은 결혼을 한 다음에도 이름을 바꾸지 않는다. 실제로 이름 문제 때문에 외국인들은 대개 당황하게 된다. 성은 부친이 누구인가를 가르쳐줄 뿐이다. 시글린은 아스게일의 딸이고 마찬가지로 간나는 아날의 아들이다. 만일 간나에게 아들이 생겨 그 아이에게 조부를 닮은 이름을 붙이기로 결정하면 그는 아날 간나슨이라는 이름이 된다.

간나는 잘 지내고 있는 것 같았다. 아내인 시글린은 키가 크고 다리가 길어 홀쭉한 스칸디나비아 타입으로 할리우드에 가면 틀림없이 성공할 수 있는 자태를 가진 미인이었다.

반기는 품을 보니 시글린은 나를 알고 있는 것 같았으나 정체를 다 알고 있지 않기를 빌었다. 어쨌든 그녀는 많은 것을 알고 있었다. 머지않아 결혼의 종이 울릴 예정이라는 것까지. 이상하게도 여자들은 결혼을 하면 곧 옛날 여자 친구가 다 같은 함정에 걸리기를 바라는 것이다. 케니킹의 덕분으로 결혼의 종이 곧 울리는 일은 있을 성싶지 않다. 자칫하면 장례식의 종이 울릴 가능성이 더 클 것이다. 그러나 케니킹의 일은 별문제로 치더라도 나는 눈을 반짝반짝 빛내고 있는, 가슴이 큰 금발미인 누구에게도 압력을 가하고 싶은 생각은 추호도 없었다.

나는 잠시 마음을 놓고 간나의 비어 있는 차고에 랜드로버를 집어넣었다. 차가 길에서 떨어져 안전한 곳에 모습을 감추게 되자 나는 한결 기분이 좋아졌다. 수집한 소화기를 잘 감춘 다음 집 안으로 들어갈 때 시글린이 계단을 내려오고 있었다. 그녀는 이상한 표정으로 나를 보면서 갑자기 입을 열었다.

"에린의 어깨가 어째서 저런 거예요?"

나는 조심스럽게 말했다.

"그녀가 말하지 않던가요?"

"등산하러 갔다가 날카로운 바위에 부딪쳤다고 하던걸요."

나는 막연하게 그렇다고 장단을 맞췄으나 시글린이 의심하고 있는 것은 분명했다. 총으로 입은 상처는 그때까지 한 번도 본 일이 없는 사람도 쉽게 알아볼 수 있는 것이다. 나는 서둘러서 말을 이었다.

"우리를 이렇게 묵어 가게 해주셔서 감사합니다."

"아무것도 아닌걸요. 커피를 드시겠어요?"

"예, 고맙습니다." 나는 그녀를 따라 주방으로 들어갔다. "부인은 에린을 옛날부터 알고 계셨습니까?"

"어려서부터예요."

시글린은 원두 한 움큼을 커피 그라인더 속에 넣었다.

"댁은요?"

"3년 전부터입니다."

그녀는 전기포트에 물을 붓고 플러그를 꽂고 나서 나를 보았다.

"에린이 몹시 지쳐 있는 것 같아요."

"우빅딜에서 좀 무리를 했거든요."

그 말이 별로 수긍이 가지 않는지 시글린은 이렇게 말했다.

"나는 그녀에게 위험한 일이 닥치지 않았으면 하는 거예요. 저 상처 말이지만……."

"옛?"

"에린이 바위에 부딪쳐서 생긴 상처가 아니지요, 그렇지요?"

그 아름다운 두 눈 뒤로 예리한 판단력이 엿보였다.

"예, 그렇지 않습니다."

"그렇지 않다고 생각했어요. 저런 상처를 본 일이 있거든요. 결혼 전에 나는 케플라비크에서 간호사로 있었어요. 한 번은 미국 수병을 병원으로 데리고 왔는데, 총을 손질하다가 잘못해서 자기를 쏘아버린 거예요. 에린이 손질했던 총은 누구 것이지요?"

나는 주방의 식탁에 앉아 조심스럽게 말을 꺼냈다.

"꽤 복잡한 일이 생긴 것입니다. 부인 내외는 결코 여기에 말려들지 않아야 됩니다. 그래서 그 일에 대해서는 언급하지 않겠습니다. 부인 자신을 위해서입니다. 나는 처음부터 떼놓으려고 했는데 그녀가 말을 듣지 않았어요."

시글린은 고개를 끄덕였다.

"그녀의 가족은 항상 고집이 세거든요."
"나는 내일 밤에 게이실로 떠납니다만, 에린을 여기서 머물도록 해주시면 좋겠습니다. 부인의 협력을 부탁드립니다."
시글린은 물끄러미 나를 쳐다보았다.
"나는 총 때문에 생기는 복잡한 일은 질색이에요."
"나도 그렇습니다. 나 역시 좋아서 그런 것이 아닙니다. 그러기 때문에 에린을 떼놓고 싶은 겁니다. 얼마 동안 그녀를 여기에서 지내도록 해주시겠습니까?"
"총상을 당하면 경찰에 신고해야 됩니다."
나는 진저리를 치면서 대답했다.
"알고 있습니다. 그러나 이 나라 경찰은 이 특수한 사태를 처리할 수 없을 것입니다. 여기에 많은 나라가 관련되어 있고 관계되어 있는 총도 한두 자루가 아닙니다. 신중하게 하지 않으면 죄도 없는 사람들이 죽음을 당하게 되니까요. 경찰을 못 믿는다는 것이 아니라 그들이 자칫 실수를 저지르기 쉽다는 것입니다."
"'복잡한 일'이라고 한 말은 범죄적인 것을 말하는 것인가요?"
"보통의 의미와는 다릅니다. 경찰 행동의 극단적인 형태라고 할 수 있겠지요."
시글린은 입을 삐죽하고 화난 듯한 말투로 이렇게 말했다.
"이 일로 내게 좋게 들리는 말은 오직 한 가지, 댁이 에린을 떼놓으려고 하는 것뿐이에요. 말해 주시겠어요, 앨런 스튜어트? 댁은 에린을 사랑하고 있어요?"
"예."
"그럼, 그녀와 결혼할 거예요?"
"이런 일을 겪고 나서도 그녀가 나를 받아들인다면."
그녀는 흐뭇한 미소를 보였다.

"받아들이고말고요. 댁은 연어처럼 낚시에 걸려서 이젠 도망치지도 못할 거예요."

"그다지 자신은 없어요. 최근에 일어난 골치 아픈 일들이 에린이 볼 때 별로 매력에 보탬이 되지 않았으니까요."

"총에 얽힌 그런 일? 대답할 필요없어요. 귀찮게 묻고 싶지도 않으니까요." 시글린은 커피를 따른 컵을 내 앞에 놓았다. "좋아요, 에린을 여기에 있도록 하겠어요."

"어떤 방법으로 그렇게 해 주실 수 있을까요? 그녀가 스스로 그렇게 하려고 하지 않으면, 무엇 하나 시켜서 고분고분 들어주는 성품이 아니지 않아요?"

"나는 침대에 드러눕게 할 거예요. 의학적으로 엄중하게 감독을 할 겁니다. 잔소리를 하겠지만 그렇게 해야 돼요. 가서서 일이나 잘 보셔요. 에린은 여기에 있게 될 테니까요. 하지만 에린을 오래 둘 수는 없어요. 혹시 댁이 게이실에서 돌아오지 않으면 어떻게 하지요?"

"모르겠습니다. 하지만 그녀를 레이캬비크로 돌려보내면 안 됩니다. 그 아파트로 가는 것은 너무나 어리석은 결과를 가져오게 될테니까요."

시글린은 한숨을 크게 쉬더니 자기 컵에 커피를 따르고 앉았다.

"할 수 있는 데까지 해보겠어요. 댁이 에린에 대해서 걱정을 해주지 않는다면 나는……." 그녀는 초조한 듯 고개를 흔들었다. "나는 이런 일이 모두 싫어요, 앨런. 부탁이니까 되도록 빨리 매듭을 지어주세요."

"최선을 다 하겠습니다."

3

다음 날은 그렇게 지루할 수가 없었다.
아침 식사 때 시글린은 신문을 읽다가 갑작스런 말을 했다.
"어머! 누가 할드의 건너쪽 기슭에서, 탕그너 강의 도하 장치를 묶어놓았대. 관광객 일행이 몇 시간 동안이나 꼼짝도 못했다는 거예요. 대체 누가 그런 짓을 했을까?"
나는 뻔뻔스럽게 대답했다.
"우리가 건널 때는 아무렇지도 않았는데. 그 관광객들이 뭐라고 하던가요? 누가 부상을 당했다던가요?"
그녀는 아침 식사의 식탁 너머로 나를 수상하게 여기는 눈빛으로 보았다.
"누가 어째서 부상을 당한다는 말이에요? 그런 말은 전혀 없었어요."
나는 서둘러 화제를 바꾸었다.
"에린이 아직도 자고 있다니 놀랍습니다."
시글린은 미소지었다.
"나는 놀라지 않는걸요. 그녀는 모르고 있지만 어젯밤에 수면제를 좀 타 먹였어요. 잠을 깨도 졸려서 침대에서 뛰어나오고 싶지 않을 거예요."
그것은 에린을 마음대로 할 수 있는 한 가지 방법이었다.
"댁의 차고가 비어 있던데, 차를 가지고 있지 않으신가요?"
"있어요. 간나가 마구간에 두고 갔어요."
"언제 돌아오시지요?"
"이틀 안으로요. 일행이 안장에 쓸린 상처만 안 난다면요."
"게이실로 갈 때 랜드로버를 쓰지 않으면 좋겠습니다만."
"차를 빌려 달라는 말이지요? 좋아요. 하지만 고장을 내면 안 돼요." 그녀는 그 차가 어디에 있는지를 말했다. "키는 자물쇠통에 들어 있어요."

아침 식사 뒤에 나는 전화통을 물끄러미 바라보면서 타거트에게 전화를 걸어보면 어떨까 하고 생각했다. 그에게 얘기하고 싶은 말은 많았지만, 케이스의 말을 들을 때까지 이대로 있는 것이 좋을 것 같았다. 전화를 거는 대신, 나는 랜드로버 있는 데로 가서 프리트의 라이플을 손질했다.

그것은 참으로 좋은 무기였다. 그의 연구의 산물인 자유형 총대는 확실히 프리트에게 잘 맞도록 제작된 주문품이었다. 어떤 사격수는 총에 너무 열중한 나머지 총미치광이라는 말까지 듣는 사람도 있다. 그런 열정가는 선반에서 내려 가지고 금방 자기에게 딱 맞는 표준적 무기는 없다고 단정하고 있기 때문에, 자기가 손을 대어 고치고 그런 결과로 지나친 근대 조각 작품 같은 총으로 만들어 버린다는 것이다. 그런 패들은 또 탄약의 메이커까지 불신하여, 탄알의 무게를 한 발마다 세밀하게 재보고, 1그레인의 10분의 1까지 계산한 양의 화약을 자기의 탄창에 채우는 것이다. 때로는 그런 패들 가운데 명사수가 있다.

내가 뜯어놓은 상자의 탄알을 살펴보니, 확실히 단단히 죄는 도구를 쓴 흔적이 남아 있었다. 프리트는 탄알의 화약을 자기가 직접 재는 습관을 가지고 있었던 것이다. 나는 그런 것이 필요하다고 생각한 일은 한 번도 없는데, 나의 사격은 수백 야드나 되는 먼 거리에서 명중시켜야 되는 일이 없었기 때문이다. 상자에 어째서 라벨이 붙어 있지 않았던가 하는 까닭도 알았다.

왜 프리트는 50발이나 되는 탄알을 가질 필요가 있었던가? 그는 명사수이고 방아쇠를 한 번만 당겨도 우리를 꼼짝 못하도록 만드는 솜씨를 가졌는데, 그는 라이플총에 보통의 수렵용 실탄을 장전하고 있었다. 순도 높은 부드러운 납탄두로, 맞으면 퍼지도록 설계되어 있는 탄알이다. 아직 뜯지 않은 상자에는 피갑탄(被甲彈)――군용 실탄이 25발이나 들어 있었다.

전부터 이상하게 생각한 일이지만, 동물 사격용 탄알이 되도록 빨리 자비스럽게 죽도록 설계되어 있는 데 반해서, 같은 탄알로 인간을 쏘는 것은 제네바조약에서 불법으로 규정되어 있는 것이다. 수렵용 탄알로 인간을 쏘면 규칙에 어긋나는 덤덤탄을 사용했다 하여 고발된다. 인간을 네이팜탄으로 태워 죽이고 지뢰로 산산조각이 나게 할 수는 있지만 사슴을 깨끗이 죽이는 똑같은 탄알로 인간을 쏠 수는 없는 것이다.

나는 손바닥에 놓은 실탄을 바라보며 좀더 일찍 알았으면 하고 아쉬워했다. 이 한 방이 케니킹의 지프 엔진을 맞췄다면 그때 썼던 납탄두의 탄알에 비하여 훨씬 혹심한 피해를 주었을 것이다.

라이플의 탄창에 납탄두 세 발과 피갑탄 두 발을 섞어서 장전하고 나서 나는 매카시의 자동권총을 살펴보았다. 프리트의 라이플에 비하면 너무나 평범한 쇳덩어리에 불과했다. 아무 이상이 없다는 것을 확인하고 나는 그것을 예비 삽탄 상자와 함께 포켓 속에 넣었다. 문제의 전자 기계는 앞쪽 좌석 밑에 그대로 두었다. 잭 케이스를 만나러 갈 때 나는 그것을 가지고 가지 않지만 그렇다고 아무것도 안 가지고 가는 것은 아니다.

집으로 돌아왔더니 에린이 일어나 있었다. 그녀는 나를 보자 말을 시작했다.

"왜 이렇게 피곤한지 모르겠어요."

나는 정성스럽게 말했다.

"당연하지, 당신은 부상당한 몸으로 이틀 동안이나 거의 잠도 못 자고 우빅딜을 마구 흔들리면서 달려왔지 않아? 그렇게 피곤한 게 오히려 당연한 거야. 나도 그렇게 잠에서 확실히 깨어난 것 같지 않아."

에린은 놀란 듯이 눈을 크게 뜨고 꽃병에 꽃을 꽂고 있는 시글린을 힐끗 보았다.

"시글린은 당신이 바위에 부딪쳐서 입은 부상이 아니라는 걸 알고 있어. 총상을 당했다는 거야. 하지만 어째서 그런 일을 당했는가는 모르고 있어. 나는 그녀에게 그 말은 하고 싶지 않아. 시글린만이 아니고, 아무한테도 그 말은 하고 싶지 않다고." 나는 시글린 쪽을 돌아보았다. "부인에게는 그럴 만한 때가 되면 숨김없이 다 말을 하겠습니다. 하지만 지금은 그것을 아는 것이 화근이 될 수 있습니다."

시글린은 알았다는 듯이 고개를 끄덕였다. 에린이 또 입을 열었다.

"나는 하루 종일 졸은 것 같아요. 지금은 지쳐 있지만 게이실로 떠날 때가 되면 좋아질 거예요."

시글린은 방을 가로질러 에린의 목 밑에 있는 배개를 돋우기 시작했다. 그리고 훈련된 간호사의 매정한, 직업적인 말투로 날카롭게 말했다.

"에린은 아무데도 가서는 안 돼. 적어도 앞으로 이틀 동안은 꼼짝도 하지 말아야 된다고!"

에린이 대들었다.

"하지만 저는 꼭 가야만 해요."

"안 돼. 너는 어깨를 부상당했지 않아?" 그녀는 입술을 꾹 다물고 에린을 내려다보았다. "사실은 의사한테 보여야 되는 거야."

"당치도 않아, 그런 것은!"

"그러니까, 내가 시키는 대로 해야 된다고!"

에린은 애원하듯이 나를 쳐다보았다. 나는 이렇게 말했다.

"나는 한 사나이를 만나러 가야 돼. 잭 케이스는 당신이 있는 데서는 아무 말도 하지 않을 거라고. 당신은 클럽의 멤버가 아니잖아. 나는 다만 게이실로 가서 그 사람과 얘기를 나누고 돌아올 거야. 당신은 그 높은 콧대를 한 번만 꺾고 있으면 되는 일이야."

에린의 얼굴에는 고집 센 빛이 더욱 넘쳤다. 시글린이 한마디 했다.

"달콤한 속삭임을 나눌 수 있도록 나는 밖으로 나가겠어요." 그녀는 미소지었다. "두 분은 즐거운 생활을 곧 회복할 수 있을 것 같아요."

그녀는 방에서 나갔고, 나는 우울한 소리를 냈다.

"지금 말은 마치 중국인의 주술 같았어. 즐거운 일이라도 만나게 되려나······."

에린은 피곤한 소리로 대답했다.

"알았어요. 나는 당신을 귀찮게 하지 않을 거예요. 게이실에는 혼자 갔다가 오세요."

나는 침대 끝에 앉았다.

"당신이 귀찮다는 것은 결코 아니야. 나는 다만 앞으로 당신을 떼놓고 싶을 따름이야. 때로는 당신이 내 집중력을 흐트러지게 하니까. 그리고 곤란한 처지에 몰릴 때 나 자신뿐 아니라 당신한테까지 신경을 써야 되는 일이 없으면 좋겠어."

"내가 짐이 된다는 거예요?"

나는 고개를 내저었다.

"아니야, 에린. 그런 것이 아니라고. 그러나 게임의 성질이 바뀔지도 몰라. 나는 아이슬란드를 횡단하면서 쫓겨 왔어. 그것은 이제 지긋지긋해. 혹시 기회를 잡는다면, 나는 방향을 바꾸어 내가 공세로 나갈 작정이야."

에린은 단순하게 말했다.

"내가 그 걸림돌이 된다는 거지요?"

"당신은 단정한 사람이야. 법률을 지키고 조심성이 많아. 태어나서 지금까지 주차 위반 한 번 저지르지 않았을 거야. 나는 쫓기는 동안에 양심이라는 것을 조금은 되찾은 것 같아. 많지는 않지만 조금 말이야. 그러나 내가 쫓는 입장이 될 때는 그런 데 구애될 겨를이 없어. 내가 하는 짓에 당신은 벌벌 떨 것 같아."

"당신이 죽이려고 나선다는 거예요?" 그녀의 물음은 질문이 아니라 사실의 발표라고나 할 성질의 말이었다.

"나는 더 혹독한 짓을 할지도 몰라" 하고 나는 말했다. 에린은 부르르 떨었다.

"그렇게 하고 싶다는 게 아니야. 나는 무작정 사람을 죽이지는 않아. 나는 이런 일에 관계하고 싶지 않았으나, 내 뜻과는 반대로 계속 몰리고 있는 거야."

"당신은 말로 어물쩍 속이고 있는 거예요. 죽이지 않아도 돼요."

"속이는 말이 아니야. 다만 한 가지, 살아남기 위해서야. 징병으로 끌려간 미국의 대학생은 평화주의자일지도 몰라. 그러나 베트콩이 러시아제 총으로 그를 쏘면 그는 곧 반격을 하겠지. 거기에 목숨이 달려 있으니까. 그리고 케니킹이 나를 뒤쫓아 올 때, 그가 어떤 일에 부딪치는가 그것을 확실히 알고 있어야 해. 나는 탕그너강에서 그에게 총으로 쏘아 달라고 부탁한 게 아니야. 내 허가 따위는 필요가 없어. 그러니까 내가 반격을 하는 일은 그렇게 놀랄 일이 아니야. 그것은 다 서로 알고 하는 일이 아니겠어!"

"그 논리는 알겠어요. 하지만, 내가 그런 짓을 좋아한다고는 생각하지 마세요."

"무슨 소리를 하는 거야! 내가 그런 짓을 좋아한다고 생각하나?"

"미안해요, 앨런."

에린은 그렇게 말하고 허전한 듯한 미소를 지었다. 나는 일어났다.
"나 역시 마찬가지야. 심각한 철학 시간은 이제 끝났어. 당신은 식사를 하는 게 좋겠어. 시글린이 무엇을 만들고 있는가 보고 올게."

4

나는 그날 밤 8시에 라우갈바튼으로 출발했다. 시간 엄수는 미덕일지 모르나 내 경험으로 보면 그 미덕을 지닌 사람은 흔히 요절하고 당치도 않은 사람이 장수하는 일이 많다. 나는 잭 케이스와 5시에 만나기로 했으나 그가 나를 기다리며 몇 시간 안절부절못하게 만들었다고 해서 그리 큰 피해를 줄 리는 없었다. 그와 만나기로 한 것은 누구에게나 들리는 무전회로로 약속했다는 것을 나는 잘 기억하고 있다.

간나의 폴크스바겐 딱정벌레로 게이실에 도착하여 나는 여름 호텔에서 꽤 떨어져 있는 곳에 눈에 띄지 않도록 주차했다. 그다지 많지 않은 사람들이 카메라를 들고 물이 끓는 못 주위를 돌아다니고 있었다. 온 세계에 간헐온천으로 그 이름이 알려진 게이실——분수천——은 조용했다. 땅속에서 왕성하게 물줄기를 뿜어내는 활동을 멈춘 지는 꽤 오래되었다. 못 한가운데에 돌멩이를 던져서 다시 물줄기를 분출시키려고 자극하는 관습을 너무 오랫동안 계속하였기 때문에 분출구가 막혀버린 것이다. 그러나 몇 군데에서는 아직도 능률적으로 분출을 계속하고 있고, 새털 장식 같은 열탕의 줄기는 7분 간격으로 그 모습을 보여 주고 있다.

나는 오랫동안 차 안에 앉아서 쌍안경을 열심히 들여다보았다. 한 시간 동안 기억에 있는 얼굴은 보이지 않았으나 그렇다고 안심할 수는 없었다. 마침내 나는 차에서 내려 한 손을 포켓에 넣고 권총 자루를 만지면서 게이실 호텔로 발을 옮겼다.

잭 케이스는 라운지의 구석에 앉아 페이퍼백을 읽고 있었다. 나는 그의 옆으로 걸어가서 말을 걸었다.

"어이, 잭. 가무잡잡하게 잘 탔는데, 볕이 좋은 나라에 가 있었던 모양이지?"

잭 케이스는 얼굴을 들었다.

"에스파냐에 있었지. 그런데 왜 이렇게 늦었나?"

"어쩌다보니 그렇게 되었네."

의자에 앉기가 바쁘게 케이스가 말했다.

"여기는 너무 사람들 눈에 띄어, 내 방으로 가세. 술도 있으니까."

"거, 좋지."

나는 그의 뒤를 따라서 방으로 갔다. 케이스가 문에 자물쇠를 걸고 돌아서더니 나를 흘끗흘끗 바라보았다.

"포켓의 권총이 자네 웃옷을 볼품없이 만들고 있구먼. 어째서 숄더 홀스터를 쓰지 않는 거야."

나는 히쭉 웃었다.

"이 권총을 빼앗긴 녀석이 그것을 쓰지 않았던 걸세. 건강은 좋은가, 잭? 이렇게 만나게 되어 반갑네."

잭 케이스는 거북한 듯이 대답했다.

"그 점에서는 자네하고 생각이 다를지도 몰라." 잭 케이스는 한쪽 손으로 의자에 놓여 있던 여행 가방을 열고 술병을 꺼냈다. 그리고 컵에 가득히 따라서 나한테 주었다. "도대체 무엇을 하고 있는 거야? 자네는 타거트를 몹시 자극한 것 같아."

"나하고 통화할 때 그가 몹시 열을 올리더군."

그렇게 말하고 나는 위스키를 마셨다.

"이제까지 계속 혼쭐나게 쫓겨 다녔네."

그는 서둘러서 물었다.

"여기까지는 따라오지 못하겠지?"

"응."

"타거트는 자네가 필립스를 죽였다고 하던데, 사실인가?"

"혹시 필립스라는 녀석이, 자기를 뷰히너 또는 그레이엄이라고 하던 사나이라면 그게 사실이야."

그는 나를 물끄러미 보았다.

"인정한다고, 그것을!"

나는 의자에 앉은 채 허리를 폈다.

"그게 이상한가? 내가 한 이상 인정하는 것이 당연하잖아. 다만 필립스라는 이름은 몰랐어. 그 녀석은 어두운 데서 총을 가지고 나한테 기습했거든."

"슬레이드는 그렇게 말하지 않던데, 게다가 자네는 슬레이드에게도 쏜 모양이던데."

"아, 하지만 그것은 필립스를 처치한 다음이었어. 그 녀석과 슬레이드는 함께 온 거야."

"슬레이드는 다르게 말하던데. 필립스하고 차 안에 함께 있는데 자네가 습격했다는 거야."

나는 웃었다.

"어떤 무기를 쓴 거야?" 나는 스타킹에서 단도를 뽑아 내던졌다. 단도는 옷장 옆에 있는 테이블에 꽂혀 부르르 떨었다.

"저것으로 말인가? 자네는 총을 가지고 있었다고 하던데."

"어디서 내가 총을 손에 넣을 수 있었겠나? 그러나 그가 한 말도 맞아. 나는 저 작은 단도로 필립스를 작살내고 나서, 그가 갖고 온 총을 빼앗았어. 나는 슬레이드의 차에 세 발을 쏘았는데 그 악당의 숨통을 끊지는 못한 거야."

"뭐라고! 타거트가 화를 낸 것도 당연하구먼. 자네 머리가 돌아버린 것 아니야?"

나는 한숨을 지었다.

"잭, 타거트는 여자에 대해 뭐라고 하지는 않던가?"

"자네가 여자 얘기를 했다는 말은 하더군. 자네를 믿어야 할지 어떨지 모르는 것 같았어."

"나를 믿는 것이 좋아. 그 여자는 여기에서 그리 멀지 않은 곳에 있어. 그 여자는 어깨를 부상당했는데 그것은 필립스가 쏜 총알이 스쳐간 거야. 그 녀석은 그녀를 죽일 뻔했어. 거짓 없는 증거로, 자네를 그 여자한테 데리고 가서 상처를 보여 줄 수 있네. 슬레이드는 내가 그 녀석을 습격했다고 터무니없는 소리를 하고 있어. 약혼자 앞에서 내가 그런 짓을 할 수 있다고 생각하나? 내가 무엇 때문에 그 녀석을 습격하려고 했겠나 말이야?"

나는 함정에 걸릴 질문을 해보았다.

"그는 필립스의 시체를 어떻게 하라고 하던가?"

케이스는 눈살을 찌푸렸다.

"그 문제는 나오지 않았네."

"그렇겠지. 내가 마지막으로 보았을 때 슬레이드는 미친 듯이 차를 몰고 달아났어. 그리고 그 녀석의 차에는 시체가 없었던 거야. 내가 뒤처리를 했다고."

"그건 그렇다 치고……. 하지만 그것은 아크레일리의 일 다음에 일어난 일 아닌가. 자네는 아크레일리에서 포장물을 필립스에게 건네주기로 되어 있었지. 그런데 자네는 그렇게 하지 않았고, 슬레이드에게도 내주지 않았어. 어째서 그런 거야?"

"작전 자체에서 썩은 냄새가 진동했거든."

나는 그렇게 말한 다음 자세한 말을 시작했다.

나는 20분쯤 얘기를 해주었다. 말이 끝나자 케이스는 눈이 휘둥그레졌다. 그는 침을 삼키며 몸을 후들후들 떨었다.
"자네는 정말로 슬레이드가 러시아의 공작원이라고 생각하고 있나? 어떻게 타거트를 믿게 만들 작정인가? 나는 태어나서 지금까지 이렇게 엉뚱한 말은 들어본 적이 없네."
나는 참을성 있게 말했다.
"케플라비크에서 나는 슬레이드의 지령에 따라 자칫하면 린드홀므에게 죽음을 당할 뻔했어. 슬레이드는 아스뷸기에서 필립스에게 나를 습격하게 하였고……. 어떻게 그 녀석이 러시아 패가 가짜 포장물을 빼앗아 간 것을 알 수 있느냐 말이야? 칼바도스의 일도 있었고, 게다가……."
케이스는 두 손을 들었다.
"처음부터 다시 말하지 않아도 좋아. 린드홀므가 자네를 해치지 못한 것은 운이 좋았던 거야. 케플라비크 주변의 도로가 온통 감시자의 눈으로 번뜩였는지도 모르겠고, 그러나 슬레이드는 아스뷸기에서 자네를 뒤쫓지는 않았다고 했어. 칼바도스의 일은…… 그점은 자네의 말뿐이야."
"도대체 어떻게 되는 것이야, 잭? 검사고, 판사고, 배심원인가? 아니면 나는 이미 판결이 내려지고 자네는 사형 집행인인 셈인가?"
그는 피곤한 듯이 말했다.
"그렇게 실망하지 말게나. 나는 다만 자네가 일으킨 소동이, 얼마나 복잡한가를 알고 싶을 뿐일세. 자네는 아스뷸기를 떠난 다음 무슨 짓을 한 거야?"
"우리는 남쪽 황야 지대로 들어갔어. 그러자 케니킹이 뒤쫓아 온 걸세."
"칼바도스를 좋아하는 녀석 말이지? 자네가 스웨덴에서 부딪혔던 녀석 아니야?"

"그래, 지긋지긋한 인연의 인물일세. 우연의 일치라고 하기에는 너무나 이상하지 않아, 잭? 어떻게 케니킹이 어떤 길로 쫓아가면 된다는 것을 안다는 말인가? 그런데 물론 슬레이드는 알고 있었어. 녀석은 우리가 아스불기를 떠난 다음 어디로 가면 된다는 것을 알고 있었다고."

케이스는 나를 물끄러미 쳐다보았다.

"자네는 가끔 사람을 믿게 만드는군. 나도 정신을 바짝 차려야겠어. 이 바보 같은 소리를 그대로 믿어버릴 것 같나? 하지만 케니킹은 자네를 따라잡지 못했잖아."

"아주 위태위태했었네. 게다가 재수 없이 양키들까지 끼어든 걸세."

케이스는 자세를 고쳐 앉았다.

"어째서 그 녀석들이 끼어들었단 말인가?"

나는 프리트의 통행증을 꺼내어 케이스의 무릎 위로 던졌다.

"그 녀석은 상당한 거리에서 내가 탄 차 타이어에 구멍을 냈어. 내가 거기에서 도망쳐 나올 때 케니킹은 시간으로 치면, 10분 정도의 거리까지 좁혀 있었네."

그것을 자세히 말했더니 케이스는 우울한 표정이 되었다.

"그야말로 뒤죽박죽이군. 이번에는 슬레이드가 CIA의 멤버라는 말이라도 하고 싶은가?" 그는 얄궂게 한마디했다. "어째서 그 미국 패거리들은 케니킹에게 자네를 붙잡도록 하기 위해서 자네를 움직이지 못하게 했을까?"

나는 진지하게 말했다.

"모르겠어, 알고 싶을 뿐이야."

케이스는 카드를 뒤적였다.

"프리트라고 했지, 이 이름은 알고 있어. 내가 작년에 터키에 갔을 때 나와 있었네. 그는 CIA 살인꾼으로 위험한 녀석이지."
"앞으로 한 달은 걱정 없어. 녀석의 두개골을 갈라놓았으니까."
"그런 다음에 어떻게 했나?"
나는 목을 움츠렸다.
"나는 최고 속도로 차를 몰았고 케니킹 일당이 이쪽의 이그조스트 파이프로 옮겨 타려는 찰나에 강에서 작은 소동이 벌어졌지. 그 다음에 녀석을 따돌릴 수 있게 되었어. 이 근방 어디에 있을 거야."
"그래서 자네는 아직도 그 포장물을 가지고 있다는 거지?"
나는 작은 소리로 말했다.
"가지고 오지는 않았네, 잭. 가지고 있지는 않지만, 아주 가까운 데에 있어."
"달라고는 하지 않겠네."
그러고 나서 그는 내 빈 잔을 가지러 왔다.
"계획이 바뀌었어. 자네가 그 포장물을 레이캬비크로 가져가는 걸세."
"그것뿐인가? 그런 짓은 다시 하고 싶지 않다고 내가 말한다면?"
"바보짓을 하면 안 돼. 타거트가 그렇게 하려고 하고 있네. 자네도 이 이상 그를 괴롭히지 않는 게 좋아. 자네는 그의 작전을 망쳤을 뿐 아니라 필립스를 죽였어. 그것만으로도 그는 자네의 생가죽을 벗기고 싶을 걸세. 이제부터 메시지를 전하겠어. 포장물을 레이캬비크로 가지고 가라. 그러면 모든 것을 용서받는다."
"틀림없이 아주 중요한 일이구먼." 나는 그렇게 말하고 손가락을 꼽았다. "자, 그러고 보면 나는 두 사람을 죽이고, 또 한 사람의 다리를 날려버리고 아마 두 사람의 두개골을 박살냈는지도 모르겠어. 그래서 타거트는 그 모든 것을 카펫 밑으로 숨겨준다는 거지?"

"러시아와 미국 패거리들은 자기네들이 알아서 처리하겠지. 혹시 필요하다면 죽은 녀석을 묻어주고. 하지만 이쪽에서 자네를 무죄로 만들 수 있는 것은 타거트뿐이라고. 필립스를 죽인 것으로 자네는 스스로 합법적인 표적이 되었어. 그가 말한 대로 따라야 되네. 그렇지 않으면 개를 부추겨서 자네한테 덤벼들게 할 테니까."
내가 타거트하고 통화할 때 나도 그 말을 써먹은 생각이 났다.
"그럼 슬레이드는 지금 어디에 있나?"
케이스가 나한테서 조금 떨어져서 잔에 술을 따랐다.
"모르겠어. 내가 런던을 떠날 때 타거트는 그와 연락을 취하려고 했어."
나는 천천히 말했다.
"그럼 아직 아이슬란드에 있을지도 모르겠군. 어쩐지 기분이 좋지 않은데."
"자네의 마음에 들고 안 들고는 이제 상관없는 일이야. 도대체 어쩌자는 거야, 앨런? 레이캬비크까지는 불과 100킬로미터밖에 안 돼. 2시간이면 갈 수 있어. 그 지긋지긋한 포장물을 처리하러 가라는 걸세."
"더 좋은 생각이 있어. 자네가 가져가면 되지 않겠나?"
그는 고개를 내저었다.
"그건 안 돼. 타거트는 나한테 에스파냐로 돌아가라고 했네."
나는 웃었다.
"잭, 케플라비크 국제 공항으로 제일 편하게 가는 길은 레이캬비크를 지나서 가는 길일세. 자네가 도중에 그 포장물을 놓고 가면 되잖아. 나하고 그 포장물을 함께 있도록 하는 것이 어째서 그렇게 중요하다는 말인가?"
그는 어깨를 으쓱했다.

"내가 받은 명령은 자네가 그것을 가져가도록 하는 일이야. 이유는 묻지 말게, 나는 모르니까."
"그 포장 속에 무엇이 들어 있나?"
"그것도 몰라. 물론 이 작전이 어떤 것인가도 나는 알고 싶지 않아."
"잭, 나는 자네를 진정한 친구로 생각하고 있었네. 그런데 자네는 지금 에스파냐로 돌아가도록 되어 있다는 바보 같은 소리로 나를 속이려 하고 있어. 나는 그따위 소리는 눈곱만치도 믿지 않아. 그러나 자네가 무슨 일이 일어나고 있는지 모른다고 한 말은 믿어. 이 작전으로 무슨 일이 일어날지 아는 사람은 아마 오직 한 사람뿐이라고 생각하네."
케이스는 고개를 끄덕였다.
"타거트가 지휘를 하고 있어. 자네나 나나 작업을 하는 데 그리 많은 것을 알 필요가 없지 않겠나?"
"나는 타거트라고 생각하지 않아. 그도 무슨 일이 일어나는지 알고 있을 리가 없어. 그 자신은 알고 있다고 생각하겠지만 천만의 말씀이야." 나는 얼굴을 들었다. "내가 생각하고 있는 것은 슬레이드야. 이렇게 뒤얽힌 복잡한 작전은, 그 녀석의 마음에 딱 들어맞을 걸세. 나는 예전에 그 녀석과 함께 일을 해보았기 때문에, 그 녀석이 어떤 생각을 하고 있는가를 잘 알고 있다고."
케이스는 음침한 소리를 냈다.
"또 슬레이드한테로 돌아가는군. 자네는 망상에 사로잡혀 있어, 앨런."
"그럴지도 모르지. 그러나 자네는 내가 이 변변찮은 포장물을 레이캬비크로 가져간다는 말을 전함으로써 타거트를 행복하게 할 수 있다고 생각하고 있네. 어디에서 건네주면 되지?"

"그렇게 하는 게 좋아." 케이스는 들고 있던 술잔을 나한테 건넸다. "자네는 놀디 여행사를 알고 있나?"

"알고 있네."

거기는 전에 에린이 근무했던 회사다.

"내가 듣기로는 그곳에서는 여행사뿐 아니라 큰 토산품 매장도 겸하고 있는 모양이던데."

"자네가 말한 그대로야."

"여기에 그 토산품 매장의 포장지를 가지고 왔네. 이것은 거기에서 토산품을 싸는 보통 종이야. 자네는 이 종이로 그 상자를 깨끗이 싸가지고 그 가게로 들어가서, 모직 제품을 팔고 있는 매장을 찾아가게. 그러면 거기에 〈뉴욕 타임스〉를 든 사나이가 서 있을 거야. 팔에는 똑같은 종이로 싼 포장물을 가지고 있을 거야. 자네가 아무렇지도 않은 듯이 말을 걸거나. '여기는 미국보다 춥군요'라고 말이야. 그 말에 대해서 그 사나이는……."

"'버밍엄보다도 추운데요' 하고 전에도 했던 똑같은 소리를 하겠지."

"그렇게 해서 서로 신원이 확인되면 자네가 갖고 간 포장물을 카운터에 놓으면 되네. 그 사람도 그렇게 할 테니까. 그러면 자연스럽게 간단히 교환할 수 있지 않겠나."

"그래서 그 간단한 교환이라는 것은 언제 하게 되나?"

"내일 정오에."

"만일 내가 내일 정오에 거기를 가지 않는다면? 내가 알고 있기로는 거기까지 가는 길에는 1킬로미터마다 러시아인이 적어도 100명씩은 대기하고 있을 거네."

"자네가 모습을 보일 때까지 그 가게에서 매일 정오에 누군가가 기다리고 있을 거야."

"타거트는 고마울 정도로 나를 그렇게 신용하고 있다는 말인가…… 슬레이드의 말로는 정보국은 일손이 모자라서 어려움을 겪고 있는 모양이던데, 여기에는 사람 손이 너무 남아도는 것 아니야? 내가 1년이나 모습을 나타내지 않는다면 어떻게 되는 거지?"

케이스는 웃지 않았다.

"타거트가 말했어. 1주일 안으로 나타나지 않으면 누군가 자네를 찾기 시작할 거라고. 그렇게 되지 않았으면 좋겠네. 자네가 아까 우정에 대해서 심술궂은 말을 했지만 나는 아직 자네를 좋아한다네, 이 바보야."

"그런 말을 할 때는 웃는 얼굴을 해야지, 이 짝꿍아."

그는 히쭉 웃고 나서 의자에 다시 앉았다.

"그럼 한 번 더 생각을 고쳐먹는 게 어때, 처음 시작부터……. 슬레이드가, 스코틀랜드에 있는 자네를 찾아간 데서부터 말이야."

그래서 나는 다시 겪어온 재앙들에 대한 얘기를 자세히 되풀이하면서 그에 대한 의견도 듣는 등 우리는 서로 오랜 시간 얘기를 나누었다. 마지막으로 케이스는 심각한 소리를 했다.

"자네 말이 옳고 슬레이드가 매수되었다면, 이것은 대단히 심각한 문제야."

"그 녀석이 매수되었다고는 생각하지 않아. 내 생각으로는 녀석은 쭉 러시아의 공작원이었던 거야. 그런데 또 한 가지, 슬레이드 만큼이나 마음에 걸리는 일이 있어. 그 미국 패거리들이 어느 쪽이냐 하는 문제야. 그 패거리가 케니킹 같은 녀석과 사이가 좋다고 할 수는 없을 것 같네."

케이스는 미국인들의 일을 무시했다.

"그들은 이 특수한 작전에 한해서만 관계된 문제지만 슬레이드는 달라. 그는 이제 거물로서 계획과 방침을 장악하고 있는 인물이야.

만일 그가 부패했다고 하면 정보국 전체의 조직을 바로잡지 않으면 안 되는 중대한 문제일세."

그는 갑자기 한쪽 손을 번쩍 치켜들었다.

"빌어먹을, 나까지 끌어들였군! 진정으로 자네 말을 믿어버릴 뻔했어. 이건 바보 같은 짓이야, 앨런."

나는 빈 잔을 내밀었다.

"한 잔 더 따라봐, 목구멍에 갈증 나는 일이니까 말야." 케이스는 빈 병을 들어 보였고, 나는 하던 말을 계속했다. "이런 식으로 해보자고. 일단 질문을 받게 만드는 거야. 한번 질문을 받게 되면, 또 질문을 받지 않을 수 없게 된다고. 내가 자네한테 말한 대로, 자네는 나의 슬레이드에 대한 고발을 타거트에게 알리는 걸세. 그러면 그는 행동으로 나서지 않을 수 없게 되겠지. 그래서 슬레이드를 감시하게 되지 않겠어? 그러면 슬레이드는 세밀한 조사에는 견디지 못하리라고 생각되네."

케이스는 고개를 끄덕였다.

"앨런, 다만 한 가지 조심해야 되네. 정말 신경을 써야 돼. 자네의 선입견을 밖으로 드러내면 안 된다고. 나는 어째서 자네가 정보국에서 떠나야 되었던가를 알고, 어째서 슬레이드를 미워하는가도 알고 있어. 자네는 편견을 가지고 있는 거야. 자네가 말한 것은 참으로 심각한 고발이기 때문에, 만일 그와 반대로, 슬레이드가 떳떳하고 결백하다는 것이 증명되는 날이면, 자네는 아주 난처한 처지에 몰리게 될 거네. 그는 자네 목을 도마 위에 올려놓으라고 요구하고 나설 것이고, 앙갚음할 것이 뻔하지 않겠나?"

"그건 당연하지. 하지만 그런 일은 결코 일어나지 않아. 그 녀석의 유죄는 틀림없으니까."

나는 자신만만한 것처럼 말했지만, 어쩌면 내가 잘못 생각한 것은 아닌가 하는 두려운 마음이 들었다. 케이스가 선입관과 편견에 대해서 경고한 것은 당연한 일이기 때문에, 나는 서둘러서 슬레이드에 대한 고발 사항을 다시 면밀히 검토해 보았다. 그러나 결점을 찾아내지 못했다.

케이스가 시계를 보았다.

"11시 반이야."

"시간이 그렇게 되었어, 이제 가 보아야겠는데."

"모든 것을 타거트에게 보고하겠네. 그리고 프리트와 매카시의 일도 말이야. 그 문제는 아마 위싱턴하고 얘기하겠지."

나는 테이블에 꽂혀 있는 단도를 뽑아 스타킹 속에 넣었다.

"잭, 자네는 정말 이 작전이 무엇인지 모르고 있나?"

"눈곱만큼도 모른다니까. 에스파냐에서 철수하라는 지시를 받을 때까지 전혀 모르고 있었네. 타거트가 화를 내고 있었고, 내 의견으로는 그것이 당연하다고 생각했어. 자네는 슬레이드하고는 절대 일을 함께 할 수 없다고 거절했다지. 그리고 타거트는 자네가 어디에 있다는 것도 말하지 않았다고 하더군. 그는 자네가 나하고 여기에서 만나는 것은 좋다고 했다는 거야. 나는 메신저에 불과한 걸세, 앨런."

나는 불쾌한 소리로 한마디했다.

"그것은 슬레이드가 나한테 한 말이나 똑같은 소리야⋯⋯ 나는 도망쳐 다니는 데 이제는 질렸네. 때로는 내 생각대로 하는 것이 좋을지도 몰라."

"그렇게는 권하고 싶지 않아. 좌우간 명령에 따라 레이캬비크로 가서 포장물을 전달하는 걸세."

그는 윗옷을 입었다.

"자네 차 있는 데까지 배웅하겠네. 어디에 있지?"

그가 호텔방 자물쇠를 따려고 할 때 나는 이렇게 말했다.
"잭, 나를 대하는 자네의 태도가 아주 정직한 것 같지는 않아. 자네는 두 번쯤 나를 속였지. 최근에는 너무나 어이없는 일들을 겪었네. 정보국의 동료가 총을 가지고 나를 쫓아오는 따위의 처사 말이야. 그래서 자네한테 한두 마디 해두지. 내가 레이캬비크로 가던 도중에 방해를 받을 그런 일이 있을 성싶다고. 만일 자네가 그런 일에 조금이라도 관련이 있다면, 나는 어김없이 자네를 해치우겠네. 친구고 뭐고의 문제가 아닐세. 그것은 알고 있겠지?"
그는 미소를 지어 대답했다.
"무슨 소리를 하는 거야, 자네는 지나친 생각을 하고 있구먼."
그러나 그 미소에는 어딘가 긴장감이 감돌고, 그의 표정에는 내가 상상할 수 없는 그 무엇이 있을 것 같아 속이 거북했다. 그 감정이 무엇이었던가를 내가 알게 된 것은, 훨씬 시간이 지난 뒤였다. 그것은 안타까운 일이었는데 내가 알게 된 것은 이미 너무 늦은 뒤였다.

제7장

1

우리가 밖으로 나와 보니 아이슬란드의 여름으로서는 아주 어두운 밤이었다. 달도 떠 있지 않아 유령 같은 황혼이라는 느낌이 들었는데, 그래도 주위를 분간할 수는 있었다. 열탕의 못 사이에서 낮은 폭발음이 울리고 으스스한 요괴처럼 물줄기가 공중으로 치솟았다. 그것은 마치 죽은 사람의 수의가 바람에 날려 사라져가는 유령같이 보였다. 공중에 유황 냄새가 자욱했다.
나는 갑자기 부르르 몸을 떨었다. 아이슬란드의 지도에는 산기슭에 사는 거인의 이름을 딴 지명이 많고 노인들이 아직도 유령과 싸운 용사의 전설을 전해 주는 것도 이상할 것이 없다. 20세기에 태어나, 트랜지스터 라디오나 비행기를 아무렇지도 않게 여기면서 사용하고 있는 젊은 아이슬란드인들은, 그것을 비웃고 미신이라고 한다. 아마 그들의 생각이 옳겠지만, 나는 가끔 그들이 웃어 넘겨버리는 그 웃음 속에 불안감이 도사리고 있다는 느낌이 든다. 나는 내가 옛날 바이킹의 한 사람으로, 캄캄한 야밤에 예기치 않은 열탕을 내뿜는 물줄기를 만났다면 무서워서 어떻게 하였을까 하고 생각해 보았다.

케이스도 그 분위기에 쇼크를 받은 모양이었다. 그는 물줄기의 기세가 잦아 들어가는 안개의 장막을 바라보면서 낮은 소리로 말했다.

"정말 대단하군."

나는 짧게 대답했다.

"아, 차는 저쪽에 있네. 꽤 떨어진 곳이라고."

우리는 부서진 용암의 길로 나아가, 도로와 열탕의 못을 갈라놓고 있는 하얗게 칠한 기둥의 긴 열을 따라 걸어갔다. 열탕이 거품을 내며 솟아오르는 소리가 들리고, 유황 냄새가 진하게 풍겼다. 그 열탕 못을 밝은 낮에 보면 온갖 빛깔이 뒤섞여 있다. 어떤 것은 하얗고 투명하며, 어떤 것은 맑고 푸르거나 초록빛을 하고 있는데 그 모두가 비등점에 가깝게 뜨거운 것이다. 일대가 어두우면서도 하얀 증기가 하늘로 치솟고 있는 것이 보였다.

케이스가 말을 꺼냈다.

"슬레이드의 얘긴데, 도대체······."

그 질문이 채 끝나기 전이었다. 우리 주위에서 갑자기 세 개의 검은 덩어리가 불쑥 일어섰다. 그 중 한 녀석이 나를 붙잡고 말했다.

"스튜어트센, 스탠나! 펠스타르 니?"

뭔가 단단한 것이 내 옆구리를 들쑤시었다.

나는 그 자리에서 멈춰섰지만, 녀석들의 생각처럼 호락호락 당하지는 않았다. 나는 힘을 쭉 빼고 곤봉으로 매카시한테 한 것처럼 그 녀석을 모질게 후려쳤다. 녀석의 양 다리가 뒤틀렸고, 나는 순간적으로 재빨리 땅바닥에 엎드렸다. 짧은 신음소리가 나더니 잠시 내 팔을 쥐고 있던 녀석의 손 힘이 빠져 전혀 예상하지 못한 방향으로 허우적거리면서 내 옆구리에 대고 있던 권총도 어느새 사라졌다.

그때 나는 땅바닥에서 한쪽 발을 구부리고, 한쪽 발을 단단히 뻗어 재빠르게 휙 회전시켰다. 뻗은 다리가 스웨덴어를 지껄이던 녀석의 무릎 뒤를 힘껏 끌어당겨 그 녀석은 땅바닥에 쓰러졌다. 녀석은 금방이라도 권총을 사용할 수 있도록 방아쇠에 손가락을 걸고 있었으므로 쓰러지면서 총탄이 발사되어 어디론가 날아가고 화약 냄새가 확하고 풍겼다.

나는 그대로 몸을 굴려 어느 기둥에 부딪쳤다. 하얀 기둥 뒤에 몸을 두고 있으면 너무 눈에 띄게 되므로, 나는 길에서 떨어져 어둠 속으로 기어가서 호주머니에 있는 권총을 꺼냈다. 등 뒤에서 "스페시티!"라고 외치는 소리가 들리고 다른 소리로 낮게 "니엣트! 스르셰티!"라고 대답했다. 가만히 있으니까 누군가 호텔 쪽으로 달려가는 모습이 보였다.

나를 스튜어트센이라고 부르는 스웨덴어를 쓰는 놈은 케니킹의 패거리일 것이고 이제 그들은 러시아어로 떠들고 있었다. 나는 땅바닥에 머리를 바싹대고 도로 쪽을 돌아다봤다. 그 주변에 있는 사람은 누구나 어두컴컴한 하늘을 배경으로 실루엣으로 보이게 된다. 아주 가까운 데서 무엇인가 움직이는 발소리가 들려왔기 때문에 나는 그 방향으로 한 발 쏘기가 무섭게 일어나서 무작정 뛰기 시작했다.

그것은 매우 위험한 짓이었다. 어둠 속에서 발을 잘못 디디면 뜨거운 열탕의 늪 속으로 빠져버릴 수도 있기 때문이다. 나는 한낮의 평온한 상태에서 몇 번이고 보아둔 열탕못 지대를 머릿속에 그리면서, 걸음의 수를 계산했다. 그런 열탕못은 지름이 15센티미터밖에 안 되는 작은 것으로부터 15미터나 되는 거대한 것까지, 그 크기가 각각 달랐다. 지하의 화산 활동으로 뜨거워진 물이 온천에서 끊임없이 나와 그 지역 전체에 열탕 시내가 가로세로 흐르고 있었다.

91미터를 달린 다음 나는 멈추면서 무릎을 찧었다. 그것은 솟구치는 물줄기가 어딘가 왼쪽의 조금 뒤에 있다는 것을 말해준다. 나는 그렇게 샘솟는 물줄기로부터 떨어지고 싶었다. 너무 가까우면 자칫 위험하기 때문이다.

나는 뒤를 돌아보았는데 아무것도 보이지 않았다. 그러나 달려온 방향에서 뒤쫓아 오는 발소리가 들리고 오른쪽에서는 다른 발소리도 가까워지고 있었다. 나를 쫓고 있는 패거리들이 이곳의 지형을 알고 있는지 어쩐지 알 수 없지만, 의식적이든 우연이든 나를 열탕못 쪽으로 몰고 있는 것이다. 오른쪽 사나이가 손전등을 켰다. 소형 서치라이트라고 할 만한 큰 전등이었다. 나로서는 행운인 것이 그 녀석은 불빛을 땅바닥 쪽으로 비췄다. 자기가 목표물이 되는 것을 두려워해서였다.

나는 권총을 들어 그쪽으로 3발을 쏘았다. 그 빛은 곧 사라졌다. 맞추었다고 생각되지는 않았으나 그 녀석은 불빛이 목표가 되었다고 느낀 것 같다. 나는 소리가 나는 것을 걱정하지는 않았다. 나에게는 소리가 크면 클수록 오히려 도움이 되었다. 5발의 총성은 고요한 아이슬란드 밤의 정적을 깼다. 호텔에 불이 밝혀지기 시작하더니 그 방향에서 누군가 외치는 소리가 들려왔다.

등 뒤에 있던 사나이는 2발을 쏘았다. 그 총구에서 번쩍하는 불빛이 아주 가까워, 9미터도 떨어지지 않은 거리라는 것을 나는 알았다. 탄알은 엉뚱한 데로 빗나갔다. 한 발은 어딘지 모르겠고, 또 한 발은 게이실의 열탕못 분수 쪽으로 날아갔다. 나는 반격을 하지 않고 못을 돌아서 왼쪽으로 뛰었다. 나는 열탕의 실개천을 지나갔지만 그것은 깊이가 5센티미터밖에 되지 않아, 빨리 뛰어갔기 때문에 아무런 부상도 입지 않았다. 그러나 텀벙거리는 물소리를 냈기 때문에 혹시 내 위치를 알리지나 않았을까 싶어 걱정되었다.

호텔에서 더 큰 소리가 나고 창문을 여는 소리가 들려왔다. 누군가 삐걱거리는 소리를 내며 차의 엔진을 걸고 헤드라이트를 켰다. 나는 거기에 주의를 기울이지 않고 그대로 길을 향해 계속 뛰었다. 그 차가 움직여준 것은 참으로 고마운 일이었다. 차는 한 바퀴를 휙 돌아서 열탕못 쪽을 향해 헤드라이트로 그 일대를 비췄다.

그렇게 해준 것이 나한테는 행운이었다. 그 덕분에 나는 열탕못으로 뛰어가던 위기에서 벗어났다. 나는 수면에 반사된 빛을 보고 간신히 미끄러져 들어가는 발을 멈추고, 그 가장자리에서 앞으로 고꾸라질 뻔했다. 몸의 균형을 잡기도 전에 누군가 생각지도 않았던 방향에서 총알이 날아왔다——열탕 건너쪽이었다——그리고 무엇인가가 내 윗옷 소매를 살짝 끌어당겼다.

나는 그 차의 꺼림칙한 헤드라이트로 비춰지고 있었는데, 나를 쏜 녀석은 더 나쁜 위치에 있었다. 그 녀석은 나와 그 불빛 사이에 있었기 때문에 확실히 실루엣이 되어 있었다. 그 녀석한테 한 발을 쏘자, 그 녀석은 몸을 웅크리고 뒤로 물러섰다. 잠깐 차의 헤드라이트가 움직일 때 나는 재빨리 열탕못을 돌아서 달아났다. 그 녀석이 반격한 탄알은 내 가까이 떨어졌다.

다시 헤드라이트가 비춰지고 내 눈에 그 녀석이 목을 좌우로 흔들면서 걱정스레 뒤로 물러나는 모습이 보였다. 그때 나는 벌써 배를 땅에 대고 기어가고 있었기 때문에 그 녀석에게는 내가 보이지 않았다. 천천히 꽁무니를 빼던 사나이는 마침내 한쪽 발이 15센티미터나 되는 깊은 열탕 속에 빠져 당황해하며 허우적거렸다. 그는 서둘러 발버둥쳤으나 이미 때는 늦었다. 왜냐하면 그때 어느새 솟구치는 물줄기의 폭발을 예고하는 큰 가스의 포말이 치솟는 괴물처럼 그의 뒤에서 열탕못으로 부풀어 올랐기 때문이다.

물줄기는 무섭게 폭발했다. 아득히 깊은 지하에서 끓어오른 고열의 마그마 증기가 열탕의 물기둥을 땅 밑에서 밀어 올려, 열탕못 위로 18미터나 뿜어내는 죽음의 비가 되어 퍼부었던 것이다. 그 사나이는 무서운 비명을 질렀지만 그 소리는 치솟는 물줄기의 포효 속에 사라지고 말았다. 그는 양손을 크게 휘두르며 열탕못 속으로 굴러 떨어졌다.

나는 재빨리 몸을 일으켜 비쳐오는 불빛에서 떨어져 휙 돌아서 도로 쪽으로 달려갔다. 혼란스러운 아우성소리가 들리며, 다른 차도 그곳으로 불빛을 비추고 많은 사람들이 물줄기 쪽으로 달려가는 것이 보였다. 나는 한 열탕못 옆을 달려가면서 권총과 예비 삽탄 상자를 물속에 내던졌다. 그날 밤, 권총을 가지고 있는 것이 발각되면 누구든지 인생의 나머지를 교도소에서 보내야 될 것 같아서였다.

나는 가까스로 큰길가에 도착하여 군중 속에 섞여 들었다. 누군가 나한테 물었다.

"무슨 일입니까?"

나는 한쪽 손으로 열탕못 쪽을 가리키면서 흔들었다.

"모르겠어요. 총소리가 저쪽에서 나던데요."

그 사람은 몹시 흥분하더니 내 곁에서 그쪽으로 달려갔다──피투성이 교통 사고만 보아도 마찬가지로 뛰어가는 호사가일 것이다──나는 헤드라이트를 번쩍거리며 주차하고 있는 차 행렬 뒤의 어둠 속으로 살짝 모습을 감추었다.

나는 폴크스바겐을 세워둔 쪽 길로 91미터쯤 가서 뒤를 돌아보았다. 몹시 흥분하여 팔을 휘두르고 있는 사람들의 모습과 그 그림자가 열탕못 위로 솟아오르는 증기에 길게 뻗쳐 있는 것이 보였다. 솟구치는 물줄기 주위에도 몇 사람이 있어 옆으로 접근하려고 했으나, 뿜어내는 물줄기의 주기가 7분밖에 안 되었기 때문에 그리 가까이까지는 가지 못했다. 케이스와 내가 호텔에서 나와 뜨거운 물줄기가 분출하는 것을 본 시각부터 그 열탕못에 어떤 남자가 떨어지기까지는 놀랍게도 겨우 7분밖에 지나지 않았다.

그리고 나는 슬레이드를 보았다.

그는 차들의 휘황한 불빛에 비쳐 뚜렷이 보였고 솟구치는 물줄기 쪽을 바라보고 있었다. 나는 권총을 버린 것을 후회했다. 할 수만 있다면 다음 일은 생각할 필요도 없이, 그 자리에서 그를 쏘아버렸을 것이다. 곁에 있는 사나이가 한쪽 손을 들어 방향을 가리켰고 슬레이드는 웃고 있었다. 그리고 그 녀석은 뒤를 돌아보았는데 나는 그가 잭 케이스라는 것을 알았다.

나는 온몸이 부르르 떨리는 것을 느꼈다. 나는 모진 생각을 하면서 터벅터벅 걸어서 폴크스바겐을 찾았다. 차는 세워둔 자리에 그대로 있었다. 나는 핸들 뒤로 들어가서 엔진을 걸고, 잠시 앉은 채로 긴장을 풀어보려고 했다. 내가 알고 있는 상대 가운데 누구 한 사람 가까운 거리에서 사격을 당해도 가만히 있을 사람은 아무도 없다. 인간의 자율신경 조직이라는 것은 그렇게 만들어진 것이다. 분비선이 과도하게 작용하여 혈액의 화학반응으로 교란되고, 근육의 성능이 촉진되어 위장이 늘어지는데, 그러한 상태는 위험이 사라진 뒤가 훨씬 더 심한 법이다. 나는 기어를 넣으려고 할 때 목덜미에 차가운 쇳덩이의 압박을 느끼며 잘 알고 있는 소리가 거칠게 울려왔다.

"고드 다크 헬 스튜어트센. 봘 폴시크티히."

나는 한숨을 내쉬고 엔진을 껐다.

"야아, 봐스라프." 나는 말했다.

2

케니킹이 말을 걸었다.

"나는 하나같이 쓸모없는 바보 녀석들에게 둘러싸여 있어. 녀석들의 뇌는 방아쇠를 당기는 손가락으로 바로 연결되어 있지. 우리 때는 달랐는데…… 안 그래, 스튜어트센?"

"내 지금 이름은 스튜어트야."

"그래, 그럼 헬 스튜어트, 시동을 걸고 움직이라고, 내가 지시하지. 내 무능한 조수들은 제멋대로 하라고 놓아두고 말이야."

권총의 총구가 나를 쿡쿡 찔렀다.

나는 시동을 걸고 물었다.

"어디로 갈까?"

"라우갈바튼으로 가자고."

나는 천천히 조심해서 게이실을 빠져 나갔다. 권총은 이제 내 목덜미를 압박하지 않았으나 그리 멀리 떨어져 있을 리는 없었다. 나는 케니킹을 잘 알고 있었기 때문에 영웅 흉내나 내는 바보짓은 할 생각이 없었다. 그는 소탈하게 대화를 시작하려고 했다.

"자네한테 꽤 골치 아픈 일이 생겼더군, 앨런. 그런데 자네는 내가 애를 먹고 있는 문제를 해결할 수가 있어. 다테우슈는 어떻게 되었나?"

"다테우슈라니 누구를 말하는 거요?"

"자네가 케플라비크에 도착한 날, 그는 자네를 붙잡아놓기로 되어 있었어."

"그게 다테우슈라고…… 그는 자기 이름을 린드홀므라고 했는데. 다테우슈라니 폴란드인 같은 이름이잖아."

"그는 러시아인이었어. 모친은 폴란드인이었지만."

"그 여인이 슬퍼하겠군."

"그래!" 그는 잠시 입을 다물었다가 이렇게 말했다.

"가엾게도 유리는 오늘 아침에 발을 절단했다네."

"가엾은 유리는 라이플총을 가진 사나이에게 권총을 휘둘러서는 안 된다는 것을 알았어야 했는데."

"그런데 유리는 자네가 장총을 가진 것을 몰랐었네. 아무튼 그 총은 말이야, 대단한 성능을 가진 무기더라고." 케니킹은 혀를 내둘렀다. "자네는 그렇게까지 내 지프를 부숴버려서는 안 되었던 거야. 놀랐어."

경이적인 괴물 라이플! 그는 라이플을 미리 알고 있었지만 내가 프리트한테서 빼앗은 그 무서운 무기라는 것은 모르고 있었다. 이것은 재미있는 일이다. 또 한 자루의 장총은 필립스에게서 빼앗은 것으로 어째서 이 녀석은 그것을 알고 있었을까? 슬레이드가 아니고는……. 또 하나의 증거다.

"엔진이 망가졌던가?"

"아니, 전지를 관통해버렸어. 게다가 냉각장치까지 부쉈다고. 물이 다 새버린 거야. 대단한 총이었어."

"그래, 또 한 번 써보고 싶은데."

그는 웃었다.

"아마 어려울걸. 그 우발적인 사건으로 정말 혼이 났어. 얼렁뚱땅 둘러댈 수밖에 없었으니까 말이지. 대꾸하고 싶은 기분도 아닌데, 꼼꼼하게 캐려 드는 아이슬란드인 두 사람이 여러 가지 질문공세를 폈거든. 어째서 케이블카가 묶이게 되었는가, 지프는 어떻게 되었는가 하고 말이야. 게다가 유리를 조용하게 해야 되는 문제도 있었고."

"꽤나 고역을 치렀겠구먼."

"그리고 자네는 여기서 또 한바탕 벌였다면서. 이번에는 많은 사람이 보는 데서 말이야. 도대체 무슨 일을 벌인 거야?"

"당신의 부하 한 사람이 화상을 입고 죽은 거요. 분출하는 구멍에 너무 가까이 갔다가 변을 당했지."

"내가 말한 대로 된 거 아니야? 녀석들은 거의 쓸모가 없다니까. 3대 1이면 이겨야 하는데 녀석들은 실패한 거야."

3대 2였다. 그러나 잭 케이스는 어떻게 된 거야? 녀석은 나를 돕기 위해 손가락 하나 까딱하지 않았다. 녀석이 서서 슬레이드하고 얘기하고 있는 모습이 뚜렷이 뇌리에 새겨져, 마음속에서 분노가 끓어올랐다. 믿을 수 있다고 생각한 사람과 만날 때마다 나는 배신을 당했다. 그것이 내 마음을 쥐어뜯었다.

뷰히너/그레이엄/필립스라면 알 것이다. 그는 슬레이드에게 속았던 정보국의 일원이다. 그러나 케이스는 사태의 낌새를 알았다——그는 나의 슬레이드에 대한 의혹을 알고 있다——그런데도 내가 케니킹의 부하에게 습격당했을 때, 그는 무엇 하나 도우려고 하지 않았다. 그런 지 10분 뒤에 그는 슬레이드하고 사이좋게 얘기를 나누었다. 타거트만 빼고 정보국 전체가 다 오염되어 버린 것 같이 보였다. 케이스만은 건전하다고 나는 생각해 왔는데. 나는 답답한 심정으로 타거트마저도 모스크바의 급료장부에 실려 있을지도 모른다는 생각이 들었다. 그렇다면 모든 것을 오히려 확실하게 풀어볼 수도 있다.

케니킹이 말했다.

"자네를 만만찮게 평가하지 않았던 것이 잘된 일이야. 나는 자네가 저 바보 녀석들을 따돌리고 빠져나갈 것으로 미리 짐작하고 이 차에 숨어 있었지. 뭐든지 머리를 좀 써서 대비하는 것이 좋아, 안 그런가?"

"어디로 가는 거요?"

"자세히 알 필요는 없네. 운전에 조심만 하면 돼. 라우갈바튼을 지나갈 때는 신경을 좀 써야 되네. 속도 위반이 안 되도록 하고 눈에 띌 짓을 하면 못써. 예를 들면 갑자기 경적을 울린다든가 하는 짓 말이야." 차디찬 강철이 살짝 내 목에 닿았다. "알겠지?"

"알았네."

나는 후유 하고 마음을 놓았다. 자칫하면 그가 지난 24시간 동안 내가 있었던 곳을 알고 간나의 집으로 가자고 할지도 몰라 가슴 졸이고 있었던 것이다. 설사 그렇다치더라도 그다지 놀랄 일은 아니었다. 케니킹은 모든 것을 알고 있는 것 같아서였다. 그는 게이실에서 길목을 지키고 있었던 것이다. 참으로 놀라운 일이었다. 에린이 붙잡혔을지도 모르고, 시글린에게 어떤 일이 일어났을지도 모른다는 불안감에 나는 피가 말랐다.

우리는 라우갈바튼을 빠져나가 싱그뵈틀리로 향해 레이캬비크의 도로를 달렸는데, 싱그뵈틀리를 지나 8킬로미터쯤 되는 곳에서, 케니킹은 왼쪽으로 핸들을 꺾으라고 명령했다. 그것은 내가 잘 아는 싱그뵈라뵈튼 호수를 돌아서 가는 길이었다. 도대체 나를 어디로 데리고 갈 셈인지 궁금했다.

그리 오래 생각할 필요는 없었다. 케니킹의 지시에 따라 나는 또 길을 돌아, 호수와 불을 켜놓은 작은 집을 바라보고 울퉁불퉁한 길을 내려갔다. 싱그뵈라뵈튼 호반에 여름 산장을 갖는 것은 레이캬비크에서 사회적 신분을 나타내주는 것 중의 하나이다. 건축 제한으로 새로 짓는 것이 금지되어 있기 때문에 산장의 가치가 올라가 값도 치솟고 있다. 아이슬란드인에게 있어 싱그뵈라뵈튼 호반에 산장을 갖는 것은, 벽에 렘브란트의 그림이 걸려 있는 것이나 마찬가지 의미를 가졌다.

차를 집 앞에 세우자 케니킹이 말했다.

"경적을 울리게."

그러자 누군가가 나왔다. 케니킹은 권총을 내 머리에 댔다.

"조심해, 앨런. 정신을 바짝 차리라고."

그도 매우 신중했다. 나는 빈틈을 노릴 가능성이 전혀 없는 상태로 집 안으로 끌려들어갔다. 방 안은 흔히 현대 스웨덴식이라고 하는 스타일로 장식되어 있었다. 영국에서라면 좀 쓸쓸해 보이고, 약간 인공적인 가식으로 여겨지는 것이, 스칸디나비아 나라들에서는 자연스럽고 좋아 보인다. 그리고 난로에서 불이 타고 있는 것은, 조금 감탄스런 광경이었다. 아이슬란드에는 석탄이 없고 장작불을 피울 나무도 없기 때문에, 황색 불꽃을 올리는 불을 보는 것은 드문 일이다. 대개의 가정에서는 열탕으로 난방을 하고 그렇지 않은 집은 석유에 의한 중앙난방을 쓰고 있다. 여기의 불은 토탄을 피운 것으로, 파랗게 작은 불꽃이 어른거리면서 빨갛게 빛나고 있었다.

케니킹은 권총을 움직였다.

"불 옆에 앉아, 앨런. 따뜻하게 몸을 녹이게. 그런데 먼저 일리치가 자네를 조사할 거야."

일리치는 얼굴이 크고 납작한, 어깨가 딱 벌어진 사나이였다. 그 눈에는 어딘가 아시아인 같은 데가 있고, 양친의 누군가가 우랄 저쪽에서 왔을 것 같아 보였다. 그는 나를 자상하게 훑어보더니 케니킹을 보면서 고개를 흔들었다.

"권총은 없다고? 자네는 영리한 사람이야." 케니킹은 유쾌한 듯이 일리치에게 미소를 보이고 나를 보면서 말했다. "내가 한 말의 뜻을 알겠지, 앨런? 내 주위에 있는 녀석들은 바보들뿐이야. 왼쪽 바지가랑이를 더듬어서 일리치에게 자네의 예쁜 단도를 보여주라고."

나는 그의 말에 따랐고 일리치가 놀라서 눈이 휘둥그레지자, 케니킹은 욕설을 퍼부었다. 러시아어는 영어보다도 욕지거리하는 데는 잘 맞는 말인 것 같다. 스기언 더부는 압수되고 케니킹은 앉으라고 나한테 손짓을 했으며 일리치는 얼굴이 빨개져 내 등 뒤에서 움직였다.

케니킹은 권총을 집어넣었다.

"그럼, 무엇을 마시고 싶은가, 스튜어트?"

"스카치, 혹시 있다면."

"있고말고." 그는 난로 옆에 있는 찬장 문을 열고 술병을 꺼냈다. "그냥 마실 거야, 물을 타서 마실 거야? 유감이지만 소다는 없어."

"물을 타서, 도수를 좀 낮춘 걸로."

그는 미소 지으며, 익살을 부려 말했다.

"아, 그렇겠군. 자네는 머리를 좀 맑게 해 놓을 필요가 있겠지…… 규칙의 제4장, 35조, 적이 술을 권하면, 약한 것으로 부탁하라고 했어." 그는 글라스에 물을 따라 나에게 주었다. "이것으로 만족하면 좋겠는데."

나는 조심스럽게 마시며 머리를 끄덕였다. 물을 너무 많이 타서 싱겁기 짝이 없었다. 그는 찬장으로 돌아가 아이슬란드의 '브렌니뷘'을 덤블러에 가득히 따라 단숨에 절반을 마셨다. 머리털 하나 까딱하지 않고 그 독한 술을 그대로 마시는 것을 보고 나는 약간 놀라 그를 물끄러미 쳐다보았다. 남이 보는 앞에서 이렇게까지 마시는 것을 봤을 때, 케니킹은 이제 급속히 언덕에서 굴러 떨어지는 상황으로 치닫고 있는 듯했다. 정보국이 그것을 까맣게 모르고 있는 것이 한심스러웠다.

"봐스라프, 여기 아이슬란드에는 칼바도스가 없나?"

내 말에 그는 히쭉 웃고 큰 잔을 들었다.

"4년 만에 이것이 처음 마시는 술이야, 앨런. 나는 축하 술을 마시고 있는 거야." 그는 내 앞 의자에 앉았다. "축하할 이유가 있거든. 우리의 직업에서 옛 친구를 다시 만나는 것은 아주 드문 일이야. 정보국에서 자네한테 대우는 잘 해주고 있나?"

나는 물처럼 싱거운 스카치를 마시고 잔을 의자 옆 테이블에 놓았다.

"정보국을 그만둔 지가 언젠데, 4년이나 되었다고."

그는 눈썹을 치켜올렸다.

"내가 얻은 정보하고는 다른데."

"그렇겠지. 하지만 그것은 잘못된 정보야. 나는 스웨덴을 떠난 뒤에 곧 그만두었어."

케니킹이 말했다.

"나도 그만뒀었어. 그런 지 4년이 지나고 이것이 첫 임무야. 그 점에서 자네한테 감사를 해야겠네."

그는 낮은 음성으로 조용하게 말했다.

"나는 내 의사로 그만둔 게 아니었어, 앨런. 나는 서류 정리나 하라고 아슈카바드로 좌천된 거야. 거기가 어딘 줄이나 아나?"

"투르크메니스탄(중앙아시아 서남부에 있는 사회주의 공화국)이든가?"

"그래." 그는 자기 가슴을 엄지손가락으로 쿡쿡 찔렀다. "이 내가, 봐스라프 비크트로비치 케니킹이, 거기로 귀양을 가서, 밀수업자들을 국경에서 몰아내고 책상머리에 앉아 서류나 뒤적거리라는 거야."

"그건 너무했는데. 하지만 당신은 이 작전에 끌려나온 것 아니야? 틀림없이 좋아라 했겠는데."

그는 두 다리를 쭉 뻗었다.

"그럼, 그건 사실이야. 자네가 여기에 있다는 것을 알고 나는 몹시 기뻤네. 한때 나는 자네를 친구로 생각했었네." 그의 음성은 조금 커졌다. "자네하고는 정말 친형제처럼 친했었지."

"바보 같은 소리 좀 그만둬. 어느 나라 정보부원이고 진정한 친구는 없다는 것을 모르나?"

나는 잭 케이스의 경우를 생각하면서 케니킹 역시 그 교훈을 혹독한 방법으로 배웠다는 것을 괴롭게 생각했다.

그는 내가 말을 하지 않으려는 것으로 생각한 듯 자기 말을 계속했다.

"형제보다도 더 친했었어. 나는 목숨을 자네 손에 맡겨도 좋다고까지 생각했었지. 나는 사실 그렇게 했었네." 그는 글라스 속의 투명한 액체를 뚫어지게 내려다 보았다. "그런데 자네는 나를 배신했어." 그는 갑자기 큰 잔을 들고 죽 들이켰다.

나는 비웃듯이 말했다.

"그만둬, 봐스라프, 당신도 내 입장이었다면 똑같은 짓을 했을 거야."

그는 물끄러미 나를 보고 슬프게까지 들리는 소리로 말했다.

"하지만 나는 자네를 믿고 있었네. 그것이 제일 가슴 아픈 일이었지만." 그는 일어나서 찬장 있는 데로 가더니 어깨 너머로 말했다. "나를 둘러싸고 있는 녀석들이 어떻다는 것은, 자네도 알고 있을 거야. 실패는 용서받을 수 없다고, 그래서……" 그는 어깨를 으쓱했다. "…… 아슈카바드에서 사무직을 말이야. 나는 그렇게 버림을 받았어." 그의 소리는 거칠어졌다.

"더 혹독한 처지에 몰릴지도 몰랐어. 시베리아로 보낼지도 말이야. 이를테면 카탕가(아프리카 자이르공화국 동남부의 주) 같은 데."

의자로 돌아왔을 때 그의 큰 잔은 또 가득히 채워져 있었다. 그는 낮은 소리로 말했다. "정말 그렇게 될 뻔했어. 그런데 내 친구가 도와준 거야. 나의 진정한 러시아인 친구들이 말이지." 그는 감정을 죽이고 현실 문제로 되돌아왔다. "시간 낭비였어. 자네는 가져서는 안될 전자 장치의 부품을 가지고 있지. 그게 어디에 있나?"

"무슨 소리를 하는지 알 수 없군."

그는 고개를 끄덕거렸다.

"물론, 그렇게 말할 수밖에 없겠지. 나 역시 그 이상의 대답을 기대하지는 않았어. 하지만 어쨌든 나한테 넘겨주어야 된다는 것은 자네도 잘 알고 있을 것 아닌가?" 그는 호주머니에서 담뱃갑을 꺼냈다. "어때, 한 대 피우겠나?"

"알았어. 내가 가지고 있어, 당신은 그걸 잘 알고 있으니까. 그것을 가지고 서로 탐색할 필요가 없겠지. 뻔히 다 알고 있는 일이니까 말이야, 봐스라프. 하지만 당신 손에는 들어가지 않을걸."

그는 담뱃갑에서 긴 러시아 담배를 꺼냈다.

"손에 넣을걸세, 앨런. 반드시." 그는 담뱃갑을 테이블에 놓고 호주머니에 손을 넣어 라이터를 찾았다.

"알고 있겠지만 이것은 나에게 있어 단순한 작전이 아니야. 이 전자 장치와는 전혀 별개의 문제로 자네한테 상처를 입히고 싶은 이유가 많이 있어. 그것을 나는 이룰 수 있다고 믿고 있지. 확신을 가지고 말이야."

그의 음성은 얼음처럼 차가워 나는 그 반응으로 등줄기에 찌릿한 전율을 느꼈다. "케니킹은 자네를 날카로운 칼로 수술을 하려 들 거야." 슬레이드는 그렇게 말했었다. 그리고 슬레이드는 나를 이녀석의 손에 넘긴 것이다.

그는 담배에 불을 붙일 라이터가 없다는 걸 알고 초조한 소리를 흘렸다.

그러자 내 등 뒤에서 라이터를 가진 일리치가 나타났다. 케니킹은 불을 붙이려고 옆으로 얼굴을 돌렸는데, 그 바람에 불꽃이 흩어지고 말았다. 한 번 더 불꽃이 반짝하였으나 불꽃이 타오르지 않았다. 그는 신경질적으로 한마디 했다.

"됐어, 그만 해!"

그는 몸을 웅크리고 난로에서 종이조각을 집어 넣어 거기에 불을 붙여 담뱃불을 붙였다. 나는 일리치가 하고 있는 짓에 흥미를 느꼈다. 이 사나이는 내 등 뒤의 위치로 돌아가지 않고 술을 놓아둔 찬장 있는 데로 갔다. 케니킹의 뒤로 그림자처럼 따라다녔다.

케니킹은 담배를 빨며 연기를 뿜어내고 그러고 나서 얼굴을 들었다. 일리치가 잠깐 보이지 않는 것을 알자, 그의 손에 권총이 나타났다. 그는 총구를 나한테 돌리며 말했다.

"일리치, 무엇을 하느냐?"

부탄가스 통을 가지고 일리치가 돌아다보았다.

"라이터에 넣고 있습니다."

케니킹은 양볼을 불룩하게 하고, 눈동자를 휙 위로 돌리면서 날카롭게 말했다.

"그런 건 내버려 둬. 밖으로 나가서 폴크스바겐을 샅샅이 뒤져봐. 내가 무엇을 찾고 있는지 알고 있겠지?"

내가 말했다.

"차에는 없어, 봐스라프."

"일리치가 확인하고 올 거야."

일리치는 부탄가스통을 찬장 위에 놓고 방에서 나갔다. 케니킹은 권총을 치우지 않고 아무렇게나 겨누고 있었다.

"내 말이 맞지? 나한테 보낸 녀석들은 통 밑바닥에서 긁어낸 찌꺼기들이라고. 그 틈을 노리지 않는 것에 놀랐는데."

"당신만 없으면 해보았을 텐데."

"아, 그렇지. 우리는 서로 잘 알고 있으니까 말이야. 너무나 잘 알 정도라고." 그는 담배를 재떨이 가장자리에 놓고 잔을 들었다. "자네를 괴롭히면 내가 즐거워질지 어쩔지, 나는 도무지 알 수가 없어. 영국 속담이 맞는 거 같아. 네가 괴로워하는 만큼, 나도 괴로움을 겪는

다." 그는 손을 흔들었다. "아마 내가 잘못 해석하고 있겠지."

"나는 영국인이 아니야, 스코틀랜드인이라고."

"차이가 없는 차이는 차이가 아니야. 하지만 자네한테 말해 두지. 자네는 나와 내 인생에 엄청난 차이를 만들어 냈어." 그는 독한 술을 죽 들이켰다. "좀 말해봐, 자네가 늘 함께 다니는 그 여자, 에린 라그너스더틸 말이야. 자네는 그 여자를 사랑하고 있나?"

나는 몸이 굳어지는 것을 느꼈다.

"그녀는 이 일에 아무 관계도 없어!"

그는 웃었다.

"걱정하지 말아. 그녀에게 해를 끼칠 생각은 조금도 없으니까. 머리털 하나도 건드리지 않을 거야. 나는 성경을 믿지는 않지만, 기꺼이 거기에 맹세해도 좋아." 그의 말에는 비아냥이 섞여 있었다. "나는 레닌의 업적에 대해서까지도 맹세한다고. 만일, 그것이 성경 대신으로 받아들여진다면 말일세. 나를 믿겠나?"

"믿고말고."

나는 그것을 믿었다. 케니킹과 슬레이드는 비교할 수가 없다. 슬레이드가 가령 1천 권의 성경에 걸고 맹세를 한다고 해도, 나는 슬레이드의 말을 믿지 않았으나, 이 경우에 나는 케니킹이 아무리 가볍게 말을 해도, 그 말을 받아들였다. 일찍이 그가 나를 믿었듯이, 나도 그를 믿었다. 나는 케니킹을 알고 이해하며, 그의 스타일을 좋아했다. 그는 신사였다. 세련되지는 않았지만 그래도 신사였던 것이다.

"좋아. 그럼, 내 질문에 대답해봐. 자네는 그녀를 사랑하고 있나?"

"우리는 결혼하기로 되어 있어."

그는 웃고 나서 앞으로 몸을 구부렸다.

"그건 아주 정직한 대답이라고는 할 수 없지만, 그저 그런다고 해도 되겠지. 앨런, 자네는 그녀와 잠자리도 같이 했나? 자네는 아이슬란드에 오면, 별 하늘 밑에서 둘이 가로누워, 서로 몸을 껴안고 비비면서 땀투성이가 되도록 즐기나? 달콤하고 부드러운 이름을 부르면서 서로 만지고, 정열을 마지막 한 방울까지 불태우며 녹초가 될 때까지 황홀한 경지를 헤매는가? 그런 거야, 앨런?"
그의 소리는 달콤하고 또 잔인했다.
"자네는 마지막으로 우리가 만났을 때 일을 기억하고 있나? 소나무숲 속에서 자네가 나를 죽이려고 했을 때의 일 말이야? 자네가 좀더 명사수였다면 좋았을 텐데. 나는 모스크바에서 오랫동안 병원에서 치료를 받았지만, 무슨 수로도 원상을 회복할 수 없는 데가 한 군데 있었어. 앨런, 그 때문이었지. 자네가 여기에서 살아서 나간다고 해도 그것도 아직 내가 결정하지 않았지만 자네는 에린 라그너스더틸이나 다른 여자에 대해서도 쓸모가 없는 사나이가 되겠지."
내가 말했다.
"한잔 더 마시고 싶은데."
"이번에는 좀 강하게 하지. 그럴 필요가 있는 듯한 얼굴을 하고 있으니까 말이야." 그는 나한테로 가까이 와서 내 잔을 들고 술 있는 데로 갔다. 권총을 쥔 채로 그는 글라스에 위스키를 따라, 물을 조금 탔다. 그는 그것을 가져왔다. "자네의 안색이 좀 좋아져야겠는데."
위스키를 받았다.
"당신이 화를 내는 것은 알아. 그러나 군대는 누구나 부상을 당할 것을 각오하는 거야. 그것은 직업상의 위험이니까. 진정으로 억울한 일은 당신이 배신을 당한 일이야. 그렇지 않은가, 봐스라프, 어때?"
그는 고개를 끄덕였다.

"그런 점도 있지."

나는 위스키의 맛을 시험해봤다. 이번에는 제맛이 났다.

"자네가 틀린 것은 누가 했는가를 확인하는 일이라고. 그 무렵, 당신의 보스는 누구였지?"

"바카예프, 모스크바에 있었어."

"그리고 우리의 보스는 누구였나?"

그는 미소지었다.

"저 유명한 영국의 귀족, 데이비드 타거트 경 아닌가?"

나는 고개를 흔들었다.

"틀렸어. 타거트는 관계없는 일이야. 그 무렵, 그는 훨씬 더 큰일에 매달려 있었어. 자네는 나의 보스와 손을 잡고 있던 자네의 보스 바카예프에게 배신을 당한 거야. 나는 한낱 도구에 지나지 않았지."

케니킹은 큰 소리로 웃음을 터뜨렸다.

"이보게, 앨런. 자네는 플레밍의 첩보 소설을 지나치게 읽은 것 아닌가?"

"당신은 아직 나의 진짜 보스가 누구인가 하는 것도 묻지 않았어."

그는 낄낄 웃으면서 물었다.

"알았어. 그럼 그게 누구였지?"

"슬레이드 아니야?"

그는 갑자기 웃음을 멈췄다. 나는 조용히 말했다.

"그것은 아주 그럴듯하게 잘 꾸며진 작전이었지. 당신은 슬레이드의 주가를 높이기 위해서 희생양이 된 거야. 그럴싸하게 보이지 않으면 안 되었던 거라고……. 그야말로 진짜로 보여야만 되었으니까. 그것을 당신에게 가르쳐줄 리가 있나? 모든 면을 고려한 치밀한 작전이었다고. 당신은 잘 버티었어. 그러나 그동안 죽 계속해서 당신의 활동 정보를 슬레이드에게 전해준 바카예프에 의해서 무너지게 된 거라고."

"말도 안 되는 소리, 스튜어트센."

그의 얼굴이 창백해지고 볼에 있는 흉터가 뚜렷하게 돋보였다.

"그래서 당신은 실패의 고배를 들게 되었어……. 그 때문에 당신은 마땅히 벌을 받게 될 수밖에 없었다고. 그렇지 않고는 진실처럼 보일 수가 없었으니까. 우리는 당신네 러시아 패거리들이 하는 수법을 잘 알고 있어. 그러니까 당신이 아슈카바드 같은 그런 벽지로 좌천되지 않았다면, 우리는 의심을 품었겠지. 그래서 당신은 진짜인 양 보여 주기 위해서, 4년 동안을 귀양살이를 한 거라고. 4년간 서류를 뒤적거리는 일 말이야. 당신은 기만을 당했어, 봐스라프."

그는 얼어붙어버린 듯한 눈으로 짧게 물었다.

"그 슬레이드라고 한 녀석을 나는 잘 모르겠는데."

"모를 리가 없어. 당신이 아이슬란드에 있는 동안, 그 녀석한테서 명령을 받도록 되어 있으니까. 아마 당신은 이 작전에서 지휘자의 역할을 맡겨주지 않은 것을 당연하다고 여겼겠지. 러시아 패거리는 당신처럼 한 번 실수를 저지른 사람에게 모든 책임을 맡기지 않을 테니까. 당신은 그것이 너무나 당연하다고 생각하고 있지 않아? 그리고 이 임무를 성공적으로 수행하면 당신에 대한 평가와 명예가 회복되어 예전처럼 높은 지위로 돌아갈 수 있을 거라고 생각하고 있겠지." 나는 크게 웃었다. "그리고 당신의 보스를 누가 맡았지? 스웨덴에서 당신을 괴멸시킨 사나이가 아니냐 말이야."

케니킹은 일어섰다. 권총이 조금도 움직이지 않고 내 가슴을 노렸다. 그가 말했다.

"누가 스웨덴에서의 작전을 망쳤는지 나는 알고 있어. 그 녀석한테 나는 지금 손을 봐주려는 거야."

"나는 명령을 받았을 뿐이야. 머리를 굴린 것은 슬레이드라고. 당신은 지미 버크비를 기억하고 있나?"

케니킹은 돌처럼 대답했다.

"그런 이름은 들어본 적도 없어."

"물론 그렇겠지. 스벤 혼른드라고 해야 알겠구만. 내가 죽인 사나이 말이야."

"그 영국 공작원 말인가? 기억하지. 자네가 그 일을 했기 때문에, 나는 자네를 믿었었지."

"슬레이드의 수작이었다고. 나는 누구를 죽이는지도 모르고 맹목적으로 지시에 따랐을 뿐이야. 내가 정보국을 그만두게 된 이유가 바로 그것이었어. 큰 소동을 일으킨 거라고." 나는 앞으로 몸을 웅크렸다. "봐스라프, 이것으로 분명하지 않아? 슬레이드는, 당신한테 나를 믿도록 만들기 위해 멀쩡한 사나이를 한 사람 희생시킨 거야. 우리 공작원이 몇 명 죽게 되든, 그 녀석은 눈 하나 깜짝하지 않았어. 그리고 슬레이드와 바카예프는 타거트에게 슬레이드를 믿도록 하기 위해 당신을 희생시킨 것이라고."

케니킹의 잿빛 두 눈은 돌처럼 굳어졌다. 얼굴에는 아무런 움직임이 없었고, 상처 자국이 내리뻗은 입 언저리만 희미하게 바르르 떨고 있었다.

나는 의자에 등을 뻗고 술잔을 들었다.

"슬레이드는 지금도 제 손은 더럽히지 않고 가만히 앉아, 이 아이슬란드에 있으면서 하나의 작전을 가지고 양쪽을 지휘하고 있는 거야, 빌어먹을. 그게 무슨 요술이냐고! 그런데 너무 재주를 부리다가 탈이 났어. 놀아난 인형 하나가, 그가 당기는 실에 따르는 것을 거절한 거야. 그래서 틀림없이 그 녀석은 몹시 걱정을 하고 있을 거라고."

케니킹은 딱딱한 말투로 되풀이했다.

"나는 그 슬레이드란 사나이를 모른다니까."

"모른다고? 그럼 어째서 당신은 그렇게 흥분하고 있는 거야?" 나는 그에게 웃어 보였다. "어떻게 할지를 일러주지. 이번에는 그와 얘기할 때 진실을 말해보라고 부탁해보면 어때? 그는 당신한테 가르쳐주겠다고 하지는 않겠지. 슬레이드는 아무에게도 그의 인생에서의 진실을 말하는 작자가 아니니까 말이야. 하지만, 당신처럼 민감한 사람에게는 꼬리를 잡힐지도 모르지."

열린 커튼을 통해서 불빛이 번뜩하더니 밖에서 차 닿는 소리가 났다. 나는 말을 계속했다.

"지난 일을 생각해야 돼, 뵈스라프. 아슈카바드에서 억울하게 보낸 세월을 생각해 보라고. 당신 자신을 바카예프의 지위에 놓고 어느 쪽이 더 소중한가를 스스로에게 물어보는 거야. 언제든지 재건할 수 있는 스웨덴에서의 작전과 영국 정보국 속에 한 사나이를 높은 지위에 앉도록 만드는 기회와, 영국의 수상과 점심도 함께 할 수 있을 만한 높은 지위에 말이지."

케니킹은 불쾌한 듯 몸을 움찔했다. 그것으로 나는 그의 마음을 움직이게 했다는 것을 알았다. 그는 골똘히 생각하더니 권총은 어느새 나를 똑바로 겨누지 않게 되었다. 나는 말을 계속했다.

"듣고 싶은데. 스웨덴의 조직을 개편하는 데 얼마나 걸렸지? 그다지 많은 시간이 걸리지는 않았을걸. 당신이 당하고 나면 곧 움직일 수 있도록 딴 조직을 지체 없이 가동하게, 바카예프는 이미 수배해 놓았을 것 같아."

그것은 짐작대로 해본 말이었는데, 그대로 적중했다. 슬롯머신이 대박을 터뜨린 꼴이었다. 차바퀴가 소리를 내다 멈추고, 마음속에서 종소리가 크게 울리는 느낌이었다. 케니킹은 헛기침을 하더니, 외면을 했다. 그는 불빛을 내려다보면서 권총을 쥔 손을 내렸다.

나는 언제든지 덤벼들 수 있도록 긴장하며 침착하고 조용하게 말했다.

"녀석들은 당신을 신용하지 않았던 거야, 봐스라프. 바카예프는 당신을 믿지 않고, 당신의 조직을 파괴하여 그것이 진실인 것 같이 보이게 했어. 나 역시 신용을 받지 못했다고. 그러나 나는 당신네 편인 슬레이드한테 배신을 당한 거야. 당신은 달라. 당신은 자기편한테 당한 거라고. 어떤 기분이 드나?"

봐스라프 케니킹은 훌륭한 사나이였다——훌륭한 공작원이었다——그래서 그는 한마디도 말하지 않았다. 그는 얼굴을 돌려 나를 보자 억양이 없는 말투로 말했다.

"자네의 동화 얘기는 아주 재미있게 잘 들었네. 그 슬레이드란 사나이를 나는 몰라. 그럴싸한 말을 했지만 앨런, 그래도 자네는 여기서 빠져나갈 수 없는 거야. 자네는……"

문이 열리고 두 사나이가 들어왔다. 케니킹은 초조하게 뒤돌아보고 물었다.

"뭐야?"

덩치 큰 녀석이 러시아어로 대답했다.

"방금 돌아왔습니다."

"그런 것 같군." 케니킹은 아무 감정도 보이지 않고 말하더니, 내가 있는 데로 손을 흔들었다. "앨런 스튜어트센을 소개하지. 너희들이 여기에 데려오기로 했던 사나이야. 뭔가 잘못된 일이라도 있나? 이고리는 어디 갔나?"

두 녀석은 마주 보더니 덩치 큰 녀석이 대답했다.

"그를 병원으로 데리고 갔습니다. 화상이 심해서……"

케니킹은 신랄하게 말했다.

"거 잘됐군! 훌륭한 일이야!" 그는 나를 향해서 말했다. "이것을 어떻게 생각하나, 앨런? 우리는 유리를 비밀리에 안전하게 트롤선으로 옮겼어. 그런데 이고리는 병원으로 가서 거기에서 신문을 당하게 생겼네. 자네 같으면 이런 바보를 어떻게 하겠나?"

나는 히쭉 웃고 나서 즐거운 듯이 대답했다.

"총살을 하지."

"그 녀석의 두꺼운 두개골을 탄알이 뚫을지 어떨지는 모르지만 말이지" 하고 케니킹은 심술궂은 말투로 쏘아붙였다. 그리고 덩치 큰 러시아인을 노려보았다. "도대체 어째서 너희들은 총질을 하기 시작한 거야? 혁명이라도 시작한 것 같은 소리였어."

그 녀석은 불안한 듯이 내가 있는 쪽으로 손을 흔들었다.

"저 녀석이 먼저 쏘았습니다."

"그런 일을 당할 리가 없어. 세 사람이 달려들어 한 사람을 조용히 처리하지도 못해서야……."

"두 사람이었습니다."

"허, 그래?" 케니킹은 나를 보았다. "그 사나이는 어떻게 된 거지?"

덩치 큰 녀석이 말했다.

"모르겠습니다, 도망쳤습니다."

"별로 놀랄 일이 아니야. 그는 호텔에서 나온 단순한 손님이었으니까."

나는 천연스럽게 그렇게 말했으나 마음속은 부글부글 끓었다. 그때 케이스는 깨끗이 도망쳐 내가 죽는 것을 방치한 셈이다. 나는 케니킹에게 그에 대한 말을 입 밖에 내지 않았으나, 이 소동에서 벗어날 수만 있다면 결단을 내리지 않으면 안 되었다.

"그 녀석은 아마 호텔에서 큰 소란을 일으켰겠지……. 너희들은 무엇 하나 제대로 하는 것이 없어."

덩치 큰 녀석이 항변을 하려고 하자 케니킹이 깨끗이 입을 다물게 했다.

"일리치는 무엇을 하고 있나?"

그 녀석은 무뚝뚝하게 말했다.

"차를 해체하고 있습니다."

"가서 도와줘." 두 사람이 몸을 돌리자 케니킹이 날카롭게 말했다. "너는 여기 있어, 그레고르. 여기에서 스튜어트센을 감시해라." 그는 권총을 작은 녀석에게 주었다.

"한잔 더 마셔도 될까, 봐스라프?"

내 말에 케니킹이 대답했다.

"마시라고, 자네가 알코올 중독에 걸릴 위험성은 없을 테니까. 그리 오래 살아 있지도 못할 것이고. 감시를 잘해. 그레고르."

그는 방에서 나가면서 뒷짐을 지고 문을 잠갔다. 그레고르는 내 앞에 서서 무표정한 얼굴로 나를 쳐다보고 있었다. 나는 아주 천천히 두 발을 끌어당겨 잔을 들었다.

"보스의 말을 들었지. 나는 마지막 한잔을 허락받았어."

권총의 총구를 내리고 그 녀석이 말했다.

"나는 너의 바로 뒤에 있어."

나는 지껄이면서 술 찬장이 있는 데로 갔다.

"너는 크리미아에서 온 게 틀림없어, 그레고르. 그 악센트로 보아서, 그렇지?"

그 녀석은 묵묵히 말이 없었으나 나는 말을 계속했다.

"여기에는 보드카가 없는 모양이지, 그레고르? 그 술과 가장 가까운 것은 브렌니빈인데, 이건 좋지 않아. 나는 별로 좋아하지 않아. 그렇다고 보드카도 별로 좋아하지 않지만. 내게 맞는 것은 스카치라고. 그것은 당연하지, 내가 스코틀랜드인이니까 말이야."

술병을 움직이고 있는데, 그레고르의 숨소리가 내 목덜미에 닿는 것 같았다. 스카치를 글라스에 따르고 그 다음에 물을 타고 그것을 높이 들고 뒤돌아보았더니 1미터밖에 떨어지지 않은 데에서 그레고르가 권총으로 내 배꼽을 겨누고 있었다. 앞에서도 말했지만, 권총은 그에 알맞은 장소가 있는데, 지금이 적합한 때였다. 실내에 맞는 무기인 것이다. 내가 글라스의 술을 그 녀석 얼굴에 확 끼얹는다면, 그 녀석은 어김없이 내 목뼈까지 구멍을 낼 것이다. 그것은 무모한 바보짓······.

나는 글라스를 입 높이에 들고 있었다. "스콜······ 아이슬란드에서는 이렇게 말한다고." 나는 팔을 들고 있어야 했다. 그렇지 않으면 부탄가스통이 소맷부리에서 떨어져버리기 때문이다. 그래서 나는 나긋나긋한 자세로 방을 가로질러 다시 의자에 앉았다. 그레고르는 경멸하는 눈빛으로 나를 보았다.

나는 술을 마시고 글라스를 다른 손으로 옮겼다. 그것을 마쳤을 때, 부탄가스통은 의자의 팔걸이하고 방석 사이에 끼여졌다. 나는 그레고르에게 한 번 더 건배를 하고 나서 타고 있는 토탄 불을 물끄러미 바라보았다.

라이터용의 부탄가스통에는 모두 어마어마한 경고의 글이 씌어 있다. '극도로 인화되기 쉬운 가스입니다. 불기가 있는 데서는 사용하면 안 됩니다. 어린아이의 손이 닿지 않도록 할 것. 구멍을 뚫든가, 불속으로 버려서는 안 됩니다.' 이윤 추구를 목적으로 하는 기업이라는 것은 그런 무서운 경고를 제품에 붙이려고 하지 않지만, 그렇게 하는 것은 법률의 압력 때문이다. 그리고 그 경고는 마땅히 있어야 되는 것이다.

토탄 불은 빨갛게 타고 있고 그 밑에는 타다 남은 층이 붉게 쌓여 있었다. 혹시 가스통을 이 불속에 넣는다면 다음 두 가지 중 어떤 하나의 충격이 발생하리라고 나는 생각했다——폭탄처럼 파열하든가 로켓처럼 튀어나오든가——그 어느 쪽이든 나는 상관없었다. 다만 한 가지 어려운 문제는 파열을 할 때까지 얼마나 시간이 걸릴지 어림잡을 수가 없었다. 불속으로 집어넣는 것은 쉬울지 모르지만 누군가 곧 그것을 꺼낼지도 모른다. 어쩌면 그레고르가 말이다. 케니킹의 부하는 그가 말한 정도로 무능하지 않을지도 모른다.

케니킹이 돌아와서 말을 걸었다.

"자네가 한 말은 사실이었어."

"나는 언제나 그렇다고. 곤란한 것은 언제나 누군가가 그것을 믿어 주지 않는 일이야. 그러면 당신은 슬레이드에 대해 내가 한 말을 믿어 주겠구먼."

그는 눈썹을 모았다.

"그런 바보 같은 소리를 하는 게 아니야. 내가 찾고 있는 것이 자네 차에 없었다는 말이지. 어디에 둔 거야?"

"말하고 싶지 않아, 봐스라프."

어딘가에서 전화벨이 울렸다.

"내기를 걸어보지 않겠나?"

"여기 카펫을 피로 물들이고 싶지 않아, 일어서."

누군가 전화를 걸어온 모양이다.

"술을 다 마셔버리지 않겠어?"

일리치가 문을 열고 케니킹을 손으로 불렀다. 그가 말했다.

"내가 돌아올 때까지 그 술을 마시는 게 좋을 거야."

그가 방에서 나가자 그레고르가 움직여 내 앞에 섰다. 불편하기 짝이 없다. 그가 거기에 버티고 서 있는 한 가스통을 불속에 집어넣을 기회가 없는 것이다. 나는 이마에 땀이 엷게 배어난 것을 알았다.

이윽고 케니킹이 돌아와서 물끄러미 나를 쳐다보았다.

"게이실에서 자네하고 함께 있었던 사나이, 호텔의 손님이라고 했었지?"

"그래."

"잭 케이스, 그런 이름을 알고 있나?"

나는 모른 체하면서 그를 보았다.

"전연 모른다고."

"그래도 자네가 항상 진실을 말한다는 사나이야?" 그는 가엾다는 듯한 미소를 띠고 의자에 앉았다. "아무튼 그가 찾고 있던 것은 별로 중요한 것이 아닌 모양이야. 더 확실하게 말하면, 상대적으로 자네 자신에 대한 중요성도 작아졌다는 말이야. 무슨 의미인지 알겠나?"

"무슨 소리인지 모르겠는데." 나는 대답했다.

그것은 나의 진심이었다. 이것은 새로운 국면 전환을 가져왔다.

"자네한테서 정보를 얻기 위해서 필요하다면, 아무리 시간이 오래 걸려도 나는 그렇게 할 작정이었어. 그런데, 명령이 바뀐 거야. 자네는 이제 고문을 당하지 않아도 괜찮게 되었네, 스튜어트센. 그러니까 안심하라고."

나는 한숨을 푹 내쉬고 진심으로 말했다.

"정말 고맙네!"

그는 가엾게 여기는 듯이 고개를 내저었다.

"감사하다는 말은 듣고 싶지 않아. 명령은, 자네를 곧 죽이라는 거야."

전화벨이 다시 울렸다.

나는 목쉰 소리를 냈다.

"어째서?"

그는 어깨를 으쓱했다.

"자네가 장해물이 되었다는 거야."

나는 침을 삼켰다.

"전화를 받는 게 어때? 명령이 바뀌었는지도 모르니까."

그는 마땅찮은 웃음을 띠었다.

"형장에서의 집행유예일까, 앨런? 그렇게는 생각하지 않아. 어째서 이런 명령에 관한 말을 자네한테 하고 있는지 알고 있나? 보통은 있을 수 없다는 것을 자네도 알고 있을 테지."

그런 것은 잘 알고 있지만, 내가 그런 것을 입 밖에 내어 그를 흡족하게 만들고 싶지는 않았다. 전화벨이 멈추었다. 그는 말을 계속했다.

"성경에 좋은 구절이 있지 않아? 예를 들면 눈에는 눈, 이에는 이, 말이야……. 나는 자네를 위해 모든 계획을 세워 놓았는데 유감스럽게도 이제 그 계획대로 할 수가 없게 되었어. 하지만 적어도, 자네가 땀을 흘리는 것을 볼 수 있게 되었네."

일리치가 문에서 얼굴을 내놓고 "레이캬비크" 하고 말했다.

케니킹은 초조하게 일어섰다.

"지금 가는 거야. 그 일을 생각해 놓으라고. 그리고 땀을 더 흘려야겠어."

나는 손을 뻗었다.

"담배, 가지고 있나?"

그는 걸음을 멈추고 큰 소리로 웃었다.

"좋아, 앨런. 자네들 영국인은 전통을 지켜야 해. 전통적인 최후의 담배야, 좋고말고." 그는 나한테 담뱃갑을 던졌다. "그 밖에 또 필요한 게 있나?"

"아, 2020년의 새해 전야에 트라팔가 광장에 있고 싶은데."

"유감스럽군."

그렇게 말하고 그는 방에서 나갔다.

나는 담뱃갑을 열고 한 개비를 입에 문 다음 주머니를 두드렸다. 그리고 나서 천천히 몸을 구부리고, 난로에서 종이조각을 집으려고 했다. "담배에 불을 붙여야겠어" 하고 나는 그레고르에게 말한 다음, 그가 문 있는 데서 움직이지 않기를 빌면서 불 옆으로 몸을 웅크렸다.

왼손에 종이조각을 들었기 때문에 오른손은 몸으로 가려져 꺼져가는 불속에 가스통을 처넣음과 동시에 나는 불이 옮아 붙은 종이를 들고 의자로 돌아왔다. 그레고르의 시선을 난로에서 떼놓기 위해 그것을 동그랗게 돌리면서 나는 담배에 불을 붙여 죽 빨아들였다가 그가 있는 데로 연기를 내뿜었다. 나는 의식적으로 불이 손가락에 닿을 때까지 종이를 들고 있었다.

"앗 뜨거!" 나는 소리를 지르며 손을 세게 흔들었다. 그에게 난로 쪽을 보이지 않도록 하기 위해서 무슨 짓은 못하겠는가. 나 자신도 그쪽을 보지 않기 위해서는 모든 의지력이 필요했다.

전화를 던지듯이 놓는 소리가 요란하게 나더니 케니킹이 빠른 걸음으로 돌아왔다.

"외교관이라고! 나한테는 성가신 일이 없는 줄 알아……." 그는 자존심이 상한 듯한 소리로 말하고, 나에게 엄지손가락으로 지시했다. "됐어, 일어서."

나는 담배를 들어올렸다.

"이건 어떻게 해야지?"

"밖에서 피우면 되지 않아. 그 정도의……."

가스통의 폭발음이 그 축축한 방 속에서 귀청이 터질 정도의 소음을 울리며 온 방 안에 토탄 불이 튀었다. 나는 그것을 예측하고 있었기 때문에, 다른 누구보다도 민첩하게 몸을 움직였다. 나는 머리에 맞은 토탄의 불똥을 무시했지만, 그레고르는 뒤통수에 토탄을 맞고 당황하여 허둥댔다. 그는 울부짖는 소리를 내더니 권총을 떨어뜨렸다. 나는 재빨리 방을 가로질러 뛰어서 그 권총을 잡아 그 녀석의 가슴에 두 발을 쏘았다. 그러고 나서 방향을 돌려 케니킹이 태세를 바로잡기 전에 그를 처치해 버리려고 했다. 그는 윗옷에서 새빨간 토탄 조각의 불덩어리를 털고 있었는데 총소리에 뒤를 돌아다봤다. 내가 권총을 올리자 그는 테이블 램프를 잡아 나한테 내던졌다. 내가 머리를 숙였기 때문에 테이블 램프는 내 머리 위를 날아서, 무슨 일인가 하고 문을 연 일리치의 얼굴에 정통으로 맞았다. 그래서 문을 여는 수고를 덜었다. 나는 그를 냅다 떠밀고 몸을 굴려서 밖으로 나갔다. 그러자 현관문이 열려 있는 것이 보였다. 케니킹에게 목숨을 위협받으며 혼이 났기 때문에 그를 없애버리고 싶은 심정은 간절했으나 지금은 그럴 때가 아니었다. 나는 집에서 뛰어나와 네 바퀴 말고는 모두 해체되어 버린 폴크스바겐 옆을 지나 도중에서 덩치 큰 러시아인이 나오지 못하도록 그 녀석을 노려 한 발을 쏘았다. 그런 다음 나는 안심이 될 만큼 어둡지는 않았으나 호수 반대쪽의 컴컴한 어둠 속으로 달려갔다.

그 일대 시골은 들쭉날쭉한 용암지대로 그 위를 두꺼운 이끼가 덮고 있고 군데군데에 작은 가시나무의 군락이 있었다. 밝은 대낮에 전속력으로 달려도 발을 삐지 않고 간다면 한 시간에 1.6킬로미터가 고작일 것이다. 그러나 나는 발을 부러뜨리거나 삐거나 하는 날이면 곧 추격을 당하여 그 자리에서 사살될 것이라고 생각하면서 몸이 얼어붙을 듯한 긴장감으로 서둘러 달려갔다.

나는 호반으로부터 직각으로 도로 쪽에 365미터쯤 가서 멈추었다. 뒤돌아보니 내가 갇혀 있던 방의 창문이 보였다. 이상스럽게 빛이 깜박깜박하기에 찬찬히 보았더니, 커튼이 불에 타고 있었다. 멀리서 외치는 소리가 들리고 누군가 창문으로 뛰어가는 것이 보였다. 누구 한 사람 나를 뒤쫓아 올 녀석은 없을 성 싶었다. 그들은 아무도 내가 어느 방향으로 갔는지 모르는 것 같았다.

앞쪽은 옛날에 용암이 흘러간 자국으로 가로막혀 있고 도로는 그 반대쪽에 있는 것 같았다. 나는 또 전진하여 용암 위로 오르기 시작했다. 새벽이 가까워지고 있었으므로 나는 집에서 보이지 않는 데로 나가고 싶었다.

나는 용암의 정상으로 배를 깔고 기어 넘어가 반대쪽으로 안전하게 숨을 수 있는 데서 일어섰다. 멀리 어렴풋이 어두운 선이 보이는 것이 도로일 것이다. 그쪽으로 가려고 할 때 누군가 뒤에서 내 목을 끌어당기며 뼈라도 부러뜨릴 듯한 힘으로 손목을 비틀었다. "권총을 내놔!" 거친 소리가 러시아어로 속삭였다.

나는 권총을 떨어뜨리면서 몸을 획 돌렸으나 중심을 잡지 못하고 쓰러졌다. 얼굴을 들자 나를 비치고 있는 눈부신 손전등 빛에 겨누고 있는 권총이 빛나고 있었다.

"뭐야 자넨가!" 하는 잭 케이스의 소리가 울렸.

"그 바보 같은 라이트를 꺼." 나는 목을 주무르면서 말했다.

"게이실에서 소동이 일어났을 때 자네는 도대체 어디에 있었나?"

불빛은 꺼지고 잭은 어둠 속에서 대답했다.

"도우려고 했는데……"

나는 날카롭게 말했다.

"도우려고 했다고! 자네는 호텔로 도망치지 않았나. 어떻게 여기는 오게 된 거야?"

"자네가 케니킹의 부하에게 둘러싸였을 때 나는 그들 중 한 녀석이 차 있는 데로 가는 것을 발견했네. 그 차를 뒤따라갔다가 여기까지 온 걸세."

어쩐지 사실로 들리지 않았으나 나는 그것을 추궁하지 않기로 했다.

"나는 자네가 슬레이드하고 말하고 있는 것을 보았어. 언제부터 녀석은 게이실에 와 있었지?"

"그것은 미안해. 그는 내가 도착했을 때 호텔에 있었네."

"자네가 말해서 온 것은 아니야……."

케이스의 음성에는 절망 비슷한 느낌이 서려 있었다.

"그가 거기 있다는 것을 자네에게 말할 수가 없었네. 그때 기분으로는 자네는 그를 죽일 것 같았으니까."

나는 신랄한 어조로 말했다.

"자네는 얼마나 좋은 친구였었나. 하지만 그런 것은 이러쿵저러쿵 얘기하고 있을 겨를이 없네. 자네 차는 어디에? 다음에 얘기하기로 하지."

그는 권총을 집어넣었다.

"저기로 내려가서 곧 도로 옆이야."

나는 그 순간에 마음을 정했다. 이제는 케이스고 누구고 신뢰해서는 안 된다고.

"잭, 자네는 타거트에게 내가 그 포장물을 레이캬비크로 가져간다고 전해 주게."

"알았네. 그러나 여기에서 나가자고."

나는 그의 곁으로 잽싸게 움직였다.

"나는 자네를 믿지 않아, 잭."

나는 그렇게 말하면서 주먹으로 그의 명치를 강타했다. 그는 숨을 거칠게 토해내면서 허리를 꺾었다. 이번에는 그의 목덜미를 가격하자 그는 내 발 밑으로 쓰러졌다. 잭과 나는 맨손의 격투 경기에서 항상 호적수이기 때문에 그가 예측하고 있었다면 이렇게 쉽게 당할 리는 없었다.

먼 데서 차가 움직이는 엔진 소리가 들려왔다. 헤드라이트가 오른쪽으로 번쩍이며 땅바닥을 비췄다. 차가 도로를 향해서 자갈길을 올라오는 소리가 났는데 그것은 반대 방향으로 꺾어서 돌아갔다. 내가 싱그뵈틀에서 운전하고 왔던 길로 갔다. 나는 케이스의 자동차 키를 꺼내고 숄더 홀스터와 권총을 빼앗았다. 그리고 그레고르의 권총을 깨끗이 닦아서 던져버렸다. 그런 다음 나는 케이스의 차를 찾으러 내려갔다.

길에서 아주 가까운 곳에 볼보가 세워져 있었다. 시동을 걸자 엔진이 가볍게 작동하여 라이트를 끈 채로 움직였다. 싱그봐라봐튼 호반을 돌아가는 것은 라우갈바튼으로 가는 데 꽤 멀리 도는 코스이지만 원래의 길로 돌아가기는 싫었다.

제8장

1

나는 아침 5시 직전에 라우갈바튼에 도착하여 차를 집 앞에 세웠다. 차에서 내리자 커튼이 흔들리는 것이 보이더니 내가 현관에 들어가기 전에 에린이 뛰어나와 껴안았다.

"앨런, 얼굴에 피가 묻었어요."

볼을 만져보았더니 상처에서 흐른 피가 들러붙어 있었다. 가스통이 폭발할 때에 묻은 것에 틀림없었다. 나는 말했다.

"안으로 들어가자고."

복도에서 우리는 시글린과 마주쳤다. 그녀는 위아래로 나를 훑어보며 말했다.

"댁의 윗옷이 불에 타서 눌어붙어 있군요."

나는 천에 뚫린 몇 군데 구멍을 보았다.

"예, 조심성이 없었던 것 같아요."

에린이 급하게 물었다.

"무슨 일이 생겼어요?"

"나는…… 케니킹을 만나서 얘기 좀 했어."

나는 짧게 대답했다. 나는 사건의 반동으로 몹시 지쳐 있었다. 휴식을 취할 겨를이 없으니까 뭔가 손을 써야 했다. 나는 시글린에게 물었다.

"커피 끓인 것 없나요?"

에린이 내 팔을 잡았다.

"무슨 일이 일어난 거예요? 케니킹은 도대체 무엇을?"

"다음에 말할게."

시글린이 말했다.

"댁은 마치 1주일이나 잠을 못잔 사람 같아요. 위에 침대가 준비되어 있어요."

나는 고개를 내저었다.

"아니요, 나는…… 우리는 가야 됩니다."

그녀와 에린은 얼굴을 마주 보았다. 시글린이 말했다.

"아무튼 커피를 드세요. 다 끓었어요. 우리는 밤새도록 마신걸요. 주방으로 오세요."

나는 주방의 식탁에 앉아 김이 무럭무럭 나는 블랙커피에 설탕을 듬뿍 탔다. 지금까지 먹어 본 커피 중에서 가장 훌륭한 맛이었다. 시글린은 창가로 가서 밖에 세워둔 볼보를 보았다.

"폴크스바겐은 어디에 두셨어요?"

나는 얼굴을 찡그렸다.

"없어져 버렸습니다."

덩치 큰 러시아인은 일리치가 차를 철저히 해체했다고 하였고, 내가 힐끗 보았을 때도 그런 상태였다.

나는 "얼마에 사셨던가요?"라고 말한 다음, 호주머니에 손을 넣어 수표장을 꺼내려고 했다.

그녀는 초조하게 손을 흔들고 좀 험한 소리로 말했다.

"그건 다음으로 해도 돼요. 에린이 모든 것을 다 말해 줬어요. 슬레이드하고 케니킹 일 말이에요. 숨김없이 모두 다요."

"그래서는 안 되는데, 에린."

내가 조용히 말하자 그녀는 울먹이는 소리로 말했다.

"누군가에게 말하지 않고는 견딜 수가 없었어요."

"댁은 경찰에 가지 않으면 안 돼요."

시글린의 말에 나는 고개를 내저었다.

"지금까지는 비밀 싸움으로 부상자도 프로의 사이에만 있었던 그 위험성을 알고 있는 패거리들로서 당연한 일로 받아들여지고 있는 겁니다. 아무것도 모르는 제3자는 아무도 당한 일이 없어요. 나는 그대로 놓아두고 싶습니다. 내용도 알지 못하고 건드렸다가는 누가 되든지 큰코를 다치게 되니까요. 경찰 제복을 입고 있든 그렇지 않든 말입니다."

"하지만, 그런 수준에서 다룰 필요는 없겠네요. 정치가에게 시키면 되겠지요. 외교관에게요."

나는 한숨을 내쉬고 의자에 등을 기댔다.

"내가 처음 이 나라에 왔을 때 아이슬란드인에게는 설명할 수 없는 것이 세 가지 있다고 들었어요. 아이슬란드인끼리도 말입니다. 아이슬란드의 정치 조직, 아이슬란드의 경제 조직, 그리고 아이슬란드의 술에 관한 법률입니다. 현재로 알코올에 대해서는 걱정이 없지만, 정치와 경제는 내가 걱정하는 것 가운데 최고의 문제입니다."

에린이 말했다.

"무슨 말을 하려는 거예요?"

"그 냉장고하고 전기 커피포트 얘기를 하는 거야." 나는 또 손가락을 내밀었다. "게다가 전열 주전자와 트랜지스터 라디오. 그것은 모두 수입품이고 수입을 하자면 아이슬란드는 수출을 해야 되는 거야, 생선·양고기·양모 따위 말이야. 그런데 청어떼는 1천 마일도 더 먼 데로 사라져버렸기 때문에 근해 어업은 바닥이 난 상태야. 이 이상으로 사태를 악화시켜서는 안 된다고."

시글린은 눈썹을 모았다.

"무슨 뜻이지요?"

"세 나라가 얽혀 있는 겁니다. 영국, 미국, 그리고 러시아가요. 이런 일이 외교관 수준에서 다루어져 '아이슬란드 영토에서의 싸움을 그만둘 것'이라는 공문서가 교환된다고 하면 이런 비밀이 유지될 수 있다고 생각하십니까? 어느 나라에나 정치적으로 시끄러운 패거리들이 있어요. 아이슬란드도 예외는 아닐 겁니다. 그리고, 그 패거리들이 모두 여기에 뛰어들 것입니다."

나는 일어섰다.

"미국에 반대하는 패거리가 케플라비크 기지 문제로 떠들어대거든요. 반공주의자들에게 좋은 명분이 생겨 아마 당신네들은 영국을 상대로 어업전쟁을 다시 시작할 것입니다. 대다수 아이슬란드는 1961년의 협정에 만족하고 있지 않으니까요."

나는 뒤돌아서 시글린을 보았다.

"어업 전쟁 동안 아이슬란드의 트롤선은 영국 항구에 입항이 거절되었고 그래서 당신네는 러시아하고 좋은 무역 관계를 가지게 되었어요. 그것이 지금도 계속되고 있지요. 무역의 상대로서 러시아를 어떻게 생각합니까?"

그녀는 즉석에서 대답했다.

"그들은 아주 좋다고 생각해요. 매우 친절하게 해 주었거든요."

나는 천천히 말했다.

"만일 당신네 정부가 현재 일어난 일로 공문서를 내야 될 입장에 놓인다면 그 우호 관계도 위험에 처하게 될지 모릅니다. 그런 일이 일어나도 좋겠습니까?"

그녀의 얼굴에 당황하는 빛이 보였다. 나는 은근한 소리로 말했다.

"만일에 이 소동이 표면화된다면 이것은 아이슬란드를 뒤흔드는 최대의 소송 사건이 될 것입니다. 1809년에 셈 펠프스가 욜겐 욜겐센을 왕으로 모시려고 했던 사건 이래로 말입니다."

에린과 맥없이 얼굴을 마주본 시글린이 말했다.

"그의 말이 맞아."

나도 내가 옳다고 생각했다. 아이슬란드의 온건한 사회 생활 속에서 무력이란 너무나 위험한 일이다. 옛날의 원한은 아직 기억력이 좋은 사람들 사이에 남아 있지만 거기에 불을 붙이는 것은 그리 어려운 일이 아니다.

"정치가들이 모를수록 모든 사람에게는 좋은 것입니다. 나는 이 나라를 좋아합니다. 빌어먹을! 그러니까 나는 흙탕물을 끼얹고 싶지 않아요." 나는 에린의 손을 잡았다. "나는 이 문제를 곧 결말이 나도록 해 보이겠어. 나는 그 방법을 알고 있다고요."

그녀는 하소연하듯이 말했다.

"그들에게 포장물을 건네주는 거예요…… 빌어요, 앨런. 줘버려요."

"그렇게 할 거야…… 하지만, 내 나름의 방법으로 말이야."

생각해야 될 일이 많았다. 이를테면 폴크스바겐이다. 케니킹이 등록 번호를 조사하여 누구의 것인지를 알아내는 데는 그리 시간이 걸리지 않을 것이다. 그렇게 되면 아마 오늘 하루가 지나기 전에 쫓아올 가능성이 크다. 내가 말했다.

"시글린 씨…… 댁은 말을 타고 간나와 함께 계실 수 있겠어요?"

그녀는 놀랐다.

"하지만 어째서?" 그녀는 내가 말하려고 하는 것을 알았다. "폴크스바겐 등록 번호?"

"그래요. 환영할 수 없는 손님이 찾아올 것입니다. 잠시 떠나 계시는 것이 좋지 않겠어요."

"어젯밤에 간나한테서 전갈이 왔어요. 댁이 나간 바로 뒤에. 그는 앞으로 사흘 동안 더 있다가 온다더군요."

"아주 잘 되었군요. 사흘이면 모든 게 다 끝날 테니까요."

"어디로 가실 거예요?"

나는 경고를 했다.

"묻지 마세요. 댁은 우리에 대해서 너무 많은 것을 알고 있습니다. 아무도 묻는 사람이 없는 데로 가고 싶습니다." 나는 손가락을 놀렸다. "저 랜드로버도 옮겨야 되겠고. 아예 버려버릴까, 여기에서 발견되지 않아야 되는데."

"마구간에 넣어두면 어떨까요?"

"그게 좋겠군요. 나는 랜드로버 안에 있는 것을 몇 가지 볼보로 옮기고 오겠습니다. 곧 돌아올 겁니다."

나는 차고로 들어가서 그 전자 제품과 두 자루의 총과 탄약을 다 꺼냈다. 총은 큰 마포로 싸서 트렁크 속에 집어넣었다. 에린이 나와서 물었다.

"우리는 어디로 가지요?"

"우리가 아니야, 나 혼자라고."

"나는 당신하고 갈 거예요."

"당신은 시글린하고 가야 돼."

그 고집 세고 완고한 표정이 그녀의 얼굴에 나타났다.

"아까 당신이 한 말을 듣고 저는 기뻤어요. 이 나라에 성가신 일을 일으키고 싶지 않다고 했죠. 우리 나라 일이니까 그것을 위해 나도 싸울 거예요. 누구나 마찬가지예요."

나는 큰 소리를 내어 웃을 뻔했다.

"에린, 당신은 싸우는 것을 어느 정도 알고 있지?"

"다른 아이슬란드인과 같은 정도요."

그녀는 시원스레 대답했다.

"당신은 어떻게 되는지 모르고 있어."

"당신은 아는 거예요?"

"나는 거의 파악하고 있어. 나는 슬레이드가 러시아의 공작원이라는 것을 증명했어. 그리고 케니킹을 화나게 만들어 그로 하여금 탄알을 넣은 권총처럼 슬레이드를 노리게 한 거야. 그들이 얼굴을 마주할 때 그가 폭발할 것 같아. 그렇게 될 때 나는 슬레이드의 입장에는 서고 싶지 않아. 케니킹은 직접 행동을 취하는 것을 좋아하니까."

"어젯밤에 무슨 일이 일어난 거예요? 큰 시련을 겪었나요?"

나는 소리를 내어 트렁크를 닫았다.

"내 인생을 통해서 가장 행복하지 않은 밤이었어. 당신은 짐을 좀 정리해 두는 것이 좋겠는데. 한 시간 안에 이 집에는 아무도 없도록 하고 싶어."

나는 지도를 꺼내서 폈다.

에린은 아직도 붙들고 늘어졌다.

"어디로 가는 거예요?"

"레이캬비크······. 하지만 먼저 케플라비크로 가고 싶어."

"그건 반대예요. 당신은 레이캬비크에 먼저 가야 해요. 남쪽으로 가서 흐베라겔디를 지나가지 않는 한요."

"그게 문제라고."

나는 천천히 대답하고 지도를 보며 눈썹을 모았다. 내가 생각했던 도로망은 그런대로 존재했지만 상상한 정도로 광범위하지는 않았다. 정보국은 일손이 모자라 약해졌는지 어쩐지는 분명하지 않으나, 케니킹이 그런 일로 어려움을 겪고 있지 않는 것은 확실했다. 케니킹에게 10명이 딸려 있는 것을 보고 왔다.

그리고 지도에 의하면 레이캬네스 반도 두 군데 즉, 싱그베릴과 흐베라겔디에 인원을 배치함으로써 동쪽에서의 잠입을 차단한다. 어느 쪽이 시가지이든 간에 보통의 여유 있는 속도로 지나간다면 발견되어 버릴 것이고, 사력을 다해서 질주하면 마찬가지로 주의를 끌게 된다. 전에는 유익했던 무선 전화가 이번에는 애물단지가 된다. 많은 것들이 나를 찾는 데 이용되고 있는 것이다.

"빌어먹을! 이것은 전혀 불가능하군."

에린이 명랑하게 웃는 얼굴로 아주 여유 있게 말했다.

"편한 길을 알고 있어요. 케니킹은 생각할 수도 없는 방법이 있다고요."

나는 의심스런 눈으로 그녀를 보았다.

"어떻게 한다는 거야?"

그녀는 지도에 손가락을 뻗었다.

"바다로 가면…… 비크로 가면, 내 옛날 친구가 있어요. 그가 우리를 배로 케플라비크로 데려다 줄 거예요."

나는 믿기지 않는 기분으로 지도를 보았다.

"비크까지 가려면 멀어. 게다가 반대 방향이야."

"그게 더 좋잖아요? 케니킹도 당신이 그런 데로 갈 것이라고는 생각하지 않을 거예요."

지도를 살펴보면 볼수록 그것은 가능성이 있어 보였다.

"나쁘지 않은데."

"물론, 나는 당신을 친구에게 소개하기 위해서 함께 가야 되는 거예요."

에린은 또 자기가 마음먹은 대로 말했다.

2

레이캬비크로 가는 방법치고는 묘한 방식이었다. 나는 볼보를 반대 방향으로 돌려 액셀을 밟았다. 숄스아우 강의 다리를 건너자 안심이 되었다. 그곳에 케니킹이 파수꾼을 세워두었으리라고 생각했는데 아무 일 없이 강을 건널 수 있어 나는 안도의 숨을 내쉬었다.

그래도 헤라를 지나서부터 나는 늦지 않도록 하면서 주요 도로에서 떨어진 란댜산들의 복잡하게 뒤얽힌 울뚝불뚝한 길로 들어가 이런 미로에서 나를 찾아내는 자가 있다면 그것은 초감각 능력을 가진 녀석임에 틀림없다고 생각했다.

정오쯤 되어 에린이 입을 열었다.

"커피 안 드실래요?"

"당신은 무슨 도깨비방망이라도 가지고 있나?"

"가지고 있는 것은 보온병과 빵, 그리고 청어 초절임뿐이에요. 시글린의 주방에서 가져온걸요."

"당신이 함께 와주어서 고맙다는 말을 하고 싶어. 그런 것은 생각하지도 않았는데."

나는 차를 멈추었다.

"남자들은 여자들같이 현실적이지 않은 것 같아요."

우리는 먹으면서 지도를 보고 현재 있는 위치를 확인했다. 작은 강을 건넌 곳이고 우리가 지나온 농장은 벨그솔쉬볼이라는 곳이었다. 놀라움과 동시에 생각이 난 것은 우리는 지금 니얄의 전설의 땅에 와 있다는 사실이었다. 그다지 멀지 않은 힐다렌디에서 간나 허믄들슨이 아내인 할가드에게 배신을 당하여 싸우다 죽었다. 복수의 악마에게 내몰린 스카프 헤딘은 죽음이 어른거리는 얼굴로, 도끼를 높이 쳐들고 이 땅을 질주하였던 것이다. 그리고 이곳 벨그솔쉬볼에서 니얄과 아내인 벨그소라가 일가족과 함께 불에 타 죽음을 당했다.

그 모든 것은 1천년 전에 있었던 일인데 나는 좀 울적한 심정으로 인간의 본질은 그 시대나 별로 달라진 것이 없다고 생각했다. 간나나 스카프 헤딘과 마찬가지로 나는 적에게 언제 습격을 당할지 모르는 위험을 안고 이 땅을 여행한다. 그리고 나 역시 만일 기회가 주어진다면 습격을 하려고 한다. 그 밖에도 비슷한 점이 있었다. 나는 켈트족이고, 니얄은 켈트족의 이름인 닐에서 잘못 전달된 것이다. 나는 불타 죽은 니얄의 전설이 불길한 혼백에 얽혀 화염의 밥이 된 스튜어트라는 전설을 만들어내지 않기를 빌었다.

나는 이런 어두운 생각에서 벗어나려고 에린에게 말했다.

"비크에 있는 친구는 어떤 사람이야?"

"이름은 발틸 볼드빈슨 발니. 학교 친구예요. 그는 해양생물학자로 연안 생태학을 연구한대요. 카트라가 폭발했을 때의 변화가 어디까지 영향을 미치고 있는가를 찾아내는 일이지요."

나도 카트라의 폭발에 관한 것을 알고 있었다.

"배에 대한 말인데, 그가 어째서 우리를 케플라비크까지 태워다 줄 거라고 생각하나?"

에린은 머리를 흔들었다.

"내가 부탁하면 그렇게 해줄 거예요."

나는 웃었다.

"남자에게 무서운 힘을 가진 이 훌륭한 여자는 도대체 어떤 사람일까? 마타 하리, 스파이의 여왕인가?"

그녀는 얼굴이 빨개졌으나 대답하는 소리는 조용했다.

"당신도 발틸을 좋아하게 될 거예요."

사실이 그랬다. 그는 딱 벌어진 어깨에 피부색 말고는 아이슬란드의 현무암을 깎아내어 만든 것 같은 사나이였다. 몸통이 실팍하게 튼튼하고 머리도 단단해 보였다. 울퉁불퉁 거칠게 생긴 양손과 굵은 손가락은 내가 보기에 그가 연구실에서 해온 세밀한 작업과 어울리지 않았다. 그는 보고 있던 슬라이드에서 얼굴을 떼고 우렁찬 소리로 말했다.

"에린! 어떻게 여기까지 온 거야?"

"지나가는 길에 들렀어. 이 사람은 스코틀랜드에서 온 앨런 스튜어트 씨야."

내 손이 큰 손바닥 안에 쥐어졌다.

"이렇게 만나게 되어 반갑소."

나는 그의 인사가 진심이라는 것을 금방 느꼈다.

그는 에린을 보고 말했다.

"여기서 만나게 되었으니 운이 좋았군. 나는 내일 출발하거든."

에린은 눈썹을 치켜올렸다.

"어머! 어디로 가는데?"

"저 낡은 배에 새 엔진을 놓아주기로 한 거야. 그래서 나는 요트를 레이캬비크로 회항시키려고 가는 거지."

에린은 나를 흘끗 바라보았다. 나는 고개를 끄덕였다. 인생에는 가끔 행운이 따르는 때가 있다. 에린이 어떻게 해야 우리를 케플라비크까지 데려가도록 그를 감쪽같이 속일 수 있을까 하고 걱정했는데, 이제는 행운이 저절로 굴러든 것이다.

그녀는 넘칠 듯한 미소를 띠었다.

"우리 두 사람을 좀 태워주지 않겠어? 친구한테 부탁하면 편의를 보아줄지도 모른다고 앨런에게 말했거든. 케플라비크까지 데려다 준다면 정말 고맙겠어. 앨런은 이틀 후에 거기에서 사람을 만나기로 약속이 되어 있거든."

발틸은 명랑하게 대답했다.

"동행이 생겼으니 정말 기쁜 일이야. 거리가 꽤 먼 곳이므로 키를 잡는 일도 교대할 수 있고. 그런데 에린, 아버지는 요즘 어떠셔?"

"건강하셔."

"그러면 비얄니는? 크리스틴은 아들을 낳았어?"

에린은 웃었다.

"아직……. 하지만 곧 낳게 될 거야. 어째서 딸이냐고는 묻지 않아?"

그는 자신 있다는 듯이 대답했다.

"아들을 낳을 게 뻔해! 그런데 당신은 휴가중인가요, 앨런?"

그는 영어로 물었다.

나는 아이슬란드어로 대답했다.

"예, 그렇습니다. 나는 해마다 여기에 오지요."

그는 놀란 듯한 얼굴로 웃었다.

"당신 같은 사람은 드물 거예요."

나는 연구실 안을 둘러보았다. 생물학 연구용의 도구가 가득했다. 약품이 들어 있는 즐비한 병들, 저울, 현미경이 2대, 표본으로 꽉 차 있는 유리장.

포르말린 냄새가 코를 찔렀다. 내가 물었다.

"여기서 어떤 일을 하는 건가요?"

그는 내 팔을 잡고 창가로 데려갔다. 그리고 손을 크게 흔들면서 설명해주었다.

"이 바다에는 고기가 많아요. 지금은 안개가 끼어서 잘 보이지 않지만, 날씨가 좋으면 베스트만너예알 제도가 보여요. 거기에 큰 어선단이 있어요. 이번에는 이쪽으로 와 봐요."

그는 방의 반대쪽으로 나를 데리고 가서 밀덜스요에클 쪽을 가리켰다.

"저 위에 빙하가 있고, 그 얼음 밑에 카트라라는 큰 화산이 있어요. 카트라에 대해서는 알고 있나요?"

"아이슬란드에 있는 사람은 누구나 알고 있지 않아요?"

그는 고개를 끄덕였다.

"좋아요! 나는 이 연안의 바다와 그 속에 있는 모든 동물, 크고 작고를 막론하고…… 거기에 식물까지, 죽 조사하고 있어요. 카트라가 분화하면 60세제곱 킬로미터의 얼음이 녹아서 민물이 되고, 그 물이 이 바다로 들어온다오. 1년 동안 아이슬란드 전국의 모든 강에서 흐르는 민물이 1주일 동안에 이 바다에 집중적으로 쏟아져 들어가는 셈이죠. 그러니 고기나 동물이나 식물에게 나쁠 수밖에……. 익숙하지 않은 돌발 현상으로 엄청난 재앙이 된답니다. 나는 그런 것이 얼마나 큰 타격을 주는가, 그리고 회복하는 데 얼마나 긴 기간이 필요한가를 밝혀내려는 겁니다."

"하지만 카트라가 또 폭발할 때까지 기다려야 되지 않겠어요. 오랫동안 기다려야 되는 작업이군요."

그는 큰 소리로 웃었다.

"나는 여기에서 5년간 더 있을 겁니다. 10년이 될지도 모르지만, 그렇게까지 되지는 않을 거예요. 이제 서서히 분화를 일으킬 시기가 되고 있으니까." 그는 내 팔을 가볍게 쿡쿡 찔렀다. "내일이라도 분화할지 몰라, 그러면 우리는 케플라비크로 갈 수 없겠지요?"

나는 맥빠진 소리로 말했다.

"그런 일은 생각하고 싶지도 않군요."

그는 방 앞으로 오라고 불렀다.

"에린, 친구를 위해서 오늘은 쉬기로 하겠어."

그는 큰 걸음으로 성큼성큼 몇 발 걷다가 그녀를 안아 올려 그녀가 비명을 지를 때까지 꽉 껴안았다.

나는 거기에는 별로 신경을 쓰지 않았다. 벤치에 놓인 신문 제목이 시선을 끌었기 때문이다. 레이캬비크에서 온 조간으로, 1면에 '게이실에서 총격전'이라는 제목이 나와 있었다.

서둘러 훑어보았더니 게이실에서 전쟁이 일어난 것이 틀림없다는 식의 기사로, 대포를 제외한 모든 소규모 총기가 신원을 알 수 없는 사람들에 의해 사용되었다는 보도였다. 목격자의 말이라고 해서 몇 마디 실려 있으나, 대부분이 너무나 정확성이 없는 보도였고, 이고리 폴코프라는 러시아 관광객이 열탕이 솟구치는 물줄기에 바싹 접근했다가 사고를 당해 병원에 입원했다는 기사도 실려 있었다. 미스터 폴코프는 총을 맞은 것은 아니었다. 그런데도 소련대사는 아이슬란드 외무장관에게 소련 시민에 대한 까닭 없는 공격을 유감스럽게 생각한다는 의사를 전달했다는 것이다.

나는 신문을 펴고, 이 문제에 대한 사설이 나왔는가를 보았다. 물론 실려 있었다. 냉정하고 준엄한 논조로 논설은 소련 대사에게 질문을 제기했다. 어째서 그 소련 시민인 이고리 폴코프라는 사나이가 그때 무장을 하고 있었는가, 그는 이 나라에 들어올 때 세관 당국에 무기를 신고한 기록이 전혀 없다고 지적했다.

나는 히쭉 웃었다. 케니킹과 내가 합작으로 아이슬란드와 소련의 관계에 쐐기를 박은 셈이다.

3

 다음날 아침 꽤 늦어서 우리는 비크를 나섰는데, 나는 머리가 무겁고 기분이 나빴다. 발틸은 술꾼 가운데서도 대주가(大酒家) 축에 들었고 수면이 부족한 내가 그와 호흡을 맞추어 마신 결과는 참담했다. 그는 호쾌하게 웃으면서 나를 침대에 들어다 눕혔다. 나는 그의 표본병에 든 포르말린을 계속 들이마신 기분이었는데 그는 싱그러운 데이지처럼 상쾌한 아침을 맞이했다.

 런던으로 전화를 걸어 타거트와 통화를 하고 싶었으나, 그는 사무실에 나와 있지 않았다. 나의 기분은 나아지지 않았다. 수화기 속에서는 정중한 관리 같은 목소리가, 그가 어디에 있는가는 가르쳐주지 않은 채 전하고 싶은 말이 있으면 전해주겠다고 했으나 나는 그것을 거절했다. 케이스의 기묘한 행동 때문에 정보국의 누구도 신용할 수가 없었다. 타거트 말고는 누구와도 얘기를 나누고 싶지 않았.

 발틸의 배는 만 기슭에 닻을 내리고 있어 모래사장과는 좀 떨어져 있었다. 우리는 작은 배를 타고 바다로 나갔다. 그는 내가 가지고 온, 마포로 싼 길게 생긴 두 가지 짐을 이상한 듯이 보았으나 아무 말도 하지 않았고, 나는 그것의 내용물이 무엇인지 모른 체하면서 무사히 넘어가기를 빌었다. 총을 남겨두고 싶지가 않았다. 필요할지도 모르기 때문이다.

 그 배는 7, 8미터쯤 되는 길이에, 작은 선실이 있고 거기에 화장실과, 키를 조종하는 사람에게 비바람을 가려주는 작은 조타실이 붙어 있었다. 지도를 보아서 비크에서 케플라비크까지 거리를 알고 있었기에 배가 작다는 느낌이 들었다.

 나는 물었다.
 "얼마나 걸리는 거요?"
 "20시간쯤 걸릴 거야." 발틸은 그렇게 말하고 유쾌한 듯이 말을 덧붙였다. "그나마 저 낡은 엔진이 계속 잘 움직여줘야 되는데, 잘못하면 영원히 바다 귀신이 되는 거요. 뱃멀미를 심하게 하지는 않소?"

"모르겠는데. 그것을 확인해볼 기회가 한 번도 없었으니까."

그는 큰 소리로 웃었다.

"이제 좋은 기회가 되겠군."

방파제를 벗어나자 대양의 파도에 배는 무섭게 흔들리고, 서늘한 미풍에 에린의 머리가 흐트러졌다.

"오늘은 날씨가 좋군." 발틸이 손으로 뱃머리를 가리켰다.

"베스트만나에이얄 제도가 보이는군."

나는 흐릿한 작은 섬들을 바라보면서 에린에게 들은 연극을 했다.

"여기에서 사치 섬은 어느 방향에 있지요?"

"20킬로미터 정도로 이마이 섬 남서쪽, 큰 섬이지요. 아직 보이지는 않는데."

작은 배는 큰 파도 속을 돌진하며, 가끔 이물을 물속으로 들이밀고 떠오를 때는 폭포처럼 물을 쏟아냈다. 나는 바다와 전혀 인연이 없었기 때문에 별로 안전하다고 생각하지 않았으나 발틸은 태연하였고, 에린도 마찬가지였다. 엔진은 장난감 기차에나 쓸 법한 작은 디젤인데, 자주 멈추었고 그때마다 발틸이 발로 걸어차면 다시 움직이기 시작했다. 어째서 그가 새 엔진을 얻게 된 것을 기뻐하였는지 알만했다.

사치 섬까지는 6시간이 걸렸고, 발틸은 그 섬의 둘레를 기슭 가까이 돌아가면서 나의 질문에 대답해 주었다.

"알고 있겠지만 상륙시켜 줄 수는 없어."

굉음과 함께 불길에 싸여 해저로부터 모습을 드러낸 사치 섬은, 불모의 환경에서 어떻게 생명이 자리잡는가를 밝혀내는 데 관심이 있는 과학자에게만 자신을 허락한다. 당연한 일이지만, 그들은 관광객의 발에 짓밟히거나 종자를 가지고 들어오는 것을 환영하지 않는다.

내가 말했다.

"괜찮아, 나는 아예 상륙할 생각은 하지도 않았으니까."

갑자기 그는 웃는 소리를 냈다.

"어업 전쟁을 알고 있소?"

나는 고개를 끄덕였다. 이른바 어업 전쟁이라는 것은 연안의 어업 제한에 대한 아이슬란드와 영국 사이에 일어났던 분쟁으로 두 나라 어업 선단 간의 잦은 불화에서 생긴 일이다. 그것은 결국 아이슬란드 쪽에서 12마일을 영해로 선포함으로써 해결되었다.

발틸은 웃었다.

"사치 섬이 불쑥 나옴에 따라 우리의 어업 구역은 이제 30킬로 남쪽으로 더 넓어졌다오. 내가 만난 어느 영국 선장은 지저분한 처사라고…… 마치 우리가 의식적으로 그렇게 만든 듯이 말했지만. 그래서 나는 지질학자에게 들은 말을 해 주었소. 1백만 년쯤 지나면 우리의 어업 구역은 스코틀랜드까지 남하할 것이라고."

그는 포효하는 듯이 크게 웃었다.

사치 섬에서 멀어져 가자 나는 흥미를 가진 흉내를 그만두기로 하고 선실로 내려가서 잠을 자기로 했다. 나는 잠이 필요했고 위장도 이상해지려고 했기 때문에 다리를 쭉 뻗고 눕고만 싶었다. 나는 자리에 눕자마자, 누구에게 머리를 얻어맞은 것처럼 금세 잠이 들어버렸다.

4

갈증이 풀리는 것처럼 늘어지게 자고 있을 때, 에린이 깨워서 눈을 떴다.

"이제 일어나요."

나는 하품을 했다.

"어디쯤 왔어?"

"발틸이 이제 곧 케플라비크의 기슭에 대줄 거예요."

나는 일어나면서 천장에 머리를 찧을 뻔했다. 머리 위에서 제트기의 폭음이 들렸다. 고물에 나와 보니 육지가 바로 가까워지고 그 너머로 비행기가 지금 막 착륙하고 있는 참이었다. 나는 양손을 벌리고 말했다.

"지금 몇 시나 되었나?"

발틸이 대답했다.

"8시야. 잘 자더군."

"당신과 상대하고 나면 자야 된다고."

그는 내 말에 히쭉 웃었다.

우리는 여덟 시 반에 기슭에 닿아 에린이 뛰어내리고, 나는 그녀에게 포장한 총을 건네주었다.

"태워주어서 고맙소, 발틸."

그는 그런 소리는 하지 말라는 듯이 손을 흔들었다.

"하나도 힘들 것 없었어. 당신을 사치 섬에 상륙시켜 줄지도 몰라…… 재미있었어요. 당신은 언제까지 여기에 있게 되는 거죠?"

"여름이 끝날 때까지. 하지만, 어디에 있게 될지는 아직 모르겠어요."

"연락해 줘요."

부두에 서서 그가 떠나가는 것을 배웅하면서 에린이 물었다.

"우리는 여기에서 뭘 할 거예요?"

"나는 리 놀드링거를 만나려고 해. 어떻게 될지 모르지만, 나는 이 괴물이 무엇인지 알고 싶은 거야. 비알니는 여기로 올 것 같나?"

"모르겠어요. 그는 대개 레이캬비크 공항에서 출발하니까요."

"아침 식사 뒤에 당신이 여기 공항에 있는 아이슬란드 항공 사무실에 다녀와야겠어. 비얄니가 어디에 있는가 물어 보고, 그리고 내가 갈 때까지 거기에서 기다리고 있어." 나는 얼굴을 뒤덮은 더부룩한 수염을 깎았다. "중앙홀에는 절대 들어가선 안돼. 케니킹이 틀림없이 케플라비크 공항에 부하들을 풀어놓았을 테니까 발각되지 않도록 해야 된다고."

"우선 아침 식사를 해야죠. 좋은 카페를 알고 있어요."

내가 놀드링거의 사무실로 들어가 총을 구석에 내려놓자 그는 놀란 듯이 나를 바라보았다. 탄약의 무게로 호주머니가 처져 있는 데다, 수염투성이의 턱과 내가 지친 것 같아 보였기 때문이다. 그는 방구석으로 흘끗 시선을 보내면서 물었다.

"낚싯대치곤 너무 무거워 보이는데 지쳤나, 앨런?"

나는 의자에 앉았다.

"형편없는 시골길로 여행을 하다가 와서 그래. 면도기를 좀 빌려야겠어. 그리고 자네한테 보여줄 것이 있네."

그는 책상 서랍을 열고 전기 면도기를 꺼내 밀어 놓았다.

"세면장은 복도로 가서 두 번째 문을 열면 돼. 무엇을 보아달라는 거야?"

나는 주저했다. 놀드링거에게 무엇인가를 알게 되더라도 조용히 있어 달라고 부탁할 수는 없는 노릇이었다. 그것은 그에게 직업상의 기본적인 태도를 초월해 주기를 바라는 일이고, 그가 그렇게 하기를 기대할 수는 없었다. 나는 승패를 하늘에 맡긴다는 기분으로 배짱을 정하고 호주머니에서 금속 상자를 꺼내어 덮개에 붙여놓았던 테이프를 뜯고 알맹이를 내놓았다. 나는 그것을 그의 앞으로 밀어놓으면서 말했다.

"이것이 뭐야, 리?"

그는 손을 대지 않고 한참 들여다보고 나서 말했다.

"이것에 대해서 무엇이 알고 싶은 거야?"

"거의 모든 것을 다 알고 싶어. 그런데 우선, 어느 나라 제품이지?"

그는 그것을 들어올려 뒤집어 보았다. 그것에 관해서 무엇인가 나한테 가르쳐 줄 수 있는 사람이 있다면 그것은 리 놀드링거 중령뿐이었다. 그는 케플라비크 기지의 전자공학계의 사관이고, 육상과 공중 양쪽의 레이더와 무전을 관리하고 있었다. 그는 그 일에 대단히 우수한 사람이었다.

"거의 틀림없이 미국 것이야." 그는 그렇게 말하고 그것을 손가락으로 쿡쿡 찍어보았다. "부품의 몇 가지는 확실해. 이를테면, 저항기는 보통으로 쓰이는 미국제라고." 그는 그것을 다시 뒤집었다. "그리고 입력은 표준적인 미국의 전압으로 50사이클로 돼 있어."

"알았어. 그리고, 도대체 뭐하는 데 쓰는 물건이야?"

"그것을 지금 곧 말할 수는 없지. 생각해 보라고. 어디서 이런 너저분하게 뒤얽힌 회로 덩어리를 가지고 와서 무엇이냐고 설명을 해보라니, 나는 우수하다는 말은 좀 듣지만, 그다지 빼어난 사람은 아니거든."

나는 끈기 있게 물었다.

"그럼, 이런저런 것은 아니다라고는 말해 줄 수 없을까?"

"10대들의 트랜지스터 라디오가 아니라는 것은 확실하지." 그는 눈썹을 모으고 말했다. "어쨌든, 지금까지 본 일이 없는 물건이야." 그는 기계의 한가운데 있는 이상한 모양의 금속 조각을 두드렸다. "예를 들면, 아직까지 나는 이런 것은 본 일이 없거든."

"테스트를 해볼 수는 있을까?"

그는 책상의 반대쪽에서 장신의 몸을 일으켰다.

"그럼 전류를 통해보고 '성조기여 영원하라'는 노래가 나오는지 어쩌는지 보아야지."

"내가 따라가도 괜찮나?"

놀드링거는 시원스럽게 대답했다.

"그렇고말고. 작업장으로 가자고." 우리가 복도로 나갈 때 그가 물었다. "어디서 가져온 거야?"

나는 짧게 대답했다.

"얻은 거라고."

그는 수상하다는 눈빛으로 나를 흘끗 보았으나 그 이상 아무 말도 묻지 않았다. 우리는 복도 끝에 있는 회전문을 지나서 큰 방으로 들어갔다. 거기에는 전자 장치가 가득히 놓인 긴 작업대가 나란히 있었다. 놀드링거는 상사를 불러서 말했다.

"야, 치프, 좀 테스트해볼 것이 있는데, 비어 있는 작업대가 있나?"

"예, 중령님. 5호대를 쓰십시오. 당분간 사용하고 있지 않으니까요."

나는 시험용 작업대를 바라보았다. 둥근 손잡이와 다이얼, 스크린 따위가 가득했는데 뭐가 뭔지 짐작도 할 수 없었다. 놀드링거는 의자에 앉았다.

"앉아 있어. 어떻게 되는지 보자고." 그는 장치의 단자에 클립을 붙였다. "이미 알게 된 것도 있어. 이것은 비행기 부품은 아니야. 이렇게 높은 전압은 쓰지 않거든. 그리고 대충 같은 이유로 배에서 쓰는 것도 아닐 거야. 그렇다면 지상에서 사용하는 장치로 볼 수 있지. 이것은 미국의 보통 전기 플러그에 맞도록 만들어진 물건이야. 캐나다 제품일지도 모르지만, 캐나다에 있는 회사의 대부분은 미제 부품을 쓰고 있지."

나는 물어보았다.

"텔레비전 부품이 아닐까?"

"지금까지 보았던 어떤 텔레비전의 부품도 아니야." 그는 스위치를 꽂았다. "110볼트…… 50사이클. 자, 암페어가 나오지 않으니까 조심해야겠어. 아주 낮은 데서부터 시작해 보자고."

그는 살짝 손잡이를 돌렸다. 그러자 다이얼의 가는 바늘이 약간 흔들렸다. 그는 장치를 바라보았다.

"전류가 지금 흐르고 있지만 파리의 심장에 발작을 일으키기에도 모자라는 양이야." 그는 말을 끊고 얼굴을 들었다. "우선 말이지, 이 것은 미친 괴물 같은 물건이야. 이런 부품에 교류전기를 쓴다는 것은 말도 안돼. 자, 그리고 어쩐지 증폭 단계가 세 단으로 되어 있는 것 같은데, 그 이유를 알 수가 없어, 이것은."

그는 리드선에 붙어 있는 탐사침을 들었다.

"플러그를 여기에 대면 오실로스코프에는 사인파가 나오게 되어 있어." 그는 얼굴을 들었다. "…… 그대로 되었어. 자, 이 묘한 모양의 쇠붙이가 어떻게 되는가를 보자고."

그는 살짝 탐사침을 갖다댔다. 그러자 오실로스코프에 나타나 있던 초록색 선이 급격히 움직여 새로운 모양이 되었다.

"스퀘어파야. 여기까지의 회로는 단속기로서 기능을 다하고 있어. 그 자체가 참으로 이상해, 지금 그 이유는 말하지 않겠지만. 자, 그럼 이 쇠붙이에서 나와 이쪽의 너저분한 쪽으로 들어가 있는 것은 어떻게 되었는지 한 번 보자고."

그가 탐사침을 내리자 오실로스코프의 그래프가 움직이더니 다시 안정되었다. 놀드링거는 휘파람을 불었다.

"저 스파게티를 보자고." 초록색의 선이 기묘한 물결 모양으로 꼬이고 그것이 리드미컬하게 움직이며 그 때마다 모양이 바뀌었다. "이것을 밝혀내는 데는 대단한 풀이에 해석이 필요하겠어. 그러나 어쨌든, 이 별난 쇠붙이에서 송출되고 있는 거야."

"그래서 이젠 무엇인지 알겠나?"

"그건 전연 몰라. 자, 이제부터 출력 쪽을 시험해보자고. 이제까지의 모양으로 보면 오실로스코프는 몹시 복잡한 선을 나타내보였어. 어쩌면 파열할지도 몰라."

그는 탐사침을 내리고 우리는 물끄러미 스크린을 바라보았다.

"무엇을 기다리는 거야?"

놀드링거는 어이가 없는 듯이 스크린을 보았다.

"아무것도 기다리지 않아. 출력이 되지 않아."

"나쁜 거야?"

그가 나를 이상한 눈으로 보았다. 그리고 낮은 소리로 말했다.

"있을 수 없는 일이야."

"어딘가 고장 난 것이 아닐까?"

놀드링거는 말했다.

"알아내지 못한 것 같아. 회로는 그런대로 그렇고, 서클이 문제야. 그 서클을 어딘가에서 끊으면 아무데도 전류가 흐르지 않아." 그는 또 탐사침을 댔다. "여기에는 맥박치는 매우 복잡한 모양의 전류가 있어." 스크린이 다시 살아나서 춤을 췄다. "같은 회로 가운데 여기에 뭔가가 있어?"

나는 아무것도 나오지 않은 스크린을 보았다.

"아무것도 안 나와."

"그렇다네." 그는 딱 잘라 말하고 머뭇거렸다. "더 정확히 말하면 이 시험용 장치로는 나타낼 수 없다고 해야겠지." 그는 그 물건을 두드렸다. "잠시 내가 이것을 가져가도 되겠나?"

"왜?"

"좀더 세밀한 시험을 해보고 싶어서. 딴 연구실이 또 있다고." 그는 헛기침을 하면서 좀 난처한 듯이 말했다. "저, 자네는 들어갈 수 없는 곳이라서……."

"알았어, 비밀 구역이란 말이지."

거기는 프리트의 증명서가 있어야 들어갈 수 있는 장소인 것 같았다.

"괜찮아, 놀드링거. 그것 시험이나 철저히 부탁해. 나는 가서 면도를 해야겠어. 자네 방에서 기다리고 있겠네."

"잠깐 기다려. 이것은 어디에서 입수한 물건이지, 앨런?"

"그것의 용도를 알려주면, 내가 입수한 경위도 일러주겠네."

그는 미소지었다.

"약속했어."

시험 장치에서 그 물건을 떼어 내고 있는 그를 남겨두고 나는 그의 사무실로 돌아와 전기 면도기를 들었다. 15분쯤 걸려서 더부룩했던 수염을 다 깎고 나니 기분이 상쾌했다. 나는 놀드링거의 방에서 오래 기다렸다. 한 시간 반쯤 지나서 그는 돌아왔다.

그는 그 장치를 마치 다이너마이트 덩어리라도 되는 것처럼 가져와서 책상에 살짝 내려놓고 무뚝뚝하게 물었다.

"어디서 이런 물건을 입수했는지 물어보지 않을 수가 없네."

"이것을 어떻게 사용하는 것인지 가르쳐주지 않는 한 말할 수가 없어."

그는 책상 건너쪽에 앉아 금속과 플라스틱 덩어리를 증오에 가까운 눈초리로 바라보며 억양 없는 소리로 말했다.

"아무 작용도 하지 않아, 절대로 아무것도 아닌 물건이야."

"그만두라고. 틀림없이, 무엇인가 작용하는 것이 있을 건데."

"아무 작용도 없다고! 재볼 수 있는 출력이 없다니까."

그는 앞으로 몸을 구부리고 조용히 말했다.

"앨런, 여기에는 전자파 스펙터클이라면 어떤 것이나 측정할 수 있는 도구가 다 있어. 믿을 수 없을 만큼 작은 저주파의 라디오파로부터 우주선까지 말이야. 그런데, 이 별난 물건에서는 아무것도 나오지 않는다니까."

"아까도 말했지만, 어디가 고장난 거겠지."

"이 고양이는 뛰지를 않아. 나는 모든 테스트를 다 해보았어."

그가 그것을 누르자 그것은 책상 위에서 움직였다.

"이것에는 세 가지 마음에 안 드는 게 있어. 우선 지금까지 본 일이 없는 그런 부품이 몇 가지 있다는 것. 기능을 전혀 알 수 없는 부품이야. 나는 이런 일에 꽤 우수하다는 말을 듣는 사람이라고. 그래서 몹시 화가 난단 말이야. 다음은, 이것은 분명히 불완전한 것…… 더 큰 장치의 일부에 지나지 않는 거야…… 그리고 전체를 눈앞에 놓고 본다고 해도, 내가 이해할 수 있을지 자신할 수 없어. 셋째는…… 진정으로 하는 말인데…… 그 기계는 작동해서는 안 되는 물건이라는 사실이야."

"작동을 하지 않잖아?"

그는 난처한 듯이 손을 흔들었다.

"내 말이 좀 서툴렀던 것 같아. 어떤 형태로 출력이 있어야겠지. 자네가 언제까지나 무한정 기계에 전기를 집어넣고 계속 기다리고 있을 수는 없지 않아…… 써야 될 에너지를 말이야…… 무엇인가 나오지 않는 한. 그렇잖아? 그런 것은 불가능해."

"그것은 열의 형태로 나올지도 몰라."

그는 한심한 듯이 고개를 흔들었다.

"나는 화가 나서 극단적인 방법도 써 보았네. 마지막에는 1천 와트의 전류를 집어넣어 보았어. 만일 에너지 출력이 열의 형태로 될 수 있었다면 이 떨떠름한 괴물은 전기 히터처럼 빛나지 않았겠어? 그런데 전혀 지금이나 다름없이 차디찬 거야."

"지금의 자네 체온보다도 낮았다는 말인가?"

그는 절망한 듯이 양손을 들었다.

"앨런, 만일 자네가 수학자로서, 둘 더하기 둘은 다섯이라는 수식을 만났다고 해. 색다른 이론이나 근거도 없이 말이야. 그렇다면 자네는 지금의 나와 똑같은 느낌이 들 거야. 마치 물리학자가 진정으로 움직이는 영원한 운동 기계를 만난 것 같은 거라고."

"잠깐, 영원한 운동 기계라면 제로에서 무엇인가를 얻는 에너지 말이지. 이것은 그 반대가 아닐까?"

"그것도 틀린 말은 아니야. 에너지는 만들어 내지도 못하고 파괴되지도 않아." 내가 입을 열려고 하자 그가 서둘러서 말했다. "원자 에너지 말은 꺼내지 말아. 물질은 얼어서 응집한 에너지로 생각할 수 있는 거야." 그는 음침한 눈으로 장치를 바라보았다. "이것은 에너지를 파괴하고 있어."

에너지를 파괴한다! 나는 그 생각을 머릿속으로 굴리며 무엇인가를 생각해보려고 했다. 대답이 곧 나왔다——아무것도 아니라는 것.

"그렇게 전문적인 말을 쓰지 말라고. 자네가 알고 있는 것을 가지고 생각해 봐. 이것에 입력을 하고 나오는 것은……."

"아무것도 없었어."

나는 그 말을 정정했다.

"자네가 계측할 수 있는 것이 아무것도 없는 거야…… 여기에는 좋은 기계들이 많겠지만, 놀드링거. 그렇다고 모든 것을 다 갖추고 있다고는 할 수 없잖아. 틀림없이 어딘가에 앞으로 무엇이 나올지 알고 있을 뿐만 아니라, 그것을 잴 수 있는 장치도 가진 천재가 있다고."

"어떤 장치인지 꼭 그런 것을 보고 싶은데. 내 경험으로는 생각할 수 없는 것이니까 말이야."

내가 말했다.

"놀드링거, 당신은 기술자이지 과학자가 아니야. 그것은 인정하지?"

"맞아, 나는 옛날부터 기술자야."

"그러니까 당신은 지금 머리를 짧게 깎고 있는 거라고…… 하지만 이것은 장발을 한 사람이 설계한 물건이야." 나는 히죽 웃었다. "아니면 학자라고나 해야겠지."

"아직도 자네가 그것을 어디에서 입수했는지 알고 싶은걸."

"그것이 어디로 갈 것인지 거기에 더 관심을 가져주면 좋겠어. 여기에 금고가 있나…… 아주 튼튼한 금고 말이야?"

"있고말고…… 이것을 맡겨 놓고 싶은가?"

"48시간만 말이야. 그 시간이 지나도 내가 찾으러 오지 않으면, 상관에게 건네주어도 상관없어. 자네가 걱정하고 있는 일을 다 말해도 좋아. 그리고 그가 처리하도록."

놀드링거는 날카로운 눈으로 나를 보았다.

"어째서 곧 그에게 주면 안 된다는 거지? 48시간으로 내 목이 날아갈지도 몰라."

"자네가 지금 내준다면, 내 목이 위태로워질 거야."

내가 음침한 소리로 말하자 그는 그 장치를 거두어들였다.

"이것은 미국제인데 케플라비크 기지의 것은 아니야. 어디에 속해 있는 물건인지 알고 싶네."

"여기 것이 아니라는 것은 분명해. 어쩌면 러시아 것일 거야. 그들은 이것을 되찾아가려고 하고 있어."

"뭐라고? 대부분이 미제 부품인데."

"러시아 녀석들은 맥나마라로부터 비용 절감에 대한 교훈을 배웠을 거야. 가장 좋은 물건만을 사 모았는지도 모른다고. 나는 부품이 콩고에서 만들어졌다고 해도 별로 놀라지 않을 거야……. 또 나는 자네가 맡아주었으면 하는데."

그는 다시 그 물건을 아주 조심스럽게 책상에 놓았다.

"오케이. 그러나 조건을 바꿔야 해. 24시간으로 말이야. 24시간이 지나도 모든 것을 설명해주지 않으면 자네한테 돌려 줄 수 없어."

"그럼 그것으로 만족해야겠지. 자네 차를 빌려준다면, 나도 오케이야. 랜드로버를 라우갈바튼에 두고 왔거든."

"이 친구, 심장도 어지간하군." 놀드링거는 호주머니에 손을 넣어 차의 키를 꺼내 책상 위에 내던졌다. "문 옆 주차장에 있어, 파란색 시보레야."

"알고 있어." 나는 윗옷을 입고 구석에 놓아둔 총을 들어올렸다. "놀드링거, 자네는 프리트라는 사나이를 알고 있나?"

그는 잠깐 생각했다.

"모르겠는데."

"그럼, 매카시는?"

"작업실에서 만났던 상사가 매카시야."

"다른 사나이인데…… 또 만나자고, 놀드링거. 둘이 함께 낚시질도 가고."

"감옥에 들어가지 않도록 조심하게."

나는 문 앞에서 멈춰섰다.

"어째서 그런 말을 하지?"

그는 장치를 손으로 덮었다.

"이런 것을 가지고 다니는 자는 누구든지 감옥에 들어가야 되니까."

 그는 동정하는 듯한 말을 했고 나는 웃음으로 넘기면서, 그 장치를 들여다보고 있는 그를 남겨두고 밖으로 나왔다. 옳고 그름을 판단하는 놀드링거의 사고에 문제가 생긴 것이다. 그는 기술자이지, 과학자가 아니기에 기술자가 거의 그렇듯이 규정집에 따라 일을 한다. 규정집은 몇 세기에 걸쳐 시험을 거쳐 온 사실에 대한 긴 리스트이다. 그는 그 규정집이 원래 과학자들에 의해 편찬되었다는 것을 잊고 있는 것이다. 과학자란 규칙을 깨는 것을 하나도 이상하게 여기지 않고 불가능한 우주를 조금씩 두드려보는 좋은 기회라고 생각하는 사람들이다. 뉴턴 역학에서 양자 역학으로 보조를 바꾸지 않고 잘 옮겨갈 수 있는 인간이라면, 누구든 어떤 일이든 믿을 수 있는 것이다. 평일의 어느 날이든, 그리고 일요일에는 그 두 배나 말이다. 리 놀드링거는 그런 사람이 아니었다. 그러나 틀림없이 그 별난 물건을 설계한 사람은 그런지도 모른다.

 나는 차를 찾아내어 장총과 탄약을 트렁크에 실었다. 또 가지고 다니는 잭 케이스의 권총은 숄더 홀스터에 넣었기 때문에 윗옷의 모양새가 흐트러질 염려는 없었다. 내 차림새가 훨씬 좋아졌다는 것은 아니다. 옷 앞쪽은 케니킹의 집에서 토탄불이 튀어 타서 누른 데도 있고 게이실에서 총알이 스쳐간 소매에 찢어진 데도 있다. 게다가 윗옷이고 바지고 흙탕물에 젖었기 때문에 부랑자의 꼴에 가까웠다. 그러나 말쑥하게 면도를 한 부랑자다.

 나는 차에 오르자 국제공항 쪽으로 서서히 달리면서 그 장치에 관해서 놀드링거가 나한테 말하지 못했던 것이 무엇일까 하고 생각했다. 그에 따르면 있을 수 없는 물건이다. 그렇다면 그것은 과학상 중요한 것이다. 너무나 중요하기 때문에, 그래서 사람이 죽고, 다리를 날리고, 열탕으로 요리까지 당하였다.

게다가 어떤 일을 회상하니 나는 몸에 소름이 끼쳤다. 케니킹이 마지막으로 한 말이다. 내가 싱그봐라뵈튼 호반의 집에서 탈출하기 직전 그는 내가 이제는 그 장치보다도 더 중요하게 되었다는 것을 아주 똑똑하게 말했다. 그는 처음에 그 물건에 손을 대지 않고 나를 죽일 작정이었으나 그가 아는 한, 내가 죽어버리면 그 장치는 영원히 나와 함께 사라져버릴 수밖에 없었다.

놀드링거의 말에서, 그 장치에 대단한 과학적 중요성이 있는 것은 알 수 있다. 그렇다면 그것보다도 내가 훨씬 중요한 것이 되었다는 것은 도대체 무엇일까? 이 삭막한 기술공학적 세계에서 한 사나이가 과학상의 큰 비밀보다도 훨씬 중요해진다는 것은 그리 흔치 않은 일이다. 마침내 우리가 정상적인 정신 상태로 돌아가는 것을 의미할지 모르지만 어쩐지 그렇게는 생각되지 않았다.

아이슬란드 항공 사무소로 가는데 중앙홀을 지나지 않고 들어가는 옆문이 있었기 때문에 나는 거기에 차를 세우고 들어갔다. 나는 여직원에게 물어 보았다.

"에린 라그널스더틸은 있는가요?"

"에린? 그녀는 대합실에 있어요."

나는 대합실로 들어가 그녀가 혼자 있는 것을 발견했다. 그녀는 나를 반갑게 맞이했다.

"앨런, 왜 이렇게 늦었지요?"

그녀의 얼굴은 긴장되어 있었고, 어딘가 서두르는 것 같이 느껴졌다.

"생각했던 것보다 오래 걸리더군. 뭔가 괴로운 일은 없었나?"

"아무런 일도 없었는걸요…… 신문을 읽었어요, 이 신문 좀 보세요."

나는 그녀의 손에서 그것을 빼앗았다.

"무엇이 어떻다는 거야?"

"당신, 신문을, 신문을 보면 알아요."

그녀는 얼굴을 돌렸다. 나는 신문을 흔들어 펴고 1면에 나와 있는 사진을 보았다. 실물 크기의 스키언 더부였다. 그 밑에서 검은 제목의 쇳소리가 울리고 있었다. "이 칼을 본 일이 있습니까?"라고.

그 칼은 차 안에 앉아 있는 사나이의 심장에 꽂혀 있었다. 라우갈 바튼에 있는 집 입구에 서 있는 차였다. 피해자는 존 케이스라는 영국 관광객으로 판명되었다. 케이스가 발견된 그 집과 폴크스바겐은 기마 여행단을 이끌고 나가 있는, 현재 부재중인 간나 아날슨의 것으로 밝혀졌다. 그 집에 몰려가 탐색한 것은 분명하다. 간나 아날슨과 그의 아내 시글린 아스게일즈더틸은 부재중이기 때문에, 차를 도난당했는지 어쩐지는 알 수 없다. 부부는 경찰과 연락을 취하지 않고 있었다.

칼은 아주 드문 모양이기 때문에 경찰이 신문사에 그 사진을 실어 달라고 요청했다. 이 칼이나, 또는 이와 비슷한 칼을 본 일이 있는 사람은 경찰에 연락하기 바란다.

다른 난에는, 그 칼이 스코틀랜드의 스키언 더부라고 확인한 기사와 거기에 얽힌 옛날부터 전해오는 얘기가 실려 있었으나 모두 수박 겉핥기식의 기사였다.

경찰은 또 레이캬비크에 등록된 회색 볼보차를 찾으려 하고 있으며, 그것을 본 사람은 곧 경찰에 알려달라고 했다. 그 등록 번호도 나와 있었다.

나는 에린을 바라보면서 조용히 말했다.

"큰 소동이 벌어졌군."

"그게, 당신이 게이실로 만나러 간 사람이에요?"

"그래."

잭 케이스를 신용하지 않았던 것은 잘못이라는 것과 그를 케니킹의 집 가까이에 의식불명 상태로 남겨둔 것을 나는 후회스럽게 생각했다. 그를 신용해도 좋았을 것이다. 왜냐하면, 누가 그를 죽였는지가 확실해졌기 때문이다. 케니킹이 스기언 더부를 가지고 있었고, 케니킹이 그 폴크스바겐을 차지하고 있었다. 그리고 아마 케니킹은 나를 찾으러 나갔다가 케이스를 발견했을 것이다.

하지만 어째서 케이스는 죽임을 당했을까?

"무서워요, 또 죽었어요."

그녀의 어조는 절망으로 가득 차 있었다. 나는 무뚝뚝하게 말했다.

"내가 죽이지 않았어!"

그녀는 신문을 빼앗았다.

"경찰이 어떻게 볼보 일을 알고 있는지 모르겠어요?"

"보통 수준이야…… 케이스의 신원을 알면 경찰은 곧 그가 이 나라에 와서 한 일을 모두 조사하게 되어 있어. 그래서 곧 그가 차를 빌린 것도 알아냈겠지. 그러나 그 차는, 그가 발견된 폴크스바겐이 아닌 거야."

나는 그 볼보를 비크에 있는 발틸의 차고에 숨겨둔 것을 천만다행으로 생각했다.

"발틸은 언제 비크로 돌아가지?"

"내일이요."

모든 일이 마치 나 한 사람을 향해 밀려오는 것 같이 느껴졌다. 놀드링거는 나한테 24시간의 최후통첩을 하였다. 발틸이 비크에 돌아가도 곧 볼보의 정체를 모르고 지나가리라고는 생각할 수 없다. 그는 그 차를 찾고 있다는 것을 알게 되면 레이캬비크 경찰에 갈지도 모른다. 그리고 경찰이 시글린을 찾아가는 것을 마지막으로, 기구는 하늘 높이 솟아오를 것이다. 그녀의 집에 시체가 굴러다닌 차가 멈춰 있었다고 하면 그녀가 가만히 있을 리가 없다.

에린이 나의 팔을 툭 쳤다.

"당신은 앞으로 어떻게 할 거예요?"

"모르겠어. 지금은 그냥 앉아서 생각할 뿐이야."

그동안에 일어난 일들을 연결시켜 차분히 생각해보면, 케니킹이 나를 붙잡은 다음 태도가 갑자기 변한 데에서 의미 있는 어떤 모습을 찾아낼 수 있을 것 같다. 처음에 그는 어떻게든지 그 장치를 빼앗으려고 했고, 나를 수술하는 것을 불건전한 기쁨처럼 기대했었다. 그런데 그는 장치에 흥미를 잃고 나를 죽이는 것이 더 중요하다고 선언했다. 그것은 그에게 전화가 걸려온 바로 뒤부터였다.

나는 일어나 사건들을 하나하나 검토해보았다. 게이실에서 나는 케이스에게 슬레이드를 의심하고 있다는 것을 말하고 케이스는 그것을 타거트에게 전해주기로 했다. 그렇게 되면 어떤 일이 있어도 슬레이드를 철저하게 조사하게 된다. 그러나 나는 케니킹에게 붙잡히기 직전 슬레이드가 케이스에게 말을 거는 장면을 보았다. 혹시 어떤 형태로든지 케이스가 슬레이드에게 의혹을 갖게 되었다고 하면? 슬레이드는 영리한 사나이다──많은 사람을 조종해온 녀석이다──그래서 아마 케이스는 자기의 속내를 그대로 내보이고 말았을 것이다.

슬레이드는 어떻게 했을까? 그는 케니킹에게 연락해서 나를 붙잡았는가를 알려고 했을 것이다. 그는 타거트의 다음이라는 지위를 어떤 희생을 치르더라도 유지해야 되고 이것은 저 장치보다도 훨씬 중요하다고 생각한다.

그는 이렇게 말했을 것이다, "그 녀석을 죽여 버려!"라고.

그래서 케니킹의 태도는 변했을 것이다. 그리고 타거트에게 말하기 전에 잭 케이스를 죽이는 것이 마찬가지로 중요했을 것이다.

결과적으로 나는 슬레이드에게 놀아난 셈이 되어, 케니킹이 찾아낼 수 있도록 케이스를 남겨두고 케니킹은 내 단도로 케이스를 찌른 것이다. 케니킹은 나를 찾다가 폴크스바겐이 어느 쪽에서 왔던가를 생각하면서 케이스의 시체를 거기에 버렸다. 전형적인 테러리스트의 방식이다.

그것은 딱 들어맞지만, 단 한 가지 이상한 점이 나를 괴롭혔다. 내가 게이실에서 케니킹의 부하에게 기습을 당했을 때, 어째서 잭 케이스는 나를 버리고 도망쳤을까? 그는 나를 돕기 위해 손가락 하나 까딱하지 않았다. 그는 무기를 가지고 있으면서 나를 지켜주기 위해 총알 한 발도 쏘지 않았다. 나는 잭 케이스를 잘 알고 있는데, 어쩐지 그로서는 몹시 이상한 일이었다. 게다가 의외로 슬레이드와 사이좋게 보였던 것이 나로 하여금 그를 신용할 수 없다고 생각하게 만든 원인이다. 그것이 어쩐지 마음에 걸리는 점이었다.

그러나 그것도 모두 과거의 일이고, 나에게 부딪쳐 올 미래를 결정지을 판단을 내려야 한다. 나는 말했다.

"비얄니에 대해서 알아보았나?"

에린은 멍청하게 대답했다.

"그는 레이캬비크와 헤른 사이를 다니고 있어요. 오늘 오후에 레이캬비크에 도착한대요."

"그가 여기에 오도록 해야 되겠어. 당신은 그가 올 때까지 이 사무실에서 꼼짝도 말아야 돼. 식사를 하러 밖으로 나가도 안 되고, 여기에서 시켜 먹어야 해. 가장 조심할 일은 공항의 중앙홀로 나가면 절대 안 된다는 거야. 많은 사람이 당신하고 나를 감시하고 있으니까 말이야."

에린이 항의했다.

"하지만 나는 언제까지나 여기에 있을 수는 없잖아요."

"비얄니가 올 때까지야. 그러면 당신은 무엇이든지 그에게 말해도 좋아, 겪은 일들을 사실대로 말이야. 그리고 그에게 무엇을 하지 않으면 안 되는가를 말하는 거야."
에린은 눈썹을 모았다.
"무엇을 말이에요?"
"당신을 비행기에 태워서 여기에서 벗어나도록 하려는 거야. 그것도 보통 방법을 쓰지 않고 비밀로 해야 되는 거라고. 당신을 항공사 직원으로 변장시키든가, 승무원의 한 사람으로서 밀항을 시키든가 해서 말이야. 어쨌든 당신이 일반 승객으로 중앙홀에 나가는 일이 있어서는 안 돼."
"그런 일을 그가 할 수 있을 것 같지 않아요."
"천만의 말씀! 그린란드에서 칼스버그를 몇 상자씩이나 밀수도 하지 않았어? 당신을 몰래 나가도록 하는 것쯤은 식은 죽 먹기라고. 생각해봐, 그린란드로 가는 것은 그리 나쁘지 않은 일이야. 당신은 이 소동이 끝날 때까지 납삽슈워크에 가 있으면 좋겠어. 아무리 영리한 슬레이드라도 거기까지 조사하려고는 하지 않을 테니까."
"나는 가고 싶지 않아요."
"가야 돼. 지장이 없게 해줘. 당신은 요 며칠 동안의 일을 엄청난 고통으로 생각하겠지만, 이제부터의 24시간에 비한다면 그것은 한가로운 휴가나 같은 거라고. 나는 거기에서 당신을 떼어놓고 싶어. 에린, 부탁이야. 내 말을 들어 달라고."
에린은 화가 난 듯이 말했다.
"당신 내가 필요없을 것 같아서 그런 거지요."
"아니야, 그런 생각은 하지도 않았어. 게다가 당신은 지난 며칠 동안 충분히 증명을 했잖아. 당신이 한 일은 모두 당신 자신의 판단과는 어긋난 일이었지만 나를 따라 주었어. 당신은 총상까지 입었지만 나를 크게 도와주었다고."

"당신을 사랑하니까 그런 거예요."

"잘 알고 있어. 그래서 나도 당신을 사랑하는 거야. 그러니까 당신을 여기에서 벗어나도록 하고 싶어. 죽어서는 안 되니까 말이야."

"당신은 어떻게 할 거예요?"

"나는 달라. 나는 프로야. 나는 무엇을 어떻게 할 것인가를 알고 있어. 당신은 그것을 알지 못해."

"케이스도 프로였지 않아요…… 그렇지만 그도 죽고 말았어요. 그레이엄도 그랬고, 진짜 이름은 뭔지 모르지만. 그리고 폴코프도 게이실에서 열탕에 부상을 당하고……. 그도 프로였어요. 당신은 지금까지 죽은 사람이 모두 프로라고 했었지요. 당신이 죽어서는 안 된다고요, 앨런."

"나는 또 제3자는 아무도 당하지 않았다고 했어. 당신은 제3자야. 제발 내 말대로 해줘."

나는 어떻게 해서든지 그녀에게 사태가 심상치 않다는 인상을 강력히 심어주어야 했다. 나는 방 안을 둘러보고 아무도 없다는 것을 확인한 뒤 빨리 윗옷을 벗고 권총이 들어 있는 케이스의 숄더 홀스터를 벗었다.

나는 그것을 손에 쥐고 물었다. "이것을 쓰는 방법을 알고 있나?"

에린은 눈이 휘둥그레졌다.

"몰라요!"

나는 노리쇠를 가리켰다.

"이것을 뒤로 당기면 탄알이 약실로 장전되게 되어 있어. 이 레버, 안전 장치를 누르고 목표를 겨냥하여 방아쇠를 당기는 거야. 당길 때마다 탄알이 나간다고. 모두 8발이야, 알겠나?"

"그럴 것 같아요."

"되풀이해 봐."

"권총의 위를 뒤로 당겨, 안전 장치를 누르고 방아쇠를 당긴다."

"그래, 그렇게 하면 돼. 방아쇠를 당겨보는 게 좋지만 연습하고 있을 겨를이 없어." 나는 권총을 홀스터에 도로 넣고 별로 마음이 내키지 않는 듯한 그녀의 손에 쥐어주었다. "혹시 누가, 당신한테 싫은 짓을 하려고 하면 그 권총을 꺼내어 쏘는 거야. 아무도 못 맞힐지 모르지만 놀라게 할 수는 있어."

프로에게 있어서 무서운 것의 하나는, 풋내기의 손에 쥐어진 권총이다. 혹시 다른 프로에게 사격을 당한다면 적어도 그 녀석이 노리는 정확한 목표를 알기 때문에 그것을 이용해 허를 찌를 수도 있다. 그런데 풋내기는 요행수로 상대를 죽이는 경우가 있는 것이다.

"화장실로 가서 윗옷 속에 홀스터를 매는 거야. 당신이 나올 때는 내 모습은 사라지고 없을 거야."

에린은 마침내 그 권총으로 사태의 절박함을 받아들였다.

"당신은 어디로 갈 거예요?"

"더 이상은 참을 수가 없어. 도망 다니는 것도 질렸으니까, 이제는 공세로 나가야겠어. 행운을 빌어줘요."

에린은 나한테 가까이 와서 살짝 입맞추었다. 그 눈에는 눈물이 글썽하고, 우리 사이로 홀스터의 권총이 딱딱하게 느껴졌다. 나는 그녀의 궁둥이를 툭툭 치면서 말했다. "자, 잘 다녀와." 그리고 그녀가 돌아보며 걸어가는 것을 뚫어지게 쳐다보았다. 그녀의 등 뒤에서 문이 닫히자 나도 밖으로 나왔다.

제9장

1

놀드링거의 시보레는 너무 길고 넓은 데다 스프링이 아주 부드러워 승차감이 그만이었다. 우빅딜로 가기에는 부적합한 차종이었으나, 아이슬란드에서 유일한 포장 도로인 국제 고속도로를 달려 레이캬비크로 들어가는 데는 가장 적합한 차였다. 나는 시속 130킬로미터로 하브날퓔들까지의 40킬로를 달렸지만, 크파보글 근방부터 차가 많아져 속도를 뚝 떨어뜨려야 되기 때문에 초조했다. 나는 정오에 놀디 여행사의 토산품 매장으로 가는 약속이 있어 그 시간에 늦지 않도록 서둘렀던 것이다.

놀디 여행사는 합날스트라에티에 있다. 나는 차를 노우스르에 가까운 옆길에 세워놓고 시가지의 복판을 향해서 언덕을 내려갔다. 여행사 안으로 들어갈 생각은 전혀 없었다. 놀드링거가 그 장치를 금고에 보관하고 있기 때문에 갈 필요가 없었던 것이다. 나는 합날스트라에티에 도착하여 놀디 여행사 건너편에 있는 서점으로 뛰어들어갔다. 그 가게의 2층에는 다방이 있는데 계단으로 이어져 있기 때문에 커피를 마시면서 책을 읽을 수 있게 되어 있었다. 나는 얼굴이 보이지 않도록 하기 위해 신문을 산 뒤 2층으로 올라갔다.

정오의 혼잡한 시간이 아직 남아 있어, 나는 창가에 자리를 잡고 빵과 커피를 시켰다. 신문을 펴고 창 밖을 흘긋 바라보았더니, 예측한 대로 번화한 거리의 반대쪽에 있는 여행사가 잘 보였다. 얇은 비단 커튼은 내 시야를 가리지 않았고, 거리에서는 나를 식별할 수 없게 했다. 거리는 몹시 붐볐다. 관광 시즌이 시작되어 최초의 활기찬 여행자들이 벌써 토산품점에 몰려와 선물을 사려고 했다. 카메라를 어깨에 메고 지도를 손에 든 무리들이 쉽게 눈에 띄었는데, 그래도 나는 한 사람 한 사람씩 살펴나갔다. 내가 찾고 있는 사나이는 아마 관광객으로 여겨지는 편이 편리하다고 생각하고 있을 것 같았다.

이것은 내가 가는 곳이면 어디에나 적이 나타난다는 사실을 바탕으로 한 추측이었다. 전에 나는 지령에 따라 레이캬비크를 돌아서 가는 코스를 가다가, 린드홀므를 만났었다. 아스불기에 숨었을 때에는 그레이엄이 어둠 속에서 나타났었다. 확실히 그것은 무전 발진기가 랜드로버에 부착되어 있었기 때문이었으나 역시 그랬던 것이다. 프리트는 엎드려서 대기하다가 정확하게 랜드로버를 명중시켰다. 그의 목적은 아직도 수수께끼로 남아 있다. 그러나 그는 린드홀므와 마찬가지로, 어디서 기다려야 되는가를 알고 있었다. 케니킹은 게이실에서 나를 기습하여, 위기일발의 위험한 상황에서 나는 도망쳐 나왔다.

그리고 지금 나는 놀디 여행사를 찾아가도록 되어 있다. 뭔지 모르지만, 혹시 과거의 사례가 이어지는 것이라면 거기에 그물이 쳐져 있다고 생각하는 것이 논리적일 것이다. 그러므로 나는 밑에 있는 거리에서 윈도쇼핑을 하고 있는 사람들에게 큰 관심을 가지고, 케니킹이 매복해 기다리고 있다면, 그 패거리들을 식별할 수 있기를 빌었다. 그가 부하 전원을 아이슬란드로 데리고 왔을 리는 없지만, 그래도 나는 그 대부분의 얼굴을 알고 있었다.

그러나 그 녀석을 찾아내는 데 30분이 꼬박 걸렸다. 그것은 내가 이상한 각도로, 위에서 찾은 덕분이었다. 망원 조준경의 십자선으로 본 얼굴을 잊기란 매우 어려운 일이지만, 그 녀석이 얼굴을 들었을 때에 간신히 나는 식별이 된 것이다. 탕그너 강의 대안에서 케니킹과 함께 있던 녀석 중 하나였다.

그 녀석은 안절부절못하며 놀디의 이웃 가게 윈도를 들여다보면서, 카메라, 지도, 그림엽서를 가지고 완전히 관광객을 가장하고 있었다. 나는 웨이트리스를 불러 계산을 하고 곧 나가려고 하다가, 좀더 앉아 있을 수 있도록 커피 한 잔을 더 주문했다.

이런 일을 혼자 할 리가 없기 때문에, 나는 그 녀석이 어느 통행인과 관계가 있는가를 밝혀내려고 한 것이다. 시간이 지나갈수록 그는 차츰 침착성을 잃고 몇 번이나 시계를 보다가 정각 1시가 되자 확실한 행동을 시작했다. 그가 한 손을 들어 손짓을 하자, 딴 녀석이 나타나 그 녀석 쪽으로 거리를 횡단했다.

나는 커피를 다 마시고 밑으로 가서 신문 판매장 있는 데에 서서, 서점 유리창을 통해 녀석들을 관찰했다. 또 가세한 세 번째 사나이는 곧 알았다. 아무 낌새도 모르고 나에게 부탁통을 내준 일리치였다. 녀석들은 잠깐 말을 주고받더니 일리치가 손을 뻗어 손목시계를 두드리고 어깨를 으쓱했다. 그들 모두 포스트풀스트라에티 쪽 거리를 걷기 시작하자 나는 그 뒤를 따랐다.

시계를 본 것으로 미루어 이 패거리들은 내가 여기에서 사람을 만나기로 되어 있다는 것을 알고 있을 뿐만 아니라, 그 시각도 알고 있었던 것이다. 녀석들은 시간이 되면 일을 끝내는 노동자들처럼 1시가 되자 근무를 마쳤다. 녀석들이 암호를 알고 있었다고 하더라도 나는 별로 놀라지 않았다.

포스트풀스트라에티의 모퉁이에서 두 사람은 세워둔 차를 타고 사라졌으나, 일리치는 곧 오른쪽 거리를 돌아 벌그 호텔로 걸음을 재촉하여, 굴속으로 뛰어드는 토끼처럼 호텔 속으로 모습을 감추었다. 나는 잠깐 주저했으나 그의 뒤를 따랐다.

그는 프런트에서 키를 받아가지고 가려고 하지 않고, 그대로 곧장 2층으로 올라가기에 나는 그의 뒤를 따랐다. 그는 복도를 걷다가 어떤 방 앞에 멈추어 노크를 했다. 나는 방향을 휙 돌려 계단을 내려와 홀이 잘 보이는 라운지의 의자에 앉았다. 이리하여 나는 마시고 싶지도 않은 커피를 또 한 잔 시켰는데, 이것은 미행을 할 때의 벌칙인 것이다. 나는 신문을 크게 펼치고 다시 일리치가 나타나기를 기다렸다.

그가 2층에 있는 시간은 그리 길지 않았다——10분 안팎——그리고 그가 내려왔을 때, 나는 개가라도 부르고 싶은 심정이었다. 내 의심은 그대로 들어맞았고, 내가 아이슬란드에서 한 일은 모두 옳은 것이었다. 그는 어떤 사람과 말을 하면서 계단을 내려왔다. 그는 다름 아닌 슬레이드였던 것이다!

두 사람은 라운지를 지나 식당으로 향했는데, 슬레이드는 내 테이블에서 불과 2미터 못 되는 곳을 지나갔다. 슬레이드는 방에서 기다리다가 보고를 받고 식사를 하러 가는 것이라고 생각됐다. 내 예측은 그대로 맞아떨어졌다. 나는 방향을 돌려 두 사람이 어디에 앉는가를 바라보고, 자리에 앉을 때 잠깐 틈을 타서 서둘러 그 자리를 떠났다.

2분 뒤에 나는 2층에서 내려와 일리치가 두드린 문을 아무도 대답하는 사람이 없기를 빌면서 노크했다. 아무도 대답하는 사람이 없어 지갑에서 플라스틱 조각을 꺼내어 잠깐 재주를 부린 다음 방 안으로 들어갔다. 그것은 내가 학교에서 배운 것이다. 정보국이 나를 잘 훈련시킨 덕분이었다.

나는 슬레이드의 짐을 뒤적이는 그런 바보짓은 하지 않았다. 내가 생각한 대로 그가 영리하다면, 그는 틀림없이 어떤 장치를 마련하여 여행 가방이 열렸던가를 한눈에 알아볼 수 있도록 해놓았을 것이다. 일을 하는 데 있어서 신경을 써야 될 당연한 절차이고 슬레이드에게는 이중의 이점이 있다. 그는 양쪽에서 훈련을 받은 사람이다. 하지만 나는 옷장의 문짝을 샅샅이 살피면서, 문을 열면 떨어지도록 가는 머리털을 침으로 발라 놓았는가를 조사해 보았다. 그런 것은 없었다. 나는 옷장 문을 열고 안으로 들어가, 캄캄한 데에 앉아 기다리기로 했다.

나는 오랫동안 기다렸다. 슬레이드가 미식가이기 때문에 각오는 하고 있었지만, 아무리 생각해 보아도 별난 아이슬란드의 요리를 그가 좋아하는지 알 수 없었다. 허컬——몇 달 동안을 모래 속에 묻어놓은 상어의 날고기——이라든가 초에 절인 고래의 비곗살 따위는 아이슬란드 사람들에게나 맞는 음식이다.

그가 돌아온 것은 3시 15분 전인데 그때 나는 몹시 허기를 느끼고 있었다. 커피는 많이 마셨지만 고체 식품은 거의 들어가지 않았던 것이다. 일리치는 그와 함께 돌아왔다. 슬레이드가 타고난 러시아인다운 달변을 구사하는 것은 이상할 것도 없다. 빌어먹을, 그는 아마 고든 란즈딜처럼 러시아인이었을 것이다. 녀석의 특징이 또 한 가지 불거진 셈이다.

일리치가 물었다.

"그럼, 내일까지는 할 일이 없습니까?"

"봐스라프가 뭔가 찾아내지 않는 한은 말이야."

"이것은 잘못된 일 같습니다. 스튜어트센이 그 여행사에 나타날 것 같지 않아요. 어쨌든 그 정보는 틀림이 없습니까?"

"틀림없어. 그리고 그 녀석은 앞으로 나흘 안에 찾아온다고. 우리는 모두 스튜어트를 너무 과소평가한 것 같아."

나는 캄캄한 곳에서 미소지었다. 내가 부탁하지 않았는데 칭찬을 받는 것은 나쁠 것이 없다. 그 다음에 그가 한 말은 잘 듣지 못했지만 일리치가 대답을 했다.

"물론 그 녀석이 가지고 올 포장물에는 손을 대지 않을 것입니다. 녀석이 공작원에게 넘겨주도록 내버려두고, 붙잡아 올 때까지 미행하겠습니다."

"그런 다음에는?"

일리치는 아무 감정도 섞이지 않은 소리로 말했다.

"녀석을 죽이겠습니다."

"그래, 그러나 절대로 시체가 발견되지 않도록 해야 돼. 벌써 너무 많이 알려져 있어. 케니킹은 케이스의 시체를 거기에 남겨두었기 때문에 곤란을 겪고 있잖아." 그리고 나서 잠시 침묵이 흐른 다음, 그가 재미있는 말을 꺼냈다. "대체 스튜어트는 필립스를 어떻게 처치했을까?"

이 말에 대해서 일리치는 대답이 없고 슬레이드가 말을 계속했다.

"그럼 됐어. 자네하고 다른 사람은 내일 11시에 놀디 여행사로 가게. 스튜어트를 발견하면 곧 나한테 전화로 알려야 해. 알았나?"

"그렇게 하겠습니다." 일리치가 대답했다. 문이 열리는 소리가 들렸다. 그가 물었다. "케니킹은 어디에 있습니까?"

슬레이드는 날카로운 소리로 쏘아붙였다.

"케니킹이 하는 일은 자네하고 상관없어. 빨리 가라고."

문이 소리를 내고 닫혔다.

기다리고 있는데, 종이를 젖히는 소리와 무슨 금속성의 소리가 들렸다. 나는 옷장 문을 살짝 열고 작은 틈새를 통해 한쪽 눈으로 밖을 내다보았다. 슬레이드는 의자에 앉아 무릎 위에 신문을 펴고, 굵은 시가에 불을 붙이려고 했다. 그는 담배 끄트머리가 빨갛게 되자 재떨이를 찾았다. 재떨이가 테이블 위에 있는 것이 보이자, 일어서서 의자를 움직여 재떨이에 손을 편하게 뻗을 수 있도록 했다.

그것은 나한테도 편리했다. 의자를 움직임으로써 그는 나에게 등을 돌린 꼴이 되었다. 나는 호주머니에서 만년필을 뽑아들고, 옷장 문을 아주 천천히 열었다. 방이 좁아 그의 등 뒤로 가까이 가는데는 두 걸음이면 충분했다. 발소리도 내지 않았다. 그런데도 그가 목을 돌리기 시작한 것으로 보아 방 안의 조명 상태의 미미한 변화를 감지한 것이 틀림없었다. 나는 만년필 끝을 녀석의 비곗살이 찐 목덜미에 누르면서 말했다.

"꼼짝 말고 가만히 있어. 움직이면 대가리가 날아갈 테니까."

슬레이드는 얼어붙었고, 나는 또 한쪽의 손을 어깨 너머 윗옷 안쪽으로 돌려 숄더 홀스터에 들어 있는 권총을 잡았다. 요즘은 누구나 권총을 가지고 다니기 때문에 나는 무장 해제를 시키는 데는 아주 익숙했다.

"꼼짝 말아." 나는 그렇게 말하고 뒤로 돌아갔다. 나는 권총을 움직여 장전이 되어 있는 것을 확인한 뒤 안전 장치를 풀었다. "일어서."

그는 아직 신문을 쥔 채 얌전하게 일어섰다. 내가 명령했다.

"앞에 있는 벽으로 똑바로 걸어가서 두 손을 높게 벌리고 거기에 갖다대."

나는 뒤에서 그가 시키는 대로 하는 것을 물끄러미 쳐다보았다. 그는 내가 하려는 것을 알고 있었다. 신체 검사를 하는 데는 이것이 가장 안전한 방법인 것이다. 슬레이드가 무슨 짓을 할지 몰라 긴장됐다. 나는 말했다.

"두 발을 벽에서 떼고 더 기대는 거야."

그렇게 해 놓으면 무슨 짓을 하려고 해도 균형을 잃게 된다. 무엇보다도 소중한 한순간을 이용하는 데 충분한 것이다.

그는 두 발을 뒤로 뻗었다. 체중이 실린 그의 손목이 떨리는 것을 알 수 있었다. 나는 날렵하게 몸을 뒤져, 그의 호주머니에 들어 있는 것을 침대 위에 던졌다. 주사기를 무기로 여기지 않는다면, 그는 그 밖에 무기를 가진 것이 없었으나, 앰풀 주사 상자는 대단한 것이었다. 왼쪽에 있는 초록색의 것은 6시간 동안 확실히 의식을 잃게 하는 마취약이고, 오른쪽의 빨간 것은 30초면 사람을 죽일 수 있는 것이었다.

"이번에는 양 무릎을 굽히고 벽을 따라서 천천히 바닥에 엎드려."

나는 프리트에게 시켰던 것과 똑같은 자세로 그의 두 무릎을 굽혀서 배를 깔게 하고 양손을 넓게 뻗도록 했다. 그 자세에서 나한테 덤비려면, 슬레이드보다 훨씬 민첩한 사나이가 아니고는 안 된다. 그 총으로 뒤통수를 치지 않았다면 프리트는 그렇게 했을지 모르지만 슬레이드는 그렇게 젊지도 않고 배가 툭 튀어나온 사나이다.

그는 머리를 옆으로 돌리고 오른쪽 볼을 카펫에 대고 누워서, 왼쪽 눈으로 나를 올려다 보았다. 뚫어지게 바라보는 그의 시선에는 증오가 담겨 있었다. 그가 처음으로 입을 열었다.

"어떻게 오늘 오후에 손님이 안 오리라고 생각한 거야?"

"그것을 걱정하다니 그럴싸한데, 만일 누가 문을 열고 들어온다면, 너는 송장이 될 거야." 나는 그에게 웃는 얼굴로 말했다. "그것이 여종업원이라면 가엾은 일이지. 어째서 죽는지도 모를 테니까."

"도대체 어떻게 할 작정이야, 스튜어트? 실성한 것 아니야? 그런 것 같은데…… 나는 타거트에게 그렇게 말했는데, 그도 내 의견과 같았어. 자, 그 총을 거두고 내가 일어서도록 하게."

나는 약간 탄복한 듯이 말했다.

"한 번 시험삼아 해보면 어떨까……. 단, 일어서다가 꿈틀하고 움직이기만 하면 그 자리에서 쏘아버릴 테니까."

그 말에 대한 그의 반응은, 한쪽 눈을 몇 번 깜박거릴 뿐이었다. 이윽고 그가 말했다.

"이것으로 자네는 교수형에 처해질걸세, 스튜어트. 반역은 중대한 범죄이니까 말이야."

"유감스럽군. 적어도 너는 교수형을 받지는 않을 테니까. 네가 하고 있는 짓은 반역이 아니고 단순한 간첩 행위란 말이야. 간첩은 교수형에 처하지 않는 것으로 알고 있어. 특히 평화 시대에는 말이야. 혹시 네가 영국인이라면 반역죄가 되지만 너는 그렇지 않아. 너는 러시아인이니까."

그는 오싹한 듯하더니 말대꾸를 했다.

"정말 실성을 했군. 내가 러시아인이라고?"

"네가 영국인이라면, 고든 란즈딜도 캐나다인이라고 해야겠지."

"타거트가 자네를 붙잡을 때까지 기다리게. 그는 자네 목을 달아맬 테니까."

"네가 적과 사이좋게 지내는 것은 어찌된 일이지, 슬레이드?"

그는 분노를 가장하여 빠른 말로 지껄였다.

"뭐라고! 내가 하는 작업이야. 자네도 같은 짓을 했잖아? 지난날 케니킹의 오른팔 노릇을 하지 않았어? 나는 명령에 따라서 하고 있을 뿐이야, 자네가 했던 것 이상으로 말이지."

"거 재미있게 되었는데. 네가 받은 명령은 아주 별난 것이군. 좀더 말해 보시지."

그는 윤리 관념이 철저한 사나이처럼 말했다.

"반역자 따위에게 말을 해서 뭘해."

그때 비로소 나는 슬레이드를 존경했다고 해야 될 것이다. 가장 위엄이 짓밟힌 자세로 누워, 머리에 권총이 겨누어진 상태에서, 그는 한치의 양보도 없이 끝까지 싸우려고 한 것이다. 나 자신이 스웨덴에서 케니킹의 다음 자리에 있을 때, 그와 마찬가지의 위치에 있었기 때문에 그런 인생이 얼마나 신경을 소모시키는가를 잘 알고 있다. 날이면 날마다, 자기의 정체가 언제 드러날지 모르기 때문이다. 지금 그는 또, 자기가 가장 새로운 청량제처럼 깨끗하다는 것을 나한테 믿게 하려고 애쓰는데, 만일 내가 한순간이라도 그를 일어나게 하여, 그의 팔을 움직이게 해준다면, 그 즉시 내가 죽는다는 것을 알고 있었다. 그래서 나는 이렇게 말했다.

"쓸데없는 수작 말라고, 슬레이드. 나는 네가 일리치에게 나를 죽이라고 하는 말을 들었어. 그것도 타거트의 명령이라고 하지는 않겠지?"

그는 눈썹 하나 까딱하지 않고 말했다.

"그래. 그는 자네가 적의 편에 가담하고 있다고 생각하고 있어. 자네가 한 짓을 생각해 보라고, 나도 그에게 잘못한다고 할 수가 없지."

나는 그의 너무나 뻔뻔스러운 태도에 폭소가 터져 나올 뻔했다.

"이런 철면피 같은 놈! 얼굴을 처박고 누워서도 그런 소리가 나와? 거기에 타거트는 이런 소리도 했겠지. 러시아 패에게도 도와 달라고 부탁하도록 말이야."

슬레이드는 위쪽 볼을 일그러뜨리면서 좀 웃는 것 같은 표정을 지었다.

"그건 전에도 있었던 일 아냐? 자네가 지미 버크비를 죽였던 일 말이지."

무의식중에 방아쇠에 대고 있는 내 손가락이 긴장하여, 침착성을 회복하는 데 잠깐 시간이 걸렸다. 나는 냉정을 유지하려고 애쓰면서 말했다.

"지금처럼 지옥 문턱에 가까이 가본 적은 없을 걸, 슬레이드. 너는 버크비라는 이름을 들먹이면 안 돼, 그것은 아픈 데니까. 더 이상 바보 같은 소리는 하지 말라고. 너는 이제 끝장이란 것을 잘 알고 있겠지. 지금부터 내가 흥미를 가지고 있는 것을 다 털어놓으라고. 그것도 서둘러서 말이야. 말해 봐."

"뒈져버려라."

"꽤나 지옥에 가까워졌군. 이렇게 말해 볼까. 네가 영국인이든 러시아인이든, 간첩이든 반역자이든, 나한테는 아무 상관없는 일이야. 애국심 따위는 아무래도 좋아. 나는 그런 것을 다 졸업했으니까. 나에게는 순수한 개인적인 일이야. 너만 좋다고 하면 남자대 남자의 문제지. 살인을 하는 데 있어 대개 그것이 기초가 되거든. 너의 명령에 따라 에린은 아스퓰기에서 죽음에 직면했고, 나는 방금 네가 그 녀석에게 죽이라고 하는 말을 들었어. 이제 너를 당장 죽여도 정당방위가 되는 거야."

슬레이드는 머리를 조금 추켜올려 나를 똑바로 볼 수 있게 얼굴을 들었다.

"하지만 너는 그런 짓을 안 한다고."

"하지 않는다고?"

"하지 않아. 나는 전에도 말했어, 자네는 너무나 유순한 사람이야. 다른 상황이라면 나를 죽일지도 몰라. 예를 들어 내가 도망을 친다든가, 맞대고 총질을 하는 경우에 말이지. 하지만 내가 여기에 드러누워 있는 한, 자네는 나를 죽이지 않는다고. 자네는 영국 신사이니까."

그는 마치 맹세하는 글이라도 외우는 말투로 말했다.

"나는 어떤 짓을 할지 몰라. 스코틀랜드인은 다르다고."

그는 태연하게 말했다.

"그건 다를 게 없어."

나는 떨지도 않고 권총의 총구를 응시하고 있는 그를 바라보며, 그의 말이 사실이라고 인정했다. 슬레이드는 인간을 잘 알고 있고, 살인에 관한 한 나를 꿰뚫어보고 있다. 그리고 그는 만일 나한테 덤벼들면 내가 반드시 죽일 것이라고 생각한다. 그가 드러누워 있는 한은 안전하지만, 몸을 움직이면 별문제이다.

그는 웃었다.

"자네는 이미 그것을 증명했어. 유리의 발을 쏜 것 말이야. 어째서 심장을 쏘지 않았나? 케니킹의 설명을 들으니, 자네는 강 반대쪽에서 이발관에 가지 않아도 공짜로 면도를 해줄 정도로 정확하게 쏘았다는 거야. 자네는 유리를 죽일 수 있었어, 그런데 그렇게 하지 않았잖아!"

"그때는 그런 기분이 아니었기 때문이었어. 나는 그레고르를 죽였거든."

"그런 소동이 벌어져 내가 죽느냐 그가 죽느냐 하는 판국 아닌가? 그런 때는 누구든지 그런 결심을 할 수밖에 없어."

나는 주도권을 빼앗기고 퇴각해야 될 것 같은 불안감을 느꼈다.

"죽으면 말을 할 수 없지 않아…… 그러니까, 말을 하라고. 그 전자 장치 말인데 그건 도대체 무엇에 쓰는 물건이지?"

그는 나를 경멸하는 듯한 눈초리로 바라보면서 입술을 굳게 다물었다.

나는 쥐고 있는 권총을 힐끗 보았다. 어째서 슬레이드가 그것을 가지고 있었는가는 신만이 알 수 있는 일이다. 32구경이다――새 38구경과 같은 정도의 위력은 있으나 충격력이 약하다. 하지만 그는 아마 명사수라서 반드시 목표를 명중시키기 때문에, 그런 것은 아무 상관이 없을 것이다. 사람이 많은 곳에서 쏠 때 문제가 되는 것은 총구의 화염과 발사음이 훨씬 작아야 된다. 번화한 거리에서 쏘아도 그것을 아는 사람은 거의 없을 것이다.

나는 그의 눈을 바라보다가 오른쪽 손등에 한 방을 쏘아붙였다. 그는 손을 경련하듯이 움직이면서 입술에서 쥐어짜는 듯한 신음소리를 냈다. 이어서 나는 총구를 다시 그의 머리에 댔다. 총소리는 창문을 흔드는 정도의 반향도 없었다.

"나는 너를 죽이지는 않겠지만, 시키는 대로 하지 않으면 너를 서서히 토막내 줄 거야. 케니킹 말로는 내가 외과수술도 잘 한다는 거야. 사살을 당한 것보다 더 무섭겠지. 케니킹에게 언제 한 번 물어보라고."

피가 그의 손에서 배어나와 카펫을 물들였는데, 그는 가만히 누운 채 내 손에 쥐고 있는 권총을 물끄러미 쳐다보았다. 그는 혓바닥을 내밀어 마른 입술을 핥으며 속삭이는 듯한 소리를 냈다.

"이 더러운 새끼!"

전화벨이 울렸다.

우리가 서로 노려보고 있는데 벨이 네 번씩이나 울렸다. 나는 그의 발을 피해서 걸어 전화기를 받침대와 함께 들어올렸다. 그것을 그의 옆에 놓고 말했다.

"전화를 받도록 해주겠는데 두 가지를 명심하라고, 나는 양쪽 말을 다 들어봐야겠어. 어쨌든 너의 비곗덩어리 몸은 얼마든지 요리하기가 쉽다는 것을 알라고, 전화기를 들어."

나는 다시 한번 권총을 움직였다. 그가 수화기를 조금 들자 목쉰 소리가 들려왔다.

"케니킹이오?"

나는 속삭였다.

"자연스럽게 말해."

슬레이드는 입술을 핥으면서 거친 소리로 물었다.

"어쩐 일이야?"

케니킹이 말했다.

"음성이 좀 이상한데요?"

슬레이드는 내가 쥐고 있는 권총을 응시하며 울부짖는 소리를 냈다.

"감기가 들었어. 무슨 일이지?"

침묵이 흐르고 나는 심장이 두근거리는 것을 느꼈다. 슬레이드는 내 손가락의 방아쇠에 걸린 압력이 서서히 죄어오는 것을 보고, 새파랗게 되었다. 나는 속삭이듯 말했다.

"누구 전화야?"

슬레이드는 걱정스러운 듯이 헛기침을 했다.

"어디에서 찾아냈어?"

"케플라비크 공항에서…… 아이슬란드 항공사 사무실에 숨어 있었습니다. 여자의 오빠가 조종사이기 때문에, 거기에 있지 않나 생각됩니다. 끌어내는 데는 별로 어려움이 없었습니다."

나는 그것이 사실이라는 것을 알았다. "지금은 어디에 있나?" 하고 나는 슬레이드의 귀에 속삭이면서 권총을 그의 뒤통수에 들이댔다.

그는 그것을 묻고 케니킹이 대답했다.

"언제나 있는 거깁니다. 언제 오시겠습니까?"

"곧 가겠어."

내가 총부리를 그의 비곗살에 더 세게 누르자 그는 부르르 몸을 떨었다.

"지금 곧 여기서 떠난다고."

슬레이드가 그렇게 말하는 것을 듣고, 나는 수화기의 바를 눌러 곧 접속을 끊었다.

나는 그가 무엇인가 허튼 수작을 할 걸 대비하여 곧 뒤로 물러섰는데, 그는 드러누운 채 전화기를 뚫어지게 보고 있었다. 나는 비명을 지르고 싶은 심정이었지만 그런 짓을 하고 있을 겨를이 없었다.

내가 말했다.

"슬레이드, 너는 잘못 생각하고 있어, 나는 너를 죽일 수 있어. 이제는 그것을 알았겠지?"

비로소 그가 공포감에 질려 있다는 것을 알았다. 그는 살찐 턱을 부들부들 떨면서 아랫입술에 경련을 일으키고, 마치 포동포동한 어린아이가 울음이라도 터뜨릴 것 같은 표정이 되었다.

내가 말했다.

"여느 때나 있는 데라고 했지. 거기가 어디야?"

그는 증오의 눈길로 나를 응시하며, 아무 말도 하지 않았다. 나는 입장이 난처해졌다. 만일 그를 죽인다면 아무 말도 들을 수가 없을 것이다. 그리고 무서운 고통을 줄 수도 없다. 불필요한 주의를 끄는 일이 없이 레이캬비크의 거리를 걸어가고 싶어서였다. 그렇지만 그는 내가 괴로워하는 것을 모른다. 그래서 내가 말했다.

"내가 하고 싶을 만큼 해도 너는 아직 살아 있겠지만 차라리 죽고 싶다고 생각하게 되겠지."

나는 그의 왼쪽 귀 바로 옆으로 탄알을 날려, 그가 몹시 몸을 떨도록 만들었다. 역시 총소리는 아주 작았다. 그가 총소리를 약하게 들리도록 약협에서 화약을 조금 덜어낸 것이 틀림없다. 그것은 자기가 주목을 받지 않고 발사하고 싶을 때 옛날부터 써 오던 수법이다. 그렇게 하면 그다지 멀지 않은 거리에서 발사해도 그 탄알에는 목숨을 빼앗을 만한 효력은 있었다. 지나치게 높이 평가된 측면이 있지만, 사용자로서는 위험한 소음기를 쓰는 것보다, 그 방법이 훨씬 유리했다. 소음기는 한 발을 조용히 쏘기는 좋으나 그 다음에 강철 솜의 충전물이 압축되어, 반동 압력이 몹시 크기 때문에 사수가 자기 손을 날려버릴 우려가 있는 것이다.

내가 말했다.

"총 솜씨는 좋은 편이지만 그다지 훌륭한 편은 못돼. 나는 탄알을 정확하게 쏠 작정이었으나, 이 권총의 정확도는 네가 잘 알고 있는 대로였어. 조금 왼쪽으로 벗어난 것 같아. 그러니까 내가 너의 오른쪽 귀를 날려버리려고 하다가는 두개골 속으로 들어가서 멈출지도 몰라."

나는 권총을 살짝 움직여서 겨누었다. 그는 항복했다. 그의 신경은 완전히 패배를 인정했다. "부탁이야. 이제 그만!" 이와 같은 러시아식 룰렛은 그의 취미에 맞지 않는다는 것이다.

나는 그의 오른쪽 귀를 계속 겨누었다.

"여느 때의 장소란 게 어디야?"

땀이 그의 얼굴에 살짝 배어났다.

"싱그봐라봐튼이야."

"게이실에서 나를 끌고 간 집 말이지?"

"거기야."

"착오가 없어야 돼. 남아이슬란드를 다 헤매고 다닐 겨를이 없으니까." 나는 총을 내렸고, 슬레이드의 얼굴에는 안도의 빛이 감돌았다. "기뻐하기는 아직 일러. 너를 여기에 두고 갈 생각은 없으니까."

나는 침대의 가장자리로 가서 그의 여행가방을 열고 그 속에서 새 셔츠를 꺼내 그에게 던졌다.

"그것을 찢어서 손에 감으라고, 바닥에 엎드린 채로 말이야. 그것을 나한테 내던질 얄팍한 꾀를 부리면 어떻게 되는지 잘 알지?"

그가 힘겹게 셔츠를 찢는 사이에 나는 가방 속을 뒤져 32구경 총의 클립 두 개를 발견했다. 나는 그것을 호주머니에 넣고, 옷장으로 가서 슬레이드의 윗옷을 들었다. 그 호주머니는 이미 살펴본 뒤였다.

"벽으로 돌아서서 그것을 입어."

나는 조금도 방심하지 않고 그를 지켜보았다. 극히 작은 순간이라도 틈이 보이면 그는 그것을 충분히 이용할 것이다. 영국 정보국의 심장부에까지 파고든 사나이가 바보처럼 행동할 리가 없다. 그가 저지른 실패는 보통 같으면 그를 괴롭힐 정도의 것이 아니기 때문에 그는 나를 죽임으로써 어떻게든지 그 실패를 은폐하려고 하는 것이다. 만일 내가 신중을 기하지 않는다면 그는 그렇게 하고도 남을 사람이다.

나는 그의 여권 따위를 침대에서 집어 호주머니에 넣고, 그리고 나서 그의 모자를 그의 발 있는 데로 던졌다.

"우리는 이제부터 걸어가는데, 너는 붕대를 감은 손을 윗옷 주머니에 넣고 가야 돼. 너의 정체와는 다르지만 영국 신사같이 행동하는 거야. 이상한 짓을 하면 그 자리에서 사살한다. 합날스트라에티의 거리 한복판이라도 상관없어. 케니킹이 에린을 끌고 간 것은 큰 실수라는 것을 알기나 하라고."

그는 벽을 향하여 말했다.

"스코틀랜드에서 내가 그것을 경고했었지? 그녀를 끌어들이면 안 된다고."

"똑똑히 기억하고 있긴 해. 하지만 그녀에게 무슨 일이 생긴다면 그 날은 너의 제삿날이 될 테니까. 내가 죽이지 않을 것이라고 네가 지껄인 소리는 맞는 말인지 모르지만, 이렇게 된 마당에는 그것도 믿을 말이 못돼. 너의 지저분한 몸뚱이 전체보다도, 에린의 손톱 하나가 나한테는 훨씬 더 소중하니까. 그 말을 믿어야 될 거야, 슬레이드, 나는 내 것은 지키는 사람이라고."

녀석이 부르르 떨고 있는 것을 알 수 있었다. 그는 낮은 소리로 말했다.

"믿고 있어."

그는 본심으로 그렇게 말했다고 생각한다. 그는 애국심이니 소속 그룹에 대한 충성 따위보다도 훨씬 더 원초적인 일에 부딪치고 있다는 것을 안 것이다. 이것은 더욱 근본적인 것이고, 간첩으로서 그를 죽이지 않더라도 나와 에린 사이에 끼어든 녀석은 누구든지 나는 무자비하게 죽일 것이다.

"됐어. 모자를 들고 나가는 거야."

나는 녀석과 함께 복도로 나가서 그에게 문을 잠그도록 하고, 열쇠는 내가 가졌다. 나는 그의 재킷을 팔에 걸쳐 권총을 숨기고, 한 걸음 뒤에서 오른쪽으로 걸었다. 우리는 호텔을 나와서 레이캬비크 거리를 지나, 놀드링거의 차가 있는 데로 갔다. 내가 말했다.

"네가 핸들을 잡는 거야."

우리는 차에 올라타는 데 꽤나 복잡한 절차를 거쳤다. 열쇠를 꽂아 차문을 열어 그를 앉히면서도 온 신경을 집중해야했다. 그가 허튼 수작을 하도록 빈틈을 보여서도 안 되었고, 그가 차에 들어앉는 모습이 지나가는 사람들에게 부자연스럽게 보여서도 안 되었기 때문이다. 간신히 나는 그를 운전석에 앉히고 내 자신은 그의 뒤에 앉았다.

"자, 시동을 걸라고."

그가 항의를 했다.

"하지만 나의 손, 될 것 같지 않아."

"그래도 하라고. 좀 아프겠지만 내가 알 게 뭐야…… 좌우간 하란 말이야. 그리고 어떤 일이 있어도 시속 48킬로미터 이상으로 가면 안 돼. 차를 시궁창에 꽂아 박는다든가, 어디에다 부딪칠 생각은 아예 하지 말라고. 그런 짓을 하면 이것 알지?"

나는 그의 목에 차가운 권총을 들이댔다.

"이것이 죽 너의 뒤에서 감시하고 있어. 너는 죄수이고, 나는 옛날의 그 무서운 스탈린 부하 중 한 사람이라고 생각해. 그 무렵에 유행한 처형 방법은, 생각지도 않을 때 뒤통수에 총알을 먹이는 것 아니었겠어? 자, 차를 빼라고. 조심스럽게 하는 거야……. 방아쇠에 걸친 내 손가락은 갑자기 요동을 치면 알레르기를 일으키는 성질이 있으니까."

그는 어디로 가라고 말할 필요가 없었다. 차는 오리가 떠다니는 티욜닌 호수를 왼쪽에 두고 티얄널거리를 거쳐, 아이슬란드 대학을 지나서 미카라브라웃으로 들어가, 시가를 벗어났다. 그는 묵묵히 운전을 하며 교통 규칙도 잘 지키고, 절대 48킬로미터 이상의 속도를 내지 않았다. 이것은 절대 복종을 했다기보다도 기어를 바꾸려면 손이 아팠기 때문인 것이다. 얼마가 지나서 그가 입을 열었다.

"이렇게 해서 무슨 득이 있다고 생각하나, 스튜어트?"

나는 대답하지 않았다. 나는 그의 지갑 속을 뒤지는 데 바빴다. 흥미를 끄는 것은 아무것도 없었다. 거물 간첩이나 이중 간첩이 가지고 있을 법한 최신식 유도 미사일이나 레이저 살인 광선의 설계도 같은 것은 없었다. 나는 두툼한 현찰 다발과 신용카드를 내 지갑으로 옮겼다. 나는 그 돈을 쓸 수 있다——이 작전에서 돈 때문에 어려움을 겪고 있었다——게다가 혹시 그가 도망을 친다 하더라도, 돈이 없으면 몹시 불편을 겪게 될 것이다.

그는 또 말을 꺼냈다.

"케니킹은 네 말 따위는 믿지도 않아. 그는 위협해서 통하는 사나이가 아니니까."

"믿는 게 좋겠지. 자네를 위해서 말이야. 하지만 으름장 같은 건 놓지 않겠어."

"너의 작전은 케니킹을 믿도록 만들려는 것 아닌가?"

나는 아주 냉정하게 말했다.

"그 따위 소리를 너무 끈덕지게 할 필요가 없어. 나는 그 녀석이 있는 데로, 너의 오른손을 가지고 가서 믿게 만들지도 모르지. 가운뎃손가락에 반지를 끼고 있는 쪽 손 말이야."

이것으로 그는 잠시 입을 다물고 운전에 마음을 집중했다. 차바퀴가 도로의 울퉁불퉁한 곳과 타이어에 파인 데를 넘을 때마다, 시보레는 그 부드러운 스프링 때문에 심하게 흔들렸다. 더 빨리 달리는 편이 승차감이 낫겠지만 스피드가 늦기 때문에, 아주 작은 언덕이나 골짜기를 지날 때마다 우리는 올라갔다내려갔다했다. 에린에게 빨리 가고 싶은 생각은 간절했으나 속도를 높이려고는 하지 않았다. 시속 48킬로미터는, 그가 대담하게 도로에서 뛰쳐나가려고 할 때 슬레이드에게 충격을 가하고 안전하게 차 밖으로 나가는 데 필요한 것이었다.

이윽고 내가 입을 열었다.

"너는 어쩐지 물에 빠진 생쥐 같은 흉내를 내려고 하지는 않는 것 같은데."

"내가 무슨 말을 해도 믿으려고 하지 않잖아. 그런데 말을 해서 무슨 소용이 있겠어?"

그가 말한 것은 사실이다.

"그런데 조금 분명히 해야 될 게 있어. 어떻게 너는 내가 게이실에서 잭 케이스와 만나는 것을 알고 있었지?"

"자네가 공개적으로 라디오를 통해 런던으로 전화를 할 때는 누구나 들을 수 있다는 걸 생각해야지."

"너는 그것을 듣고 케니킹에게 말해주었다는 거야?"

그는 고개를 절반쯤 돌렸다.

"그것을 들은 것이 어째서 케니킹은 아니라고 생각하는 거야?"

나는 날카롭게 말했다.

"길을 똑똑히 보면서 가라고."

"알았어, 스튜어트, 따져본들 다 소용없는 일이야. 자네가 한 말은 모두 그렇다고. 그렇다고 해서 자네가 구제될 리가 없어. 자네는 절대로 아이슬란드에서 벗어나지 못해." 그는 헛기침을 했다. "어떻게 내 정체를 알아냈나?"

"칼바도스가 단서였어."

"칼바도스라고!" 그는 그 말을 되풀이 하더니 당황한 표정을 지었다. "도대체 그것이 무슨 의미가 있어?"

"너는 케니킹이 칼바도스를 즐겨 마시는 것을 알고 있어. 딴 사람은 아무도 몰라. 나 말고는 말이야."

"그렇다고! 그래서 자네는 타거트에게, 음주의 습관에 관해서 물었던 거구먼. 나는 이상하게 생각했지." 그 양 어깨가 좀 처진 것 같이 보였는데, 그는 재미있다는 듯이 말했다. "그건 하찮은 일이었어. 모든 일을 조심스럽게 하고, 몇 년이나 훈련을 쌓아 새로운 신원을…… 새로운 인격이 되어야…… 그래서 안전하다고 생각한다." 그는 설레설레 고개를 흔들었다. "그리고 오래 전에 한 사나이가 마시던 칼바도스 한 병이라는 사소한 일을 가지고……. 하지만 그 정도로는 충분할 리가 없지 않아?"

"그래서 나는 골똘히 생각을 하게 되었지. 물론 그 밖에도 의문을 느꼈어. 린드홀므, 그 녀석은 딱 맞을 때에 아주 딱 들어맞는 적합한 장소에서 대기하고…… 하지만 그것도 우연의 일치였는지도 몰라. 네가 필립스를 아스뷸기로 보낼 때까지는 그렇게까지 너를 의심하지는 않았었어. 그것은 엄청난 실수라고, 너는 차라리 케니킹을 보냈어야 되는 것 아냐?"

슬레이드는 혀를 찼다.

"그 녀석은 금방 쓸 수 있는 곳에 있지 않았어. 내가 직접 갔어야 하는건데."

나는 낮은 소리로 웃었다.

"그렇다면 너는 필립스가 지금 있는 데로 갔을 것 아니야. 고맙게 생각할 거고, 슬레이드." 나는 그물창 너머로 앞쪽을 바라보았다. 그러고 나서 앞으로 몸을 웅크리고 그의 두 손과 두 발을 살펴 그가 말을 하면서 나를 속이려 하고 있지는 않다는 것을 확인했다. "어쩐지 옛날에 슬레이드라는 사나이가 있었던 것 같이 느껴지네."

슬레이드가 대답했다.

"소년이었지. 전쟁 때 우리는 그 소년을 핀란드에서 발견했어. 그 무렵 그는 15살이었다고. 그의 양친은 영국인인데 우리 쪽의 폭격으로 죽었어. 우리는 그를 보호해주고 다음에는 대역 노릇을 하게 된 셈이지, 내가 말이야."

"고든 란즈딜하고 비슷하군. 란즈딜 사건 후의 소동 속에서 너는 잘도 조사에 걸려들지 않았구먼."

"진짜 슬레이드 소년은 어떻게 된 거야?"

"시베리아로 갔는지도 모르지. 하지만 그렇게 여겨지지는 않아."

나도 그렇게 생각되지는 않았다. 소년 슬레이드는 철저하게 신문을 당했을 것이고 아무도 모르는 무덤 속에 묻혔을 것이다.

"너의 진짜 이름은 뭐야? 러시아어 본명 말이야."

"다 잊어버렸어. 나는 철이 들면서부터 슬레이드였으니까. 너무 오래된 일이라 러시아에서의 옛날 생활은 마치 꿈속에서 일어난 일만 같아."

"말도 안 되는 소리는 그만둬! 자기 이름도 잊어버린 녀석이 어디 있어?"

"나는 나 자신을 슬레이드라고 생각하고 있어. 언제까지나 그럴 수밖에."

나는 그의 손이 앞좌석의 도구함 밑으로 움직이는 것을 응시하며 차갑게 말했다.

"운전만 열심히 하는 게 좋아. 그 글러브 컴파트먼트에 손을 대는 날이면 단 한가지, 곧 편하게 죽는다는 것뿐이야."

그다지 서두르지 않고 그는 손을 뽑아 그것을 원래의 자리——핸들 위에 놓았다. 그는 처음에 느꼈던 공포감은 사라지고, 자신감을 회복한 것 같이 보였다. 지금까지보다도 나는 그에게 더 신경을 써야 된다.

레이캬비크를 나와서 한 시간 후 우리는 싱그봐라봐튼 호와 케니킹의 집 있는 데로 돌아가는 지점에 왔다. 슬레이드를 보았더니 그는 거기를 무시하려고 했다. 그래서 내가 말했다.

"바보 같은 수작은 치워, 길을 알잖아?"

그는 급하게 브레이크를 밟고 오른쪽으로 돌아, 차는 이제까지보다 훨씬 험한 길을 흔들리면서 달렸다. 이 길은 케니킹에게 끌려오던 밤의 기억으로 미루어, 집으로 돌아가는 모퉁이에서 8킬로미터 쯤 되는 곳에 있을 것이다. 나는 앞으로 몸을 구부리고 한쪽 눈으로 주행거리를 보고 또 다른 쪽 눈으로는 슬레이드를 지켜보면서 시골 풍경에 무엇인가 본 기억이 있는 것이 나타나지 않나 하고 살펴보았다. 내 입장에 있는 사나이라면 눈이 세 개 있으면 좋겠지만 두 눈으로 할 수밖에 없었다.

나는 멀리 있는 집을, 적어도 집이라고 여길 수 있는 것을 발견했다. 그러나 전에 보았을 때는 캄캄한 밤이었기 때문에 완전히 그렇다는 자신은 없었다. 나는 권총을 슬레이드의 목에 들이댔다.

"저기를 지나가는 거야. 속도를 높이지도 낮추지도 말고…… 내가 세우라고 할 때까지 같은 속도를 유지해야 돼."

그 집으로 이어진 작은 길을 지날 때 나는 옆 눈으로 살짝 보았다. 그것은 길에서 365미터쯤 떨어져 있어 여기가 틀림없다고 생각했다. 앞쪽에 용암이 흘러간 자국이 있고 그 왼쪽에 잭 케이스를 만나게 된 곳이 보여, 절대로 틀림이 없다는 것을 알았다. 나는 슬레이드의 어깨를 두드렸다.

"이제 곧 왼쪽으로 편평한 자리가 보인다고. 길을 내기 위해 용암을 깎아 낸 곳이야. 거기에 차를 세워."

나는 문 옆을 걷어차고 몹시 아픈 것처럼 큰 소리를 냈다. 내가 하려는 것은 소음을 내어 권총에서 클립을 뽑아 노리쇠를 움직여 약실에 들어 있는 탄알을 꺼내는 소리를 감추려는 것이었다. 그렇지만 난 무장을 하지 않은 꼴이 되어 슬레이드가 그것을 알게 되면 큰일이다. 나는 권총 자루로 그를 마음껏 패줄 작정인데, 총알이 든 권총으로 그렇게 하다가는 자칫 폭발을 일으켜 내가 상처를 입기 쉬웠기 때문이다.

차가 길에서 나와 멈춰 서려고 할 때 나는 잽싸게 그에게 일격을 가했다. 목덜미를 어슷하게 힘껏 내려친 것이다. 그는 신음소리를 내며 앞으로 고꾸라졌다. 두 발은 패달 위에서 미끄러졌다. 한순간 차는 힘차게 뛰어나가다가 곧 엔진이 멈추고 움직이지 않게 되었다.

나는 호주머니를 더듬어 클립을 권총에 넣고, 약실에 한 발을 장전하고 나서 바로 옆에 있는 슬레이드를 살펴보았다. 나는 그의 목을 꺾어버릴 정도로 때렸는데, 그 머리가 앞으로 푹 숙여졌기 때문에 기절하는 데 그친 것을 알았다. 나는 그것을 확인해보려고 총알을 맞은 손바닥을 힘껏 쥐어 보았다. 그러나 그는 몸을 까딱도 하지 않았다.

그를 죽여 버려야 될 것이다. 오랫동안 정보국의 핵심부에 있으면서 그가 얻은 지식은 치명적으로 위험한 것이고, 그 일원으로서의 내 의무는 그 지식을 영원히 소멸시켜야 되는 것이다. 그러나 나는 그런 생각은 하지도 않았다. 나는 슬레이드를 볼모로서 한 사나이와 대항할 필요가 있었다. 나는 죽은 인질을 교환할 생각은 하지 않았다.

E.M. 포스터는 일찍이 자기의 조국을 배반하는 것과 친구를 배반하는 것 중 어느 한 쪽을 선택해야 하는 경우에 조국을 배반하는 용기를 가지고 싶다고 말했다. 에린은 내 친구 이상의 존재다. 그녀는 내 목숨이나 같다. 그렇기 때문에 혹시 그녀를 찾아올 수 있는 유일한 길이 슬레이드를 포기해야 되는 것이라면 나는 기꺼이 그 길을 선택할 작정이었다.

나는 차에서 나와 트렁크를 열었다. 라이플을 싼 천을 잘게 찢어 그것으로 슬레이드의 손발을 묶었다. 그러고 나서 그를 트렁크에 넣고 덮개를 닫았다.

필립스에게 빼앗은 카빈을, 나는 탄약과 함께 차 가까이에 있는 용암의 틈새에 감추고, 프리트의 위력적인 총을 어깨에 메고 집이 있는 쪽으로 걷기 시작했다. 어쩐지 그것이 필요할 것 같은 기분이 들어서였다.

2

저번에 이 집에 가까이 왔을 때는 날이 어두워서 나는 지형을 파악하지 못한 채 뛰어나갔었다. 지금은 밝은 대낮이어서 내가 현관에서 90미터 되는 곳까지는 아무 장애물 없이 접근할 수 있다는 것을 알았다. 지면은 요철이 심하고, 아득한 옛날 분화구가 폭발했을 때 이 일대에 흘러내린 세 갈래의 용암이 굳어져 홍수에 깎여 울퉁불퉁한 능선을 이루고 숱한 균열과 구멍들이 생겨 있었다. 어디에서나 볼 수 있는 이끼가 빈틈없이 꽉 차 있어, 뾰족뾰족한 용암을 부드러운 식물이 방석처럼 뒤덮고 있었다. 나는 느린 발걸음으로, 되도록 집 옆에까지 가는 데 반 시간이나 걸렸다.

나는 이끼 위에 드러누워 살펴보았다. 거기는 틀림없이 케니킹의 은신처임이 분명했다. 내가 붙잡혀 있던 방의 창문은 깨져 있고, 그 창에는 커튼이 없었다. 마지막으로 내가 보았을 때 그것은 불타버렸던 것이다.

차가 한 대 현관 앞에 서 있고, 보닛 위의 공기가 흔들흔들 흔들리고 있었다. 그것은 엔진이 아직 뜨거워서 누가 방금 도착하였다는 것을 의미한다.

나 자신은 여행을 천천히 한 셈이지만 케니킹은 케플라비크에서 머나먼 거리를 여행하여 온 것이다. 그러므로 설사 그가 에린에게 내가 있는 곳을 말하도록 하려고 해도 아직은 그 일에 착수하지 못했을 것으로 생각되었다. 그리고 그것을 시작하기 전에 아마 슬레이드가 오는 것을 기다릴 것이다. 에린을 위해서 나는 그렇게 되었으면 하고 빌었다.

나는 큰 이끼를 젖히고 프리트의 라이플을 탄약과 함께 그 밑으로 밀어 넣어 숨겼다. 나는 그것을 보험에 든 기분으로 가져왔다. 어찌 되었든 차의 트렁크에 넣어두어서는 쓸모가 없다. 그것은 집 안에서도 소용이 없는 것이지만, 이제는 현관에서 엎드리면 코가 닿을 데에 숨겨둔 것이다.

나는 뒤로 내려가 용암 위를 가로질러 고생을 하면서 퇴각하여, 자동차로 들어가는 길이 있는 데까지 갔다. 거기에서 집까지의 길은 내가 이제까지 걸어온 가운데 가장 먼 거리였다. 그것은 육체적인 것이 아니고 심리적인 거리다. 나는 교수대로 갈 때에 아마 죄수가 느낄 것으로 여겨지는 그런 기분이었다. 나는 조망이 좋은 쪽에서 현관으로 향하여 걷고 있었다. 만일 누군가 보초를 서고 있다면 그 녀석이 문지방에서 열 걸음쯤 되는 데서 나를 사살하는 대신, 어째서 내가 찾아왔는가를 물을 만큼 호기심을 가져주기를 간절히 빌었다.

나는 저벅저벅 소리를 내면서 차 있는 데까지 가서 살짝 손을 뻗었다. 내가 생각했던 대로 엔진은 아직 따뜻했다. 창문에서 언뜻 무엇인가 움직였기 때문에 나는 그대로 문 있는 데까지 걸어갔다. 나는 버튼을 누르고 집 안에서 품위 있게 울리는 초인종 소리를 들었다.

잠시 동안 아무 일도 일어나지 않았으나 이윽고 작은 용암의 자갈 밟는 소리가 들리고, 옆 눈으로 보니 왼쪽 귀퉁이를 돌아서 어떤 사나이가 오고 있었다. 오른쪽을 보자 거기에도 사람이 있고 모두가 긴장된 표정으로 나한테 가까이 오고 있었다.

나는 그들에게 미소를 보이며 또 초인종의 버튼을 눌렀다. 문이 열리고 케니킹이 서 있었다. 그는 권총을 쥐고 있었다.

나는 쾌활한 소리로 말했다.

"나는 보험회사에서 왔는데 보험에 가입할 생각은 없나, 봐스라프?"

제10장

1

케니킹은 총으로 내 심장을 겨누면서 무표정하게 나를 바라보았다.
"어째서 지금 자네를 죽이면 안 되는 거지?"

"당신한테 말할 것이 있으니까. 그런 짓을 하면 정말 잘못을 저지르게 되는 거야." 딴 녀석들이 나를 죽이려고 가까이 오고 있는 발소리가 들렸다. "어째서 내가 여기에 왔는지 흥미가 없나? 왜 내가 제발로 찾아와서 벨을 눌렀는지 말이야."

"확실히 이상한 일이라고 생각했어. 몸을 더듬어 보아도 되지?"

"그렇고말고." 나는 그렇게 대답하고 큰 손이 내 몸을 건드리는 것을 느꼈다. 그는 슬레이드의 권총과 클럽을 빼앗아갔다. "이건 대우가 아주 나쁜데. 이렇게 현관문 앞에 세워두긴가? 이웃 사람들이 보면 이상하다고 생각하지 않겠어?"

"멀리까지 나가지 않으면 이웃사람은 머리털 하나 구경하기 힘들 걸." 케니킹은 그렇게 말하고 기묘한 표정으로 나를 바라보았다. "태도가 너무나 차분한 걸, 스튜어트센. 실성한 것 아냐? 하지만 어쨌든 들어오라고."

"고마워!" 나는 그렇게 대답하고 저번에 우리가 말을 주고받았던 그 방으로 들어갔다. 카펫이 여기저기에 타다 남은 모양을 보고 내가 말했다. "요즘 무슨 폭발 사고라도 있었나?"

"그건 정말 깜짝 놀랄 일이었어." 케니킹은 그렇게 말하고 권총을 움직였다. "그 의자에 앉아. 보는 바와 같이 난로에 불이 들어 있지 않으니까." 그는 내 앞에 앉았다. "자네가 무슨 말을 꺼내기 전에 먼저 해둘 말이 있는데, 우리는 자네의 여자를 붙잡아 놓았다고. 에린 라그널스더틸 말이야."

나는 두 발을 쭉 뻗었다.

"도대체 무엇 때문에 그녀가 필요한 거야?"
"자네를 붙잡기 위해 그녀를 활용하려고 생각한 거지. 그런데 이젠 그럴 필요가 없어진 것 같구먼."
"그럼 붙잡아둘 이유가 없잖아. 그녀를 풀어주라고."
케니킹은 미소지었다.
"자네는 정말 별난 사람이야, 스튜어트센. 그 연기력을 발휘하면 코미디언으로도 편하게 살겠네."
"내가 노동자 클럽 같은 데서 그런 축들을 놀라게 했다는 말이라도 들어보고 싶은가? 당신같이 신념이 투철한 마르크스주의자에게는 잘 맞는 역할이지. 하지만 나는 별로 이상한 소리를 하는 사람이 아니야, 봐스라프. 그녀가 이 집에서 안전하게 나가도록 당신이 허락을 해야 돼."
그는 눈을 가늘게 했다.
"그 까닭을 좀 자세히 설명해 보시지."
"나는 내 의지로 여기에 걸어온 거야. 믿는 구석이 없으면 그런 짓은 하지 않아. 슬레이드를 붙잡아 놓았지. 눈에는 눈이라고 했어." 그는 눈이 휘둥그레지고 나는 말을 계속했다. "그런데 깜박 잊고 있었지. 당신은 슬레이드라는 사나이를 모른다고 했잖아. 당신 자신이 그렇게 말했고, 봐스라프 케니킹은 쓸데없는 거짓말을 하지 않는 명예로운 사나이라는 것을, 우리는 다 알고 있지 않느냐 말이야."
"설사 내가 슬레이드를 알고 있다고 하더라도 무슨 증거가 있나? 자네의 말만 가지고?"
나는 가슴 위 호주머니로 뻗으려고 했던 손을 그의 권총이 올라왔기 때문에 딱 멈추었다.
"걱정하지 말아. 증거를 좀 내놓아도 되겠지?"
나는 권총이 움직이는 것을 동의하는 표시로서 받아들이고, 호주머니에서 슬레이드의 여권을 꺼내어 그것을 그에게 던졌다.

그는 웅크리고 그것을 주워 한쪽 손으로 페이지를 넘겼다. 그리고 사진을 찬찬히 살펴보고 여권을 탁 덮었다.

"이것은 슬레이드라는 이름으로 낸 여권이야. 이것이 그 사나이를 붙잡아 놓았다는 증거는 안돼. 여권을 가지고 있는 것은 아무 의미도 없는 거야. 나 자신이 여러 이름으로 여러 가지 여권을 가지고 있으니까 말이야. 아무튼 슬레이드가 뭘 하는 사나이인지는 몰라. 그런 이름은 나에게는 아무 의미도 없으니까."

나는 너무 어이가 없어 웃었다.

"그런 소리를 하는 것은 당신에게는 어울리지 않아. 당신이 레이캬비크의 볼그 호텔에 있는 사나이와 통화한 지 채 두 시간도 지나지 않았어. 당신은 이렇게 말하고, 그는 이렇게 말했지." 나는 전화로 통화한 내용을 되풀이해서 말했다. "물론 슬레이드의 말에 잘못이 있는지 모르지. 그는 존재하지 않는 사나이라고 하니까."

케니킹의 얼굴이 굳어졌다.

"여러 가지로 위태로운 것을 알고 있군."

"그 이상이야…… 슬레이드는 붙잡아 놓았다니까. 그는 당신하고 통화하고 있을 때도 붙잡혀 있는 상태였다고. 나는 그의 살찐 목에 권총을 대고 있었단 말이야."

"그래서 지금 그는 어디에 있는가?"

"부탁이야, 봐스라프! 당신은 나하고 얘기하고 있는 거야. 일리치같이 근육만 발달한 바보들 하고는 달라."

그는 어깨를 으쓱했다.

"어쨌든 할 수 있는 데까지는 해보아야지."

나는 히쭉 웃었다.

"큰 어려움을 겪을지도 몰라. 말해두지만, 혹시 당신이 그를 찾으려고 나선다면, 발견될 무렵에는 차디찬 시체가 되어 있을 거라고. 그것이 내 명령이니까."

케니킹은 골똘히 생각하는 것처럼 아랫입술을 깨물었다.

"자네가 받은 명령이야 아니면 자네가 내린 명령이야?"

나는 앞으로 몸을 구부리고, 용감한 거짓말을 꾸미려고 하고 있었다.

"잘못이 없기를 바라, 뵈스라프. 내가 내린 명령이야. 만일 당신이나 당신 같은 냄새가 나는 누군가가 슬레이드에게 접근하는 날이면 슬레이드는 곧 죽게 된다고. 그것이 내가 내린 명령이고, 그들은 그것을 지킨다고. 믿어 주면 좋겠어."

어떻게 해서든지 나는 명령을 받아서 하고 있는 것이라는 생각을 그의 마음에서 몰아내야만 되었다. 나한테 명령을 할 수 있는 사람은 타거트뿐이고, 만일 그가 그런 명령을 내린다고 하면 슬레이드의 게임은 끝장이 날 것이다. 만일 아주 사소한 것이라도 슬레이드의 가면을 타거트가 눈치챘다고 생각하면 케니킹은 나와 에린을 죽임으로써 그의 손해를 마감하고 되도록 빨리 러시아로 돌아갈 것이다.

나는 한 번 더 밀어붙여 보았다.

"만일 정보국에 알려진다면 나는 큰 곤욕을 치르게 될지 모르지만 그때까지는 내 명령이 살아 있는 거라고. 혹시 당신이 그의 곁으로 가면 슬레이드는 탄알 세례를 받게 될 거야."

케니킹은 차가운 웃음을 지었다.

"그래서 누가 그 방아쇠를 당긴다는 거야? 자네는 타거트하고 관계없이 움직이고 있다고 했잖아. 그리고 나는 자네 혼자서 하고 있다는 것을 알고 있어."

"아이슬란드의 패거리를 우습게 보면 안돼, 뵈스라프. 나는 그들을 잘 알고 있고 여기에 많은 친구가 있어. 에린도 마찬가지야. 그들은 이 나라에서 당신네가 하고 있는 일을 좋아하지 않고, 그들의 한 사람이라도 억울한 일을 당하면 가만히 있으려고 하지 않을 거야."

나는 의자에 허리를 뻗었다.

"이렇게 생각해보면 어때? 여기는 큰 나라이지만 인구는 적어. 누구나가 다른 누군가를 알고 있지. 그것을 죽 거슬러 올라가보면 누구나 어떤 사람과 이어져 있거든. 그리고 아이슬란드인은 그런 것에 관심이 있다고. 스코틀랜드인들 말고는 이만큼 가계에 대해서 관심이 깊은 사람들은 없어. 그러니까 누구누구할 것 없이 에린에 대해서 걱정하는 거라고. 여기는 이웃에 누가 사는가도 모르는 대도시와는 다르거든. 에린을 붙잡음으로써 당신은 이 사람 저 사람한테 주목을 받는 처지가 되고 말았어."

케니킹은 심각하게 생각하는 듯한 표정이었다. 나는 그에게 깊게 생각해야 될 사정을 일러준 셈인데, 그런 시간적 여유가 없기 때문에 한 번 더 밀어붙여 보았다.

"그녀를 이 방으로 데려왔으면 하네. 아무데도 상처가 없이 몸이 말짱해야 하는데, 조금이라도 상처를 입혔다면 엄청난 잘못을 저지른 것이 되지."

그는 날카로운 시선으로 나를 보면서 말했다.

"자네가 아이슬란드 당국에 알리지 않은 것만은 확실하지 않은가? 신고했다면 경찰이 벌써 여기에 들이닥쳤을 것 아닌가?"

"물론 나는 알리지 않았네. 거기에는 그만한 이유가 있었기 때문이야. 만일에 그렇게 되면 국제적인 소동을 불러일으킬 것이고 서로 난처해질 테니까. 다음으로 더 중요한 것은 관계 당국이 당장 슬레이드의 추방 조치를 취할 거야. 우리 동료들은 기질이 강하니까 필요하다면 그를 죽이겠지."

나는 몸을 웅크리고 케니킹의 무릎을 쿡쿡 찔렀다.

"그리고 그들은 당신을 경찰로 연행하여 경관과 외교관에게 둘러싸이게 하겠지." 나는 허리를 폈다. "나는 그녀를 만나보고 싶은데 그것도 지금 바로 말이야."

"자네는 정직한 소리를 하는군. 그러나 언제고 자네는 그랬었어……." 그는 입속말로 속삭이듯이 말했다. "나를 배신할 때까지는 말이지."

"당신에게 다른 방법이 없을 거야. 잘못되지 않기를 바라서 하는 말인데, 시간은 제한되어 있어. 내 친구들이 에린 본인의 입으로 3시간 이내에 소식을 듣지 못하면 슬레이드의 운명은 끝장이 나는 거야."

나는 케니킹이 마음속으로 고민하고 있는 것을 확실히 감지했다. 그에게는 선택의 여지가 별로 없었다. 그가 물었다.

"자네의 아이슬란드인 친구들이, 누가 슬레이드인지 알고 있나?"

"당신이 말하고 있는 것은 그가 러시아 정보 기관에 속한 사람인지, 영국 정보 기관에 속한 사람인지 그런 뜻이지?" 나는 고개를 내저었다. "그들이 알고 있는 것은 그 녀석이 에린을 볼모로 붙잡아놓고 있다는 것뿐이야. 그 밖에는 슬레이드에 대해서 한마디도 안 했다고, 그들은 당신네를 갱단으로 생각하고 있는데 그게 별로 다를 것도 없지 않아?"

그것이 결말을 지었다. 그는 나를 고립시켰고 슬레이드가 이중간첩이라는 사실을 알고 있는 것은 에린과 나뿐이라고 생각하고 있다. 그것을 전제로 한다면 그는 무슨 타결을 지을 수밖에 없을 것이다. 그는 오랜 세월을 애쓴 끝에 최상의 트로이 목마에 오른 슬레이드를 하찮은 아이슬란드 아가씨 때문에 처한 실각의 위기에서 구해내야 된다고 생각했다. 어느 쪽을 선택할까 하는 것은 확실하다. 그의 입장은 그녀를 붙잡아오기 전보다 나쁠 것이 없으므로 그의 약아빠진 마음은 벌써 나를 이중으로 속일 방법을 생각하고 있을 것이 틀림없었다.

그는 한숨을 내쉬었다.

"적어도 그 여자하고 만나는 것은 좋아."

그는 뒤에 서 있는 녀석에게 지시를 하자 그 녀석이 방에서 나갔다. 나는 입을 열었다.

"당신은 또 쓸데없는 짓을 한 거야, 봐스라프. 이 일로 바카예프가 좋아할 줄 아나? 이번에는 틀림없이 시베리아로 보내겠지, 그다지 큰 잘못이 없어도 말이야. 그것도 모두 슬레이드 때문이라고, 이상하지 않아, 응? 당신은 슬레이드 때문에 아슈카바드에서 4년을 보냈어. 그리고 이번에는 무엇을 기대해야 된다는 말이지?"

그의 눈에는 고통의 표정이 역력했다.

"그렇지, 슬레이드하고 스웨덴에서의 일로 자네는 뭐라고 말을 했었어?"

"아, 봐스라프, 그때 당신의 발목을 뒤집어 놓은 게 슬레이드였다고."

그는 신경질적으로 고개를 흔들었다.

"아무래도 알 수 없는 게 하나 있어. 자네는 기꺼이 슬레이드와 그 여자를 교환하고 싶다고 했지. 어째서 정보부원으로서 그런 짓을 하려고 하는 거야?"

"당신은 내가 한 말을 듣지 않은 모양이군. 나는 이미 정보국원이 아니야. 나는 4년 전에 이미 그곳을 그만두었어."

그는 생각했다.

"그렇다 치더라도 자네의 충성심은 어디로 간 거야?"

나는 짧게 대답했다.

"충성심은 내가 하는 일을 위해서야."

그는 비웃듯이 물었다.

"여자를 위해서라면 세상일은 아무렇게 되어도 좋다는 거야? 나는 벌써 그런 사고 방식에서 벗어났어. 자네는 그렇게 된 모양이군?"

"똑같은 소리는 그만두라고. 만일 당신이 땅바닥에 엎드려야 할 때에 벌떡 일어난다면 당신은 깨끗이 죽는 수밖에 없어."

문이 열리더니 에린이 호위와 함께 들어왔다. 나는 일어서려다가 케니킹이 위협하는 것처럼 권총을 움직였기 때문에 다시 의자에 앉았다.

"아, 에린. 일어서지 못해서 미안해."

그녀의 얼굴은 해쓱해져 있었고 나를 보더니 슬픈 표정이 되었다.

"당신도 이렇게 된 거예요?"

"나는 내 발로 찾아온 거야. 당신 몸은 괜찮아? 고통을 겪지는 않았어?"

"필요 이상으로 심한 일은 없었어요. 팔을 좀 비틀리기는 했지만."

그녀는 상처를 입은 어깨에 손을 대고 나에게 미소를 지어 보였다.

"나는 당신을 데리러 온 거야. 우리는 이제 곧 여기에서 나가게 될 거야."

케니킹이 끼어들어 한마디했다.

"의견에 차이가 있군. 무슨 방법으로 그렇게 될 수 있다는 거지?"

"보통의 방법이지, 현관문으로 말이야."

케니킹이 웃었다.

"너무나 간단하군! 그럼 슬레이드는 어떻게 하는 거지?"

"그는 상처받지 않고 돌아오겠지."

"여보게, 앨런! 자네는 방금 나더러 비현실적이라고 공박을 하지 않았나? 좀더 좋은 교환 방법을 생각해야 할 거야."

나는 히죽 웃었다.

"당신이 그렇게 말할 줄은 몰랐는데 그 말이 맞아. 사람은 시험해 보지 않으면 몰라. 우리는 무슨 공평한 방법을 생각해낼 수 있겠지."

"예를 들어 보라고?"

나는 턱을 만졌다.

"에린을 돌려보내는 일이야. 그녀가 친구들하고 연락을 취해서 슬레이드하고 나를 교환하는 거지. 그 교섭은 전화로도 할 수 있지 않겠나?"

"그럴듯한 말인데. 그러나 합리적인지 어쩐지 모르겠어. 2대 1이 되는 셈 아니야, 앨런?"

"합리적인지 아닌지, 당신이 슬레이드한테 물어볼 수 없는 게 유감이군."

"아픈 데를 찌르는군." 케니킹은 침착하지 못하게 몸을 움직이며, 이 방법에 어떤 허점은 없는가를 생각하는 것 같았다. "슬레이드는 상처 없이 돌아오게 되는 거지?"

나는 미안한 표정으로 미소를 지었다.

"아, 하지만 완전하지는 않아. 그는 조금 구멍이 나서 피를 흘렸지만 그다지 큰 상처는 아니고 생명에는 아무런 지장이 없어. 거기에 두통을 일으켰는지도 몰라. 하지만 당신이 왜 그런 것까지 걱정을 해야 되는지 모를 일인걸?"

케니킹이 일어섰다.

"자네 말은 듣지 않겠어. 그대로 좋지만 조금 더 생각해 보자고."

나는 경고하듯이 말했다.

"너무 오래 걸리면 안 돼. 시간 제한이 있다는 걸 잊지 마."

에린이 물었다.

"당신이 정말로 슬레이드를 붙잡은 거예요?"

나는 말없이 내 의사를 전달하려고 그녀를 물끄러미 보면서 그녀가 잘못된 말을 하지 않기를 빌었다.

"그래, 우리 친구들이 그를 억류하고 있어. 발틸이 지휘를 하고."

그녀는 고개를 끄덕였다.

"발틸이요! 그 사람 같으면 누구든지 상대할 수 있는 장사인 걸요."

나는 시선을 케니킹에게 돌려 에린이 장단을 잘 맞춰준 것에 안도하는 표정을 나타내지 않으려고 애썼다.

"용기를 좀 내라고 봐스라프, 시간가는 것이 안타까워."

그는 서둘러 마음을 정하고 시계를 들여다보았다.

"됐어, 자네 말대로 하자고. 그런데 우리도 시간에 제한을 둬야겠어. 2시간 이내로 전화가 걸려오지 않으면 자네는 죽게 되는 거야. 슬레이드가 어떻게 되든 상관하지 않아." 그는 뒤로 고개를 돌려 에린을 응시했다. "그걸 잘 외워 두라고 에린 라그널스더틸."

내가 말을 덧붙였다.

"또 한 가지만……. 내보내기 전에 에린하게 해야 될 말이 있어. 발틸이 어디에 있는가를 가르쳐 줘야 되지 않겠어? 그녀는 장소를 모르니까."

"그럼 내가 들을 수 있는 데서 말을 하라고."

나는 딱하다는 표정을 보였다.

"바보 같은 소리는 그만둬. 뻔한 것 아니야? 그렇게 될 수는 없는 것을. 슬레이드가 있는 곳을 알려주면 당신은 그를 데리러 가겠지. 그러면 나는 어떻게 되는 거야?" 나는 조심스럽게 일어섰다.

"나는 에린하고만 말하든가, 아니면 말을 아예 안 하든가 해야겠지. 이래서 또 일이 꼬이는구먼, 봐스라프. 하지만 당신도 내가 나 자신을 지키려고 하는 것은 잘 알겠지?"

그는 권총을 움직여 경멸하는 듯한 어조로 말했다.
"잘 알았어. 방 저쪽 구석으로 가서 말하면 되잖아. 나는 여기에 있을 테니까."
"진작 그렇게 할 일이지."
나는 에린에게 턱을 치켜들어 신호했고 우리는 방구석으로 걸어갔다. 나는 등을 케니킹에게 향하고 섰다. 요컨대 6개국어를 구사하는 녀석이기 때문에 조심해야 된다.
에린이 속삭였다.
"당신은 정말로 슬레이드를 잡은 거예요?"
"그래, 그러나 발틸은 그것을 모르고 있어. 딴 사람 모두. 케니킹에게 그럴듯하게 꾸며댄 말이라고. 하지만 슬레이드는 붙잡아 놓았어."
그녀는 내 가슴에 손을 뻗었다.
"이 사람들이 갑자기 나를 붙잡는 거예요. 어떻게 할 수가 없었어요. 정말 무서웠어요, 앨런."
"이제는 걱정할 것 없어. 당신은 여기서 나가면 되니까. 당신이 해야 될 일은……."
"그러나 당신은 여기 남아 있어야 하지 않아요?"
그녀의 눈에는 고통스러운 빛이 역력했다.
"당신이 내 말대로 해준다면 그리 오랫동안 붙잡혀 있지는 않게 될 거야. 조심해서 들어봐. 당신이 여기에서 나가서 도로까지 걸어 나가 거기에서 왼쪽으로 돌아가는 거야. 반 마일 정도 가면 멋지게 생긴 미제 대형차가 있더군. 어떤 일이 있어도 트렁크는 열면 안 돼. 아무튼 그 차를 타고 필사적으로 케플라비크로 도망치는 거야, 알겠지?"
그녀는 고개를 끄덕였다.

"그러고 나서 어떻게 하는 거예요?"

"리 놀드링거를 만나라고. 요란스럽게 CIA기관과 말할 수 있게 해달라고 요구하는 거야. 놀드링거나 그 밖의 누구라도 그런 물건을 가진 것을 부정할 거야. 당신이 끈질기게 주장하면 그 사람들도 낌새를 채게 될 거야. 당신은 놀드링거에게 그가 테스트한 물건을 말하는 것이라고 하면 돼. 그것이 좋은 방법일지도 몰라. CIA 사람들에게 모든 것을 말하고 나서 차의 트렁크를 열어보라고 하는 거야."

"그 트렁크 안에 뭐가 있는데요?"

"슬레이드야."

그녀는 나를 물끄러미 쳐다보았다.

"그가 여기에 있다고요! 이 집 바로 밖에요?"

"짧은 시간 동안에 할 수 있는 방법은 그것밖에 없어. 서둘러서 행동해야 되지 않겠어?"

"하지만 당신은 어떻게 되는 거지요?"

"CIA 사람에게 전화를 걸도록 해야 돼. 여기서 나가면 2시간밖에 여유가 없으니까, 어떻게든지 당신이 설득을 해야 되는 거야. 만일 당신이 그 시간 안에 CIA 사람을 설득할 수 없으면, 당신 자신이 전화를 걸어서 케니킹에게 말을 꾸며대야 한다고, 나하고 슬레이드를 교환하는 것을 말이야. 그럴듯하게 들리지 않을지도 모르지만, 나한테 시간을 연장시켜주는 결과가 되는 거야."

"만일 미국인들이 내 말을 믿어주지 않으면요?"

"그들에게 당신이 프리트와 매카시의 일을 안다고 말하라고. 그들에게 그 일을 아이슬란드의 신문에 알리겠다고 말하는 거야. 그러면 어떤 형태로든 반응이 나타날 거야. 아, 그렇군. 당신 친구들은 모두 당신이 지금 어디에 있는가를 알고 있다고 하는 거야. 만일에 대비해서 말이지."

나는 일어날 가능성이 있는 모든 것에 대비하려고 했다.

그녀는 그 지시를 기억하려고 잠시 눈을 감았다. 이윽고 눈을 뜨고 물었다.

"슬레이드는 살아 있는 거예요?"

"물론 살아 있고말고. 나는 케니킹에게 그것에 대해서는 사실대로 말했어. 그는 상처를 입었지만 살아 있어."

"나는 CIA가 나보다도 슬레이드를 신용하고 있지 않나 하는 생각이 들어요. 그는 케플라비크에 있는 CIA 패거리들을 알고 있을지도 몰라요."

"자, 그런 모험은 해보지 않고는 몰라. 그러니까 슬레이드를 넘겨주기 전에 당신이 모든 얘기를 다 털어놓지 않으면 안 되는 거야. 우선 출발하고 봐야겠지. 당신이 필사적으로 매달리면 그들도 깨끗이 승복하고 결코 밖으로 이런 일이 새나가지 않도록 협조할 거야."

그녀는 별로 달갑지 않은 것 같았고 나도 마찬가지였지만 그것이 우리가 할 수 있는 최선의 방법이었다.

"서둘러야 돼. 하지만 너무 서둘다가 차 사고를 내면 안 돼." 나는 그녀의 턱에 손을 대어 얼굴을 치켜 올렸다. "모든 게 잘 될 거야."

그녀는 눈을 깜박거렸다.

"당신이 알아야 될 것이 있어요. 당신이 준 권총은 내가 아직 가지고 있어요."

이번에는 내가 깜박거릴 차례였다.

"뭐라고!"

"여기 패들이 나를 샅샅이 뒤져보지 않았어요. 나는 지금도 몸에 지니고 있는 걸요. 그 홀스터에 말이에요."

나는 그녀를 바라보았다. 그녀의 태도는 태연했고 권총을 숨긴 모습 같은 것은 전혀 찾아 볼 수 없었다. 누군가 실수를 저지른 것이다. 아이슬란드 아가씨가 무장하고 있을 리는 없다고 생각하였겠지만 프로로서 범해서는 안 될 실수였다. 케니킹이 가끔 부하의 질에 대해서 화를 낸 것도 이상한 일은 아니다. 에린이 말했다.

"아무도 모르게 살짝 당신한테 내줄 수 없을지?"

"안 돼." 나는 케니킹이 뒤에 있는 것을 의식하고 안타까운 듯이 말했다. 그는 독수리처럼 눈을 번쩍거리고 있을 것이고 스미스 앤 웨슨 38구경은 카드같이 손바닥 안에서 다룰 수 있는 그런 것이 아니었다. "몸에 지니고 있는 것이 좋을 거야. 언제 필요하게 될지 모르니까."

나는 손을 그녀의 상처가 없는 어깨에 뻗어 끌어당겼다. 그녀의 입술은 차갑고 딱딱했지만 몸이 조금 떨렸다. 나는 물러서서 "이젠 가야지" 하고 말하고 케니킹 쪽으로 몸을 돌렸다.

"감동적인 순간이었어" 하고 그가 말했다.

"한 가지, 당신의 시간 제한은 너무 짧아. 2시간으로는 부족해."

그는 타협할 수 없다는 말투로 말했다.

"그렇게 할 수밖에 없어."

"무리한 요구를 하지 말라고, 뵈스라프. 그녀는 레이캬비크를 지나가지 않으면 안 되는데 시간은 사정없이 흐를 것이고, 그녀가 시내에 도착하는 것은 5시가 좀 지나야 될 거라고, 모두들 집으로 돌아가는 러시아워란 말이야. 차의 정체가 심할 텐데, 설마 슬레이드를 잃고 싶지는 않겠지, 안 그래?"

"자네가 슬레이드 걱정을 하다니 말도 안돼. 잘못되면 내 총알 밥이 되지 않을까 하는 두려움이 앞서겠지."

"그럴지도 몰라. 하지만 당신도 슬레이드 생각을 좀 해주는 것이 좋지 않겠어. 내가 죽게 되면 그도 죽게 되니까 말이야."

그는 고개를 끄덕였다.

"3시간을 주지. 그 이상은 1분도 안돼."

케니킹은 논리적인 사나이이기 때문에 이치에 맞는 말은 받아들인다. 에린이 케플라비크에 있는 고급 장교들을 설득하는 데 1시간은 더 번 셈이다.

"그녀가 혼자 가도록 해야 돼. 누구 한 사람이라도 미행하는 사람이 있어서는 안 돼."

"알았어."

"그리고 그녀에게 전화 번호를 가르쳐줘야 해. 그것도 모르고 가버리면 비참한 결과가 될 거야."

케니킹은 수첩을 꺼내어 번호를 갈겨써서 그 종이를 찢어 그녀에게 건네주었다.

"이상한 짓을 하면 안 돼. 특히 경찰에 알리면 끝장이야. 이 주변에 모르는 패거리들이 나타나면 앨런이 어떻게 되는지 알지? 내가 진심으로 하는 말뜻을 알겠나?"

에린은 단조로운 소리로 대답했다.

"알겠어요, 결코 이상한 일은 없을 거예요."

나를 바라보는 그녀의 눈빛에는 내 심장을 옥죄는 듯한 긴장감이 감돌았다. 그러고 나서 케니킹은 그녀의 팔꿈치를 잡고 문 쪽으로 갔다. 1분 뒤 그녀가 집에서 떠나 도로로 올라가는 모습이 창문으로 보였다.

케니킹은 돌아와서 말했다.

"자네를 어디 안전한 데로 옮겨야겠어." 그는 나를 향해 권총을 겨누고 있는 사나이에게 턱으로 지시했다. 그러자 그는 나를 2층으로 데리고 가서 휑뎅그렁한 방에 가두었다. 케니킹은 벽을 바라보면서 슬픈 듯이 고개를 흔들었다. "중세에는 좀더 쓸 만한 것을 만들었는데."

나는 한가로운 대화를 나눌 기분이 아니었지만, 그에게 장단을 맞춰주기로 마음먹었다. 어쩌면 그는 슬레이드가 돌아오지 않아도 신경을 전연 쓰지 않을 것 같은 느낌도 들었다. 그렇게 되면 그는 기꺼이 나를 죽이는 일에 착수할 것이다. 여유 있게 차분히 말이다. 게다가 내가 그의 마음에 불어 넣은 슬레이드에 대한 반항심이 발동할지도 모른다. 어쩌면 잘못한 짓인지도 알 수 없다.

"무슨 뜻이지?"

"그 무렵에는 돌로 집을 지었거든."

그는 창가로 걸어가서 벽의 겉면을 두드렸다. 판자와 사이에 있는 텅빈 공간이 울렸다. "이 집은 마치 달걀껍질 같구먼."

그 말과 같았다. 싱그바라뵈튼 일대에 있는 집은 휴가를 보내기 위한 오두막으로, 영구히 살려고 지은 집이 아니었다. 나무틀 양쪽에 얇은 판자를 대고 폼러버를 채워 실내의 벽을 단장하려고 대개 반 인치 정도의 두께로 회반죽을 발랐다. 굳이 말한다면 항구적인 천막이라고나 할까.

케니킹은 반대쪽 벽으로 가서 주먹으로 두드렸다. 거기는 더 반향이 크게 울렸다.

"자네는 이 벽을 15분이면 무너뜨릴 수 있어. 아무것도 쓰지 않고 맨손으로도 말이야. 그러니까 이 사나이를 함께 붙여놓아야 된다고."

나는 볼멘소리를 냈다.

"그런 걱정은 접어두게. 내가 뭐 슈퍼맨인 줄 아나?"

"이 임무를 수행하는 데 나에게 딸린 무능한 녀석들을 뒤엎는 일은 자네가 굳이 슈퍼맨이 아니라도 되겠지." 케니킹 역시 불쾌한 소리로 말했다. "자네는 이미 그것을 증명해 보이지 않았는가? 그러니까 내가 지금부터 내리는 명령은 어떤 바보라도 알 수 있는 것으로 생각해." 그는 권총을 가지고 있는 사나이 쪽으로 향했다. "스튜어트센은 그 구석에 앉아. 너는 그 문 앞에 서 있어, 알겠지?"

"예."

"만일 그가 움직이면 쏘아버려, 알았나?"

"예."

"만일 그가 말만 해도 쏘라고, 알았나?"

"만일 그가 그 밖의 짓을 하면 무슨 짓을 하든지 쏘아버려. 알았지?"

"예."

권총을 쥔 사나이는 둔감한 소리로 대답했다.

케니킹의 명령으로 나는 꼼짝도 할 수 없게 되었다. 그는 재미있다는 듯이 말했다.

"참 내가 깜빡 잊고 있었나? 아, 그렇지! 슬레이드가 구멍이 났다고 했던가, 그렇지?"

"별스런 건 아니야. 손바닥에 좀⋯⋯."

그는 고개를 끄덕이고 호위에게 말했다.

"쏠 때, 죽이려고 하지 말어. 배를 쏘면 돼."

그는 휙 돌아서더니 방에서 나갔다. 문이 그의 등 뒤에서 큰 소리를 냈다.

2

나를 지키고 있는 녀석을 바라보자 그는 나를 되돌아보았다. 그의 권총은 나의 배를 겨냥하면서 머리카락 하나도 까닥하지 않았다. 또 한쪽 손으로 그는 말없이 방의 구석을 가리켰다. 그래서 나는 견갑골

이 닿는 데까지 뒤로 물러나서 무릎을 구부리고 웅크렸다.

그 녀석은 무표정하게 나를 바라보고 몹시 말을 아꼈다.

"앉아!"

나는 앉았다. 그 녀석은 술수를 부려도 넘어갈 것 같지 않았다. 4, 5미터 정도 떨어진 문 앞에서 까딱도 하지 않고 서 있었다. 그 녀석은 명령을 곧이곧대로 지킬 사나이라서 내가 날쌔게 덤벼들더라도 총알밥이 될 뿐 아무 소용이 없을 것 같았다. 3시간이 몹시 지루할 것 같았다.

케니킹의 생각이 옳았다. 방 안에 혼자 있게 해준다면, 나는 이 허술한 판자 벽을 뚫고 나갈 것이며 그것은 15분이면 충분할 것이다. 벽을 뚫고 나가봐야 같은 집 속에 있게 되겠지만 그래도 그것은 뜻밖의 장소에 나타나는 셈이 된다. 그리고 모든 장군들이 잘 알고 있는 바와 같이 기습은 싸움에서 이길 수 있는 방법이 되는 것이다. 에린이 밖으로 나간 이상 나는 도망칠 수만 있다면 무슨 짓이라도 시도하리라는 것을 케니킹은 잘 알고 있다.

나는 창문을 바라보았다. 보이는 것은 느릿느릿 뭉게구름이 지나가는 푸른 하늘뿐이었다. 시간은 천천히 흘러갔는데 반시간쯤 지나자 밖에서 차가 멈추며 찍찍거리는 타이어 소리가 들려왔다. 내가 여기에 왔을 때 집 안에 몇 명이 있었는지는 모른다. 3명의 얼굴은 확실히 보았고 지금은 인원이 늘어 승산이 줄어드는 셈이다.

나는 천천히 손목을 돌려 나를 지키는 녀석이 그것을 부자연스런 행동이라고 간섭하지 않기를 빌면서 손목시계가 보이도록 윗옷소매를 당겼다. 나는 그를 물끄러미 지켜보았다. 그는 무표정하게 되돌아볼 뿐이므로 나는 시선을 밑으로 떨어뜨려 몇 시인가를 보았다. 반시간도 채 지나지 않았다. 불과 15분이 경과했을 뿐이었다. 생각보다 3시간은 지루할 것 같았다.

5분 뒤에 문을 두드리는 소리가 나더니 케니킹의 음성이 들렸다.
"들어가네."
날 지키는 녀석이 한쪽으로 몸을 비키자 문이 열렸다. 케니킹이 들어와서 말을 건넸다.
"얌전하게 있었던 것 같군."
그 말투에는 어딘가 나를 불안하게 하는 여운이 느껴졌다. 그의 태도가 너무나 음침했다. 그가 말을 계속했다.
"자네가 나한테 한 말을 되새겨 보세. 자네 말로는 슬레이드가 자네 친구들에게 붙잡혀 있다…… 아이슬란드인 친구들에게 말이야…… 그렇게 말했지. 그 패거리들은 자네를 교환 조건으로 돌려보내지 않으면 그를 죽인다, 그렇게 말했었지. 틀림없지?"
"아이, 참."
그는 미소지었다.
"자네의 걸프렌드가 밑에서 기다리고 있어. 그쪽으로 갈까?" 그는 손을 크게 흔들었다. "일어나라고, 쏘지는 않을 테니까."
나는 어색하게 일어서면서 어딘가 일이 잘못되었다고 생각했다. 나는 밑으로 호송되어 불기 없는 난로 앞에 에린이 서 있고 일리치가 그 옆에 서 있는 것을 보았다. 새파랗게 질린 얼굴로 그녀가 속삭였다.
"미안해요, 앨런."
케니킹이 말했다.
"나를 바보로 생각한 모양이지. 자네가 걸어서 여기에 왔다고 생각할 사람이 어디 있겠나? 자네가 현관으로 찾아왔을 때 자네가 타고 온 차를 어디에 두었을까 하고 나는 생각했지. 이 나라는 걸어서 다닐 수 있는 곳이 아니기 때문에 자네는 차를 타지 않고 올 수는 없었을 게 아닌가? 그래서 나는 자네가 벨을 누르기 전에 차를 찾아보라고 한 사람을 보냈다네."

"옛날부터 당신은 논리적이었으니까."

그는 즐기고 있는 것 같았다.

"그래서 내 부하가 무엇을 발견한 줄 아나? 커다란 미제 차였어. 키도 꽂아 놓은 채 말이야. 거기에 잠시 있으려니까 이 젊은 부인이 급히 쫓아왔다고 하더군. 그래서 그는 그녀를 차와 함께 말이지, 이곳으로 되돌아오게 한 걸세. 알겠지만, 그는 우리가 결정한 일을 모르거든. 그러니 그를 책망할 수는 없지 않겠나?"

"물론이지" 하고 나는 간단히 대답했다(그러나 그는 트렁크를 열어보았을까?). "하지만 별로 바뀐 것은 없잖아."

"그래 자네의 입장에서는 그렇겠지. 하지만 내 부하는 규율을 잘 지킨다고. 그는 우리가 전자 장치가 들어 있는 작은 포장물을 찾고 있는 것을 알기 때문에 차 속을 뒤진 거야. 그러나 그것은 발견하지 못한 거지."

케니킹은 말을 멈추고 기대에 넘친 눈으로 나를 바라보았다. 그는 진정 지금의 상태를 즐기고 있다. 내가 말했다.

"앉아도 되나? 그리고 부탁인데 담배를 한 대 피우고 싶군."

"물론 괜찮아, 앨런 군, 앉으라고. 그 의자에 앉아." 그는 친절한 말투로 대답하고 담뱃갑을 꺼내어 조심스레 내 담배에 불까지 붙여 주었다. "미스터 슬레이드는 자네한테 몹시 화를 내고 있어. 자네가 마음에 안 드는 모양이지."

"그는 어디에 있지?"

"주방에서 손에 붕대를 감고 있는 모양이야. 자네는 꽤 잘 알고 있는 것 같아, 앨런. 그는 두통 때문에 괴로워하고 있다네."

나는 위 속에 납덩이라도 들어간 것 같은 기분이었다. 나는 담배를 빨면서 대답했다.

"알았어. 그래서 앞으로 어떻게 할 거야?"

"게이실에서 여기에 온 날 밤에 중단된 작업을 다시 시작하는 걸세. 그때하고 아무것도 달라진 게 없지 않나?"

그는 착오를 일으켰다. 에린이 여기에 있는 것이다.

"그렇다면 나를 사살한다는 것 아니겠나?"

"아마 그렇게 되겠지. 그런데 그 전에 슬레이드가 자네하고 말을 좀 하고 싶은 모양이야." 그는 얼굴을 들었다. "아, 나오셨군요."

슬레이드의 몰골은 말이 아니었다. 얼굴은 거무튀튀하고 좀 비틀거리면서 들어왔다. 가까이 오자, 그의 두 눈은 기묘하게 초점이 맞지 않아 얼빠진 것 같이 보였고 또 강타를 당한 충격으로 고통을 겪고 있는 것 같이 보였다. 누군가 그의 손에 새 가제붕대를 깔끔하게 감아주었지만 옷은 쭈글쭈글하게 지저분하고 머리칼이 곤두서 있었다. 항상 외모에 무척 신경을 쓰는 사나이이기 때문에 아마 몹시 화가 났을 것이다.

그가 얼마나 화가 나 있는가를 나는 곧 알았다.

그는 가까이 오자 나를 내려다보며 왼손으로 지시를 했다.

"세워서 그쪽으로 끌고가, 벽 있는 데로."

나는 몸을 움직이기가 무섭게 붙들렸다. 누군가가 뒤에서 해머록으로 나를 의자에서 잡아끌고 가서 벽으로 밀어붙였다. 슬레이드가 입을 열었다.

"내 권총은 어디에 있나?"

케니킹이 어깨를 으쓱했다.

"내가 알고 있을 리가 없죠."

"자네가 스튜어트한테서 빼앗았을 것 아닌가?"

"아, 그거요?" 케니킹은 호주머니에서 권총을 꺼냈다. "이거 말이오?"

슬레이드는 권총을 쥐자 내가 있는 데로 걸어왔다.

"이 새끼 오른손을 벽에 딱 붙여놓으라고." 그는 그렇게 말하고 붕대를 감은 손을 내 눈 앞으로 올렸다. "네가 한 짓을 알고 있겠지, 스튜어트? 이제부터 무슨 일이 일어날까, 그것도 잘 알고 있을 것 아닌가?"

튼튼한 손으로 내 손목을 벽에 억누른 다음 슬레이드는 권총을 들었다. 나는 쥐었던 주먹을 펴고 그가 손을 다 날려버리지 않도록 손가락을 벌린 상태로 손바닥에 탄알을 받았다. 짧은 순간에 간신히 그만한 지혜를 발휘했던 것이다.

이상한 일이지만 처음에는 송곳 같은 것에 푹 찔린 것 같은 충격이 전달될 뿐 아프지는 않았다. 다음으로 어깨에서 손가락 끝까지 완전히 마비되어 버린 것 같은 증세가 찾아들었다. 충격에서 벗어나면 곧 아프기 시작하겠지만 지금은 별로 아프지 않았다.

에린의 비명이 들렸지만 내 머리는 멍해져 그 외침소리가 아득히 먼 데서 들려오는 것 같이 생각되었다. 눈을 뜨고 보니 슬레이드가 웃음기 없는 얼굴로 나를 바라보고 있었다. 그는 말수를 줄여서 말했다. 집념에 찬 복수가 끝난 지금 그는 평상시의 일로 돌아갔다.

의자에 축 늘어져 얼굴을 들고 보니 난로에 기대고 있는 에린의 얼굴에서 눈물이 뚝뚝 떨어지고 있는 것이 보였다. 슬레이드가 우리 사이에 서 있어 에린의 얼굴을 가렸다. 그가 말했다.

"너는 너무 많이 알고 있어, 스튜어트. 그래서 너를 죽이지 않을 수가 없어, 그것은 알고 있겠지?"

"네가 최선을 다했다는 것은 알고 있다."

나는 멍청하게 대답했다.

어째서 슬레이드가 호텔 방에서 질려버렸던가를 알았다. 마찬가지 일이 나에게 벌어진 것이다. 나는 두 가지로 이어지는 생각을 의미를 알 수 있도록 연결하는 것이 불가능하다는 것을 깨닫자 심한 두통을 느끼게 되었다. 탄알이 손바닥을 관통함으로써 그러한 결과가 생긴 것이다.

슬레이드가 말했다.

"나에 관한 일을 누가 알고 있지, 이 여자 말고?"

"아무도. 그녀는 어떻게 되는 거야?"

그는 어깨를 으쓱했다.

"같은 무덤 속에 묻어주지." 그는 케니킹 쪽을 보았다. "아마 사실대로 말한 것 같아. 늘 쫓겨 다녔으니까, 누구한테 알릴 기회가 없었을 거야."

케니킹이 의심스러운 듯한 말투로 대답했다.

"편지를 썼을지도 모르지요."

"그 위험성은 더 두고 볼 수밖에 없어. 타거트가 조금도 의심하고 있는 것 같지는 않아. 내가 없어졌기 때문에 걱정을 하는지는 몰라도, 그것뿐이야. 나는 점잖게 다음 비행기로 런던으로 돌아갈 거야." 그는 상처를 입은 쪽 손을 들어 소름 끼치는 미소 띤 얼굴로 케니킹을 돌아보았다. "이것도 모두 자네 탓이야, 이 바보를 죽이지 않았기 때문에 내가 상처를 입었잖아?"

그는 가까이 와서 내 발을 걷어찼다.

"그 전자 장치는 어떻게 한 거야?"

"그것이 뭔데?"

케니킹이 담뱃갑을 꺼내어 담배 하나를 집었다.

"계획대로 작전을 끝내지 못해 유감이오. 스튜어트센은 그것이 어디에 있는지 알고 있을 거요. 나는 그에게서 정보를 얻을 수 있겠지요."

"그렇겠지." 슬레이드는 골똘히 생각해 본 듯한 말을 하면서 나를 내려다보았다. "그것은 어디에 있는 거야, 스튜어트?"

"네가 찾아낼 수 없는 곳이야."

케니킹이 말했다.

"그 차 안은 아직 조사해보지 않았어요. 당신이 트렁크 안에 들어 있는 것을 발견했을 때 다른 일은 다 잊어버렸으니까."

그가 명령을 하자 두 명의 부하가 방에서 나갔다.

"혹시 차 안에 있으면 찾아내게 되겠지요."

"차 안에는 있을 것 같지 않아."

슬레이드가 말하자 케니킹이 오기를 부리는 듯한 말투로 한마디했다.

"나는 당신이 그 차 안에 있으리라고는 생각지도 않았소. 그 안에서 찾아내더라도 나는 별로 놀라지 않을 거요."

"자네 말이 맞을지도 몰라." 슬레이드의 말소리에는 그렇게 생각하지 않는다는 것이 나타나 있었다. "너는 죽게 되어 있어, 스튜어트…… 틀림없이 말이야. 그러나 죽는 방법은 여러 가지가 있지. 그 포장물이 어디에 있는가를 말하라고. 그러면 너는 깨끗이 빨리 죽을 수 있어. 만일 가르쳐주지 않으면 케니킹에게 너의 처치를 맡겨 고통을 받으면서 천천히 죽게 할 거야."

나는 입을 굳게 다물고 있었다. 만일 입을 열게 되면 아랫입술이 떨리고 있는 것이 보이게 된다. 그것은 공포감을 나타낸다.

그는 옆으로 섰다.

"됐어, 케니킹. 자네가 좋을 대로 처치하라고." 증오가 담긴 말투였다. "제일 좋은 방법은 그를 조금씩 죽여주는 거야. 그도 나한테 그렇게 협박했으니까."

케니킹은 권총을 쥐고 내 앞으로 가까이 왔다.

"자, 앨런, 우리는 이제 종점에 이르렀어. 자네와 나는 말이야. 그레이더 부품은 어디에 있는 거야?"

권총 바로 앞에 서 있기는 하지만, 나는 새로운 정보의 조각을 붙잡았다. 레이더 부품, 나는 얼굴을 비틀어 웃는 모습을 보이려고 했다.

"담배 한 대만 더 줄 수 없나. 봐스라프?"

거기에 응하는 미소는 그의 얼굴에 비치지 않았다. 그의 눈은 차갑고 입은 음울하게 닫혀 있었다. 그야말로 사형 집행인의 얼굴이었다.

"전통을 따르고 있을 겨를이 없어. 그런 어리석은 행위는 이제 그만이야."

나는 그의 건너쪽을 보았다. 에린이 아직 잊혀진 채로 거기에 서 있었다. 그 얼굴에는 절망의 표정이 어른거렸다. 그러나 그녀의 손은 옷자락 속으로 들어가 있고, 천천히 무엇인가를 거머쥐고 있었다. 그녀가 아직 그 권총을 가지고 있다는 것을 상기하면서 나는 충격을 받았다. 그것만으로도 나의 머리를 재빨리 회전시키는 데 충분했다. 모든 희망이 사라지고 앞길에는 죽음밖에 아무것도 기다리는 것이 없다고 하면 누구든지 지금까지의 나와 같이 숙명론적인 혼란 상태에 빠지고 말 것이다. 그러나 모든 것을 다 잃은 것은 아니라고 희미한 암시라도 주어지면 사람은 행동할 수 있는 것이다. 그래서 나의 반응은 지껄이는 일이었다. 빠른 말로 지껄이는 일이었다.

나는 고개를 돌려 슬레이드에게 말을 건넸다. 그가 에린 쪽을 보려는 생각을 내지 않도록 그의 주의를 끌지 않으면 안 되었다. 나는 애원했다.

"케니킹을 제지해 줄 수 없겠나?"

"케니킹을 제지할 수 있는 것은 자네 자신이야. 우리가 알고 싶은 것을 그에게 말하면 되잖아."

"모르겠어…… 어차피 나는 죽게 될 몸이니까."

슬레이드가 말했다.

"하지만 편하게 죽을 수 있지. 고통 없이 바로 말이야."

나는 케니킹 쪽으로 시선을 돌렸다. 그의 어깨 너머로 이제는 에린이 권총을 뽑아든 것이 똑똑하게 보였다. 그녀는 그것을 양손으로 쥐고 있기에 나는 그것을 발사하기 전에 해야 될 조작 방법을 그녀가 잘 외우고 있어 주기를 간절히 빌었다. 내가 또 입을 열었다.

"봐스라프, 당신은 옛날 동료에게 그런 짓을 하지는 않겠지. 당신만은……."

그의 권총은 나의 배를 겨누고 있었으나 그것이 점점 밑으로 내려갔다.

"첫 탄알이 어디로 가는지는 생각하지 않아도 알겠지"라고 말하는 목소리는 오싹할 정도로 차분했다. "나는 다만 슬레이드의 명령에 따라 할 뿐이야, 거기에 내 자신이 바라는 것도 있고."

"말해 봐."

슬레이드는 말을 재촉하면서 몸을 앞으로 구부렸다.

나는 에린이 권총의 노리쇠를 당기는 금속음을 들었다. 케니킹도 마찬가지로 뒤돌아보려고 했다. 에린은 양손을 쭉 뻗어 권총을 쥐고 있었기 때문에, 케니킹이 돌아보려고 할 때 그녀는 벌써 발사하기 시작했고 계속 쏘아댔다.

첫 탄알이 케니킹의 등에 맞는 소리를 나는 확실히 들었다. 권총을 쥔 그의 손은 경련을 일으킨 듯 내 얼굴 앞에서 어른거렸다. 탄알은 내 팔꿈치 옆에 있는 의자에 박혔다. 그때 나는 이미 행동을 개시했다. 나는 머리부터 슬레이드한테로 파고들어가서 배에 부딪쳤다. 내 두개골은 그의 배보다 딱딱하기 때문에 그는 큰 소리로 숨을 헐떡거리며 몸이 둘로 꺾여 신음하면서 방바닥으로 뒹굴었다.

나도 쓰러졌다. 에린이 아직도 쏘고 있어 탄알들이 방 안에 소리를 내며 날아다니는 것을 알고 고함을 쳤다.

"이제 그만해!"

나는 슬레이드의 권총을 집어 들고 에린의 팔꿈치 밑에서 일어나 그녀의 손목을 잡았다.

"부탁이야, 그만해!"

그녀는 탄창에 든 탄알을 다 쏘아버린 모양이다. 반대쪽의 벽은 벌집이 되고 케니킹은 내가 앉아 있던 의자 앞에 쓰러져 있었다. 그리고 위를 보고 있는 눈은 시력을 잃은 채 천장을 응시하고 있었다. 에린은 그에게 두 발 이상을 명중시켰는데 그녀가 2미터도 안 되는 거리에서 쏘았다는 것을 생각하면 그리 놀랄 일은 아니다. 생각해 보면 그녀가 나한테 탄알을 먹이지 않은 것은 천만다행이었다. 케니킹의 앞이마 한가운데에 빨간 점이 있는 것은 그가 뒤돌아보면서 반격을 시도하려 했던 생생한 저항력을 보여 준다. 또 한 발은 턱끝을 맞췄는데 그의 얼굴 하반부를 날려버렸다. 그는 완전히 죽어 있었다.

나는 우리가 얼마나 위험한 처지에 놓였던가를 생각해보기 위해서 행동을 멈추지 않았다. 나는 에린을 이끌고 문 쪽으로 갔다. 밖에 있는 녀석들이 이상한 총소리에 대해서 마음의 준비를 하고 있었던 것이다.

나는 문 있는 데서 쥐고 있던 에린의 손목을 놓고 상처 입은 오른손에 쥐고 있던 권총을 왼손으로 바꾸었다. 손바닥에 구멍이 난 손으로는 권총을 쏠 수 없을 것 같아서였다. 슬레이드의 작은 권총이 반동이 적다고 해도 말이다. 나한테 아무리 후한 점수를 준다고 해도 서투른 총잡이밖에 안 될 것이고, 왼손으로 쏘는 경우는 더 말할 것이 없다. 나는 에린을 보았다. 그녀는 너무나 큰 충격을 받은 상태였다. 누구나 흥분된 감정이 없이는 사람을 쏘아죽일 수 없다. 특히 처음으로, 민간인으로, 여자의 경우는 더욱 그렇다. 나는 날카로운 어조로 말했다.

"아무 소리 말고 내가 하란 대로 해야 돼. 내 뒤를 따라서 주저하지 말고 필사적으로 뛰는 거야."

그녀는 턱을 올려 끄덕거렸다. 나는 현관문에서 밖으로 총을 쏘아대면서 뛰쳐나갔다. 누군가 집 안에서 우리를 노려 쏘는 바람에 탄알이 내 귓불을 스쳐갔다. 하지만 그런 것에 신경쓸 겨를이 없었다. 시보레를 뒤지러 갔던 두 녀석이 곧장 우리 쪽으로 오고 있었기 때문이다.

나는 그들을 향해 계속 방아쇠를 당겼다. 그들이 좌우로 흩어지는 바람에 우리는 그 사이에 낀 꼴이 되었다. 유리가 깨지는 소리가 났다. 누군가 창문을 여는 것보다 깨는 것이 빠르다고 생각한 듯하다. 곧 탄알이 날아왔다. 나는 슬레이드의 권총을 떨어뜨리고 다시 에린의 손목을 잡고 지그재그로 뛰면서 내 뒤를 따르도록 했다. 등 뒤에서 누군가 우리를 뒤쫓는 발소리가 크게 들렸다.

어느 순간 에린이 총알에 맞았다. 그 탄알 때문에 그녀는 앞으로 무릎이 꺾여 고꾸라질 듯할 때 나는 팔을 그녀에게 감아 지탱하도록 했다. 그때에 우리는 벌써 장총을 숨겨둔 용암의 끝에서 9미터까지 올라갔다. 그 거리를 어떻게 뚫고 나아갔는지 나는 아직 알지 못한다. 에린은 아직 두 발을 쓸 수가 있어 그것이 큰 도움이 되었다. 우리는 용암 위로 기어 올라가서 이끼가 낀 작은 언덕에 당도하여 웅크리고 프리트의 장총 자루에 양손을 뻗었다.

나는 그것을 이끼 속에서 끌어내기 전에 탄알을 약실에 집어넣었다. 에린은 땅바닥에 쓰러져 있고 나는 왼손에 장총을 쥐고 돌아보았다. 오른손 바닥에 구멍이 났지만 아직도 나는 방아쇠를 당길 수가 있어 그것을 유효하게 이용했다.

탄창에는 다른 탄알이 번갈아 장전되었다. 피갑탄과 연연 탄두탄을 조심스럽게 넣어둔 것이다. 처음에 쏜 것은 피갑탄이었다. 그것은 앞장서 추격해온 녀석의 가슴에 맞아 마치 상대가 거기에 없는 것처럼 뚫고 나가버렸다. 그가 그대로 네 걸음을 뛰어가서 심장에 구멍이 나 벌써 고동을 멈췄다는 것을 알았다. 그 녀석은 그 자리에서 껑충 뛰어올라 거의 내 발 밑에서 놀란 얼굴을 보이고 쓰러졌다.

그때에 나는 벌써 그 녀석 바로 뒤에 있는 사나이에게 한 방을 먹였다. 그것은 볼 만한 위력을 발휘했다. 18미터 거리에서 매그넘의 큰 연연탄두의 탄알에 당한 사나이는 튕겨나간듯이 죽어 있는 모습이 아니었다. 그 녀석의 몸뚱이는 제각각 뿔뿔이 풍비박산이 되어 버린 것이다. 탄알은 그 녀석의 흉골에 명중하여 그것이 퍼지면서 그 녀석을 땅바닥에서 끌어올려 1미터 이상 뒤로 내동댕이치기 전에 등뼈를 밖으로 몰아내 그것을 주위에 흩뿌렸다.

주위가 갑자기 조용해졌다. 프리트의 묵직한 장총의 포효에 모두들 무언가 새로운 게임의 요소가 가미되었음을 알고 그 정체를 파악할 때까지 사격을 멈춘 것이다. 나는 집 현관 곁에 배를 누르고 서 있는 슬레이드를 발견했다. 나는 다시 장총을 들어올려서 쏘았다. 떨리는 양손으로 너무나 서둘렀다. 맞지는 않았지만 그를 몹시 놀라게 했다. 그는 당황하여 뒤로 꽁무니를 뺐는데 얼굴을 내민 녀석은 이제 하나도 없었다.

이어서 탄알 한 발이 내 머리를 가를 정도로 가까이 날아오자 그 총소리로 나는 집 안에 누군가가 장총을 가지고 있다는 것을 알았다. 나는 능선에서 내려가 에린이 있는 데로 가까이 갔다. 그녀는 벼랑 위에 드러누워 고통으로 얼굴을 뒤틀고 괴로운 호흡을 가다듬으려고 애썼다. 그녀가 옆구리에 꼭 대고 있던 손을 떼자, 거기에 피가 벌겋게 묻어 있었다.

"많이 아파?"

그녀는 숨을 헐떡이면서 대답했다.

"숨을 쉴 때…… 그때만."

그것은 나쁜 징조였으나 그 상처의 위치로 보아 폐를 상하지 않은 것은 확실했다. 그때 그 자리에서 내가 할 수 있는 것은 아무것도 없었다. 다음의 몇 분 동안만이라도 더 살기 위해서 나는 바쁜 것이다. 다음 30초 동안에 머리가 날아갈지도 모르는 위급한 상태에서 다음 주에 패혈증으로 죽을지도 모른다는 것을 걱정해도 소용없는 일이었다.

나는 탄약 상자를 더듬어 장총에서 탄창을 꺼내어 다시 장전했다. 손이 저리는 느낌은 사라지고 몹시 아프기 시작했다. 시험삼아 집게 손가락을 구부리기만 해도 전파가 통하는 전선을 잡은 것처럼 충격이 팔을 관통했는데, 이 이상 쏠 수 있을지 자신이 없었다. 하지만 절박한 때엔 제 능력 이상으로 기능이 발휘되는 것을 보면 놀랄 일이다.

나는 용암 덩어리에서 얼굴을 살짝 내놓고 집을 바라보았다. 아무도 그리고 어떤 것도 움직임이 없었다. 바로 앞에는 내가 사살한 시체가 쓰러져 있었다. 한 사람은 편안하게 잠든 것처럼 누워 있고, 또 한 사람은 아예 가루처럼 부스러져 버렸다. 집 앞에는 차가 두 대 있었다. 케니킹의 차는 극히 평범해 보였으나 놀드링거의 시보레는 처참한 몰골이었다. 녀석들은 포장물을 찾으려고 좌석을 뿔뿔이 헤쳐 놓고, 이쪽 문은 둘 다 활짝 열어 놓았다. 나는 남의 차를 못 쓰게 만들었기 때문에 상당한 액수의 청구서가 돌아올 것 같았다.

두 대의 차는 모두 90미터 정도밖에 떨어져 있지 않아, 어느 쪽이든 어떻게 손에 넣고 싶지만 그런 기대는 가질 수 없다는 것을 알았다. 용암 지대를 걷는 것은 아이슬란드인도 싫어한다는 것 말고도 에린을 생각하지 않으면 안 된다. 그녀를 남겨두고 갈 수는 없고, 운명을 걸고 모험을 한다면, 15분 이내에 추격을 당할 것이다.

그렇다면 방법은 오직 한 가지——캐나다 기마 경찰대나 미국 기병대가 지평선에 모습을 나타내고 찾아오지 않는 이상 나는 집 안에 가만히 숨어 있는, 숫자를 알 수 없는 적과 당당히 싸워서——반드시 이겨야만 되는 것이다.

나는 집을 관찰했다. 케니킹은 그것을 '달걀 껍질 같이 만든 집'이라고 했다. 얇은 판자가 두 장, 1.5센티미터도 못 되는 회반죽에 몇 센티미터의 폼러버로 되어 있다. 대개의 사람들은 집이 탄알에 견딜 수 있다고 생각하지만, 나는 서부 영화의 주인공이 얇은 판자의 오두막에 숨어 있을 때 악한들이 신중하게 창문을 노려 총질을 하는 것을 볼 때면 웃음이 나온다.

루거의 9밀리 탄은 근거리에서는 23센티미터 두께의 송판을 뚫는다. 그것은 서부극의 콜트에서 발사되는 1센티미터 남짓에 비하면 작은 총알인 것이다. 몇 발만 잘 맞추면 주인공 주위에서 오두막을 날려버릴 수도 있을 것이다.

나는 집을 바라보면서 그 얇은 판자벽이 프리트의 장총의 위력 앞에 얼마나 견딜 수 있을까 하고 생각했다. 연연탄두는 대단한 위력은 없겠지. 충격으로 튀어 흩어지기 쉽기 때문이다. 그러나 피갑탄은 놀라운 관통력을 가지고 있다. 그것을 알아야 될 때이다. 우선 총잡이를 발견하지 않으면 안 된다.

나는 머리를 뒤로 빼어 에린을 보았다. 그녀의 숨소리는 고르게 되었고, 아까보다는 꽤 좋아진 것 같았다.

"기분이 어때?"

"어머! 기분이 어떨 것 같아요?"

나는 좀 안심이 되어 미소를 지었다. 신경질을 내는 것은 그녀가 좋아졌다는 표시가 아니겠는가.

"이제부터는 모든 게 좋아진다고."

"이 이상 나빠질 게 있나요?"

"저기에서 당신이 한 일에 감사해. 정말 용감했어."

그때까지의 살인에 대한 그녀의 태도를 생각할 때, 용감하다는 말로는 부족하다.

그녀는 몸서리를 치며 낮은 소리로 말했다.

"무서웠어요! 나는 앞으로 일생 동안 악몽에 시달리겠지요."

나는 확신을 가지고 말했다.

"그런 일은 없을 거야. 마음에는 그런 것을 잊어버릴 수 있는 능력이 있지. 전쟁이 몇 번씩이나 일어난 이유가 거기에 있는 거야. 어쨌든 당신은 이제 다시 그런 일이 없겠지만, 나를 위해서 해주어야 될 일이 하나 있어."

"내가 할 수 있는 일이에요?"

나는 그녀의 머리 위에 있는 용암 덩어리를 가리켰다.

"내가 지시를 하면 저것을 건너쪽으로 떨어뜨려 주겠나? 그러나 몸을 위로 내놓으면 안돼. 그런 짓을 하면 탄알이 날아올 테니까."

그녀는 용암 덩어리를 쳐다보았다.

"해보겠어요."

"내가 말할 때까지는 하지 말아." 나는 깡통을 앞으로 내밀고 집을 바라보았다. 아직도 아무 움직임이 없어, 슬레이드는 무엇을 생각하고 있을까 하고 이상하게 여겼다.

"자, 굴려 보라고."

바위가 소리를 내면서 움직여, 용암 지대의 비탈면을 굴러 떨어졌다. 장총 소리가 울리고 탄알이 바로 우리 머리 위로 날아갔다. 또 한 발은 조준이 정확하여, 바로 우리들 왼쪽에 있는 바위를 맞혔다. 누구인지 그 녀석은 사격에 익숙한데, 나는 그 녀석이 있는 장소를 알았다. 그 녀석은 2층 방에 있고 흘끗 보였던 움직임으로 머리를 조금 내놓고 창가에 웅크리고 있는 것을 알았다.

나는 조준을 했다. 창이 아니라 그 밑에 있는 벽의 조금 왼쪽을 노린 것이다. 방아쇠를 당기자 망원조준경을 통해서 판자벽이 충격으로 풍비박산하는 것이 보였다. 희미하게 외치는 소리가 들리고 창문에 빛이 번쩍거리며 양손을 가슴에 댄 사나이가 일어서는 모습이 뚜렷이 보였다. 그 녀석은 뒤로 비틀거리며 사라졌다.

예상한 대로 프리트의 장총은 벽을 관통한 것이다.

나는 조준을 아래층 방으로 옮겨 순서에 따라 탄알을 모두 창가의 벽을 향해 쏘았다. 그들이 숨어 있을 만한 곳이다. 방아쇠를 당길 때마다 내 손의 찢어진 근육은 항의의 비명을 질러 나는 목청껏 고함을 침으로써 기분을 달랬다.

나는 에린이 바지를 잡아당기고 있는 것을 알았다. 그녀는 걱정스러운 듯이 물었다.

"어째서 그래요?"

"남자가 일을 할 때는 방해하면 안돼" 하고 말하고 나는 뒤로 물러나 빈 탄창을 내놓았다. "이걸 채워줘…… 내게는 어려워."

탄알이 비어 있을 때가 문제다. 나는 프리트가 예비 탄창을 준비했더라면 좋았을 것이라고 생각했다. 지금 어떤 녀석이 덤벼든다면 좀 성가시게 되기 때문이다.

나는 에린이 이 작전에 맞는 탄알을 탄창에 잘 채우고 있는 것을 본 다음 또 집 쪽을 바라보았다. 누군가 울부짖고 있으며 혼란한 외침소리가 들려왔다. 그 집 안이 이제는 어쩔 줄을 모르고 당황하고 있는 것이 틀림없다. 탄알이 벽을 뚫고 그 뒤에 있는 사나이에게 맞는다는 것은, 그들에게 있어 불안하기 짝이 없는 일이었다.

"자, 여기요" 하고 에린이 말하면서 5발이 꽉 채워진 탄창을 나에게 주었다. 나는 그것을 총에 밀어 넣고, 그것을 앞으로 쑥 내밀 때,

한 사나이가 현관에서 뛰어나와 시보레의 뒤로 숨는 것을 보았다. 망원 조준경을 통해서 그 녀석의 두 발이 보였다. 내가 있는 쪽의 문이 활짝 열려 있어, 나는 마음속으로 리 놀드링거에게 사과하면서 그 차를 뚫고 나가 반대쪽 문을 관통할 탄알을 쏘아붙였다. 그 두 발이 움직이고 사나이 모습이 잠깐 보였다. 그 녀석이 일리치라는 것을 알았다. 손을 목에 대고 있는 그의 손가락 사이로 피가 솟아오르고 있었다. 그는 몇 걸음 비틀거리다가 쓰러지더니 조용해졌다.

나는 손에 상처를 입어 노리쇠 조작도 몹시 힘들게 되었다.

나는 에린에게 말했다.

"기어서 내 곁으로 와주지 않겠어?"

그녀는 내 오른쪽으로 가까이 왔다.

"이 레버를 올리고, 뒤로 당겨서 또 한 번 앞으로 밀어 넣는 거야. 그러나 그것을 조작하는 동안은 머리를 숙이고 있어야 돼."

내가 왼손으로 장총을 꽉 쥐고 있는 동안 그녀는 노리쇠를 조작하고 빈 놋쇠 약통이 튀어나와 생각지도 않은 것이 그녀의 얼굴에 맞아 소리를 질렀다. 이 어색한 방법으로 나는 또 3발을 가장 큰 피해를 줄 수 있다고 생각한 곳에 쏘아붙였다. 에린이 최후의 탄알을 약실에 넣자, 나는 탄창을 꺼내어 또 한 번 채워달라고 했다.

비상 사태에 대비하기 위한 한 발이 약실에 들어 있기 때문에 나는 마음이 홀가분하여 침착하게 집을 바라보며 동태를 살피기로 했다. 나는 확실히 3명을 죽이고 또 한 명에게 상처를 입히고——2층에 있었던 총잡이——그리고 아직도 집에서 들려오는 신음 소리로 판단할 때 또 한 명을 상처낸 모양이다. 그래서 5명이다——케니킹까지 치면 6명인 셈이다. 그 이상의 인원이 있었을 것 같지 않지만 그렇다고 해서 모두가 모습을 드러냈다고 말할 수도 없다. 누가 전화를 했을지도 모른다.

나는 울부짖고 있는 것이 슬레이드가 아닐까 하고 생각했다. 그의 음성을 잘 알고 있지만 확실하지 않게 띄엄띄엄 들리는 소리로는 판단하기 어려웠다. 나는 에린을 힐끗 보고 말했다.

"더 서둘러!"

그녀는 필사적으로 손을 움직였다.

"하나가 걸렸어요."

"최선을 다 하라고."

나는 앞에 있는 바위 주위를 살펴보다가 집 건너쪽에서 움직이는 것을 발견했다. 누군가가 이 소동에서 최초로 했어야 될 일을 하고 있다. 집 뒤쪽으로 나가는 것이다. 그것은 다만 그들이 지금까지 본 일이 없는 장총의 위력에 깜짝 놀랐기 때문이다. 그리고 그것은 내가 협공을 당할지 모르기 때문에 위험한 일이었다.

나는 망원 조준경의 배율을 높여 먼 데 있는 사람을 들여다보았다. 그것은 슬레이드였고, 붕대를 감은 손 말고는 멀쩡한 몸이었다. 그는 언덕에서 언덕으로 고개를 부러뜨릴 것 같은 속력으로 뛰어가는 피투성이가 된 영양처럼 윗옷을 미풍에 휘날리며 균형을 유지하기 위해 양손을 넓게 벌리고 있었다. 조준경 속에 끼어 있는 편리한 거리계에 따르면 그는 270여 미터 되는 위치에 있고 매초마다 속도를 늘리고 있는 것 같았다. 나는 심호흡을 하고 마음을 진정시켜 신중하게 조준을 했다. 상처는 쑤시고, 흔들리는 조준을 맞추기가 어려웠다. 나는 방아쇠를 당기다가 세 번이나 압력을 늦추었다. 조준이 목표에서 벗어났기 때문이다. 나의 부친은 내가 12살 때에 나에게 처음으로 장총을 사 주었다. 현명하게도 그때 0.22의 단발총을 골라준 것이다. 소년이 산토끼를 쏘려고 할 때, 탄알이 한 발밖에 없으면 첫 한 발로 죽이지 않으면 안 된다는 것을 알고 있는 이상으로 좋은 사격 습관을 붙이는 훈련법은 없을 것이다. 지금 나는 단 한 발밖에 쏠 수 없어서 다시 소년 시대로 돌아간 기분인데, 내가 쏘려고 하는 것은 토끼가 아니라 호랑이 같은 것이었다.

정신 집중이 잘 안 된 데다 현기증이 났다. 때로는 시야가 회색으로 보이기도 했다. 눈을 깜박거려 보았더니 시계가 밝아지고 슬레이드는 이상할 정도로 뚜렷하게 조준경 속에서 크게 보였다. 그가 직각으로 꺾어서 가는 것을 나는 조준경 속에 잡아놓고, 목표로 정한 데까지 달려오기를 기다렸다. 귓속에서 혈관이 큰 소리로 절규를 하자 또 현기증이 일어났다.

내 손가락은 고통과 함께 최후의 압력을 가했고, 총대가 내 어깨를 뒤흔들었다. 슬레이드에게 가하는 천벌은 시속 3,200킬로미터로 날아갔다. 멀리 보이는 사람 그림자가 갑자기 실이 끊어진 꼭두각시처럼 춤을 추며, 뒤집혀 시계에서 사라져갔다.

나는 쓰러지고 귓속의 포효는 커졌다. 현기증이 더 심해지고, 돌아온 잿빛 물결은 시커멓게 변했다. 그 어둠 속에서 태양이 붉게 빛나는 것이 보였다. 나는 정신을 잃었다. 최후로 들린 것은 내 이름을 외치는 에린의 목소리였다.

3

"그것은 적을 속이려는 기만 작전이었어."

타거트가 그렇게 말했다.

나는 케플라비크에 있는 어느 병원 침대에 드러누워 있고, 문에는 날 지키는 사나이가 서 있었다. 그것은 나를 감시하기 위해서가 아니라, 외부 세계와 나를 차단하기 위해서였다. 나는 중대한 위기를 맞게 되었다. 〈타임스〉의 유명한 기자들이 곧잘 사용하는 이름난 소송 사건이라든가, 개전의 이유라든가, 그 밖의 그런 외국어를 사용하는 원인이 되는 사태를 말썽없이 살짝 넘어가도록 현실 문제화하지 않게 모든 시도가 행하여지고 있었다. 여기에 관계가 있는 모든 기관이 침묵을 지키려 하고 있고, 혹시 아이슬란드 정부가 지금까지의 일을 알았다고 하더라도, 그들은 매우 조심스럽게 발표를 하지 않도록 했다.

타거트는 또 한 사람 미국인을 데리고 와서, 그 사나이를 아서 라이언이라고 소개했다. 라이언은 본 기억이 있는 인물이었다. 저번에 봤을 때에는 프리트의 장총 조준경을 통해서였다. 브들할즈의 능선에서 헬리콥터 옆에 서 있었던 것이다.

그들이 나를 만나러 온 것은 두 번째였다. 처음 왔을 때 나는 약을 먹고 졸려서 머리가 몽롱한 상태였다. 그래도 두 가지 질문을 할 정도의 힘은 있었다.

"에린은 어떻게 하고 있지요?"

타거트는 달래는 듯한 어조로 말했다.

"그녀는 멀쩡해. 자네보다 훨씬 좋은 상태야, 사실이라고." 그녀가 맞은 총알은 무엇엔가 맞고 튀어나온 유탄으로, 그래서 힘이 빠지고 살갗을 스쳐갔을 뿐이며 두 대의 늑골 사이에 멈추었다는 것이다. 타거트는 명랑한 어조로 한마디를 덧붙였다. "그녀는 아주 팔팔하다고……"

나는 혐오하는 마음으로 그를 바라보았으나 그것을 나타내기에는 너무나 힘이 빠져 있었다.

"내가 어떻게 여기에?"

타거트는 라이언을 바라보았다. 라이언은 호주머니에서 파이프를 꺼내어 마음을 정하지 못한 듯이 그것을 응시하고 나서 다시 파이프에 살담배를 눌러담았다. 그리고 그는 천천히 말했다.

"정말 자랑스러운 걸 프렌드를 두셨어요, 미스터 스튜어트."

"그곳에서 어떤 일이 생겼던가요?"

"당신이 정신을 잃자 그녀는 어떻게 할 바를 모르고 당황했지요.

하지만 좀 생각한 다음 장총에 탄알을 채워서 그 집을 더 벌집으로 만든 거라오."

나는 살인에 대한 에린의 태도를 회상해 보았다.

"그녀는 누구를 겨냥했을까요?"

"그런 것 같지는 않아요. 당신이 거의 다 해치웠으니까요. 그녀는 남은 탄알을 다 쏘아버렸어요. 그렇게 많은 탄알을 말이오. 그러고 나서 그녀는 무슨 일이 일어나는가 하고 잠시 기다렸답니다. 아무 반응도 없기 때문에 그녀는 일어나서 그 집으로 걸어갔어요. 정말 용감한 행동이지요, 미스터 스튜어트."

나도 그렇게 생각했다.

라이언은 말을 계속했다.

"그녀는 전화기를 발견하고 이곳 기지에 있는 놀드링거 중령에게 연락을 했어요. 그녀가 대단히 강압적인 말을 했기 때문에, 그는 놀랐다는 겁니다. 전화가 끊겼을 때 중령은 그때까지 이상으로 마음이 착잡해진 거지요." 그는 미소지었다. "그녀가 정신을 잃은 것도 당연하지요. 거기는 피투성이가 된 지옥이나 마찬가지였으니까요. 죽은 사람이 5명에다 중상자가 2명이었어요."

타거트가 끼어들었다.

"중상자는 3명이야, 우리는 다음에 슬레이드를 찾아냈거든."

그런 다음 그들은 곧 밖으로 나갔다. 내가 심각한 얘기를 할 수 있는 상태가 아니었기 때문이다. 그러나 24시간 뒤에 그들은 다시 돌아와 타거트가 작전 얘기를 하기 시작했다.

나는 그것을 가로막고 물었다.

"언제 에린을 만날 수 있을까요?"

"오늘 오후에는 만나게 돼. 그녀는 정말 건강하다고."

나는 찬찬히 그를 응시했다.

"그렇게 하는 게 좋겠어."

그가 난처한 듯이 헛기침을 했다.

"모든 것을 알고 싶지 않나?"

"왜요, 알고 싶지요. 어째서 정보국이 나를 죽이기 위해서 그렇게 애썼는지, 그 까닭을 꼭 알고 싶어요." 나는 라이언에게 시선을 돌렸다. "CIA의 협력까지 얻어가면서 말이오."

"내가 말한 대로, 이것은 적을 속이려는 작전이었네. 두 사람의 미국인 과학자에 의해서 꾸며진 계획이었어." 타거트는 턱을 만졌다. "자네는 이제까지 〈타임스〉의 크로스워드 퍼즐을 생각해 본 일이 있나?"

"뭐라고요! 아직 없는데요."

타거트는 미소지었다.

"그것을 꾸며내는 데는 몇 명의 천재적인 마니아가 8시간이 걸린다고 치자고. 그리고 나서 판을 만들어 인쇄를 하게 돼. 여기에는 상당한 인원이 단시간 동안 투입되는 셈이지. 요컨대 이것을 다 합치면 40인이 1시간⋯⋯ 한 사람으로 치면 1주일이 소요되는 것이지."

"그래서요?"

"그러면 이 작업을 소비자 쪽에서 생각해 보자고. 〈타임스〉의 독자 1만 명이 그들의 머리로 퍼즐을 푸는 데 각자가 1시간을 쓴다고 해볼까. 그러면 1만 시간⋯⋯ 즉, 다섯 사람이 1년에 걸쳐 퍼즐을 푼다는 계산이 나와. 그 의미를 알겠나? 전혀 비생산적인 활동에 한 사람이 1주일에 걸쳐 작업하고, 다섯 사람이 5년에 걸쳐 머리를 쓰는 꼴이 되지." 그는 라이언을 보았다. "자네가 그 다음 얘기를 해주지 않겠나?"

라이언은 낮고 차분한 음성으로 말하기 시작했다.

"물리학의 분야에서는 많은 발견이 성과를 내고 있어요. 곧 활용이 되지 못하든가, 아무것도 사용 방법을 찾아내지 못한다든가 하는 것은 별문제로 치고요. 그 한 예로 '바보 점토'라는 것이 있어요. 본 일이 있나요?"
"들어본 것 같기는 한데요."
"이상스런 것이지요. 점토처럼 이겨서 형태를 만들 수 있지만 그대로 놓아두면 물같이 흘러가거든요. 게다가 해머로 치면 유리처럼 깨지기까지 하지요. 그런 이상한 물건이라 뭔가 쓸모가 있지 않나 싶지만, 아직껏 아무도 그 사용 방법을 찾아낸 사람이 없어요."
타거트가 한마디 했다.
"골프 공의 심에 넣기 시작했다고 들었는데?"
라이언이 익살스런 말투로 대답했다.
"그럼요, 그야말로 기술공학에서의 대성과라고 해야겠지요. 전자공학에도 그런 게 많이 있어요. 예를 들면 일렉트릭은 자석이 자장을 가진 것처럼 영구적인 전장을 가지고 있지요. 그 아이디어는 40년 전부터 알고 있었지만, 최근에 와서 단 한 가지의 이용법이 발견되었을 뿐이지요. 과학자들이 양자론을 다루기 시작하자 많은 이상한 효과가 나왔어요……터널 다이어트 조셉슨 효과라든가 기타 여러 가지…… 그 중의 어떤 것은 쓸 수가 있고, 어떤 것은 쓸모가 없어요. 그들이 발견한 것 가운데 상당수는 국방부와 계약을 맺고 있는 연구소에서 나온 것으로, 일반에게는 알려지지 않은 것이지요."
그는 마음이 가라앉지 않는 듯이 자꾸 몸을 움직였다.
"담배를 좀 피워도 되겠소?"
"그럼요."
즐거운 듯이 그는 파이프를 꺼내어 살담배를 채우기 시작했다.
"데이비스라는 과학자가 있었는데, 그 분야를 연구하다가 어떤 아이디어를 얻은 거지요. 과학자로서는 그다지 우수한 편이 아니었지만…… 어쨌든 일류는 아니고…… 하지만 그의 아이디어는 장난기에서 나온 것이었다고 하더라도 훌륭한 것이었어요. 그는 이 신비로운, 그러나 쓸데가 없는 효과를 여러 가지로 이용한 전자공학적인 장치를 만들면 진정한 대과학자를 난처하게 만들 수 있다고 생각했어요. 그래서 그는 실제로 그런 것을 짜 맞추었고, 그 결과 칼텍스에 있는 최고의 연구자 5명이 농락을 당하고 있다는 것을 깨닫기까지 6주일이 걸렸지요."

나는 사태를 이해하기 시작했다.

"기만작전이었군요."

라이언은 고개를 끄덕였다.

"농락을 당한 과학자 가운데 한 사람인 어설 박사는 거기에서 하나의 가능성을 찾아냈어요. 그는 어느 중요한 인물에게 편지를 써 보냈는데, 그것은 순서에 따라 우리에게도 왔어요. 그 편지 문구의 한 대목이 인상적이더군요. 어설 박사는 그야말로 멋진 경구를 썼어요. '어떤 바보라도 최고의 두뇌를 가진 사람들에게도 대답할 수 없는 질문을 할 수 있다'는 것입니다. 데이비스가 원래 만들어낸 장치는 그리 세련된 것이 아니었으나, 우리가 최종적으로 꾸민 것은 몹시 복잡한 것……. 그리고 그것은 완전히 아무 작용도 없게 설계한 것이지요."

나는 놀드링거가 얼마나 곤혹스러워했던가를 회상하자 웃음이 나왔다.

타거트가 물었다.

"어째서 웃나?"

"별로…… 얘기를 더 듣고 싶군요."

타거트가 말했다.

"원리는 알겠지, 스튜어트? 〈타임스〉의 크로스워드나 마찬가지야. 그 장치의 설계에는 그리 많은 두뇌의 힘은 필요가 없었네. 세 사람의 과학자가 1년 걸려서 만든 제품이었어. 그러나 만일 우리가 그것을 러시아의 패거리들에게 넘어가도록 했다면, 그들 최고급 두뇌를 가진 몇 사람들로 하여금 놀랄 만큼 오랜 시간을 낭비하게 할 수 있었던 거야. 이 장난은 기본적으로 해결할 수 없다는 점에 있고, 해답은 있을 수 없지."
라이언이 또 말을 시작했다.
"그러나 우리에게 문제가 되는 것은 어떻게 해야 러시아 패거리들 손에 쥐어줄 수 있는가 하는 거지요. 우리는 신중하게 준비한 몇 가지의 기밀 누설로 그들에게 미끼를 놓는 일부터 시작한 겁니다. 미국의 과학자가 놀랄 만한 성능의 레이더를 발명했다는 말을 퍼뜨린 거지요. 그것은 지평선 너머까지 탐지하는 능력이 있고, 스크린에 초록색 점으로 나타나는 게 아니라 자상한 형체로 나타나며 육상에서의 장애에 영향을 받지 않기 때문에 저공에서의 공격을 탐지할 수도 있다고 말이오. 어느 나라나 그런 기계를 위해서라면 수상의 딸이라도 백인 노예에게 팔아넘길…… 그래서 러시아 패거리들이 달라붙기 시작했어요."
그는 창 밖을 가리켰다.
"저쪽에 이상한 안테나가 보이지요, 저것은 그 목적으로 설치한 겁니다. 저 레이더는 이 케플라비크에서 실용 테스트를 하기로 정하고 우리는 이를 그럴듯하게 보이도록 하기 위해서, 6주일 동안 이 일대 805킬로미터 해상을 제트전투기들이 아슬아슬하게 돌아다니도록 했어요. 그리고 당신네 영국 기관에서도 여기에 협조하도록 한 것이지요."
타거트가 끼어들었다.

"우리는 딴 정보를 러시아에 흘렸어. 우리의 친구인 미국은 이 레이더를 자기들의 독자적인 것이라고 하는데, 우리는 화가 나서 마침내 우리 자신이 그것을 들여다보기로 결심을 했지. 그리고 정보부원 한 사람이 그 부품을 넘기기 위해서 파견되었어. 중요 부품을 말이야." 그는 나를 가리켰다. "자네야, 물론."

나는 숨을 죽였다.

"러시아 패거리들에게 그것을 빼앗기 위해서 나를 보냈다는 거요?"

타거트는 태연하게 대답했다.

"그럼, 그 말이 맞아. 그래서 지명된 사람이 자네였네. 슬레이드가 말해서 내가 동의했어. 요컨대 자네는 이제 우수한 정보부원은 아니지만, 이 목적을 위해서는 이점이 있었어. 러시아 쪽에 우수한 정보부원으로 인식되어 있었으니까. 모든 준비가 다 되어 있었는데 자네는 모두 다 맘대로 농락을 한 걸세. 우리하고 러시아 쪽 모두 말이야. 사실 자네는 그 누구의 추종을 불허할 만큼 우수했어."

나는 화가 치밀어 오르는 것을 느끼면서 천천히 말했다.

"무슨 그런 지저분한 짓을 하고 있어! 어째서 나한테는 가르쳐주지 않은 거요? 그런 고생까지는 안 해도 될 일을!"

그는 고개를 흔들었다.

"그럴듯하게 보이지 않으면 안 되었으니까."

"빌어먹을! 당신은 나를 판 거요……. 바카예프가 스웨덴에서 케니킹을 팔았던 것처럼 말이오." 나는 화난 얼굴로 히쭉 웃었다. "슬레이드가 러시아의 정보부원이라는 것을 알았을 때는, 좀 당황하지 않았어요?"

타거트는 옆 눈으로 힐끗 라이언을 보면서 난처한 표정을 지었다.

"우리의 미국 친구들은 그 일 때문에 몹시 화를 내고 있어. 작전을 망쳐 버렸으니까 말이야." 그는 한숨을 쉬고 나서 하소연하듯이 말했다. "적의 첩보망을 상대로 하는 작업은 참 어려운 일이야. 우리가 간첩을 하나도 잡지 않으면 모두들 행복한 태평성대 같다고 하지. 그러나 작업에 착수하여 간첩을 하나라도 잡아내면, 우리가 일을 게을리했다는 비난이 쏟아진단 말이야."

"정말 마음이 무거워요. 당신은 슬레이드를 잡지 않았어요."

그는 서둘러 화제를 바꾸려고 했다.

"아, 슬레이드…… 그는 이 작전의 책임자였지."

라이언이 말했다.

"그렇지, 양쪽을 다 지휘했으니까. 얼마나 즐거운 지위였을까요? 그는 조금도 실패할 리가 없다고 믿고 있었겠지요." 그는 몸을 앞으로 구부렸다. "요컨대 러시아의 패거리들은 이 작전에 대해 알게 되자 곧 그 장치를 무조건 빼앗기로 결정한 거예요. 그들이 속은 줄로 우리를 믿게 함으로써 오히려 우리를 속이려고 했거든요. 이중의 기만극을 벌인 셈이지요."

나는 혐오의 시선으로 타거트를 보았다.

"이런 악당이 어디 있어. 당신은 케니킹이 나를 죽이려고 혈안이 되어 있는 것을 알고 있었지요?"

그는 당황한 말투로 대답했다.

"당치 않은 소리! 나는 케니킹에 대해서는 알지 못했어. 바카예프는 아마 틀림없이 우수한 사나이를 썩히고 있다는 것을 깨닫고, 그를 복직시켜 이 임무를 맡겨서 보냈을 거네. 어쩌면 슬레이드도 그 일에 한 몫 했을지도 모르지만."

나는 화를 내며 말했다.

"맞아, 그대로 된 거요! 그리고 나를 별 볼일 없는 사나이로 여겼기 때문에 그 녀석들은 케니킹에게 서투른 팀을 묶어준 거지. 그는 그것에 대해 불만이었소." 나는 얼굴을 들고 엄숙하게 말했다. "그런데 잭 케이스는 어떻게 된 거요?"

"그에게는 자네를 러시아 쪽으로 유도해 보라는 지시를 내가 내렸어. 그러기에 그는 게이실에서 자네를 돕지 않았던 걸세. 그러나 그가 슬레이드하고 말하고 있는 것을 보고 자네는 그에게 몹시 의심을 품게 되었겠지. 그는 무엇인가 슬레이드가 숨기고 있는 비밀을 알아내려고 했는데, 영리한 슬레이드가 그것을 미리 감지한 거야. 그것이 케이스의 목숨을 앗아간 원인이 되었지. 슬레이드는 정체가 드러나지 않도록 갖은 술수를 다 부렸고, 마지막에는 그 전자장치보다 자네가 훨씬 중요한 존재가 되었던 걸세."

나는 괴로운 심정으로 말했다.

"잭 케이스 얘기는 그만합시다. 그는 좋은 사나이였어요. 당신은 언제부터 슬레이드의 정체를 알게 된 거요?"

"나는 그 점에서는 아주 둔감했네. 자네가 나한테 전화를 걸었을 때, 나는 자네의 정신 상태를 의심했었어. 그런데 케이스를 여기에 파견한 다음 나는 슬레이드를 붙잡을 수 없다는 것을 깨달았지. 그는 연락이 되지 않도록 한 거야. 그것은 모든 규칙에서 어긋난 일이기 때문에 나는 그의 기록을 조사하기 시작했어. 그는 어려서는 핀란드에 있었고 전쟁 때 양친이 죽음을 당한 것으로 알려졌는데, 나는 자네가 로즈딜 얘기를 했던 것을 회상하며 그와 똑같은 재주를 부린 것이 아닌가 하는 생각이 들었네." 그는 얼굴을 찌푸렸다. "그러나 자네의 단도에 찔린 케이스의 시체가 발견되자 나는 어떻게 판단을 해야 좋을지 몰랐어."

그는 라이언을 쿡쿡 찔렀다. "그 나이프는 어디에 있지?"

"예, 그 나이프 말이지요?"

라이언은 윗옷 호주머니에 손을 넣고 스기언 더부를 꺼냈다.

"경찰에서 간신히 손에 넣은 거야, 자네가 돌려받고 싶어할 것 같아서. 손잡이의 보석이 이채로워."

나는 그것을 정중하게 받았다. 폴리네시아인이라면 그것을 마나라고 불렀을 것이다. 내 자신의 먼 조상 같으면 그것을 저주의 단검이라든가 피에 굶주린 것이라고 불렀겠지만 나에게는 다만 조부의 칼이었다. 나는 그것을 침대 옆 테이블에 살짝 놓았다.

나는 라이언에게 물었다.

"당신네 편 한 녀석이 나를 쏘았소. 그건 어떻게 된 일이오?"

"당신이 정신 착란을 일으킨 것 같이 되어, 작전 전체가 위기에 몰리게 되지 않았소? 우리는 그 삭막한 황야에 헬리콥터를 날려 당신을 찾아냈어요. 그리고 러시아 패거리들이 당신을 쫓고 있는 것을 발견하고, 당신이 문제없이 도망칠 수 있다는 것을 알았소. 그래서 우리는 당신 차를 제지하도록 한 사나이를 내려놓은 거요. 그것을 너무 요란스럽게 할 수는 없었지요. 요컨대 러시아 쪽에 그럴 듯하게 보여야 되었으니까요. 아무튼 우리는 작전 전체가 이미 물거품이 되었다는 것을 모르고 있었던 거요."

타거트나 라이언이나 그들에게 윤리 관념 따위는 찾아볼 수 없었고, 나 역시 그런 것은 기대하지 않았다. 내가 말했다.

"당신이 살아 있는 것을 행운으로 생각하시오. 저번에 당신을 처음 본 것은 프리트의 장총 조준경을 통해서였으니까 말이오."

"그건 사실이오! 그때는 전혀 그런 줄 몰랐거든요. 프리트 얘기인데 당신은 그를 모질게 팼지요. 그래도 그는 죽음은 면했소."

그는 코를 만졌다.

"프리트는 그 라이플하고 결혼한 셈이에요. 그는 그 총을 돌려주기를 바라고 있다오."

나는 고개를 내저었다.

"나도 이 작업에서 무엇인가 얻는 것이 있어야 되지 않겠소? 혹시 프리트가 사나이다운 사람이라면 나한테 찾으러 오라고 하시오."

라이언은 얼굴을 찌푸렸다.

"그건 안 돼요. 우리는 모두 당신한테 혼쭐이 난 셈이니까."

또 한 가지 꼭 물어볼 말이 있었다.

"그럼 슬레이드는 아직 살아 있는 거요?"

라이언이 말했다.

"아, 당신은 그의 골반을 쏘았어요. 혹시 그가 걸을 수 있게 된다고 하더라도 허리에 강철 핀을 대지 않고는 안 되겠지요."

"앞으로 40년 동안 슬레이드가 걸을 수 있는 곳은, 교도소의 운동장밖에 없겠지" 하고 타거트가 말하면서 일어섰다. "이런 모든 것이 공무원 비밀보장법에 저촉되는 일이야, 스튜어트. 모든 것을 비밀로 해놓아야 돼. 슬레이드는 벌써 영국으로 호송되었네. 그는 어제 미국 비행기 편으로 떠났어. 그는 병원에서 나오는 대로 곧 재판을 받을 거고, 그 심리과정은 필름으로 수록되겠지. 자네는 침묵만 지키면 돼. 자네의 걸 프렌드도 말이야. 자네가 빨리 그녀를 영국 국적으로 만들면 좋겠어. 그녀에게도 좀 도움을 주고 싶네."

나는 진저리를 치며 대답했다.

"놀랍군요! 진심이 아니면 큐피드의 흉내는 낼 수 없는 건데."

라이언은 문 있는 데서 타거트와 나란히 섰다. 그는 나를 향해서 말했다.

"데이비드 경은 당신에게 상당한 빚을 졌다고 생각하고 있어요, 미스터 스튜어트. 어쨌든 감사 이상의 것을 말이오. 그는 아직 그것을 입 밖에 내려고 하지 않는 것 같소."

그는 옆 눈으로 타거트를 바라보았다. 그리고 나는 그들 사이의 우정이 아직도 두텁다는 것을 알았다.

타거트는 우직했다. 그는 머리털 하나 까딱하지 않고 태연하게 말했다.

"아, 그렇지. 뭔가 보상을 할 준비는 되어 있네. 훈장 같은 것이 어떨지, 혹시 자네가 그런 장식물을 좋아한다면."

나는 목소리가 떨리는 것을 느끼면서 대답했다.

"내가 바라는 것은 당신이 영원히 다시는 나타나지 않는 것뿐이오. 당신이 우리와 떨어져 있는 한 나는 침묵을 지키겠소. 그러나 당신이나 정보국 누군가의 소리가 들리는 데까지 찾아오면 나는 비밀을 털어놓을 테니까, 잘 알아서 하시오."

"다시는 자네들한테 방해되는 일은 없을 거네."

그렇게 말하고 그들은 밖으로 나갔다. 그리고 잠시 후에 그는 문으로 고개를 내밀었다.

"포도를 조금 가져왔어."

4

에린과 나는 CIA와 미국 해군의 호의로 라이언이 준비해 놓은 비행기를 타고 스코틀랜드로 가서 타거트가 갖추어준 특별 허가서에 의해 글래스고에서 결혼했다. 우리는 둘 다 아직 붕대를 감고 있었다.

나는 에린을 데리고 스글 데어그 아래 있는 계곡으로 돌아갔다. 그녀는 경치가 마음에 들어했다. 특히 나무들이 우거진 숲을——아이슬란드와는 전혀 다른 시원스럽고 운치 있는 나무들이다——그러나 오두막은 별로인 듯했다. 너무 작아서 실망한 모양이지만 나는 그다지 놀라지 않았다. 독신자에게 적합한 것이 기혼자에게 맞을 리가 없기 때문이다. 내가 말했다.

"저 큰 집에서 살고 싶지 않아. 어쨌든 저기에서 잠시 지낼 테지만, 나는 저 집을 사냥하러 오는 미국인들에게 빌려주기로 했어.

저 오두막은 여기 일하는 사람에게 내주고, 우리는 새 집을 짓자고. 계곡 조금 위의 냇가에 말이야."

우리는 계획대로 했다.

나는 아직도 프리트의 장총을 가지고 있다. 트로피처럼 난로 위에 장식을 하지는 않았지만 다른 총들과 함께 캐비닛 속에 정리해 놓았다. 사슴 떼를 가르는 것이 필요할 때에 가끔 꺼내서 쓰지만, 그렇게 자주 사용하지는 않는다. 사슴에게 도망칠 기회를 거의 주지 않는 것이다.

최고의 모험 스릴러

모험소설의 고향은 누가 뭐래도 영국이다. 예로부터 모험소설이 대중문학의 한 장르로 그 지위를 굳혀 왔고, 그 전통이 오늘에 이르기까지 맥을 이어오고 있기 때문이다.

따라서 작가들의 면면도 화려할 수밖에 없다.

처칠 수상도 애독했으며 해양소설 붐의 발화점이 되기도 한 바다의 모험 로망스 《폰블로워 시리즈》를 만들어한 낸 C.S. 포레스터, 《캠벨 계곡의 격투》《북해의 별》을 비롯한 수많은 작품을 발표, 항상 대자연의 맹위를 중후하고 치밀한 필치로 그려낸 하몬드 이네스, 《나바론 요새》《종이 8번 울릴 때》 등 어려운 목표를 달성하기 위해 목숨을 거는, 강철 같은 의지를 지닌 사나이들을 그린 알리스티어 맥클린, 《독수리는 날개치며 내렸다》《탈출항로》라는 대작을 연달아 발표한 잭 히긴스, 《가장 위험한 게임》《심야 플러스1》 등 명쾌한 액션 속에 고독한 남자의 모습을 부각시킨 개빈 라이얼, 전직 선원이었던 경험을 되살려 《게릴라 해전》《유령 선단》 같은 해양물에서 독특한 필체를 선보인 브라이언 캐리슨, 그리고 《밀렵꾼》의 윌버 스미스 등등.

이상은 극히 일부분에 지나지 않는다. 영국의 유능한 모험소설 작가들은 아직도 헤아릴 수 없을 정도로 존재하고 있어서 지금 열거한 것은 그야말로 빙산의 일각일 뿐이다.

앞에서 말한 작가들 가운데 이네스와 맥클린이 현대 본격 모험소설의 2대 거장으로 특히 명성이 높다는 것은 이미 많은 분들이 알고 계실 것이다. 이 두 사람의 후계자로 첫손 꼽히는 사람이 바로 이 책의 저자인 데스몬드 배글리이다.

배글리는 1923년 10월, 영국의 웨스트몰런드에서 태어났다. 제2차 세계대전 중에는 랭커셔의 비행기 공장에서 근무했고, 전쟁이 끝난 뒤 아프리카로 건너가서 각지를 돌아다니면서 온갖 직업을 경험했다. 1963년에 처녀장편 《골든 킬》을 발표하여 호평을 받았고, 독자들로부터도 환영받았다. 그 뒤 영국으로 돌아가서 거의 1년에 한 작품이라는 페이스로 장편을 집필하였고 머지않아 자타가 인정하는 일류급 작가로 활동하게 되었다.

배글리의 작가적 역량은 이 책을 한번 읽어보면 금방 알게 될 것이다. 플롯의 교묘함은 말할 것도 없고 빠른 속도감과 격렬한 액션이 담겨 있다. 시체에 대한 실로 효과적인 첫머리의 기술에서부터 마지막의 처절한 총격전까지 복잡하게 뒤얽힌 수수께끼로 우리들의 혼을 쏙 빼어놓으면서 단숨에 독자들을 사로잡는다.

《Running Blind》라는 제목으로 1970년에 발표한 이 작품의 내용을 간략히 소개하면 다음과 같다.

스파이 노릇에 문득 염증을 느끼고 정보국을 퇴직한 앨런 스튜어트는 스코틀랜드에서 농사와 사냥을 하면서 조용한 생활을 즐기고 있었다. 그런데 정보국에서 또다시 그에게 협력을 요청해왔다. 지휘를 맡게 된 것은 슬레이드로, 그는 이렇게 말했다.

"간단한 일이야. 자네는 그저 메신저 역할만 해주면 되니까."

그의 말대로 임무는 너무도 간단해서 그저 작은 소포 하나만 받아서 전해주면 되는 일이었다. 그리고 사실 소포를 수배하는 것도, 운송코스도, 지령도 모두 적절했고 순조로웠다.

그런데 지시된 도로로 차를 달리다가 고장난 차를 만나게 된다. 차에서 내려와 운전석을 살피려 할 때 갑자기 고장난 차에 타고 있던 남자가 저격수로 돌변했다! ……

피오르드와 빙하의 섬 아이슬란드에서 전개되는 영국과 미국과 러시아의 치열한 스파이 전쟁의 진상은 과연 무엇인가?

이 작품은 우수한 정보부원을 이중으로 이용하고자 하는 악한 스파이의 말로를 그려서 높은 평가를 얻었던 활극 스파이 스릴러이다.

또한 무대가 되는 아이슬란드의 웅대한 자연이 스토리 전개에 불가결한 요소를 이루고 있다. 원래 모험소설에서는 인간과 자연의 관계를, 인간과 인간(주인공 대 악역)의 관계와 같은 비중으로 다루거나 한층 더 비중을 두는 경우가 많은데, 그런 의미에서도 배글리는 그러한 전통을 훌륭히 계승하고 있다고 해야 할 것이다. 결코 값싼 액션소설로 끝나지 않으면서 현대처럼 다양한 독자들의 기호를 만족시키기도 어려운 일인데, 그는 두 가지 난관을 보기 좋게 극복하는 새로운 본격 모험소설을 만들어냈다고도 할 수 있다.

또한 배글리는 재주가 많은 작가이기도 하다. 본서는 재치있는 조롱조의 말들이 빛나는 스파이 액션물이지만 《골든 킬》 같은 작품은 나치스의 금괴를 둘러싼 해양모험소설이고, 《황금편지》는 마야의 도시를 찾아 나선다는 비경 탐험소설인 것처럼 한 작품 한 작품이 모두 그 취향을 달리하고 있는 것도 흥미롭다. 또한 그 어느 작품을 읽어 봐도 어설프거나 쓸데없는 군소리가 없다는 점은 그의 재능의 풍부함을 또다시 입증하는 좋은 예라 하겠다.

다음에 데스몬드 배글리의 장편 가운데 대표적인 것만 몇 가지 소개한다.

《The Golden Keel(1963)》
《High Citadel(1965)》
《Wyatt's Hurricane(1966)》
《Landslide(1967)》
《The Vivero Letter(1968)》
《The Spoilers(1969)》
《Running Blind(1970)》
《The Freedom Trap(1971)》
《The Tightrope Men(1973)》
《The Snow Tiger(1975)》
《The Enemy(1977)》
《Flyaway(1987)》